上海市中華經典誦寫講基地資助
教育部中華優秀傳統文化傳承基地——上海大學中華古詩文吟誦與創作基地資助

詩禮文化研究

第三輯

尹楚兵 主編
上海大學詩禮文化研究院 主辦

蔣凡題

中西書局

图书在版编目(CIP)数据

诗礼文化研究. 第三辑 / 尹楚兵主编. —上海：中西书局，2024
ISBN 978-7-5475-2255-4

Ⅰ.①诗… Ⅱ.①尹… Ⅲ.①《诗经》-诗歌研究②礼仪-研究-中国-先秦时代 Ⅳ.①I207.222②K892.9

中国国家版本馆CIP数据核字(2024)第086183号

诗礼文化研究（第三辑）
尹楚兵　主编

责任编辑　张秋文
装帧设计　黄　骏

出版发行	上海世纪出版集团 中西书局(www.zxpress.com.cn)
地　　址	上海市闵行区号景路159弄B座(邮政编码：201101)
印　　刷	江阴金马印刷有限公司
开　　本	787毫米×1092毫米　1/16
印　　张	16
字　　数	321 000
版　　次	2024年5月第1版　2024年5月第1次印刷
书　　号	ISBN 978-7-5475-2255-4/I・249
定　　价	98.00元

本书如有质量问题，请与承印厂联系。电话：0510-86626877

主辦單位：上海大學詩禮文化研究院

主　　編：尹楚兵

學術顧問：

蔣　凡　　復旦大學中文系教授
董乃斌　　上海大學文學院教授
陳戍國　　湖南大學岳麓書院教授
謝維揚　　上海大學文學院教授
莊雅州　　臺灣中正大學教授
田中和夫　日本宫城學院女子大學・尚絅學院大學教授

本刊編輯委員會由下列 23 人組成（以姓氏筆畫爲序）：

國内委員(19 人)：

王　鍔　　南京師範大學文學院教授、上海大學校聘兼職教授
王秀臣　　中國社科院文學研究所研究員
王卓華　　上海大學詩禮文化研究院教授
尹楚兵　　上海大學詩禮文化研究院教授
朱　承　　華東師範大學哲學系教授
李笑野　　上海財經大學人文學院教授、上海大學校聘兼職教授
邵炳軍　　上海大學詩禮文化研究院教授
林素英　　臺灣師範大學國文學系所教授
姚　蓉　　上海大學詩禮文化研究院教授
馬銀琴　　清華大學人文學院教授、上海大學詩禮文化研究院兼職研究員
徐志嘯　　復旦大學中文系教授、上海大學校聘兼職教授
徐正英　　中國人民大學文學院教授、上海大學校聘兼職教授
曹辛華　　上海大學詩禮文化研究院教授

張戀鎔　西北大學文化遺產學院教授
寧鎮疆　上海大學詩禮文化研究院教授
蔡錦芳　上海大學文學院教授
鄧聲國　井岡山大學文學院教授
劉景亮　河南省文化藝術研究院研究員
羅家湘　鄭州大學文學院教授

海外委員(4人)：
方秀潔　加拿大麥基爾大學東亞學系教授
周啓榮　美國伊利諾伊州立大學歷史系、東亞語言文化系教授
勞悅強　新加坡國立大學中文系教授
潘碧華　馬來西亞馬來亞大學中文系教授

目　録

《詩經》研究　主持人：邵炳軍

周平王東遷雒邑初期王室貴族情態組詩考論
——以《詩·王風·葛藟》《小雅·彤弓》《沔水》《瞻彼洛矣》爲中心 …… 邵炳軍 / 1

論《詩經》節奏舒緩的特點及成因 …………………………………………… 郝桂敏 / 11

先秦吳地《詩》學流播考索 …………………………………………………… 劉立志 / 21

歐陽修《詩本義》對《毛詩·小序》的接受 ……………………………………… 張藝涵 / 27

張澍《詩小序翼》"以史證詩"價值考論 …………………………………………… 葉瑋松 / 40

《詩經》與禮制研究　主持人：羅家湘

《詩經》凶禮詩中的詩禮印合與背離 …………………………………………… 羅家湘 / 57

"頌"體原始
——由詮釋學角度觀照"頌"體解讀的爭議 ……………………… 葛剛巖　包梓新 / 62

人倫之和：《詩經》中琴瑟的文化寓意 …………………………………………… 宋　健 / 72

禮學研究　主持人：路成文

殷周投降類軍禮與《夬》卦的叙事接榫 ………………………………………… 楊秀禮 / 79

漢代宫廷儀式樂歌的文化功能與詩體建構 …………………………………… 吳大順 / 89

宋太宗封禪之議與王禹偁《單州成武縣行宫上梁文》 ………………… 路成文　史　悦 / 103

詩禮文化的影響與當代傳承　主持人：楊慶存

論詩禮文化對漢代辭賦詩學之影響 …………………………………………… 蘇瑞隆 / 112

"戰疫"初期"網紅詩"與中國古代詩歌的藝術張力 …………………………… 楊慶存 / 126

詩學研究　主持人：嚴明

品性與學術：高攀龍文學批評的思想内涵 …………………………… 渠嵩烽 / 137

本性情，追《國》《雅》而紹詩史
——清詩選與清初詩學建構 …………………………………………… 王卓華 / 144

處於"談龍"與"神韻"之間：性情論發展中的盧見曾詩論 ………… 鄒　琳 / 154

論太平天國運動對曾國藩幕府詩人創作的影響 ……………………… 李　琦 / 167

日本漢詩的内隱雙語特性 ………………………………………… 嚴　明　梁　晨 / 179

禮學、詩學文獻整理研究　主持人：王鍔

《禮記》校勘與版本錯訛溯源舉隅 ……………………………………… 王　鍔 / 195

《東林書院志》載録吴桂森著述補正 …………………………………… 王　帥 / 209

王鏊集外詩文輯補 ……………………………………………………… 張媛穎 / 214

詹安泰集外詩文輯存 …………………………………………………… 劉慧寬 / 219

書評、會議綜述

立足文學本位，邁向深度整理
——論《明清唱和詩詞集叢刊》的創新與示範意義 ………… 夏　勇　段亞男 / 232

"第三届詩詞與詩禮文化研究國際論壇"會議綜述 …………………… 王　春 / 239

《詩禮文化研究》稿約 …………………………………………………………… 241

來稿體例及文獻徵引格式 ……………………………………………………… 244

周平王東遷雒邑初期王室貴族情態組詩考論

——以《詩·王風·葛藟》《小雅·彤弓》《沔水》《瞻彼洛矣》爲中心*

邵炳軍**

（上海大學詩禮文化研究院）

摘 要：《詩·王風·葛藟》屬"東都之風"，《小雅·彤弓》《沔水》《瞻彼洛矣》皆屬"東都之雅"。此四詩皆爲平王東遷雒邑之後不久所作，創作年代大致在平王元年至二年（前770—前769）之間。其中，《葛藟》爲周大夫刺平王東遷雒邑時棄其九族之作，《彤弓》爲周大夫美平王東遷雒邑後賜有功諸侯之作，《沔水》爲周大夫憂平王東遷雒邑後王室衰微之作，《瞻彼洛矣》爲周大夫祈平王遷雒後作六師以修禦備之作。這些詩篇從不同藝術視角展示了周大夫隨平王東遷雒邑後的怨刺、讚美、憂慮、祈願等複雜情態，寄寓了周人希冀平王能够復興王室的美好願望。由此可見，儘管這些詩篇并非同一人所作，但爲同一時期表達相同主旨的組詩。

關鍵詞：平王東遷；王室貴族；情感狀態；藝術再現；組詩

周平王元年（前770），王室自鎬京（西周都邑，在今陝西省西安市長安區豐水東岸），東遷至雒邑（東周都邑，在今河南省洛陽市王城公園一帶）。平王在晉、鄭、衛等東方諸侯的協助下，鞏固了自己的王權地位，拉開了春秋時期的歷史帷幕。其中，由隨同平王東遷的王室大夫所創作的《詩·王風·葛藟》《小雅·彤弓》《沔水》《瞻彼洛矣》等詩篇[①]，從不同角度藝術地展示了周大夫隨平王東遷雒邑後的異樣心態。

---

* 本文係國家社科基金重大項目"《詩經》與禮制研究"（16ZDA172）階段性成果。
** 作者簡介：邵炳軍，男，教育部中華優秀傳統文化傳承基地——上海大學中華古詩文吟誦與創作基地首席專家，詩禮文化研究院院長，上海大學"偉長學者"、二級教授、博士生導師，研究方向：先秦兩漢文學與詩禮文化。
① 關於《詩經》中保存有"組詩"，詳見郭晉稀《風詩蠡測》，《甘肅師範大學學報》，1981年第4期，頁65—73。又，關於《詩·王風·葛藟》《小雅·彤弓》《沔水》《瞻彼洛矣》之創作年代，詳：邵炳軍《〈詩·王風〉創作年代考論（上）》，《河北師範大學學報》，2011年第6期，頁65—71；邵炳軍《春秋文學繫年輯證》，北京，高等教育出版社，2013年，頁35—40,45。

一、《葛藟》——周大夫刺平王東遷雒邑時棄其九族之作

緜緜葛藟,在河之滸。終遠兄弟,謂他人父。謂他人父,亦莫我顧。
緜緜葛藟,在河之涘。終遠兄弟,謂他人母。謂他人母,亦莫我有。
緜緜葛藟,在河之漘。終遠兄弟,謂他人昆。謂他人昆,亦莫我聞。①

謹按:"葛藟",一名"巨苽",又稱"諸慮""山蘽""虎蘽""推藟""虆蕪""燕薁藤""千歲蘽""萬歲藤",今俗稱"野葡萄""山葡萄",屬多年生落葉木質藤本葡萄科葡萄屬蔓生植物,生長於近水之地,枝蔓常攀援於樹叢之上,葉廣卵形,夏季開淡紫紅色小花,圓錐花序,果實黑色味酸,不能生食,根莖、果實皆可入藥。《詩經》中除本篇之外,尚有二見:一是《周南·樛木》,爲周南貴族舉行親迎儀式時祝賀新郎之樂歌,其首章曰:"南有樛木,葛藟纍之。樂只君子,福履綏之。"次章曰:"南有樛木,葛藟荒之。樂只君子,福履將之。"卒章曰:"南有樛木,葛藟縈之。樂只君子,福履成之。"此分別以"葛藟纍(攀援)樛木""葛藟荒(掩蓋)樛木""葛藟縈(旋繞)樛木"三個事象作爲興象,來象徵公族男女婚姻之"貞淑"。二是《大雅·旱麓》,爲歌頌周文王祭祀祖先而得福之作,其卒章曰:"莫莫葛藟,施于條枚。豈弟君子,求福不回。"此以"葛藟施(蔓延)于條枚"這一事象作爲興象,來象徵王族子孫依緣先人功德福佑而繁衍興盛。②足見此二詩中的"葛藟",皆與王族、公族具有某種關聯性。故清馬瑞辰《毛詩傳箋通釋》卷七曰:"詩蓋以葛藟之能庇本根,興王宜推恩親族,非專以河水潤澤取興。"③的確,在《葛藟》一詩中,詩人見葛藟尚能蔓生於河邊樹上,自然聯想到自己却依附於他人,遂選擇"葛藟"這一客觀物象,取其蔓攀援樹叢之特性,以興周王與王族之間的互相依附關係,謂周王本應庇護王族;今則王道衰微,離棄族親,致使族人"謂他人父"。

又,"兄弟",從詩中"謂他人父"可知,此"兄弟"指父系九族之"兄弟",乃同姓兄弟,即王族,亦即王室同宗族人。故清段玉裁《毛詩故訓傳》卷六曰:"《禮·喪服》曰:'小功以下爲兄弟。'篇中言'兄弟'者,自其親疏言之,謂於王疏也。《喪服》曰:'昆弟'、曰'從父昆弟'、曰'從祖昆弟'、曰'族昆弟',雖疏,必曰'昆弟',親親之辭也。此詩自稱曰'兄弟',謂王曰'昆',不敢以其戚戚君而循九族之稱也。"④胡承珙《毛詩後箋》卷六亦曰:"'父''母'

---

① 本文所引《毛詩正義》《春秋左傳正義》《尚書正義》《春秋公羊傳注疏》《周禮注疏》《禮記正義》《儀禮注疏》《論語注疏》,皆據中華書局 2009 年影印清嘉慶二十至二十一年(1815—1816)江西南昌府學刊刻阮元校勘十三經注疏本,不再逐一標注。
② 詳見邵炳軍《春秋文學繫年輯證》,頁 156—159,508。
③ (清)馬瑞辰撰,陳金生點校《毛詩傳箋通釋》,北京,中華書局,1989 年,頁 241。
④ (清)段玉裁《毛詩故訓傳》,南京,鳳凰出版社,2005 年,頁 4894。

'昆'皆指王言,蓋九族之戴王,本所謂天地父母者,乃王已遠棄親族,則雖戴王爲父,而不異謂他人爲父矣。夫謂他人爲父,尚安肯顧我乎?……言王已遠我,雖謂爲父,而亦如他人之莫我顧矣。"①

又,文七年《左傳》載宋卿士樂豫諫昭公曰:"公族,公室之枝葉也;若去之,則本根無所庇陰矣。葛藟猶能庇其本根,故君子以爲比,況國君乎?"此化用《葛藟》,取公族爲公室枝葉之義。就王族而言,則周王爲王族之大宗,亦爲王族之根本;王族爲王室之小宗,亦爲王室之枝葉。周王以王族爲兄弟,以庇蔭王室;王族以周王爲父母,以王室爲依托。足見周王與王族之間是一種互爲依託的關係。若周王與王族和諧相處,王族同力於鎮撫王室,則王事無曠而王室蕃盛;若周王棄九族之親,則王族不安而王室卑亂;若王族"謂他人父",不同恤王室,甚至恝間王室,王室自然弱寡,周道安能不衰? 故宋嚴粲《詩緝》卷七曰:"親親,周道也。棄其九族,則周道衰矣。"②明孫鑛《批評詩經》卷一亦曰:"'謂他人父'一語,下得特險絕。"③

又,宋人范處義《詩補傳》卷六曰:"蓋此物當依木以生,今乃在河之滸、之涘、之漘,則非其地,失其所也。詩人自喻王不能親睦,是失所依也。……是詩三章皆比而賦之也。"④清陳奂《毛詩傳疏》卷六曰:"此詩因葛藟而興,又以葛藟爲比;故毛《傳》以爲興,《左傳》則以爲比。……曰若、曰如、曰喻、曰猶,皆比也。《傳》則皆曰興。比者,比方於物;興者,托事於物。作詩者之意,先以托事於物,繼乃比方於物,蓋言興而比已寓焉矣。"⑤可見,此詩"賦""比""興"三體兼用。

就全篇運思與結構安排而言,宋蔡卞《毛詩名物解》卷十七曰:"葛也,藟也,漘涘潤之而後蕃也;漘也,涘也,葛藟纏而後固者也;王室艱難,不可以相無者也。始河之滸,中河之涘,卒河之漘,地之愈危,彌不可無葛藟之纏固也。"⑥呂祖謙《呂氏家塾讀詩記》卷七曰:"葛藟生非其地,猶宗族失所依也。"⑦《欽定詩經傳說匯纂》卷五引明鄒泉《詩經約說》:"此詩三章一意。但始言父,次言母,次言兄,有次序耳。"⑧清姚際恒《詩經通論》卷五曰:"以三章之義例之,則由'父'而'母',由'母'而'昆'也。以三章皆有'終遠兄弟'一語例之,則

---

① (清)胡承珙撰,(清)陳奂補,王先謙輯,郭全芝點校《毛詩後箋》,合肥,黃山書社,1999年,頁354。
② (宋)嚴粲《詩緝》,北京,線裝書局影印元余志安勤有堂刻本,2003年,頁149。
③ (明)孫鑛《孫月峰先生批評詩經》,《四庫全書存目叢書》影印明末天益山刻本,濟南,齊魯書社,1997年,經部第150册,頁65。
④ (宋)范處義《詩補傳》,揚州,廣陵書社影印清康熙十九年(1680)納蘭性德刻《通志堂經解》本,1996年,第8册,頁33。
⑤ (清)陳奂《毛詩傳疏》,南京,鳳凰出版社影印清光緒十四年(1888)王先謙刻《清經解續編》本,2005年,第11册,頁4017。
⑥ (宋)蔡卞《毛詩名物解》,揚州,廣陵書社影印清康熙十九年(1680)納蘭性德刻《通志堂經解》本,2007年,頁543。
⑦ (宋)呂祖謙《呂氏家塾讀詩記》,《四部叢刊續編》影印宋刊本,上海書店,1985年,頁12。
⑧ (清)王鴻緒等《欽定詩經傳說匯纂》,國家圖書館藏清雍正五年(1727)武英殿刻本。按,(明)鄒泉《詩經約說》,見《江南通志·藝文志》著錄,今佚。

末章乃直叙,一章、二章因'昆'而先及'父''母'也。"①可見,詩人寫水由淺入深:滸(水岸邊)→涘(水邊)→漘(深水邊),寫人由近及遠:父→母→昆(兄),以"終遠兄弟"貫穿全詩,從平王東遷時棄其九族之親這一側面,揭示出王室艱難而周道衰微之兆。

二、《彤弓》——周大夫美平王在雒邑賜有功諸侯之作

彤弓弨兮,受言藏之。我有嘉賓,中心貺之。鐘鼓既設,一朝饗之。

彤弓弨兮,受言載之。我有嘉賓,中心喜之。鐘鼓既設,一朝右之。

彤弓弨兮,受言櫜之。我有嘉賓,中心好之。鐘鼓既設,一朝醻之。

謹按:"彤弓",《書·周書·文侯之命》:"王曰:'父義和!其歸視爾師,寧爾邦,用賚爾秬鬯一卣,彤弓一、彤矢百、盧弓一、盧矢百,馬四匹。……'"僖二十八年《左傳》:"(五月)己酉(十二日),(襄)王享醴,命晉侯(文公)宥。王命尹氏及王子虎、内史叔興父策命晉侯爲侯伯,賜之大輅之服、戎輅之服,彤弓一、彤矢百、旅弓矢千,秬鬯一卣,虎賁三百人。……晉侯三辭,從命,……受策以出。出入三覲。"昭十五年《左傳》載周景王誚晉大夫籍談曰:"其後襄之二路,鏚鉞、秬鬯、彤弓、虎賁,文公受之,以有南陽之田,撫征東夏,非分而何?"《荀子·大略篇》:"天子彫弓,諸侯彤弓,大夫黑弓,禮也。"②《史記·齊世家》:"(桓公)三十五年夏,會諸侯於葵丘。周襄王使宰孔賜桓公文武胙、彤弓矢、大路,命無拜。桓公欲許之,管仲曰'不可',乃下拜受賜。"③定四年《公羊傳》何《注》:"禮,天子雕弓,諸侯彤弓,大夫嬰弓,士盧弓。"此皆以彤弓爲天子策命賞賜有功諸侯之禮物。況且周人的這種禮儀制度,至少從西周初期一直延續到了襄王二十一年(前632)。可見,儘管是在"禮樂征伐自諸侯出"(《論語·季氏篇》)的春秋中期,即就是齊桓公、晉文公這些霸主們,他們依然需要周王賜彤弓以策命自己爲"侯伯",方能名正言順地以霸主身份履行自己"專征伐"的權力。

又,"鐘鼓",即編鐘懸鼓之樂,亦即《周禮·春官宗伯·鎛師》所謂"金奏之樂",成十二年、襄四年《左傳》省稱"金奏"。見於《詩經》者,除本篇之外,尚有《周南·關雎》《小雅·楚茨》《賓之初筵》《周頌·執競》四篇,大致可分爲兩類:

一是祭祀祖先之樂。比如,《關雎》爲周南地區貴族青年舉行成婦禮儀時之祭歌,其卒章曰:"參差荇菜,左右芼之。窈窕淑女,鐘鼓樂之。"此詩中以鐘鼓之樂,表現出周人在親迎成婚後滿三個月時,到宗廟祭祖行成婦之禮的婚姻禮俗。《楚茨》爲周大夫刺幽王祭祀不饗之作(毛《序》),其五章曰:"禮儀既備,鐘鼓既戒。孝孫徂位,工祝致告。神具醉止,皇

---

① (清)姚際恒撰,顧頡剛點校《詩經通論》,北京,中華書局,1958年,頁97。
② (周)荀況撰,(清)王先謙集解,沈嘯寰、王星賢點校《荀子集解》,北京,中華書局,1998年,頁487。
③ 本文所引《史記》,皆據上海古籍出版社1997年點校南宋慶元二年(1196)建陽黃善夫刊刻三家注本,不再逐一標注。

尸載起。鼓鐘送尸,神保聿歸。諸宰君婦,廢徹不遲。諸父兄弟,備言燕私。"此詩中以鐘鼓之樂,描寫了往昔周王率子孫在宗廟祭祀祖先之莊重場面。《執競》爲周王祭祀武王之作(毛《序》),其詩曰:"鐘鼓喤喤,磬筦將將。降福穰穰,降福簡簡。威儀反反,既醉既飽,福禄來反。"此詩中以鐘鼓之樂,描寫出周王率子孫在宗廟祭祀武王之肅穆場景。

二是周王燕享諸侯之樂。比如,《賓之初筵》爲衛武公任周平王司寇時所作歌頌周平王由西申歸宗周、收復鎬京重大勝利之讚美詩,其首章曰:"鐘鼓既設,舉醻逸逸。大侯既抗,弓矢斯張。射夫既同,獻爾發功。發彼有的,以祈爾爵。"此詩中以鐘鼓之樂,描寫出燕享諸侯時之歡樂情景。①

從周代金文可知,銘文所記鐘鼓之樂,大致上亦有上述兩類:

其一爲樂神降福之用。比如,清吴式芬《攈古録金文》卷三著録傳世昭王時器宗周鐘(周寶鐘、周王㝬鐘)銘:"其嚴在上,……降余多福。"②《攈古録金文》卷三著録傳世西周晚期器虢叔旅鐘(又題虢叔大林鐘、虢叔鐘)銘、清吴大澂《愙齋集古録》卷二著録傳世西周中晚期器猶鐘(一題牧狄鐘)銘及郭沫若《兩周金文辭大系圖録考釋》著録傳世共王時器走鐘銘、厲王時器單伯鐘銘與士父鐘銘、宣王時器井(邢)人㝨鐘銘③、中國社會科學院考古研究所編《殷周金文集成》著録1976年陝西省寶雞市扶風縣莊白1號青銅器窖藏出土西周中期器瘋鐘(一)銘、傳1890年扶風縣法門寺鎮任村出土厲王前後器克鐘銘及傳世西周晚期器吴生殘鐘銘等皆同。④

其二爲燕享賓客之樂。比如,《攈古録金文》卷三著録傳世春秋中期邾國器朱(邾)公䤯鐘銘:"臺(以)樂其身,臺(以)䜩(燕)大夫,臺(以)喜者(諸)士。"⑤《兩周金文辭大系圖録考釋》著録傳湖北省荆州市宜都山出土春秋晚期器王孫遺者鐘(一題王孫鐘)銘與傳世春秋末期徐國器儢兒鐘銘、春秋時期許國器許子鐘銘、子璋鐘銘及春秋後期邾國器邾公華鐘銘⑥等皆同。

上述第一類爲西周時期器,第二類爲春秋時期器。則鐘鼓之樂,西周時期主要功用爲娛神,春秋時期主要功用爲娛人。可見,《彤弓》詩中鐘鼓之樂,與《賓之初筵》功用相同,皆

---

① 説詳:邵炳軍《衛武公〈賓之初筵〉創作年代考》,《甘肅高師學報》,2001年第6期,第11—17頁;邵炳軍、賴旭輝《"雎鳩"意象考論》,《儒學與二十一世紀文化建設:首善文化的價值闡釋與世界傳播》,北京,學苑出版社,2010年,第408—417頁;邵炳軍《春秋文學繫年輯證》,頁139—146。
② (清)吴式芬《攈古録金文》,《續修四庫叢書》影印清光緒二十一年吴重熹刻本,上海古籍出版社,2002年,史部第902册,第713頁。按,關於宗周鐘作之年代,主要有二説:一爲昭王説,一爲厲王説。參見郭沫若《兩周金文辭大系圖録考釋》(增訂本),北京,科學出版社,2002年,釋文頁51。
③ 郭沫若《兩周金文辭大系圖録考釋》(增訂本),頁175,254,273,317。
④ 中國社會科學院考古研究所編《殷周金文集成》(修訂增補本),北京,中華書局,2007年,第1册,頁292,222—223,98。
⑤ (清)吴式芬《攈古録金文》,頁661。
⑥ 郭沫若《兩周金文辭大系圖録考釋》(增訂本),釋文頁346,351,382,384,407—408。

以娱人爲主。

又,文四年《左傳》:"(秋)衛甯武子(甯俞)來聘,公與之宴,爲賦《湛露》及《彤弓》。(武子)不辭,又不答賦。使行人私焉。對曰:'臣以爲肄業及之也。……諸侯敵王所愾,而獻其功,王於是乎賜之彤弓一、彤矢百、旅弓矢千,以覺報宴。今陪臣來繼舊好,君辱貺之,其敢干大禮以自取戾?"襄八年《左傳》:"(冬)晉范宣子(士匄)來聘,且拜公之辱,告將用師于鄭。公享之。……賓將出,武子(季孫宿,魯正卿)賦《彤弓》。宣子曰:'城濮之役,我先君文公獻功于衡雍,受彤弓于襄王,以爲子孫藏。匄也,先君守官之嗣也,敢不承命?'"衛卿士甯武子(甯俞)、晉卿士范宣子(士匄)釋此詩,皆以爲天子策命燕樂諸侯之作。

的確,《詩經》中宴飲詩,或寫酒肴豐盛,或寫款待盛情,其意皆不在酒肴與酬之本身,而在表現賓主關係和諧、氣氛融洽,其根本着眼點還在於寓德於禮,表現出一種禮樂文化精神。① 而周天子賜有功諸侯以彤弓,并舉行盛大的宴享典禮,正是這種禮樂文化精神的具體表現形式,正是對周人"其次有立功"(襄二十四年《左傳》載魯叔孫豹語)——強烈的建功立業意識的一種宣揚與展示。當然,自平王東遷起,王室漸次衰微,更需要藉助諸侯之力,方能保持太平,故周王自然需要以賞賜彤弓與鐘鼓之樂,獎勵諸侯"敵王所愾",爲之征伐。② 平王東遷之初,更是如此。則《彤弓》與《賓之初筵》一樣,皆爲平王東遷初期燕享有功諸侯之作。

三、《沔水》——周大夫憂平王遷雒後王室衰微之作

沔彼流水,朝宗于海。鴥彼飛隼,載飛載止。嗟我兄弟,邦人諸友。莫肯念亂,誰無父母?

沔彼流水,其流湯湯。鴥彼飛集,載飛載揚。念彼不蹟,載起載行。心之憂矣,不可弭忘。

鴥彼飛隼,率彼中陵。民之訛言,甯莫之懲。我友敬矣,讒言其興。

謹按,"沔",本爲水名,一名"粗水"(即"沮水"),又稱"襄河""夏水",即今之"漢水""漢江",源自陝西省漢中市勉縣茶樓鎮米倉山西麓東狼谷,幹流經陝、鄂兩省,於武漢匯入長江,全長1 577千米,爲長江最長支流③。此爲"彌"("衍")之借字,"彌"爲"沔"之本字,與"衍"字同義,本指江河之水朝宗於大海而水滿之貌,此藉以起興喻諸侯朝天子。

又,"朝宗",即"潮宗",本指百川入海,此借指諸侯朝見天子。"念",即"止";所謂"念亂"者,即"止亂"。"父母",即"京師"。故明鍾惺《評點詩經》卷二曰:"'誰無父母'四字,詞

---

① 趙沛霖《〈詩經〉宴飲詩與禮樂文化精神》,《天津師範大學學報》,1989年第6期,頁60—65。
② 劉毓慶《雅頌新考》,太原,山西高校聯合出版社,1996年,頁211—212。
③ 説詳《水經·沔水注》。

微意苦,可思可涕。"①清馬瑞辰《毛詩傳箋通釋》卷十九亦曰:"昊天子天子,天子子天下,故《傳》以'父母'爲喻'京師',……詩蓋以海水來朝喻王之以信服諸侯,因以'誰無父母'喻諸侯之以信接天子。"②可見,詩人在首章前四句選取了兩個客觀事象:"海之朝宗"——流水尚可朝宗於海,"隼之飛止"——飛隼尚且有所止息,以興己之處境不如水與隼,借喻諸侯朝天子。

又,"湯湯",與"浩浩""滔滔""湝湝""浮浮"爲同義詞,皆形容流水盛大之形態。"揚",即"飛揚",亦即"不從軌度"(《淮南子·精神篇》高《注》)。③"弭忘","弭"與"忘"同義,"忘"借爲"亡",即"已",亦即"止"。則"弭忘"實爲一同義複合詞。故所謂"不可弭忘"者,意即憂愁難以抑制。故宋朱熹《詩集傳》卷十曰:"水盛隼揚,以興憂念之不能忘。"④可見,詩人在次章前四句選取"流水動盪"與"隼飛無止"兩個客觀事象,以興己憂愁禍亂而坐立不安之心境,藉喻諸侯不朝天子。

又,"懲"爲"征"之借字,"征"爲"懲"之本字,"征"與"證""艾"義通,皆有"察"義。"敬",即"戒"。故清陳奐《毛詩傳疏》卷十八曰:"隼之飛循陵中而至止。《箋》云:'喻諸侯之守職順法度。'《漢書·賈誼傳》云:'諸侯軌道。'"⑤足見卒章前兩句選取"鴥彼飛隼,率彼中陵"這一客觀事象,以興己憂讒畏譏之心境。

綜上考論可知,詩人先寫因亂不止而憂父母,以"言人皆不知憂亂";次寫國事不安而憂不止,以"言己獨憂人之造亂";卒寫以憂讒畏譏而告諸友,以"言在位者敬以自持,則可止讒而息亂"。⑥詩人筆端靈動,思緒無迹,反映出因禍亂心緒不寧的複雜心理狀態⑦,真可謂"其哀心感者,其聲噍以殺;……其怒心感者,其聲粗以厲;……感於物而後動"⑧者;詩人見微而知著,先事以獻規,思患以預防,表現出一位士大夫高尚的政治情懷與高度的社會責任感。故我們認爲,《沔水》爲周大夫憂平王東遷雒邑後王室衰微而諸侯不朝之作。

四、《瞻彼洛矣》——周大夫祈平王遷雒後作六師以修禦備之作

瞻彼洛矣,維水泱泱。君子至止,福祿如茨。韎韐有奭,以作六師。

---

① (明)鍾惺《評點詩經》,北京,中華書局影印明泰昌元年(1620)吴興凌杜若刊朱墨黛三色套印本,2017年,頁165。
② (清)馬瑞辰撰,陳金生點校《毛詩傳箋通釋》,頁570。
③ (漢)劉安撰,(漢)高誘注,劉文典集解,馮逸等點校《淮南鴻烈集解》,北京,中華書局,1989年,頁223。
④ (宋)朱熹撰,夏祖堯點校《詩集傳》,長沙,嶽麓書社,1989年,頁138。
⑤ (清)陳奐《毛詩傳疏》,頁4063。
⑥ (元)朱公遷撰,(明)王逢輯,何英增釋《詩經疏義會通》卷十,《四部叢刊》四編影印明嘉靖二年(1523)書林劉氏安正書堂刻本,北京,中國書店,2016年,頁22。
⑦ 參見程俊英、蔣見元《詩經注析》,北京,中華書局,1991年,頁526。
⑧ 《禮記·樂記》,《十三經注疏》本《禮記正義》卷三十七,北京,中華書局,1980年,頁1527中。

瞻彼洛矣，維水泱泱。君子至止，鞞琫有珌。君子萬年，保其家室。

瞻彼洛矣，維水泱泱。君子至止，福祿既同。君子萬年，保其家邦。

謹按，"洛"，《周禮·夏官司馬·職方氏》："正西曰雍州，其山鎮曰嶽山，其澤藪曰弦蒲，其川涇、汭，其浸渭、洛，其利玉石，其民三男二女，其畜宜牛馬，其穀宜黍稷。"則"洛水"有二：一即古之"北洛水"，亦即今之"北洛河"，發源於陝西省榆林市定邊縣白于山郝莊梁，流經吳旗、志丹、甘泉、富縣、洛川、黃陵等縣，在大荔縣東南匯入渭河左岸，爲渭河北岸重要支流、黃河中游的二級支流；一即古之"雒水"，亦即今之"洛河"，發源於今陝西省商洛市洛南縣洛源鄉木岔溝，流經今河南省三門峽市盧氏縣、洛陽市洛甯縣、宜陽縣、洛龍區，於鞏義市入黃河，爲黃河下游南岸重要支流之一。從《瞻彼洛矣》三言"維水泱泱"可知，"瞻彼洛矣"之"洛"爲水名而非地名。其本作"雒水"之"雒"，則所謂"雒邑"者，乃以水名之；後訛作"洛"，作"洛水""洛邑"。故筆者以爲此"洛"乃"伊洛"之"洛"，而非"渭洛"之"洛"。

又，"君子"，《儀禮·士冠禮》："爵弁服，纁裳，純衣，緇帶，韎韐。……賓三等，受爵弁，加之，服纁裳韎韐，其他如加皮弁之儀。"《士喪禮》："爵弁服、純衣，皮弁服、褖衣，緇帶、韎韐、竹笏。"《白虎通義·爵篇》引《韓詩內傳》："世子三年喪畢，上受爵命於天子何？"《爵篇》："世子上受爵命，衣士服何？謙不敢自專也。故《詩》曰：'韎韐有奭。'謂世子始行也。"《紼冕篇》："天子大夫赤紱葱衡，士韎韐。"①元馬端臨《文獻通考》卷一百十一《王禮考六》："考之《士冠禮》於皮弁元端皆言韠，特於爵弁言韎韐，《詩》於素韠於朱芾、赤芾乃書芾。是韠者芾之通稱，而芾與韎韐異其名，所以尊祭服也。君韠雖以朱，而諸侯朝王亦赤芾，'在股、赤芾金舃'是也。士雖以爵，凡君子之齋服皆爵韠。《記》曰'齋則綪結佩而爵韠'是也。《采芑》言方叔之將兵戟亦以朱，《瞻彼洛矣》言'作六師'而戟以'韎韐'者，蓋兵事韋弁服、纁裳，故貴者以朱芾，卑者以韎韐。韎韐，即所謂縕戟。"②可見，"韎韐"本士之服，諸侯世子上受爵命時服之，絕非天子之服。故筆者以爲鄭《箋》訓"君子"爲"諸侯世子"，説是。

又，"六師"，在《詩經》中除本篇之外，《大雅》尚有二：一爲文王親帥六師出兵征伐。比如，《棫樸》爲周大夫美文王能官人之作（毛《序》），其三章曰："淠彼涇舟，烝徒楫之。周王于邁，六師及之。"一爲宣王命太師皇父整治六師。比如，《常武》爲周召穆公美宣王有常德以立武事之作（鄭《箋》），其首章曰："赫赫明明，王命卿士，南仲大祖，大師皇父。整我六師，以脩我戎。既敬既戒，惠此南國。"可見，"六師"雖爲"天子六軍"，然未必皆由天子所親帥，公卿亦可受王命帥而治之。故"以作六師"之事，若諸侯世子代公卿爲天子六師將帥，

---

① （漢）班固撰，（清）陳立疏證，吳則虞點校《白虎通疏證》，北京，中華書局，1994年，頁31—32，494。
② （元）馬端臨《文獻通考》，北京，中華書局影印民國十八年至二十六年（1929—1937）商務印書館萬有文庫《十通》本，1986年，頁1004。

自然亦可當之。

又,"萬年",在《詩經》中除本篇之外,尚有十一見,可分爲三類:一爲國人祝福國君之言。比如,《曹風·鳲鳩》爲曹大夫美晉文公復曹共公之作,其卒章曰:"鳲鳩在桑,其子在榛。淑人君子,正是國人。正是國人,胡不萬年?"二爲周王祭祖祈福之言。比如,《小雅·信南山》爲周大夫刺幽王不能修成王之業之作(毛《序》),其三章曰:"疆場翼翼,黍稷彧彧。曾孫之穡,以爲酒食。畀我尸賓,壽考萬年。"《鴛鴦》爲周大夫刺幽王而思古明王之作(毛《序》),其首章曰:"君子萬年,福禄宜之。"次章曰:"君子萬年,宜其遐福。"三章曰:"君子萬年,福禄艾之。"卒章曰:"君子萬年,福禄綏之。"《大雅·既醉》爲周人祭祀祖先時工祝代表神屍對主祭之周王所致之祝辭,其首章曰:"君子萬年,介爾景福。"次章曰:"君子萬年,介爾昭明。"五章曰:"君子萬年,永錫祚胤。"六章曰:"君子萬年,景命有僕。"①三爲公卿祝福周王之言。比如,《大雅·江漢》爲尹吉甫美宣王能興衰撥亂命召公平淮夷之作(毛《序》),其五章曰:"虎拜稽首,天子萬年。"卒章曰:"虎拜稽首,對揚王休。作召公考,天子萬壽。明明天子,令聞不已。矢其文德,洽此四國。"由此可見,"萬年""萬壽"之祝,并非周王所專用之語,諸侯亦可用之。況且,在傳世或出土銅器銘文中,諸侯大夫亦可有"萬年"之祝。比如,宋王俅輯《嘯堂集古録》著録共和元年(前841)器師毁簋(周篮敦)銘曰:"毁其萬年,子子孫孫,永寶用享。"②1974 年在河南省南陽市古宛城西關煤場春秋早期墓葬出土的申公彭宇簠銘、1981 年在古宛城東北角磚瓦廠申國貴族墓出土的西周晚期到春秋早期申國器仲爯父簠 2 件銘等皆同。③故"君子萬年"之祝,未除喪之諸侯世子自然可以受之。

既然"韎韐"爲"祭服之韠",此"君子萬年"之"君子"肯定爲未除喪而已即位之諸侯世子。故此"君子",當爲桓公友世子武公掘突。足見此詩爲周王在東都會諸侯於洛水之上,檢閱六軍之作。故明孫鑛《批評詩經》卷二評之曰:"姿態乃在'韎韐''瑲珌'兩語上。"④的確,詩人在首章先點明處所,重在美周王軍帥之戎服;次章先點明處所,重在美周王軍帥之佩刀;卒章先點明處所,重在美周王軍帥之福禄。

又,明何楷《詩經世本古義》卷十九:"《瞻彼洛矣》,紀東遷也。按,《史》:周幽王十有一年,申侯與犬戎入寇,戎弒王於驪山之下,鄭桓公友死之。鄭人共立其子掘突,是爲武公。時,晉、衛、秦皆以兵來救,平戎,武公收父散兵,從諸侯東迎故太子宜臼於申,立之,是爲平王。以豐、鎬逼近戎狄,不可居,乃遷都於洛。此詩所詠,正其事也。"⑤則此詩作於武

---

① 詳見邵炳軍《春秋文學繫年輯證》,頁 582—584,126。
② (宋)王俅《嘯堂集古録》,北京,中華書局影印南宋淳熙三年(1176)刻本,1985 年,頁 53。
③ 參見:王儒林、崔慶明《南陽市西關出土一批春秋青銅器》,《中原文物》,1982 年第 1 期,頁 39—41;尹俊敏《〈南陽市西關出土一批春秋青銅器〉補記》,《華夏考古》,1999 年第 3 期,頁 43—45,58;崔慶明《南陽市北郊出土一批申國青銅器》,《中原文物》,1984 年第 4 期,頁 13—16。
④ (明)孫鑛《孫月峰先生批評詩經》,頁 102。
⑤ (明)何楷撰,李士彪、張丹丹校點《詩經世本古義》,北京大學出版社,2019 年,頁 1040。

公掘突未除喪之前,即幽王十一年平王二年(前771—前769)之間;詩歌所寫處所在東都成周以南之洛水,則爲平王東遷以後會諸侯之事。

綜上考論,《葛藟》爲周大夫刺平王東遷雒邑時棄其九族之作,《彤弓》爲周大夫美平王東遷雒邑後賜有功諸侯彤弓之作,《沔水》爲周大夫憂平王東遷雒邑後王室衰微之作,《瞻彼洛矣》爲周大夫祈平王遷雒後作六師以修禦備之作。足見這些詩篇從不同藝術視角,展示了周大夫隨平王東遷雒邑後的怨刺、讚美、憂慮、祈願等複雜情態,寄寓了周人希冀平王能夠復興王室的美好願望。由此可見,儘管這些詩篇并非同一人所作,但爲同一時期表達相同主旨的組詩。

論《詩經》節奏舒緩的特點及成因[*]

郝桂敏[**]

(瀋陽師範大學文學院)

摘　要：《詩經》作爲周代禮樂文明的重要組成部分,是當時最權威的政治教科書,是國學和鄉學教育的重要內容。由於周代的教育行爲是在藝術化的行爲下展開,《詩經》便具有鮮明的藝術氣息。《詩經》的節奏是其藝術化的一個重要表現。無論是《詩經》配合禮樂的演唱,還是後來與音樂漸行漸遠的徒歌誦讀,《詩經》的音樂節奏都表現出舒緩的特色。《詩經》音樂節奏的舒緩,與《詩經》在周代禮樂文化中的應用特點直接相關。《詩經》誦讀節奏舒緩,與《詩經》莊典的內容及四言句式有直接關係。以往學界對《詩經》音樂及誦讀節奏研究較少,本文希望提出淺見,以引起學界對《詩經》節奏的研究加以重視。

關鍵詞：《詩經》;節奏;舒緩;表現;成因

"節奏"一詞,源自希臘語的 Pew,本義是流動,它是肯定與否定的交替,静和動的互相滲透,無窮變化中的秩序。詩歌是以激情和形象思維爲內容特徵的語言藝術,節奏就成爲詩歌最主要的形式特徵。詩歌節奏的藝術功能,在於以反復的刺激不斷地推動人們的情緒,使之感奮起來,對詩歌的內容更容易產生共鳴,從而使詩歌的形象和激情,更容易與被節奏敏感化了的人們的聯想能力相滲透,進而產生強烈的藝術效果。

節奏對於文學的重要意義,朱光潛在《談美　談文學》中有這樣的論述:"領悟文字的聲音節奏,是一件極有趣的事。普通人以爲這要耳朵靈敏,因爲聲音要用耳朵聽才生感覺,就我個人的經驗來說,耳朵固然要緊,但是還不如周身筋肉。我讀音調鏗鏘、節奏流暢的文章,周身筋肉仿佛作同樣有節奏的運動;緊張,或是舒緩,都產生出極愉悦的感覺。如果音調節奏上有毛病,我的周身筋肉都感覺局促不安,好像聽廚子刮鍋煙似的。我自己在作文時,如果碰上興會,筋肉方面也仿佛在奏樂,在跑步,在盪舟,想停也停不住。如果意

---

[*]　本文係國家社科基金重大項目"《詩經》與禮制研究"(16ZDA172)階段性成果。
[**]　郝桂敏,女,文學博士,瀋陽師範大學文學院教授、碩士生導師。研究方向:《詩經》學與文獻學。

興不佳,思路枯澀,這種内在的筋肉節奏就不存在,儘管費力寫,寫出來的文章總是吱咯吱咯的,像没有調好的弦子。我因此深信聲音節奏對於文章是第一件要事。"① 朱光潛先生認爲節奏是文章中最重要的事情,節奏是詩歌的靈魂。以往學界對《詩經》的節奏研究較少,本文試圖對《詩經》節奏特點及形成原因作詳細探討。

一、《詩經》演唱節奏舒緩的表現及成因

(一)《詩經》演唱節奏舒緩表現

音樂在古代具有重要的地位,古人認爲音樂能解決人心的問題,而人心是最難解決的。湖北荆門出土的郭店楚簡記載:"凡學者,求其心爲難。"②"雖能其事,不能其心,不貴。"③一個人事情能做好,但動機不純也不好。音樂是最能打動人心的,"凡聲,其出於情也信,然後其入撥人之心也(厚)"④是説音樂是人真實情感的流露,因此也最能打動人心。《詩經》305篇作爲周代教育貴族子弟的重要教科書,全部和樂,并配合舞蹈和樂器,在不同儀式上誦讀、歌唱或演唱,目的是移風易俗,更好地教化人民。從流傳下來的《詩經》古譜看,其演奏時的節奏是舒緩的,下面以《周南·關雎》《小雅·南有嘉魚》《周頌·豐年》古譜爲例來分析《詩經》音樂節奏:

《周南·關雎》古譜:⑤

關　雎

詞:《詩經·周南》
曲:《魏氏樂譜》譯譜

$1 = C \quad \frac{2}{4}$

| 6 6 | 1 6 | 5 3 5 6 5 3 | 5 6 5 | 2 | 5 3 5 | 6 1 | 6. | 6 5 |

關關　雎鳩,　在河　之　洲。窈窕　淑女,　君
參差　荇菜,　左右　流　之。窈窕　淑女,　寤
求之　不得,　寤寐　思　服。悠哉　悠哉,　輾
參差　荇菜,　左右　采　之。窈窕　淑女,　琴
參差　荇菜,　左右　芼　之? 窈窕　淑女,　鍾

| 3 5 6 5 2 | 2 — ‖

子　好逑。
寐　求之。
轉　反側。
瑟　友之?
鼓　樂之?

---

① 朱光潛《談美　談文學》,桂林,廣西師範大學出版社,2022年,頁224。
② 轉引自彭林《禮樂文明與中國文化精神》,北京,中國人民大學出版社,2017年,頁76。
③ 同上。
④ 同上。
⑤ 劉冬穎國家藝術基金項目"古典詩詞吟唱的新媒體傳播"階段性成果,來自網絡《風雅弦歌》,微信號:ifengyaxiange。

《小雅·南有嘉魚》古譜：

南有嘉魚

詞：《詩經·小雅》
曲：《瑟譜·詩舊譜》

1=A 4/4

南有嘉魚，烝然罩罩。君子有酒，嘉賓式燕以樂。南有嘉魚，烝然汕汕。君子有酒，嘉賓式燕以衎。南有樛木，甘瓠纍之。君子有酒，嘉賓式燕綏之。翩翩者鵻，烝然來思。君子有酒，嘉賓式燕又思。

《周頌·豐年》古譜①：

豐 年

詞：《詩經·周頌》
曲：傳統吟誦調
整理製譜：何洋

1=D 3/4

豐年多黍多稌，亦有高廩。萬億及秭，爲酒爲醴。烝畀祖妣，以洽百禮，多黍多稌，亦有高廩。萬億及秭，爲酒爲醴。烝畀祖妣，以洽百禮，降福孔皆。

---

① 劉冬穎國家藝術基金項目"古典詩詞吟唱的新媒體傳播"階段性成果，來自網絡《風雅弦歌》，微信號：ifengyaxiange。

從創作時間上看，《關雎》的創作在幽、厲之後的周平王東遷之世（前770年以後），而《南有嘉魚》創作於周宣王時代（前827年—前782年），比《關雎》的創作年代要早，《周頌·豐年》的創作時間要更早。從古譜的節奏來看，《南有嘉魚》也比《關雎》的節奏更舒緩，而《豐年》節奏則更加舒緩。三首詩歌演奏的場合不同，《南有嘉魚》和《關雎》在鄉飲酒禮中演奏，而《豐年》在祭祀禮中演奏，周代祭祀禮儀要比鄉飲酒禮重要，也比鄉飲酒禮莊重、嚴肅，因此節奏也更加緩慢。由此推知，《詩經》中產生較早的詩歌，其應用的場合多是祭祀天地、祖先等，在內容上更莊重、更嚴肅，其節奏也應該更舒緩。《詩經》中節奏最舒緩的詩歌當爲《頌》和《大雅》，其次爲《小雅》，最後是《國風》。

（二）《詩經》演唱節奏舒緩的成因

《詩經》演唱節奏緩慢的原因，離不開周代禮樂文明的社會政治背景，本文主要從以下幾個方面進行分析：

1. 與《詩經》演奏的樂器有關

爲了區別尊卑長幼秩序，《詩經》在不同場合用不同的樂器演奏：

祭祀時所用的樂器：

> 《周禮·春官·大司樂》云："乃奏黃鐘，歌大呂，舞《雲門》，以祀天神；乃奏太簇，歌應鐘，舞《咸池》，以祭地示。乃奏姑洗，歌南呂，舞《大磬》，以祀四望。乃奏蕤賓，歌函鐘，舞《大夏》，以祭山川。乃奏夷則，歌小呂，舞《大濩》，以享先妣。乃奏無射，歌夾鐘，舞《大武》，以享先祖。"①

大射禮所用樂器：

> 《儀禮·大射》第七云："樂人宿縣於阼階東：笙磬西面，其南笙鐘，其南鎛，皆南陳。建鼓在阼階西，南鼓。應鼙在其東，南鼓。西階之西頌磬，東面。其南鐘，其南鎛，皆南陳。一建鼓在其南，東鼓；朔鼙在其北。一建鼓在西階之東，南面。簜在建鼓之間。韔倚於頌磬，西紘。"②

鄉射禮所用樂器：

> 席工於西階上少東。樂正先升，北面立於其西。工四人，二瑟，瑟先，相者皆左何瑟，面鼓，執越，內弦，右手相。入，升自西階，北面，東上。工坐。相者坐，授瑟乃降。笙入，立於縣中，西面。乃合樂。《周南》：《關雎》《葛覃》《卷耳》；《召南》：《鵲巢》《采

---

① 孫詒讓《周禮正義》，北京，中華書局，2000年，頁1739—1751。
② 楊天宇《儀禮譯注》，上海古籍出版社，2016年，頁194。

蘩》《采蘋》。工不興,告於樂正曰:"正歌備。"樂正告於賓,乃降。①

從《詩經》時代各種禮儀演奏的樂器看,主要有鐘、鼓、笙、瑟等,重要的禮儀多用鐘和鼓,次重要的禮儀用笙和瑟。雅樂的特點節拍緩慢,與這上述樂器的使用有關。可以説,以鐘鼓爲主的樂器的使用,決定了《詩經》演唱的節奏比較舒緩,而且越是重要的禮儀演唱節奏就越是舒緩。

2. 與《詩經》在周代禮儀中的應用有關

《詩經》的音樂主要是配合周代各種儀式演唱的需要,而各種儀式主要是通過周人的動作來完成的。由於是爲了配合人的各種動作,必然要符合人體行動的節拍,這與沙漠和草原詩歌要配合駱駝和馬的動作、節拍快速强烈截然相反,《詩經》的節奏是舒緩的。以周禮爲例子來説明這個問題。

在周代,二十歲要加成人禮,根據彭林《禮樂文明與中國文化精神》一書的記載,成人禮的動作主要有以下幾個方面:冠禮主要有三個工作人員參與,依次站在堂前的三個臺階上,每人手裏端着一個竹編的小筐,每個筐裏放着一個冠:緇布冠(希望記住先輩的篳路藍縷)、皮弁(鹿皮做成的類似瓜皮的帽子,意味着有服兵役的義務)、爵弁(意味着將來要在朝廷跟國君祭祀)。小孩梳着代表兒童髮型的鬌鬆,穿着彩衣,等待儀式開始。隨後嘉賓走上去,示意工作人員開始工作。然後工作人員把小孩叫出來,讓他跪在地上,把他的頭髮解開,按照成人的髮型給他梳成髮髻,再用一個簪子將髮髻固定住。之後,嘉賓走到西階前,取下站在最上面的工作人員手裏的緇布帽,戴在孩子頭上,并念祝辭,表達對孩子的美好祝願,這叫"始加"。之後,孩子换掉彩衣,换上成年人穿的比較樸素的衣服,走到臺上,莊重地向大家展示。臺下的人向他祝福。嘉賓讓小孩再次坐下,把頭上包髮的布拿掉,再次梳頭,加上皮弁,宣讀祝辭。祝辭後小孩又站起來,回到房間换第二套服裝,再次到臺下向嘉賓展示;小孩再梳頭,戴上爵弁,再次向臺下展示。完成"再加"和"三加"動作。"三加彌尊",第一次加冠讓孩子記住民族的歷史,讓民族的記憶一代代地延續下去;第二次加冠意味着成年後就要有民族的擔當,在國家需要的時候要成爲守衛民族的戰士;第三次加冠意味着孩子有輔佐君主的重任。總之,這三個冠一個比一個尊貴,儀式也一次比一次重要。② 從士冠三加之禮的具體儀式,可以看出其動作不外周人日常生活的動作,配以《詩經》的音樂,也當節奏舒緩的音樂。

---

① 楊天宇《儀禮譯注》,頁114。
② 彭林《禮樂文明與中國文化精神》,頁113—115。

二、《詩經》誦讀節奏緩慢的表現及成因

(一)《詩經》誦讀節奏舒緩的表現

朱光潛在《詩論》中指出,詩歌的節奏就是"聲音大致相等的時間段落裏所生的起伏。這大致相等的時間段落就是聲音的單位,如中文詩的句讀,英文詩的行與音步(foot)。起伏可以在長短、高低、輕重三方面見出"。① 朱光潛認爲,不像英文詩歌那樣,在音步之内,輕音與重音相間成節奏,中國詩歌主要依靠"頓"來生成節奏。"頓"又叫"逗"或"節","每句話都要表現一個完成的意義,意義完成,聲音也自然停頓。一個完成句的停頓通常用結束字元號'.'表示",②這就是"頓"。朱光潛還說:"我們說話或念書,在未到逗點或終止點時都不應停頓。但在實際上我們常把一句話中的字分成幾組,某相鄰數字天然地屬於一組,不容隨意上下移動。每組自成一個小單位,有稍頓的可能。"③"我到—這邊來,—聽聽—這些—人們—在討論—什麽。"④其中每個小單位的停頓,都是說話稍微慢的時候便能覺察出來的,如果說話快,便掠過去了。讀《詩經》也是這樣,"如果拉長一點調子,頓就很容易出現。"⑤"陟彼—崔嵬,—我馬—虺隤。我姑—酌彼—金罍,—惟以—不永懷。"⑥

詩歌一定要體現出節奏感,讀《詩經》拉長調子才能體現出節奏感,因此《詩經》朗讀起來也必然是較緩慢。

(二)《詩經》誦讀節奏舒緩的原因

《詩經》的詩歌最初都是樂歌,在當時可歌唱和演奏,并且有固定的樂譜和唱法,樂官將從各地收集的作品進行整理加工,使其詞曲固定下來,再由統治者頒發施行用於禮樂教化,是周代禮樂文化的重要組成部分,因而"詩"的節奏必定與當時音樂中正平和的追求相一致,突出平衡、平和、齊整、典雅,排斥對比强烈、跳躍性强的節奏。《詩經》節奏的舒緩也與四言爲主的語言形式、《詩經》的押韻和復還有一定的關係。下面一一分析。

1. 四言形式、莊典内容與《詩經》緩慢的節奏

《詩經》以四言形式爲主,這是不争的事實。漢學家杜百勝在《中國古代韻律學的起源與發展》一文中談到:"中國詩歌起源於一個非常簡單的技巧,就是四言句。因爲單音節的緣故,四言句中包含了四個没有重音變化的音節。將詩與散文區别開來的最早因素就是

---

① 朱光潛《詩論》,合肥,安徽教育出版社,2006年,頁144。
② 《詩論》,頁161。
③ 《詩論》,頁162。
④ 同上。
⑤ 同上。
⑥ 同上。

四言句的發展,第二個因素才是押韻的發展。"①可見,《詩經》四言爲主的語言形式是《詩經》的重要技巧之一,也是《詩經》在當時條件下載語言形式方面的重要突破。周初詩歌便出現了以四言爲主的迹象,先看《周頌》:作於周代初年的《周頌》純粹四言的詩歌 13 首,占《周頌》31 首詩歌的 41.94%。《周頌》總計 320 句,其中四言詩歌有 277 句,占《周頌》詩句總數的 86.56%。由於《周頌》創作時間是在前 11 世紀—前 10 世紀,是《詩經》創作年代最早的詩篇,詩人在語言表達技巧上還不甚成熟,因此在四言的運用上還不夠整齊劃一,但也基本體現出了以四言爲主體的格局。再看《大雅》前十篇的語言形式特點:從《大雅》前十篇詩歌統計可見,純粹的四言詩六首,占詩歌十篇總數的 60%,句式方面,除了有 25 句非四言句子之外,其餘詩句皆四言;總詩句 414 句,四言占 391 句,占詩句總數的 94%。《周頌》和《大雅》(前十篇)的語言形式以四言爲主的特徵,是十分鮮明的。恩師王延海先生統計,"《詩經》全部的句數爲 7 300 多句,而四言句占 92%,即 6 700 多句,故可説《詩經》以四言句式爲主。當然,《詩經》爲抒情的需要,也常雜用一、二、三、五、六、七、八言句式在,只是所占比重很少。"②

  問題是:《詩經》以四言爲主的語言形式何以使得詩歌節奏緩慢呢?

  從《論語》《孟子》等文獻的相關論述中,可知《詩經》在當時承擔了諸如"禮樂教化""外交""治國""(祭祀)祭告神祖"等多方面的社會作用,《詩經》也因此具有莊典性的特點。《詩經》的莊典特性,古人早已注意到。《禮記·樂記》有云:禮樂"用於宗廟社稷,事乎山川鬼神,則此所與民同也。……故聖人作樂以應天,制禮以配地"③。又云:"大樂與天地同和,大禮與天地同節。……如此則四海之内合敬同愛矣。"④《詩》樂爲天地之間的正樂,有合四海萬邦的重要作用,其内容的典雅莊重可見一斑。《詩鏡總論》也説:"詩有六義,《頌》簡而奥,優哉尚矣。《大雅》宏遠,非周人莫爲。《小雅》婉變,能或庶幾。風體優柔,近人可傲。然體裁各别,欲以漢魏之詞,復興古道,難以冀矣。"⑤也極言《詩經》内容和風格的典雅。同時,前人還注意到了《詩經》内容與語言之間的關係,《文章流别論》説:"雅音之韻,四言爲正,其餘雖備曲折之體,而非音之正也。"⑥《詩鏡總論》云:"詩四言優而婉。"⑦可見,《詩經》内容的莊典與詩歌四言形式的一致性,已經得到了前人的認可。《詩經》内容的莊典和語體的莊典之間,具有同一性,《詩經》的莊典内容需要舒緩的節奏形式來表現。馮勝利在《漢語韻律詩體學論稿》中,也詳細論述了詩歌功能與詩歌體式之間的關係,認爲:

---

① 轉引自張萬民《英語世界的詩經學》,石家莊,河北教育出版社,2013 年,頁 415。
② 王延海《〈詩經釋論〉應試解題》,瀋陽,遼寧大學出版社,2001 年,頁 35。
③ 戴勝編、劉長江譯注《禮記》,北京,中國工人出版社,2016 年,頁 171。
④ 戴勝編、劉長江譯注《禮記》,第 170 頁。
⑤ (明)陸時雍著,丁福保訂《歷代詩話續編》,民國五年無錫丁氏鉛印本,頁 1。
⑥ 轉引自馮勝利《漢語韻律詩體學論稿》,北京,商務印書館,2018 年,頁 199。
⑦ (明)陸時雍著,丁福保訂《歷代詩話續編》,頁 1。

"從語體的角度説,'頌'是莊典語體裏的典型代表,亦即'宗教頌辭'。……節奏舒緩與語體莊典具有内在的'形式-功能'對應性,亦即節奏舒緩的形式對應莊重典雅的功能。"①這就是説,《詩經》内容的莊典性,要求詩歌語言、結構也要具有莊重典雅的特點。在漢語的語體中,四言形式最具有莊重典雅的特性,正如馮勝利所説,四言形式的四音節韻律的詩歌,其"節律模式是一種平衡、標準和富於莊典性的結構。……四音節韻律在漢語學中是最普遍、最有影響力的詩歌形式。"②

四言具有莊典性的表達效果,是《詩經》選擇用四言而不是二言、三言形式作爲語言主體的原因。在《詩經》之前,《易經》所引古代詩歌中,二言、三言、四言混合形式是其詩歌的主要形式,四言句式不占絶對優勢。《易經》卦爻辭大量引用古代詩歌,這些古詩當是文王時期存在的,計 68 首。純二言詩 5 首,純四言詩 3 首,純三言詩未見。以四言爲主(四言詩句占詩歌半數及以上)的詩歌有《乾》等 22 首,占詩歌的 32%;以二言爲主體的詩歌 15 首,占詩歌總數的 22%。以三言爲主體的詩歌 14 首,占詩歌總數的 21%,其他混合形式的詩歌 17 首,占詩歌總數的 25%。《易經》卦爻辭所引古代詩歌,在語言形式上以二言、三言、四言爲主的詩歌居多,這類詩歌共占《易經》所引古詩的 75%。未見純粹的五言詩歌和六言詩歌(五言詩句和六言詩句與二言、三言、四言混合運用的詩歌裏,五言和六言的詩句也只是以一、兩句的形式出現)。可見,《易經》卦爻辭所引古代詩歌,在詩體上以二言、三言、四言爲主流。③《詩經》語言生成條件與《易經》古歌中的大部分詩歌相近,就是説,《詩經》在當時可選擇二言、三言、四言未主要詩歌形式,而《詩經》却選擇以四言爲主體的詩歌形式,這與《詩經》莊典性的語體特徵有關。

由此可見,《詩經》詩體上具有雅正的特點,而四言形式最適合表現雅正的内容,這是《詩經》選擇四言形式的主要原因。《詩經》四言體在節奏上表現爲"2+2"的雙音步結構,即"[1+1]+[1+1]"的節律模式,具有平衡、標準和富於莊典性的特點,這種結構在節奏往往趨於緩慢,其節奏緩慢在《大雅》和三《頌》部分表現尤其明顯。

2.《詩經》的押韻與節奏舒緩的關係

《詩經》的節奏除了靠"頓"生成之外,還依靠押韻來生成。"既然母音是最容易感覺得到、最容易切分出來、也最富有音樂性。用母音來諧音便是最自然的事情。押韻成了漢語詩歌節律的最早形式。"④

《詩經》的押韻也與早期音樂伴奏有關。中國古代的音樂以打擊樂爲主,《詩經》中有

---

① 馮勝利《漢語韻律詩體學論稿》,頁 99。
② 《漢語韻律詩體學論稿》,頁 199—200。
③ 郝桂敏《論〈詩經〉四言體的語言文化意藴》,《齊齊哈爾大學學報》(哲學社會科學版),2021 年第 8 期,頁 128。
④ 廖揚敏《〈詩經〉的韻式與偶句韻成因探索》,《第四届詩經國際學術研討會論文集》,北京,學苑出版社,2000 年,頁 602。

22首詩41次寫到鼓，而且詩歌中常常鐘鼓連用。打擊樂容易形成一輕一重的輕重、快慢、節奏對比，產生了節奏。詩歌也必然要符合這種節奏。"一句押韻，一句不押的偶句韻，似乎更符合節奏。韻去而復返，前後呼應，顯示了詩的節奏；……韻脚既然如此重要，它相當於樂句中的重拍、強拍。那麽另一句句末不押韻，就可以形成輕重、強弱的對比。"①由於偶句韻"能够拉長句子的時值。若每字所占時值一樣，偶句韻所占時值比句句韻所占時值感覺上要長一倍，是放慢了節奏。"②根據廖揚敏統計，《詩經》中的偶句韻占47.2％，句句韻占52.8％（含交韻9.2％、抱韻約0.5％）。如果除去交韻和抱韻，句句韻的比例下降到43.5％，偶句韻的比例最高。③從偶句韻在《詩經》中分布的實際情況看，《大雅》中的偶句韻居多，《國風》中很多詩篇句句用韻，按照押韻與節奏關係的理論，《國風》的節奏要比《大雅》快一些。

《頌》的節奏比《大雅》節奏舒緩，王國維在《説周頌》一文中指出：

> 風雅頌之別，當於聲求之。頌之所以異於風雅者，雖不可得而知，今就其著者言之。則頌之聲較風雅爲緩也。何以證之？曰：風雅有韻，而頌多無韻也。凡樂詩之所以用韻者，以同部之音，間時而作，足以娱人耳也。……然則風雅所以有韻者，其聲促也。頌之所以多無韻者，其聲緩，而失韻之用，故不用韻，此一證也；其所以不分章者亦然……此二證也。④

王國維先生認爲，《頌》無韻，是因爲節奏太過緩慢，而押韻起不到了節奏停頓的作用。我認爲，王國維先生的見解大體不錯，但《頌》詩無韻，也與《頌》詩創作早、當時詞彙以單字爲主、周人創作技巧尚未成熟有一定關係。

3. 章節復還與《詩經》舒緩的節奏

《詩經》韻律節奏最大的特徵是大量采用復還，追求往復回環的節奏感，這也是我國古典詩歌構成節奏的傳統方式。從原始歌謠起，我國的詩歌就采用重章叠句的復還方式，《詩經》繼承發揚并使復還趨向於複雜化，連章叠句發展到整首詩篇以某一章作爲主體結構，回環往復。這種前後呼應、往復迴旋的復還手法，使詩歌呈現一種迴腸盪氣、一唱三歎的旋律效果，在節奏上也體現舒緩悠揚的特性。而且相同或相似的詞、句在詩中反復出現，使得詩人需要強調的事實、觀念或情感凸顯出來，從而突出了意義表達。《詩經》的復還突出地表現爲章節之間的復還。詩歌章節之間的復還，也是造成《詩經》節奏舒緩的重要原因。仔細研究，《詩經》305篇章節復還的情況又有所不同。

---

① 《〈詩經〉的韻式與偶句韻成因探索》，頁603。
② 同上書，頁604。
③ 同上書，頁599。
④ 轉引自馮勝利《漢語韻律詩體學論稿》，頁99。

第一,全部章節復還,115篇,《國風》和《小雅》占110篇。

第二,部分章節復還,77篇,《國風》和《小雅》占74篇。

第三,章節没有復還,113篇,《國風》和《小雅》占50篇,《大雅》和《頌》占65篇。

從以上統計可見,全部復還及部分復還的詩歌計192篇,占《詩經》305篇的63%,没有章節復還的113篇,占《詩經》總數305篇的37%。没有章節復還的詩歌,主要存在於《頌》和《大雅》中。章節復還現象在《小雅》和《國風》中有184首,占96%。章節復還顯現普遍存在於《小雅》和《國風》之中。

問題是:《頌》和《大雅》爲何章節復還少？何以《小雅》和《國風》章節復還多？這和詩歌創作技巧的發展固然有一定的關係,《詩經》的風、雅、頌三部分也因此具有不同的文學風貌。也正因爲《詩經》的復還現象的不斷增加,而使得句式節奏稍快的《小雅》和《國風》在詩歌整體節奏上呈現舒緩悠揚的旋律特點。《大雅》的偶句韻比較多,《大雅》主要通過偶句韻而不是章節的復還,造成了詩歌內在結構的停頓,形成舒緩的節奏。《小雅》和《國風》的句句韻比較多,通過章節的復還,造成間隔較長的停頓,使詩歌表現出節奏舒緩悠揚的特點。

結　語

節奏是《詩經》重要的美學特徵,從現存《詩經》古譜看,其節奏以舒緩爲主要特徵,這個特徵表現在演唱和誦讀兩個方面。《詩經》音樂節奏舒緩,與周代禮樂文化有關。配合《詩經》演奏的樂以鐘鼓爲代表,其表演節奏是緩慢的;同時,《詩經》的演奏主要是配合周代各種典禮和儀式,爲了配合人的步伐,《詩經》節奏也必然舒緩。《詩經》在周代以後脱離了音樂,作爲徒歌的《詩經》,其誦讀節奏也是緩慢的。因爲漢字以音節爲單位,《詩經》的節奏主要靠"頓"、押韻和復還來實現。"頓"要求誦讀詩歌要拉長聲音,《詩經》押韻以偶句韻爲主,偶句韻實際上也是詩歌的停頓處,復還更是《詩經》更大的停頓處。這些停頓决定了《詩經》誦讀節奏必然是舒緩的。同時,《詩經》誦讀節奏舒緩,與《詩經》内容的莊典有直接關係。音樂實踐證明,越是莊典的詩歌,其誦讀節奏越緩慢。《詩經》内容的莊典,要求莊重的語體形式與之相適應,適合表現典雅莊重語體特徵的四言爲主的語言形式,是《詩經》時代最佳的語言選擇,而四言爲主的語言形式,也是《詩經》節奏舒緩的另一原因。

先秦吳地《詩》學流播考索*

劉立志**

（南京師範大學文學院）

摘　要：稽考傳世史料，吳地《詩》學線索隱微，《左傳》中季札觀樂故事繫年有誤，亦不能據以確定其時吳人已經研讀三百篇。但結合孔門傳學、出土銅器銘文語言風格及簡牘所見吳地故事之文字，大略可見吳地較早即有《詩經》流傳。

關鍵詞：吳地；《詩經》；季札

古往今來，吳地的範圍一直處於變動之中，由春秋時期吳越之吳，到三國時代之孫吳，到五代十國之楊吳，再到明清兩朝之三吳，稱名或相沿襲，而轄境則不盡全同，綜合說來，其核心區域則是比較穩定的，即蘇州、無錫、常州、湖州、嘉興，本文所謂吳地即指此五個地區。

三百篇之中没有可以明確認定爲産生於吳地的詩作，十五國風中的"二南"範疇，古今學人見解未盡一致，朱駿聲《經史答問》認爲南是楚地，二南詩即楚詩；蘇轍、王質、程大昌、顧炎武、崔述、吳懋清等皆以爲南是曲調。劉寶楠《愈愚錄》以爲南既是地名又是樂調名；又或謂南爲地名、爲國名。今人多以"二南"爲區域概念，但對其地域範圍的界定分歧較大，主要有"周原説""岐山南部説""周公分陝説""河洛至江漢説""江漢流域説"等。約略説來，今人大致公認，周南相當於現今河南省西南部南陽至湖北省西北部江陵一帶區域，召南範圍在今漢水下游至長江一帶。"二南"收録作品屢屢言及汝水、漢水和長江，其産生的地域當南及江漢流域，已經包括楚國，但是否牽涉至於吳地，目前尚無材料進行考論證明。

迄於兩漢，《史記・儒林列傳》與《漢書・儒林傳》紹述學術源流偏重北方地區，載録的南方學術情況極少，吳地之《詩經》研讀情形亦在疏漏之列。

---

* 本文係國家社科基金項目"吳地文化與《詩經》研究"（15BZW055）階段性成果。
** 作者簡介：劉立志，男，南京師範大學文學院教授。研究方向：先秦兩漢文學。

稽考傳世文獻資料,吳地最早和《詩經》發生聯繫的人士是吳國公子季札,其事蹟主要是季札觀樂,見於《春秋左傳·襄公二十九年》:

【經】

二十有九年春王正月,公在楚。(周景王元年,前544年)

閽弑吳子余祭。

吳子使札來聘。

【傳】

吳人伐越,獲俘焉,以爲閽,使守舟。吳子余祭觀舟,閽以刀弑之。

吳公子札來聘,見叔孫穆子,説之。謂穆子曰:"子其不得死乎?好善而不能擇人。吾聞'君子務在擇人'。吾子爲魯宗卿,而任其大政,不慎舉,何以堪之?禍必及子!"請觀於周樂。使工爲之歌《周南》《召南》,曰:"美哉!始基之矣,猶未也。然勤而不怨矣。"爲之歌《邶》《鄘》《衛》,曰:"美哉,淵乎!憂而不困者也。吾聞衛康叔、武公之德如是,是其《衛風》乎?"爲之歌《王》,曰:"美哉!思而不懼,其周之東乎?"爲之歌《鄭》,曰:"美哉!其細已甚,民弗堪也,是其先亡乎!"爲之歌《齊》,曰:"美哉!泱泱乎!大風也哉!表東海者,其大公乎!國未可量也。"爲之歌《豳》,曰:"美哉!蕩乎!樂而不淫,其周公之東乎?"爲之歌《秦》,曰:"此之謂夏聲。夫能夏則大,大之至也,其周之舊乎?"爲之歌《魏》,曰:"美哉!渢渢乎!大而婉,險而易行,以德輔此,則明主也。"爲之歌《唐》,曰:"思深哉!其有陶唐氏之遺民乎?不然,何憂之遠也?非令德之後,誰能若是?"爲之歌《陳》,曰:"國無主,其能久乎?"自《鄶》以下無譏焉。爲之歌《小雅》,曰:"美哉!思而不貳,怨而不言,其周德之衰乎?猶有先王之遺民焉。"爲之歌《大雅》,曰:"廣哉!熙熙乎!曲而有直體,其文王之德乎?"爲之歌《頌》,曰:"至矣哉!直而不倨,曲而不屈,邇而不逼,遠而不攜,遷而不淫,復而不厭,哀而不愁,樂而不荒,用而不匱,廣而不宣,施而不費,取而不貪,處而不底,行而不流,五聲和,八風平,節有度,守有序,盛德之所同也。"見舞《象箾》《南籥》者,曰:"美哉!猶有憾。"見舞《大武》者,曰:"美哉!周之盛也,其若此乎!"見舞《韶濩》者,曰:"聖人之弘也,而猶有慚德,聖人之難也。"見舞《大夏》者,曰:"美哉!勤而不德,非禹其誰能修之?"見舞《韶箾》者,曰:"德至矣哉!大矣!如天之無不幬也,如地之無不載也,雖甚盛德,其蔑以加於此矣。觀止矣!若有他樂,吾不敢請已!"

其出聘也,通嗣君也。故遂聘於齊,説晏平仲,謂之曰:"子速納邑與政!無邑無政,乃免於難。齊國之政,將有所歸,未獲所歸,難未歇也。"故晏子因陳桓子以納政與邑,是以免于欒、高之難。

聘于鄭,見子產,如舊相識,與之縞帶,子產獻紵衣焉。謂子產曰:"鄭之執政侈,難將至矣！政必及子。子爲政,慎之以禮。不然,鄭國將敗。"

適衛,説蘧瑗、史狗、史鰌、公子荆、公叔發、公子朝,曰:"衛多君子,未有患也。"

自衛如晋,將宿于戚。聞鐘聲焉,曰:"異哉！吾聞之也:'辯而不德,必加於戮。'夫子獲罪于君以在此,懼猶不足,而又何樂？夫子之在此也,猶燕之巢於幕上。君又在殯,而可以樂乎？"遂去之。文子聞之,終身不聽琴瑟。

適晋,説趙文子、韓宣子、魏獻子,曰:"晋國其萃於三族乎！"説叔向,將行,謂叔向曰:"吾子勉之！君侈而多良,大夫皆富,政將在家。吾子好直,必思自免於難。"

上述引文之中,經文選録了與吴國有關的兩條,傳文只選録了與季札相關的部分。

《左傳》記述季札觀樂的這段文字,在《詩經》研究論著中徵引頻率極高,但是這個材料的可信度大有問題。朱東潤先生曾經指出:"這段記載是靠不住的。《左傳》本來就有不少的段落是春秋後人所捏造,在成書時插入的,這是一個例證。《傳》稱:'其(季札)出聘也,通嗣君也。'假如季札所通者爲吴王夷末,夷末嗣位在是午五月,季札至魯在六月,先君餘祭初死,新君嗣位,季札居然請觀周樂,那麽他至戚以後,就不應當責備孫文子'君又在殯,而可以樂乎'？假如杜預所言,季札所通者爲吴王餘祭,餘祭即位在魯襄公二十五年,季札何以遲至二十九年,始到魯國？至如篇中論鄭國'其細已甚,民弗堪也,是其先亡乎'！論陳國'國無主,其能久乎'！論魏國'大而婉,險而易行,以德輔此,則明主也'！都透出這是看到鄭、陳亡國和魏人强大而後的言論。"①趙制陽先生也曾經在《詩經名著評介》第二集中發論認爲季札觀樂"可能出於後人的附會",因爲它"内容膚淺,没有抓住詩樂的要害",它關於各國政情的"明智評斷——不像是一位遠居南國的年輕公子能説的話"。所論極有見地,尤其是朱東潤所言,若餘祭被弑,則同一年季札不可能有出聘之行,但是苦於没有確鑿的文獻證據支撑。兩年前,徐建委先生依據蘇州博物館所藏吴王餘眛劍,上有銘文記載餘祭在位期間,餘眛參與的三次征伐,時間延伸到昭公四年,已經是《春秋》所記魯襄公二十九年"閽弑吴子餘祭"後六年,明確證實《春秋》所記餘祭被殺確爲錯簡,結論以爲,"《左傳》中的季札觀樂不能當成魯襄公二十九年的材料使用。原因在於《左傳》所載季札出聘諸國,幾乎每到一處,季札都會有預言性的判斷,且大多與未來的歷史軌迹合轍,故季札之行或爲真,但《左傳》的記録則晚於實際歷史","《左傳》所載季札自魯至晋的一系列故事,其材料時限,不會早於西元前403年"。② 這個觀點確鑿可信。

魯襄公二十九年是公元前544年,季札觀樂之事系於此年既已不妥,此事的發生年代只能依賴季札的生平大體確定。季札的卒年,現今學術界有公元前484年、公元前485

---

① 朱東潤《詩三百篇成書中的時代精神》,選自朱東潤《詩三百篇探故》,昆明,雲南人民出版社,2007年,頁126—127。
② 徐建委《季札觀樂諸問題辯證——兼論早期儒家對先秦知識的塑造》,《文學評論》,2018年第5期。

年、公元前 516 年、公元前 576 年四種説法,不論選擇哪一種,早於孔子去世是確鑿無疑的。

《左傳》行文云:"請觀于周樂。""請"字説明觀樂乃是季札主動要求之行爲,隱含的意思是季札對於《詩經》早已有所瞭解,知曉當初伯禽封魯帶來了周朝官方音樂,他要求觀看魯國所藏之《詩》樂,很有可能是季札先前從未觀賞過三百篇,純爲慕名而請求觀樂。但也無法排除另外一種可能,即季札欲藉以比照自己平時所見之《詩》樂。

聘魯之前季札從未知曉《詩經》的幾率是極小的,儘管無法考知此前他對《詩》樂知識瞭解的多寡,因爲同時代更爲偏遠的楚國公卿大夫多有賦《詩》引《詩》行爲,據學者統計,《左傳》《國語》中載錄的稱、引、賦《詩》現象之中,出自楚國貴族的有 19 次。如《左傳·宣公十二年》記載楚莊王稱引《周頌》四篇,文公十年子舟引用《大雅·烝民》,昭公七年申無宇徵引《小雅·北山》與《大雅·民勞》。"《左傳》中楚人引《詩》見於《詩經》者十四篇次,與《毛詩》文字完全相同者九篇次,文字略有不同者五篇次","《左傳》中楚人引《詩》,大致與《毛詩》相一致"。① 足見楚國君臣上層是能够接觸學習三百篇的。

而在季札之前,吴人已經知悉三代樂歌。《吴越春秋·吴王壽夢傳第二》:"壽夢元年,朝周、適楚,觀諸侯禮樂。魯成公會於鍾離,審問周公禮樂,成公悉爲陳前王之禮樂,因爲詠歌三代之風。壽夢曰:'孤在蠻夷,徒以椎髻爲俗,豈有斯之服哉?'因歉而去。"壽夢即位是在公元前 585 年,此處記載他當年即赴洛陽朝見周簡王,順道出訪諸侯各國。但是《左傳》將鍾離之會系於魯成公十五年十一月,魯成公十五年(前 576)即壽夢十年。兩處所記時間不同,難以論定,但是肯定是發生在季札聘魯之前,則是毫無疑問的。文中説"成公悉爲陳前王之禮樂,因爲詠歌三代之風",謂魯成公爲壽夢演奏了夏、商、周三代的樂曲。魯襄公緊接着魯成公之後繼位,魯襄公時的樂曲應該與魯成公時没有多大差别,既如此,則壽夢所觀之三代樂曲之中應當包含有《詩經》之樂,壽夢應當是最早接觸到三百篇的吴人。

上古時代,中國古代文明的交流十分頻繁,典籍中記載的舜所耕之歷山即處於今無錫地區,説太湖流域是舜文化的發源地亦未爲不可。《左傳·成公十五年》云:"十一月會吴于鍾離,始通吴也。"這是中原國家與吴國政府層面交往的最早開端,之後,吴地與中原各國頻繁往來,政治溝通,文化交流不斷。

孔子學生來源於各國,國籍明確可考者,魯國有 46 人,衛國 9 人,齊國 8 人,秦國 4 人,陳國 4 人,宋國 4 人,楚國有三人,即公孫龍、任不齊、秦商,吴國有一人,即言偃(前 506 年—前 443 年)。言偃,字子游,其里爲吴地常熟,清人崔述《洙泗考信餘録》卷三表示懷疑,云:"孔子弟子,魯人爲多;其次則衛、齊、宋,皆鄰國也;吴之去魯遠矣,若涉數千里而北學於中國,此不可多得之事。……子游之非吴人明矣。"此論不確。言偃曾任武城宰,地近

---

① 王清珍《〈左傳〉中的楚人引〈詩〉》,《文學遺産》,2003 年第 2 期。

吴國。言偃傳經講學，形成了一派，《荀子·非十二子》云："偷儒憚事，無廉恥而耆飲食，必曰君子固不用力，是子游氏之賤儒也。"足以説明其學派的勢力。

馯臂，字子弓，《史記·孔子弟子列傳》記爲楚人，《漢書藝文志》記爲吴人，他師從孔子弟子商瞿子木，爲孔子再傳弟子。戰國中晚期儒生中，有矯子庸爲吴國人，戰國末年至於漢初之儒生中，孟卿爲東海蘭陵人，其地位於戰國時期齊、吴兩國的交界處。

孔子以六藝教授弟子，上述言偃、馯臂、矯子庸、孟卿這些儒學門徒亦是習經講學，除言偃居於魯未返回吴國之外，另三人都是長期居住在吴地授徒，其時《詩經》亦應在授講之列，吴地應該有《詩經》之學流播，只是典籍亡佚，史闕有間，今人難以搜討其材料而已。

其實，早期吴地的《詩經》學在後世考古發現的文物中還留存有一些隱微的線索。

清代乾隆二十六年(1761)，江西臨江縣出土了者減鐘，這是春秋晚期吴國的青銅器，也是現存吴國最早的青銅器，上有銘文，郭沫若《兩周金文辭大系考釋》收録，銘文言受句吴王之子者減命令，"擇其吉金，自作瑶鐘：不白不駢，不鑠不周。協於我靈龢，俾龢(右惠)俾孚"云云，全爲韻語，陸侃如認爲"這詩産生於前七世紀上半期"，"風格近《詩經》"。①

晋代干寶《搜神記》卷十六《紫玉歌》記載吴王夫差小女紫玉，愛戀童子韓重，欲婚而爲父所拒，結氣而死，韓重往吊於墓前，紫玉自墓出，"流涕宛頸而歌，即世傳《紫玉歌》也"，其中有語云："南山有鳥，北山張羅；鳥自高飛，羅當奈何。"而敦煌莫高窟所出《韓朋賦》記載韓朋之妻貞夫書信，有語云："南山有鳥，北山張羅；鳥自高飛，羅當奈何。"兩者故事不同，但是四句詩語全同。

一般認定《紫玉歌》爲春秋歌謡，但是有學者提出異説，"《南山有鳥》，首見於晋干寶《搜神記》，説春秋時吴王夫差(？—前473)的小女兒紫玉(《吴地記》作幼玉)與韓重戀愛的故事。此詩首四句和《彤管集》中的《烏鵲歌》文字相同。《彤管集》説，戰國時宋康王(？—前286)欲奪其舍人韓憑之妻，其妻弗從，作歌見志。那就是宋國的詩歌了。所以這首詩是否是'吴地的民間民謡'還有待論定。它應是晋代的作品，而不是春秋時代的作品。"②

考古發現的新材料足以推翻這種異説。《敦煌漢簡》書中收録的第496簡是1979年在敦煌馬圈灣發現之漢簡，其文云："書，而召韓傰問之。韓傰對曰：'臣取婦二日三夜，去之來游，三年不歸。婦……'"簡背有"百一十二"的字樣，説明上簡只是一卷書中的一枚。這則比敦煌變文中的《韓朋賦》至少早了600年，説明韓重故事絶不是晋代才出現的。

北京大學於2009年初接受捐贈，收藏了一批從海外搶救回歸的秦漢竹簡，總數達3 000多枚，其中有一篇秦簡題爲《公子從軍》，其014簡文云："南山有鳥，北山直羅，思念

---

① 陸侃如《讀〈吴歌〉小史》，選自陸侃如、馮沅君著譯，袁世碩、張可禮主編《陸侃如馮沅君合集》第8卷，合肥，安徽教育出版社，2011年，頁310—311。

② 吴縣政協文史資料委員會編，潘力行、鄭志一主編《吴地文化一萬年》，北京，中華書局，1994年，頁138。

公子,毋奈遠道何。"前兩句和《紫玉歌》近似。

上述《搜神記》載録之《紫玉歌》、敦煌《韓朋賦》、馬圈灣漢簡、北大簡四者當屬於同一系列,存有淵源關係。

進一步稽考文獻,可以確定:《紫玉歌》的"南山有鳥"句式當是源出於三百篇。

《詩經》中多有"南山有〇"句式。《召南・草蟲》:"陟彼南山,言采其蕨。"《小雅・斯干》:"秩秩斯干,幽幽南山。"《小雅・蓼莪》:"南山烈烈,飄風發發。"《小雅・信南山》:"信彼南山,維禹甸之。"此四句之"南山"皆指陝西西安市南部之終南山。《齊風・南山》:"南山崔崔,雄狐綏綏。"此"南山"指今山東省臨淄南部之牛山。《曹風・候人》:"薈兮蔚兮,南山朝隮。"此"南山"原位於春秋曹國之南,後已消失,遺址在今山東荷澤市曹縣北境與定陶區接界處。《召南・殷其雷》"殷其雷,在南山之陽"、《小雅・南山有臺》"南山有臺""南山有枸",此"南山"則泛指南面的山。《紫玉歌》中"南山"所指難以確考,應當是泛稱住所南面之山。

北大秦簡産生的地域不詳,《搜神記》載録韓重故事明言出自春秋吳國,而《紫玉歌》句式沿襲"詩三百",足證春秋吳國之時必有《詩經》之學流播於世,且爲時人所熟知,因故才有此相應的仿句歌謡出現。

由壽夢與季札先後觀樂、孔門後學傳經、銅器銘文與歌謡類似三百篇語句三個層面的資料來看,《詩經》於春秋時代即已在吳地廣泛傳播,影響吳文化可謂深遠,其意義不可小覷。

歐陽修《詩本義》對《毛詩·小序》的接受*

張藝涵**

（復旦大學中國古代文學研究中心）

摘　要：在歐陽修對漢代《詩》學幾部作品持辯駁態度的背景下，《毛詩·小序》是其相對最爲信任的一種。《詩本義》辨《小序》之失共16篇，占全書所涉篇目比重不足15%，反映其大抵遵《序》的事實。歐陽修大比例遵《序》結果的背後，是曾經大範圍地疑《序》而無果；其大抵遵《序》的緣由包括《序》在漢代治《詩》成果中最爲可信、《序》符合其"理勝則文簡"的表達觀，以及《序》爲其借《詩》樹立新的政治主張提供契機。歐陽修接受《小序》的根本依據是"千古人情爲一"，這導致其論證往往以可行性代正當性，表明他對《序》之功能性的接受多於真僞之辨析。

關鍵詞：《詩本義》；《毛詩·小序》；接受

一、背景：歐陽修《詩本義》與漢代《詩》學

自宋代慶曆年間以來，世人對經學的研究風氣發生了巨大的變化①。作爲"經學變古時期"的先驅式人物，歐陽修的經學研究無疑爲後世打開了新的局面。

《詩本義》是歐陽修歷經半輩的治《詩》成就②，既能不泥於先儒而時有己見，又能嚴謹而"中道"，并非專爲求異於人，可謂歐陽修治學風格與學術成就之縮影。在學風革新的大環境裏，《詩本義》也引領宋人開啓了《詩經》學研究的新氣象，起到承上啓下、革故鼎新之

---

* 本文係國家社科基金重大項目"《詩經》與禮制研究"（16ZDA172）階段性成果。
** 作者簡介：張藝涵，女，復旦大學中國古代文學研究中心博士研究生。研究方向：先秦兩漢文學。
① 王應麟曾説："經學自漢至宋初未嘗大變，至慶曆始一大變也。"詳見（宋）王應麟著，翁元圻等注，樂保群等點校《困學紀聞》卷八，上海古籍出版社，2008年，頁1062。
② 直到歐陽修去世的前兩年，他依然在病痛中編訂《詩本義》。在《與顔直講長道》這封信中，歐陽修便提到編訂工作已基本完成的《詩本義》："某衰病如昨，幸得閑暇偷安。但苦病目，不能看書，無以度日。《詩義》未能精究，第據所得，聊且成書。正恐眼目有妨，不能卒業，蓋前人如此者多也。"詳見歐陽修《歐陽文忠公集》，《四部叢刊》初編二次影印本，上海，商務印書館，1929年，第35册，頁112B。

效用。其中,與"新氣象"相對應的,也是被歐陽修所辯駁的"舊風氣",是漢代《詩》學①,或可更準確地表達爲漢代毛《詩》學;所謂的"先儒",也指向漢代毛《詩》學的傳授者以及他們的治《詩》成果,即《毛詩序》《毛詩故訓傳》《毛詩傳箋》和《詩譜》②。《詩本義》是基於漢代《詩》學思想而成的治《詩》作品,同時又是以審視漢代《詩》學、明確駁斥其失誤之處爲主要内容的成果展示。在《詩本義》與漢代《詩》學之互動關係的這一研究方向上,諸多學者多以認可和褒贊的態度來評價《詩本義》的相關學術價值。同時,這一"開百世之惑"的解經之作③,也難免在整個《詩經》宋學脈絡中被詬病爲"局限"之作:無論是基於《詩本義》自身思想的矛盾和不足之處,還是對後世而言那略顯微薄的影響力。不過,這恰恰反映出《詩本義》對漢代《詩》學有着較爲複雜的態度表現。

二、《詩本義》對《毛詩·小序》接受的獨特性

楊新勛曾如此評價《詩本義》的主要價值就是其對漢代《詩》學成果的重審:"歐陽修《詩本義》的主要内容是辨證《毛詩·小序》、毛《傳》、鄭《箋》得失和歸納詩篇的本義,其意義也主要體現在這些方面。"④此論頗有見地,不過稍顯不周全。實際上,歐陽修對如上漢代各類治《詩》成果的價值審視并非全然一致。通觀《詩本義》便可見得,歐陽修駁斥鄭《箋》最多⑤、毛《傳》次之、《小序》最少,甚至多次《小序》爲標準來反駁毛、鄭。陳章錫《歐陽修〈詩本義〉探究》:"永叔之言,大抵崇《序》而不盡遵《序》。論及毛鄭,則往往以其與《詩序》違合,定其是非;毛鄭相違,則往往申毛而絀鄭。"⑥則與筆者的閱讀經驗一拍即合。在前輩看來,《毛詩·小序》是歐陽修在以懷疑態度接受漢代《詩》學幾部作品的背景下最給予信任的一種。正因如此,在漢、宋《詩》學相對立的語境中,《詩本義》對《毛詩·小序》的接受態度便顯得相當獨特,而理解這一獨特性的重要性也便不言自明。

---

① 歐陽修在《詩本義》中從來没有提到過孔穎達的《正義》,也許歐陽修默認唐人"《疏》不破《注》"的説法,因而在他看來,破《傳》《箋》就相當於重審《正義》。誠然,《疏》并非全然不破注,有時候歐陽修也會執《正義》之説來反駁毛、鄭之説,卻不曾標注該説法出自《正義》;然而,對於熟讀經書、參加科舉以登天子之堂的歐陽修來説,不可能没有讀過、或者説熟讀《毛詩正義》。這樣看來,分明引用了《正義》的説法却隻字不提這一事實的現象,也十分有趣。筆者苦於在《詩本義》及《歐陽文忠公集》中均找不到可以引出此話題的材料,因此只能暫時闕而不論。在這篇論文中,筆者也會暫且擱置漢唐經學中的"正義"一部分,僅討論歐陽修對《小序》、毛《傳》和鄭《箋》三者的態度。
② (漢)鄭玄《詩譜》在宋代之前就已亡佚,或至少不再面世。歐陽修曾"求之久矣,不可得",然後嘗試作《詩譜補亡》。
③ (宋)段昌武《讀詩之法》,《段氏毛詩集解》卷一,臺北,臺灣商務印書館,1986年,頁16B。
④ 楊新勛《歐陽修〈詩本義〉在〈詩經〉學史上的成就與影響》,選自上海社會科學院《傳統中國研究集刊》編輯委員會編《傳統中國研究集刊》第八輯《第四届傳統中國研究國際學術討論會論文集》,上海人民出版社,2009年,頁220。
⑤ (宋)歐陽修《詩本義》所涉及共114篇有"論曰"及"本義曰"的治《學》作品,均是對鄭《箋》的駁斥,甚至可謂是因爲要駁斥鄭《箋》,故作114篇。
⑥ 陳章錫《歐陽修〈詩本義〉探究》,新北,花木蘭文化出版社,2009年,頁79。

不過,前人在探討《詩本義》與漢代《詩》學的關係時,對《詩本義》對《小序》態度的探討存在一定程度的"延遲反應"。宋代尚未有歐陽修對待《小序》的評價與論述:無論是歐陽修的摯友梅堯臣"問《傳》輕何學,言《詩》抵鄭箋"①一語,還是晁公武在《郡齋讀書志》中"歐陽公解《詩》,毛、鄭之說已善者,因之不改。至於質諸先聖則悖理,考於人情則不可行,然後易之,故所得比諸儒最多"②的評議,以及陳振孫"大意以爲毛、鄭之已善者,皆不改;不得已,乃易之,非樂求異於先儒也"③均只涉及歐陽修對《毛傳》和《鄭箋》的看法。顯然,在宋人眼中,懷疑《小序》的風氣當以蘇轍爲始、以朱熹爲集大成者:蘇轍《詩集傳》提出《小序》當分爲"序首"與"續申之辭",他認爲每篇《小序》中僅有"序首"是毛公之學,其餘爲後人所增;至朱熹則開始大量懷疑《小序》:"當初亦嘗質問諸鄉先生,皆云'序不可廢'。而某之疑終不能釋。後到三十歲,斷然知《小序》之出於漢儒所作。其爲謬決,有不可勝言。"④自清代開始,《詩本義》對《小序》的態度才開始被普遍討論,且清代和近代的學者大多認同《詩本義》在辯駁《小序》方面的功績更多於開啓後世疑經惑傳的風氣,但其本人大抵仍遵《小序》:比如姚際恒"歐陽永叔……當時可謂有識,然仍自囿於《小序》,拘牽墨守"⑤之論便反面證明歐陽修遵《序》的事實;再如《四庫》館臣"自唐以來,説《詩》者莫敢議毛、鄭,雖老師宿儒,亦謹守《小序》,至宋而新義日增,舊説俱廢。推原所始,實發於修"⑥的判斷,和周中孚"毛、鄭之學益微,從此《小序》可删……其實皆濫觴於是書(《詩本義》)矣"⑦也更多只是爲《詩本義》騰出《詩經》"宋學"早期學術史的位置。明確表示《詩本義》確有辯駁《小序》的相關論述,還需追溯至自二十世紀中葉。朱東潤先生就曾表示:

  至於《詩序》,原非歐氏預定批評的對象,甚且時常引以爲《詩本義》批判毛、鄭的根據;不過,《詩本義》中不乏一種情形:爲數不少的詩《論》中,歐氏對《詩序》表現出懷疑、甚至否決的態度。在某種意義上來説,《詩序》也可列入《詩本義》所批評的對象之一。⑧

有學者統計歐陽修辨《小序》之失的具體篇目,以量化數據説明歐陽修疑《序》之事實。如洪湛侯便統計到,歐陽修論及《小序》失當的地方大抵有十篇,分別是:《螽斯》《兔罝》《麟之趾》《鵲巢》《有女同車》《山有扶蘇》《皇皇者華》《生民》《雨無正》和《鐘鼓》⑨。另有曾

---

① (宋)梅堯臣《代書寄歐陽永叔四十韻》,《宛陵集》卷六,《摛藻堂四庫全書薈要》本,頁9A。
② (宋)晁公武《郡齋讀書志》卷一,《文淵閣四庫全書》本,臺北,臺灣商務印書館影印,1986年,頁21B。
③ (宋)陳振孫《直齋書錄解題》卷二,《文淵閣四庫全書》本,臺北,臺灣商務印書館影印,1986年,頁14A。
④ (宋)黎靖德著,王星賢校注《朱子語類》卷八十,北京,中華書局,1986年,頁1360。
⑤ (清)姚際恒《詩經通論》,北京,中華書局,1963年,頁18。
⑥ (清)紀昀總纂《四庫全書總目提要》卷一,北京,中華書局,1965年,頁121。
⑦ (清)周中孚撰,黃曙輝、印曉峰點校《鄭堂讀書記》卷八,上海書店出版社,2009年,頁895。
⑧ 朱東潤《中國古代文學批評史》,上海古籍出版社,2001年,頁160。
⑨ 洪湛侯《詩經學史》,北京,中華書局,2002年,頁401。

建林統計得十二篇,分别爲:《關雎》《螽斯》《兔罝》《麟之趾》《騶虞》《鵲巢》《有女同車》《山有扶蘇》《皇皇者華》《雨無正》《鐘鼓》以及《節南山》①。總體來看,自宋代到清代,再到當下,關於《詩本義》對《毛詩·小序》的態度,經歷了長時間被忽略,到開始關注且結果歸於一致,再到經歷重新審視後回歸文本的判斷。當然,衆多前輩認爲,歐陽修大多情况下還是能做到遵《小序》的,但"遵"絕不是盲從,也并非不予懷疑。事實上,歐陽修無論在理論的闡釋方面、還是具體的解《詩》層面,已經對某些《小序》篇持謹慎、懷疑的態度,并嘗試正《小序》以明《詩》。

既然態度方面選擇"遵",而行爲上仍有"疑"和"改",是否表明歐陽修對《小序》的態度與實踐之間存有矛盾?這一問題可細化爲以下三點:其一,歐陽修對《小序》性質的鑒别:歐陽修認爲《小序》具備哪些特徵?這些特徵與歐陽修的解《詩》體系,尤其是審視漢代《毛詩》學之間有何關係?其二,歐陽修遵《小序》或改《小序》的藉辭:歐陽修如何自證改《小序》是"師出有名"的?又如何自我論證經過修改的《序》更能代表《詩》之"本義"?其三,改《小序》的效果:歐陽修改正《小序》的篇目在《詩本義》百餘篇中確實占比很少嗎?是否有些暗改而不彰的例子尚待發現呢?對於這些疑問,前人并未做出充分論述。在這篇文章裏,筆者將通過回應以上幾問,重新探究歐陽修對《毛詩·小序》的接受。

三、《詩本義》改《小序》之失的實例辨析

通觀《詩本義》可見,歐陽修明確辨改《小序》失當所用方法論大抵可總結爲以下四種:其一,謹慎地考物之情理;其二,謹慎地考人之情理;其三,據文求義;第四,反對神秘主義,推崇常理可以被感知。

(一) 考物之情理

失當的《序》	《螽斯》	《鵲巢》	《鴛鴦》
歐陽修對《小序》失當的辨析	《小序》:"后妃子孫衆多也。言若螽斯不妒忌,則子孫衆多也。"歐陽修認爲螽斯是否具備"妒忌"之情并不能爲人所知,即"詩人安能知其心不妒忌?"故以"不妒忌"作爲起"興"的含義并不可行。此外,螽斯作爲多子之蟲,與后	《小序》"(夫人)德如鳲鳩"。歐陽修認爲,鳩爲拙鳥,不應被評爲"有德"?以"鵲巢"興夫人,大抵因其"不能自營巢",須"居鵲之巢",故	《小序》"思古明王交於萬物有道,自奉養有節"。考物之理,可知鴛鴦"非是雁之類",則"其肉不登俎,非常人所捕食之物。今飛而遭畢羅,乃是物之所失也"。鴛鴦被擒殺是遭禍,故不可以此興"君子萬年,福禄宜之"之美事。此外,前兩章"鴛鴦於飛,畢之羅。君子萬年,福禄宜之。鴛鴦在梁,戢其左翼。

---

① 曾建林《歐陽修經學研究》,杭州,浙江大學出版社,2013年,頁98—102。

续　表

失當的《序》	《螽斯》	《鵲巢》	《鴛鴦》
	妃多生多育倒是頗有契合之意，故《小序》當刪"不妒忌"，僅留"子孫衆多"。	"興"的周王累積的赫赫功業，夫人來居其位。	君子萬年，宜其遐福"中所體現的萬物各有其序，當是亘古不變的自然規律，并非像《序》一般特指"文王之時"。
筆者按	考物之情理，指的是辨析某物之情理是否可以比興於人之情理。"物之本性，了不及人事。"歐陽修一向以物之性來"興"人之情持審慎態度，并往往結合物理考證和《詩》内含來審視物理和人情的關聯度。		

（二）考人之情理

失當的《小序》	《兔罝》	《關雎》《麟之趾》《騶虞》等	《節南山》
歐陽修對《序》失當的辨析	歐陽修認爲《小序》有兩處不合理：其一，"兔罝，小人之賤事也"。以太妃之身份不可能從事"兔罝"之事。"古之詩人，取物比興，但取其一義以喻爾"，"兔罝"之人"肅肅然嚴整"，詩人當取網羅畢盡之意。其二，歐陽修根據據《春秋》總結，周、召之世可被稱爲"春秋賢大夫"者無出負方叔、召虎、吉甫三人，以《春秋》所叙歷史背景證明《兔罝·小序》"賢人衆多"説法有誤。此外，歐陽修同樣使用内證法，即根據《卷耳》后妃爲思得賢人以輔君子而勞心勞力，表明賢才少見；與《卷耳》主旨類似，《兔罝》也當意在體現后妃希望助君子網羅天下賢才。	"《詩序》失於《二南》者多矣"，"二十五篇之詩，在商不得爲正，在周不得爲變"。歐陽修認爲，《二南》并非周、召時期的正風。因爲倘若"文王三分天下有其二，以服事殷"一説合理，則意味着文王在治理南國之時，紂依然在位，那麼二南之正風是文王治理之功，抑或紂用人得當，在歐陽修看來將陷入釋義兩難：天下無二主，若《二南》用於美文王之業，且同時不提及紂，無疑側面承認文王篡奪殷商王權之實，又何來文王之德？於是，歐陽修將這一釋義兩難問題帶入辨析二南《小序》之中。如辨《關雎》："《關雎》《麟趾》之化，王者之風。故系之周公。《鵲巢》《騶虞》之德，諸侯之風。故系之召公。至於《關雎》《麟趾》所述一太姒爾，何以爲后妃，何以爲夫人？二南之事一文王爾，何以爲王者，何以爲諸侯？則《序》皆不通也。"倘若《二南》確爲文王時所作，則根據《禮記》"天子之妃曰後"，《關雎》主人公文王夫人被稱謂"后妃"，相當於承認文王治理南國時期有篡權稱天子之嫌。爲解決釋義困境，歐陽修將《關雎》等二南詩産生延後至"周衰之作者"，《二南》是周衰時期回想周初建立功業、逐漸興盛之歷史的作品。	《序》言"家父刺幽王也"，即"家父"作詩來刺幽王之弊。歐陽修認爲"家父"并非作詩之人，理由有三點：其一，作詩刺王并自報其名，與詩文"不敢戲談"含義相悖，何況"刺"者將自己的名字著於詩篇之後，頗不近人情；其二，從歷史記載來看，幽王時期并無"家父"此人之記載，僅有《春秋》桓公十五年"王使家父來求車"一事，但桓公與幽王時代相去甚遠，可見此家父絶非彼"家父"；其三，詩云"家父作誦"，而非直言"家父作詩"，而"誦"與"詩"并不具備互訓之可能。據此，歐陽修認爲此處的"家父"當是誦詩者，而非作詩者。
筆者按	人之情理主要指向人的行爲是否符合儒家宣揚的政治道義與社會倫理。以儒家思想爲準繩，歐陽修預判《詩三百》中所述人物的行爲定會符合儒家道義，若《小序》釋義與這一預判有隙，則必然是《小序》之失。		

（三）據文求義

失當的《序》	《有女同車》《山有扶蘇》	《皇皇者華》	《漸漸之石》	《鐘鼓》
歐陽修對《序》失當的辨析	歐陽修認爲兩篇序文互換後，才能與詩義相通："《有女同車》，序言刺忽不昏於齊，卒無大國之助，至於見逐。今考本篇，了無此語。若於《山有扶蘇》義，則有之。《山有扶蘇》序言刺忽所美非美，考其本篇，亦無其語。若於《有女同車》義，則有之"。此外，秦火可能導致兩《序》顛倒："疑其戰國秦漢之際，六經焚滅，《詩》以諷誦相傳，易爲差失。"	歐陽修認爲《小序》"君譴使臣也。送之以禮樂，言遠而有光華也"。只能體現詩文的首章之意，至於後幾章君對臣的叮囑之意則并沒有體現於《小序》之中。這也是唯一一由於《序》文正確却不整全而被判"失"的情況。	歐陽修認爲《小序》"下國刺幽王也。戎狄叛之，荆舒不至，乃命將帥東征"這一背景過於籠統，依照詩文內容應當只與東征荆舒有關，不應關乎戎狄（"文王征犬戎""宣王伐獫狁"）之事。	《序》文："刺幽王也"，歐陽修認爲，史實中不見記載像詩文所述"幽王東巡"并於淮水上作樂之事；且詩文舒和優美，難以認同是"刺"的氛圍，據此懷疑小序可能有誤。又因史料缺乏而不可再追究錯誤的具體緣由，只能"缺其所未詳"。
筆者按	"據文求義"即通過直接閱讀詩文文字理解詩義，并以此衡量《小序》之義是否契合《詩》。			

（四）反對神秘主義，推崇常理可以被感知

失當的《序》	《生民》	《思文》《臣工》
歐陽修對《小序》失當的辨析	《小序》"后稷生於姜嫄，文、武之功起於后稷，故推以配天"。其中，"推以配天"的主體應當是具備稱王之德的周代祖先后稷。歐陽修認爲后稷"德"之來源當是父母："所謂天生聖賢者，其人必因父母而生，非天自生之也"，而天在培養人之德時僅是"輔之以興"，即人所賦予的性大於天所賦予的德，因此"推以配天"值得商榷。	二《序》均有"（后稷）推以配天"之言，即后稷之德，可以與天相配。歐陽修的駁斥也是基於這一點。至於本義，三篇均因史料不足而"闕其所未詳"。
筆者按	以后稷之"德"首先歸於父母，以此抵觸神秘主義色彩；這一價值判斷從屬於歐陽修對漢代讖緯學說思想的駁斥，追求"聖人之道，易知而可法"（詳見歐陽修《與張秀才上第二書》，後同），認爲道能够僅以"履之於身，施之於事"的形式被感知。誠然，歐陽修并沒有全然否定天命，如在《文王》一篇，歐陽修承認天命："蓋古人於興亡之際，必推天以爲言者，遵天命也"，這也使其理性呈現出複雜的面向。	

綜合歐陽修《詩本義》改《小序》之失的實例，筆者共得三點結論。首先，重新統計《詩本義》中辨《小序》之失篇目爲 16 篇，這一數據較洪湛侯統計多 6 篇、較曾建林統計多 4 篇。當然，在整個《詩本義》114 篇有"論曰"及"本義曰"的篇章中，歐陽修辯駁《小序》比重還不及 15%，倘若推至整個《詩三百》，其比例更是微乎其微，這一量化結果側面證實衆多前輩關於歐陽修大抵遵《序》的共識確有一定道理。其次，以上 16 篇辨明《小序》失誤的論

據及結論并非全然合理,不少經過辨析和修改的《小序》也顯然難稱"本義"。比如,在"據文求義"部分,倘若如歐陽修所言對調《山有扶蘇》和《有女同車》的《小序》,則兩篇文義未必通順:已知《山有扶蘇》"山有喬松,隰有游龍,不見子充,乃見狡童",若以改換之後的《序》文"刺忽也。鄭人刺忽不婚於齊。太子忽嘗有功於齊,齊侯請妻之。齊女賢而不取,卒以無大國之助"解之,則"狂童"不再是如《褰裳》篇等"小序"指向的公子忽,而是由忽所迎娶的女子,但若以"狂童"爲女子,則無疑與"狂童"的性別相悖;再如《皇皇者華》一篇之中,倘若將所謂"言遠而有光華"視爲主旨,那麼君叮囑遠行之臣的用意所在也未嘗不可視爲"光華"?何況《小序》在展現詩文主旨或背景之時有主有次、有詳有略又何嘗不可?最後,歐陽修在運用"人之情理"和"據文求義"等具備普泛意義的方法論時往往自信且大膽。以動態歷程推敲歐陽修《詩本義》的形成,可得歐陽修大比例遵《序》現象的背後,是曾經大範圍地疑《序》,甚至是秉持謹慎懷疑理念,使用以上四種方法論,歷經一番審視後,發現《序》所提供的背景不僅與《詩》文內容相合,也可於其他史料中找出旁證,故暫且選擇遵《序》。

四、歐陽修大抵遵《毛詩·小序》的緣由

(一)《小序》在漢代治《詩》成果中最爲可信

曾經大範圍的疑《小序》的態度表明,歐陽修絕非一開始就信任《小序》。首先,在歐陽修看來,但凡不是聖人之作都絕不可盲從。"六經之道爲一",後人僅在《詩本義》的釋詩內容中,便可管窺其對"經"的審慎態度。比如,對於和《詩經》在成書與應用方面關係十分密切的《爾雅》一書,歐陽修如是説到:"《爾雅》非聖人之書,考其文理,乃是秦漢之間學《詩》者纂集説《詩》博士解詁之言爾。"① 這無疑是對《爾雅》"經"之地位的質疑。在對具體詩篇的闡釋方面,歐陽修也時常棄采毛、鄭依據《爾雅》而來的釋義,往往自釋其義,獨出心裁。② 歐陽修也稱《周禮》爲"不完之書",故其解《詩》不取《周禮》之義。③ 正因非聖人之作絕不可盲從的標準在前,故對於即使多合"聖人之志"、又終究屬於"經師之業"的《小序》,歐陽修自是不會信賴。推而廣之,不僅是《小序》,歐陽修對毛《傳》和鄭《箋》等經學注疏之作都持懷疑態度,故不會泥於其中:"執後儒之偏説,事無用之空言,此予之所不暇也。④ 其次,文獻流傳多舛,易致《小序》內容失誤頻出,可信度不足。洪湛侯先生也早就注意到了這一點:"歐陽修在《詩本義》中指出少數《詩序》的不當,認爲可能出於後世流傳致

---

① 《詩本義》卷十,文淵閣《四庫全書》本,頁3A。
② 比如,歐陽修對《詩》中多次出現的"緝熙"一詞,從"光明"之訓義中抽離出來,轉而結合詩意來反推詞義,并改釋取義爲"接續而成功"。詳見《詩本義》卷十,頁3A、3B。
③ "謂爲《周禮》六官之職者,皆詩文所以或後人者,不可不正也。"詳見《詩本義》卷十二,頁1B。
④ (宋)歐陽修《答李詡書》,陳新、杜維沫選注《歐陽修選集》,上海古籍出版社,1986年,頁399。

誤。"①尤其是《小序》成書年代在秦以前:"疑其戰國、秦漢之際,六經焚滅,《詩》以諷誦相傳,易爲差失。"②《序》文和《詩》文一起因秦人焚書而遭毀滅,於漢初多以口頭相傳的形式重新流播,顯而易見的是,由於與書面流傳的方式相較,口頭流傳所導致文本的不穩定性更大,而且不同時代傳播者也可能以己之意補《序》之缺,甚至改《序》之意,這均會致使《小序》文本的部分内容不再是戰國的原貌,故《小序》不可信一事不言而喻。

誠然,在實際操作層面,歐陽修還是大抵遵《序》的。這不僅是其依據辨明《小序》之後的結果顯示——該部分上文已述,也是在解經體系背景之下,《小序》於漢代治《詩》成果中的地位使然。

歐陽修對於《小序》的態度,可見於《詩本義·序問》一篇。林慶彰曾如是總結該篇主旨:

> 《詩本義》一書於篇旨常取《序》説,由上可知其理由乃:(1)《詩序》其來有自,得聖人之旨多;③(2) 與孟子説《詩》多合。後人肯定《詩序》價值,以爲其説不可廢者,亦多以其絶非本無之學。至於歐陽修所謂"《周南》《召南》,失者類多,吾固已論之"者,其論見諸《時世論》,蓋《序》説最不惑歐陽修之心者,在二《南》之單元。④

可見,歐陽修遵《小序》的最大緣由是《小序》多符合聖人之志——這無疑是對《小序》可信度高極爲有利的證明之辭。同時,爲了給自身駁斥毛、鄭之説建構合法性,他將孟子視爲達"聖人之志"之人,而自己求"詩人之意"與"聖人之志"的行爲又是對孟子的繼承。其中,上溯孟子也是歐陽修治《六經》一以貫之的方法論。除去《詩本義》,他在《易或問三首》也曾寫到:"孟子豈好非六經者,黜其雜亂之説,所以尊經。"正因如此,在諸多釋詩過程中,根據《小序》之意來糾正毛、鄭之失,也易被賦予合理性:"毛、鄭於《詩》,其學亦已博矣。予嘗依其《箋》《傳》,考之於經,而證以《序》《譜》,惜其不合者頗多。"⑤於是,《序》不僅成爲最合"詩人之意"和"聖人之志"的釋義,同時也與毛《傳》、鄭《箋》等不符合孟子之志的釋義進一步劃清界限。於是,無論是歐陽修大抵遵《序》的立場,還是大多境況下據《序》求本義的方法,抑或將辯駁之力集中於毛《傳》、鄭《箋》致使《小序》與二者隔膜加劇,甚至據《序》

---

① 洪湛侯《詩經學史》,頁 308。
② 《詩本義》卷四,頁 4A。
③ 歐陽修《本末論》:"作此詩,述此事,善則美,惡則刺,所謂詩人之意者,本也。正其名,別其類,或系於此,或系於彼,所謂太師之職者,末也。察其美刺,知其善惡,以爲勸戒,所謂聖人之志者,本也。求詩人之意,達聖人之志者,經師之本也。講太師之職,因其失傳而妄自爲説者,經師之末也。"詳見《詩本義》卷十四,頁 8A。
④ 林慶彰編《宋代〈詩經〉學探析——以歐陽修、蘇轍等六家爲中心的考察(上)》,選自《中國學術思想研究輯刊五編》,新北,花木蘭文化出版公司,2002 年,第 15 册,頁 86。
⑤ 《〈詩譜〉補亡後序》,《鄭氏詩譜》(《詩本義》附)卷末,頁 17A。

反對毛、鄭之說的實踐，①都無疑使得《小序》的地位在歐陽修解《詩》的操作過程中不斷被抬高。

即使《小序》真的能多合聖人之志，但這依然不能改變《小序》自身并非聖人之志，而是與後來的毛、鄭之說同屬"經師之業"的事實。然而，歐陽修以《小序》通《詩》，不僅意味着以"經師之業"逆"詩人之意"，更有以"經師之業"逆"聖人之志"的含義，這何以可能？有效回應這一問題，而非停留於對或"遵"或"改"的現象描述層面，將有助於進一步明晰《小序》在歐陽修解《詩》體系之中的地位。

"求詩人之意，達聖人之志者，經師之本也。講太師之職，因其失傳而妄自爲說者，經師之末也。"《詩三百》的生成、流播、新生，是由詩人、太師、聖人、經師共同完成的。諸如《小序》等解《詩》作品均由"經師"完成。歐陽修對經師的認知，與對詩人、聖人、太師三者大不相同。詩人、聖人、太師的職能已經成爲過去式，不具任何可再改變或議論的可能，但經師却能與時俱進。有趣的是，"經師"一詞本專指漢代專門治《經》的儒師群體，如《漢書·平帝紀》元始三年有"立官稷及學官。郡國曰學，縣道邑侯國曰校。校學置經師一人。鄉曰庠，聚曰序。序庠置《孝經》師一人。"②因此，經師也本已成爲過去式。歐陽修既承認經師原本的含義，以爲"今之學《詩》者，不出於此四者，而罕有至焉"，并未將後世治《詩》者包含進"經師之業"中；但同時又認爲，將《六經》世世代代傳下去的經師與其解《經》成就可被賦予薪盡火傳之意。故反觀歐陽修求其本義的治《詩》方法，就是由詩人之意進入聖人之志。無論是年代前後視角，抑或内容正誤辨析結果，都顯示了《小序》是與聖人之志最爲接近的經師之作，故爲接近聖人之志，歐陽修有時候必須憑藉《小序》。正因爲此，使用之前的辨析就顯得尤爲必要："對《序》取辯證的態度，不當作聖人之言，而當作前人解《詩》的參考意見。把《序》拉下了'經'的地位，議《序》、改《序》也就很自然了。"③歐陽修眼中的《序》僅爲可靠的參考，而非絕對權威，故歐陽修改《序》的行爲不僅無可厚非，更是值得推崇的。正是因爲歐陽修剔除其中於《經》有悖的説法，使真正作爲"恒久之至道、不刊之鴻教"的《詩經》文本能夠正其本義，澤被後世。由此，當改《序》行爲被賦予合理性，其可行性也便得以昭然。

（二）《小序》符合歐陽修"理勝則文簡"的表達觀

歐陽修曾在《小雅·何人斯》中論到："古詩之體，意深則言緩，理勝則文簡。"④大抵表

---

① 如《靜女》一篇：《小序》云"刺時也，衛君無道，夫人無德"，意在説明"靜女"的行爲不合禮法，有奔競之意。但是毛、鄭却釋"靜女"爲"貞靜而有法度"，歐陽修直接依據《序》糾正毛、鄭之説，認爲詩文確實有刺淫亂的風氣。
② （漢）班固《漢書》卷十七，北京，中華書局，2016年，頁672。
③ 曾建林《歐陽修經學思想研究》，杭州，浙江大學出版社，2014年，頁98。
④ 《詩本義》卷八，頁3A。

達更欣賞簡潔文辭和文章的態度;與其喜好相反的是,漢代衆多作傳、作注者動輒一詞、一句後贅述千餘言,體現"章句之學"的文繁之特點。歐陽修對於《小序》優於毛《傳》和鄭《箋》的判斷,同樣隱含着對古今學術風格優劣的對比,即在求得《序》本義的過程中,宋代文章之學如何優於漢代章句?漢代經學尚"章句之學",所謂"有'章句',則有'師法',凡當時所謂遵師法者,其實即守某家章句也。"①因此要打破守一家之學的習氣,必以章句之變爲始。歐陽修對毛、鄭的反駁,不僅包含對二者解《詩》存在諸多失誤的回應,還在於對章句之學本身特質和生存土壤的不滿。因此,歐陽修對《小序》的推崇,一則因爲《序》言辭較少,客觀上使其失誤率低於毛、鄭之説,在不知如何尋求詩人之本義時,《序》也因這一特點而更能被信任;二則因爲從文辭來看,相較於"文繁"的章句之學,《小序》簡短而多直述詩之大旨以及詩文產生的背景,相對於後世越來越繁複的文風,"理勝而文簡",古文正因其"文簡"從而實現"理勝",古文正因其自身能夠以較爲簡單的言辭表達較爲强有力的文理,而爲此時的古文家們所尊崇,簡潔而有文采的文章,也正是歐陽修追求的古文風格。由此,惜字如金的《小序》也被賦予了"理勝"的實際效用。

(三)《小序》爲歐陽修借《詩》樹立政治主張提供契機

相比於毛《傳》和鄭《箋》,《小序》文辭簡略也致使其文義相對模糊。不過,這一點反而有利於歐陽修通過再細化闡釋《小序》,爲借機或多或少表達自我政治理念提供契機。作爲宋代科舉士大夫中的佼佼者,歐陽修解《經》這一帶有政治色彩的行爲也自然離不開其政治身份與政治認同:"科舉士大夫擁有知識,以及伴隨知識而來的'合理'觀念,或者對於意識形態的把握……所以對'合理性'的主張,是科舉士大夫的核心特徵,甚至是其存立的依據。"與前文中辨《序》之失的敍述有所不同,在此,歐陽修的自我身份申述意識更顯强烈。也就是説,歐陽修明晰自己不只是在求本義,更要求得自身能夠認同的本義。

歐陽修借助《詩》樹立政治主張提供契機大抵可歸於三點。其一,在處理朝代合法性的問題上:《文王·小序》"文王受命作周也"②,毛《傳》將"作周"解釋爲"受天命而王天下",鄭玄更是"天命之以爲王"③,爲天命下降和周王爲王之間建立通暢的關係。歐陽修則區分"建周"與"稱王"之別,并由此還原文王時周始爲盛,武王時克殷而王天下的周代建國歷史,文王"三分天下有其二,以服事殷",原則上來講是不可稱王的,只能視作"建周"的前奏。其二,在處理君王功過評價的問題上:《沔水·小序》"歸宣王也"④,歐陽修認爲毛、鄭雖擅長章句解讀,却忽略"歸"之主題,故釋詩過程中僅僅表現出諸侯相侵伐之事,"了不

---

① 錢穆《兩漢經學今古文平議》,臺北,臺灣商務印書館,2015年,頁137。
② (唐)孔穎達等正義,《十三經注疏》整理委員會整理《毛詩正義》,北京大學出版社,1999年,頁951。
③ 同上書,頁951。
④ 同上書,頁414。

及宣王";又如《黃鳥·小序》"刺宣王也"①,歐陽修認爲宣王雖然有小過,但也有中興之大功,即使是宣王之末,詩人"刺"之程度也絕非如同"刺幽王""刺厲王"一般痛心疾首、切齒腐心;由此,歐陽修不僅對毛鄭所交代王道不行的背景做出反駁,也以"勸誡"重新解釋序文中"刺"字的含義,使得本篇詩義進一步明晰。再如《破斧·小序》"美周公也。周大夫以惡四國焉"②,歐陽修從序義中引申并明確戰爭之正義與必要性,即"斨刃可缺,斧無破理"③,一改諸多詩作中渲染民怨的非正義戰爭敘事。其三,在處理君臣、君民關係的問題上:《考槃·小序》"刺莊公也。不能繼先公之業,使賢者退而窮處"④,在毛、鄭和歐陽修眼中,該詩的主人公當是一位退隱山澗之人。只是在歐陽修看來,此隱士并非厭惡君道,轉而留戀於山澗、花鳥,他只是一位徹底的隱士,自當不會在乎廟堂之勞形。由此,歐陽修重新審視序所言"刺"之意——退而幽怨,則毛、鄭之説爲是,退而無怨,則歐陽修之説更貼切。又如《二子乘舟·序》"衛宣公之二子爭相爲死,國人傷而思之"⑤,可見《小序》將寫詩的背景設定爲《左傳·桓公十六年》伋、壽兩公子相繼被其父宣公殺之事;《左傳》對此事僅述而不評,如今所見最早評語在《史記·衛康叔世家》"俱惡傷父之志"⑥,歐陽修從《史記》的説法,認爲當宣公要殺公子伋的時候,伋應當"逃避,使宣公無殺子之事,不陷於罪惡,乃爲得禮"⑦。於是,正與《小序》所言呼應,國人僅僅"傷"而"思",并不涉及對宣公的"刺""怨"之情。關於歐陽修伸張政治觀念,還體現於他對《小序》"美刺"之説的把握與闡釋方面。除去以上《沔水》《黃鳥》對宣王之世大抵褒贊,只是"小過,不免刺譏爾"的説法之外,在《正月》一篇,毛、鄭與歐陽修對"大夫刺幽王也"⑧一句的關注也值得注意。此時,歐陽修開始明確對臣下"刺"上之限度進行了探討。毛、鄭以爲"鳥擇富人之屋而集,譬民當擇明君而歸之"。然而,與毛、鄭筆下爲了生存棄國而逃不同的是,歐陽修則認爲,"是爲大夫者,無忠國之心,不救王惡,而教民叛也。幽、厲之詩,極陳怨刺之言,以揚君之惡。孔子錄之者,非取其暴揚主過也,以其君心難革,非規誨可入,而其臣下猶有愛上之忠,極盡下情之所苦,而指切其惡,尚冀其警懼而改悔也。至其不改悔而敗亡,則錄以爲後王之戒。"⑨也就是説,歐陽修對忠君這一理念十分推崇,認爲即使君主殘暴,但身爲臣下,對君王進行規勸比逃離君王更顯爲臣者的正當。至於《小序》裏的"刺"究竟是否僅表達對現狀深惡痛絶之刺,只能留白供後人選擇、決斷。

---

① (唐)孔穎達等正義,《十三經注疏》整理委員會整理《毛詩正義》,頁 427。
② 同上書,頁 527。
③ 《詩本義》卷五,頁 10B。
④ 《毛詩正義》,頁 451。
⑤ 同上書,頁 177。
⑥ (漢)司馬遷《史記》卷三十七,北京,中華書局,1959 年,頁 1594。
⑦ 《詩本義》卷三,頁 6B。
⑧ 《毛詩正義》,頁 760。
⑨ 《詩本義》卷七,頁 9A、9B。

五、《詩本義》辨、遵《小序》的方法與意義

(一) 辨、遵《小序》所用方法論及局限

"詩文雖簡易,然能千古人情爲一"是歐陽修辯駁《小序》,以及執《小序》求詩義、執《小序》駁斥毛、鄭等一系列行爲得以展開的根本方法論。也就是説,在歐陽修看來,不同的時代在道德倫理、政治觀念、人情世故等文化層面應當具備可比性。雖然歐陽修多次效仿孟子"以意逆志"的方法,試圖由此知曉詩人真正傳遞的情感,并揣摩《詩》之本義。以此重審《小序》,但仍令筆者好奇的是,在歐陽修看來,殷、周之間都尚可一辨①,更何況相去一兩千年的上古與近世? 筆者推敲,"千古人情爲一"主要指向宋人可以與周人共情,且宋人能理解周人,主要是因爲宋代自命繼承周道、回向三代。正因爲千古人情爲一,故宋人用時下的人之常情去推判周代詩人的人之常情,以及達致聖人之志也具備可行性。在此,歐陽修對於"人情"觀念的論證,是以可行性的論證替代了正當性的論證,這種論證在邏輯層面并無實效。

誠然,以人情求《序》義甚至是《詩》義,成爲"文獻不足徵"情況下的最後一種較爲奏效的方法。"據文求義"和"以意逆志"是得"詩人之意"并最終求得聖人之志的必要鏈條。據文求義,往往是根據字義、句意、文義求得詩人希望表達的情感與思想,所謂"考其詩文,自可見其意",正是如此;而"以意逆志"更强調讀者運用能動性"己意"去瞭解詩人之"志",二者統籌於"人情"解詩。歐陽修常常利用這兩種方法論辨《序》求義,不過未免有些許局限。首先,據文求義的前提是本義客觀存在且可以被認知,且作品"文義"切實并完全表達了作希望表達的題中之意,即《詩》的整全和完備是求得詩義的前提,這無疑不符合既有事實。其二,漢字的意義處於不斷的演化之中,且多有一詞多義現象,這導致據文求義有時候難免失真。其三,未必所有《詩》篇涉及詩人情感表達。比如,《頌》的部分很可能是詩人及群體根據祭祀場合、祭祀音樂而配合所作,其中觸及的詩人情感幾乎可以不計。最後,在《孟子》的語境中,《詩》中之"志"不可能泛指人間各類情感意念,而應是被預設了純正無邪、足爲讀者楷式的特徵(《萬章》篇,其言多涉及堯、舜等上古"友人")。同樣,歐陽修眼中的"詩人"和"聖人"也必然是兼備道德與理性的古代賢者;因此,"詩人"與"聖人"在"美""刺"等道德觀念上具備一致性,後人能够"以意逆志"的前提便能够充分理解詩人和聖人,由此達致與古代賢者的共情,這同樣缺乏正當性。

---

① 歐陽修曾在《二南爲正風解》一篇中説道:"推而別之,二十五篇之詩,在商不得爲正,在周不得爲變焉。"見《詩本義》卷十五,頁 2B。

(二) 歐陽修大抵遵《小序》的動機與意義

"六經之所載,皆人事之切於世者,是以言之甚詳。"一個思想系統之所以能夠成爲一個獨立的系統,關鍵在於它的整體一致性與内部融貫性。歐陽修認爲,既然《六經》用於解決人事問題,則倘若《六經》的闡釋有所紕漏,勢必會影響指導人事的效果。與剩餘《五經》相比,《詩》還發揮着更加切於世的效用。

在《〈詩〉統解篇》,歐陽修曾説道:"《易》《書》《禮》《樂》《春秋》,道所存也,《詩》關此五者而明聖人之用焉。迹其道不知其用之與奪,猶不辨其物之曲直而欲制其方圓,是果成乎?"那麽,正《詩》之本義的過程,也是厘清"聖人之用"的過程。關於《詩》可以"明聖人之用"的"用"字,前人多釋爲"美刺",這種直抒胸臆的方法論受用面最廣,廣到只要有喜怒哀樂之情,便可以美刺抒發之,也可以通過瞭解他人的美刺之言,反推其喜怒之情,并達到與之共情的效用,這是剩餘《五經》所遠遠達不到的。其中,"經師之業"系列中頗有時代優勢,又能在内容上多合孟子之志的《小序》,承載了將詩人的"美""刺"之意徹底外發的功效和聖人由此而產生的勸戒之義,即明"聖人之用"的過程。

誠如上文所言,歐陽修之所以遵《小序》,還基於希望借《小序》語境下的《詩》來樹立其政治主張。他認爲,"經"作爲聖人之言,必然承載着道德倫理和政治教化的聖人意圖;對《小序》的接受,主要目的便在於明晰、領教聖人之教化,而非追求絶對意義上的"真",即對《小序》的功能性接受大於真僞之接受。於是,在《詩本義》中,"美、刺"存在的意義轉移至從政治倫理的角度説詩之外的統治者的德行問題,而不是從文學創作的角度談詩歌内部真實的人物形象問題。歐陽修還原"詩人之意"和"聖人之志",更像是一種意義生成與建構的過程,其實質不是復古,而是創新;所謂"本義",應該是以動態的形式不斷生成的存在。"《詩》無達詁",從漢儒"解經一字,洋洋千言"到歐陽修頗有"六經注我"之意味的演變,儒家闡釋學被推向新的階段。

六、餘　　論

歐陽修大抵遵《小序》這一話題可分爲表像與實際兩個方面:歐陽修表面上的確遵《序》,而"遵"的背後,是他對《序》之内容的重重審視甚至以細化闡釋的形式暗改其旨,并以此達致既與《詩》義相符合,又與歐陽修自己的理念相符合的結果。歐陽修如此對待《小序》之目的在於將《小序》置於治《詩》的重要環節當中,使得這一環節能夠與自身的解《詩》理論,乃至與其整個學術背景相合。歐陽修遵《序》與解《序》是不同層面的話題——遵《序》是目的,解《詩》是手段,二者并不矛盾。

張澍《詩小序翼》"以史證詩"價值考論*

葉瑋松**

（南京大學文學院）

摘　要：張澍(1781—1847)，字時霖，一字百淪(一作伯淪)，又字壽穀，號介侯。清代涼州府武威縣(今甘肅省武威市涼州區)人，隴右著名的經學家、史學家、文學家、金石學家。乾隆五十九年(1794)舉人，嘉慶四年(1799)進士。《詩小序翼》爲其經學研究集大成之作，主要運用的研究方法即爲詩史互證。《詩經》作爲中國傳統經典"十三經"的一部，也具有早期中國史詩的價值，兼具史的性質。以史證詩、以史實佐證詩旨也成爲了《詩小序翼》全書最大的學術特色與價值。

關鍵詞：周的起源；《詩經》；《左傳》；詩史互證

　　周勛初先生在《〈《錢注杜詩》與詩史互證方法〉序》中結合杜甫詩歌的"詩史"特徵進一步論述："詩歌是用精煉的語言構成的，對於叙及的史實來説，時移勢改，旁人難得明白，後人在理解困難更多。這就有待於注者依據史籍而加以闡發，或作必要的補正。"[1]其實張澍對《詩小序》所作的補正與擴充説明也是充分發揚《詩經》史學價值的體現。

一、豐富了周民族起源及周王朝的史料

　　《大雅·生民》從農業角度頌揚后稷的農功農德，呈現了夏商周農業起源的史實風貌。關於早期民族起源，《國語·周語上》："昔我先世后稷，以服事虞夏。及夏之衰也，棄稷弗務，我先王不窋，用失其官，而自竄於戎翟之間。"[2]陳夢家《殷墟卜辭綜述》："公劉之豳以及周在今山西南部之新絳、稷山、河津、萬泉、滎河一帶，當大河之東、汾水之南、鹽池西北

---

* 本文係國家社科基金重大項目"《詩經》與禮制研究"(16ZDA172)階段性成果。
** 作者簡介：葉瑋松，男，南京大學文學院博士生。研究方向：先秦兩漢文學。
[1] 周勛初《〈《錢注杜詩》與詩史互證方法〉序》，選自《餘波集》，南京大學出版社，2008年，頁480。
[2] (三國吳)韋昭注，徐元誥集解《國語集解》，北京，中華書局，2019年，頁13。

的涑水流域。"①《詩經》中的《大雅·公劉》《大雅·綿》亦有詳細記載。《詩小序翼》中張澍也對早期周民族起源作出了引證。在《大雅·綿》一詩中,張澍按,"《國語》魯叔孫穆子聘於晉,晉人爲之歌,文王、大明、綿。何楷曰:綿,周公追述太王,始遷岐周以開王業。而文王因之以受天命也。其説全用集傳。"②這裏張澍肯定了朱熹《詩集傳》的論述,同時闡明《綿》的主旨即爲追述早期周民族起源與發展。

周代商興,周代文化亦借鑒商代。據《逸周書·世俘解》:"古朕聞文考修商人典,以斬紂身,告於天下秭。"③研究周民族的起源也需對商代歷史有清晰的把握。在早期中國的版圖中,商代的統治範圍已經日趨擴大。《尚書·酒誥》:"自成湯咸至於帝乙,成王畏相惟御事,厥棐有恭,不敢自暇自逸,矧曰其敢崇飲?越在外服,侯甸男衛邦伯,越在内服,百僚、庶尹、惟亞、惟服、宗工,越百姓里居,罔敢湎於酒。不惟不敢,亦不暇,惟助成王德顯越,尹人祇辟。"《史記·孫子吳起列傳》:"殷紂之國,左孟門,右太行,常山在其北,大河經其南。"④可見商人除了中原地區外,已經統治長江以南以及西北地區。而周早期也是商的方國。《今本竹書紀年》中記載了商周朝貢、後期交戰的史實,《今本竹書紀年》:"(武乙)三十四年,周公季歷來朝,王賜地三十里,玉十瑴,馬十匹。……(文丁)二年,周公季歷伐燕京之戎。(文丁)四年,周公季歷伐余無之戎,克之,命爲牧。(文丁)七年,周公季歷伐始呼之戎,克之。十一年,周公季歷伐翳徒之戎,獲其三大夫。"⑤在甲骨文中也有商周交戰的記載,如《合20508》:"癸卯卜,其克伐周,四月。"⑥《吕氏春秋·順民》記載了周文王受封始末:"文王處岐事紂,冤侮雅遜,朝夕必時,上貢必適,祭祀必敬。紂喜,命文王稱西伯,賜之千里之地。"⑦《大雅·綿》的毛傳鄭箋肯定了周文王以西伯身份假借商王名義攻伐昆夷、蜀、西戎、北狄的壯舉。

通過《詩小序翼》的記述,同樣可以將《生民》《公劉》《皇矣》《大明》四篇所反映的周民族起源史聯繫起來。《生民》篇張澍引嚴粲曰:"《孝經》云郊祀后稷以配天祭法,示周人禘嚳而郊稷祖文王而宗武王。陳啟源《毛詩稽古編》曰:姜源爲帝嚳元妃,見《家語》《世本》,《大戴禮》《史記》諸書宜可爲信。"⑧《公劉》篇張澍引范處義曰:"周召輔成王可謂同心以安天下者也。始周公遷變,陳《七月》之詩,言公劉之治豳,及成王將涖政,召公又述周公作《七月》之意,作是詩以獻焉。二詩皆民事也。而《七月》止陳豳俗、農桑之事,足以致王業

---

① 陳夢家《殷墟卜辭綜述》,北京,中華書局,1988年,頁92。
② (清)張澍《詩小序翼》,《續修四庫全書》,上海古籍出版社,2002年,第66册,頁570。
③ 黄懷信、張懋鎔、田旭東撰,黄懷信修訂《逸周書彙校集注》,上海古籍出版社,2007年,頁308。
④ (漢)司馬遷《史記》,北京,中華書局,2014年,頁2163。
⑤ 張富祥《竹書紀年與夏商周年代研究》,北京,中華書局,2013年,頁105。
⑥ 胡厚宣主編《甲骨文合集釋文》,北京,中國社會科學出版社,2009年,頁1208。
⑦ 許維遹撰,梁運華整理《吕氏春秋集釋》,北京,中華書局,2016年,頁298。
⑧ (清)張澍《詩小序翼》,《續修四庫全書》,第66册,頁662。

之艱難,故系之豳風,是詩所獻乃公劉厚民遷都之事,周之王業由是而興,而成王又將涖政矣。故其詩別之大雅,明周以農事開國,非政之小故也。"引何楷《詩經世本古義》曰:"公劉始遷豳也,夏道衰,公劉變於西戎,邑於豳。"①在引證的同時,張澍作按語對相關史料進行了考辨:"《史記》載劉敬説漢高祖有云周之先自后稷堯封之邰,隨德累善十有餘世,公劉避桀居豳。夫公劉居豳既當夏桀之時,則其非后稷曾孫明矣。然考《竹書紀年》載少康三年,復田稷。沈約注謂后稷之後,不窋失官至是而復,則公劉之興當在此時,而詩中如行葦、甫田、大田諸篇宜皆爲公劉之詩,其詩中皆有曾孫之語,則公劉之爲后稷曾孫似無可疑。"②《皇矣》篇張澍引陳啟源《毛詩稽古編》曰:"首二章傳箋本指文王,後儒以爲太王之事,非也。"引《漢書·郊祀志》載匡衡奏議云:"乃眷西顧,此維子宅言天以文王之都爲居也。衛治齊詩者而爲此言,則首二章之美文王無疑矣。"③《大明》篇引《白虎通》曰:"何以知即位,改號也。詩云:命此文王於周,于京此改號爲周,易邑爲京也。"④張澍考證了上述詩篇的歷史背景,在徵引文獻中勾勒出了早期周代歷史的畫卷。同時也豐富了《詩經》中《大雅》部分《詩序》的史學價值。

周公東征也是早期周代歷史上一次重大事件,《尚書》《史記》對其都有專門詳細的記述。《韓詩外傳》則關注到東征前周公聽政的史實:"武王崩,成王幼,周公承文、武之業,履天子之位,聽天下之政。"⑤在《詩經》中有《豳風·破斧》記録了這一史實。《詩小序翼》亦徵引文獻佐證之。張澍引毛奇齡曰:"《詩説》云《破斧》,周公至自征殷,四國美之。"引嚴粲曰:"周公奉王命以討有罪,有征無戰。四國聞王師之至,則窮蹙自守。"⑥許倬雲《西周史》印證了這一史實:"三監之叛後,周人的征伐戰線拉得很長,北到梁山,南到淮上,由殷王畿往東,張開一個扇形,包含了山東及其南北鄰近地區。參加的人物,包括周公、召公、及太公的兒子。"⑦張澍選取的文獻與歷史完全相合,間接體現了其扎實的史學功底。

平王東遷是周代由盛轉衰的集中體現,《詩經·王風》諸篇亦創作於此歷史事件前後,張澍於《詩小序翼》卷首作按語曰:"《黍離》《君子陽陽》《中穀有蓷》孔穎達謂平王時是而《君子於役》《揚之水》《葛藟》序皆言刺平王,《兔爰》序言桓公,《采葛》鄭康成謂桓王之詩,《大車》孔穎達謂桓王之時,《丘中有麻》序言莊王,是莊王時詩。"⑧清胡承珙《毛詩後箋》卷十八亦云:"'駕言徂東'傳:'東,洛邑也。'序下箋云:'東都,王城也。'承珙按,《漢書·地理

---

① (清)張澍《詩小序翼》,《續修四庫全書》,第66册,頁669。
② 同上書。
③ 同上書,頁672。
④ 同上書,頁673。
⑤ 杜澤遜、莊大均《韓詩外傳選譯》,南京,鳳凰出版社,2011年,頁208。
⑥ (清)張澍《詩小序翼》,《續修四庫全書》,第66册,頁590。
⑦ 許倬雲《西周史》,上海,生活·讀書·新知三聯書店,2018年,頁146。
⑧ (清)張澍《詩小序翼》,《續修四庫全書》,第66册,頁479。

志》：河南故郟鄏地，是爲王城；雒陽周公遷殷民，是爲成周。傳箋似各言一處，然王城、成周相去不過數十里，周人通謂之東都。"①陸侃如、馮沅君認爲王風是王城之風的省文。

根據上文羅列與分析，《詩小序翼》中的《大雅》《豳風》《王風》中相關篇目的考訂精確地反映了周代歷史的發展，充分展現了《詩經》"詩史互證"的一大特徵。閱讀《詩經》即可對周王朝起源、代商、周公東征、衰亡的過程有清晰的認識。通過《詩小序翼》引述的文獻材料也可以肯定《詩經》具有早期史詩的特徵。

二、辨析了邶、鄘、衛三風與周王朝分封商代貴族的相關史料

邶、鄘、衛三風緊隨"二南"，一方面記載了三國的相關史政，張澍亦將其與周王室譜系結合起來，從而對三風具體詩篇的歷史背景、詩篇主旨中的諷諫對象進行清晰的說明。在《詩小序翼》卷首，張澍按云：

《柏舟》序謂衛頃公之時，仁人不遇，鄭康成謂頃公當厲王世。《綠衣》孔穎達謂莊公時詩，莊公當平王世也。《燕燕》孔穎達謂州籲時詩，《日月》《終風》《擊鼓》序皆謂州籲時詩。《凱風》孔穎達謂州籲時詩。《雄雉》《匏有苦葉》序謂宣公時詩，《穀風》《式微》《旄丘》《簡兮》《泉水》《北門》《北風》《靜女》孔穎達皆謂宣公時詩，《新臺》序謂刺宣公，《二子乘舟》孔穎達謂宣公時詩。州籲、宣公均當桓王世也。《柏舟》序言衛世子共伯，孔穎達謂衛武公時諱成公，當宣王世，《牆有茨》序言公子頑，《君子偕老》鄭康成謂宣公夫人公子頑，宣公當桓王世，《桑中》鄭康成謂宣公惠公之世，《鶉之奔奔》序言刺宣姜，皆當桓王之世，《定之方中》《蝃蝀》《相鼠》《幹旄》序皆言衛文公，《載馳》序言許穆夫人是戴公時詩，文公、戴公均當惠王之世也。孔穎達謂《淇奧》美武公，則武公時詩矣。武公當平王世。歐陽修補以《淇奧》爲平王時詩，嚴粲《詩緝》以爲幽王時詩，孔穎達又謂《考槃》《碩人》爲莊公時詩，莊公亦當平王世，《竹竿》孔穎達謂宣公時詩，《芄蘭》序言惠公，宣公、惠公均當桓王世，《河廣》言宋襄公息母，襄公當襄王世，《伯兮》鄭康成謂宣公時詩，《有狐》孔穎達謂宣公時詩，《木瓜》序言美齊桓公，是文公時詩。文公、桓公當襄王之世。②

由此可見，三風爲同時期作品，大多處於周厲王、平王時。是時，周王室有盛轉衰，內政日趨混亂，外有異族強敵侵擾。因此，邶、鄘、衛三風在特殊歷史時期中也有其特殊的意義與價值。

---

① （清）胡承珙《毛詩後箋》，《續修四庫全書》，上海古籍出版社，2002年，第67册，頁336。
② （清）張澍《詩小序翼》，《續修四庫全書》，第66册，頁479—452。

(一) 三風中相同的意象和地名

細讀邶、鄘、衛三風的文本,會發現很多相同的地名與意象的使用,因此從地理上判定邶、鄘、衛之間的位置與距離當是歷史考證的第一步。據《漢書·地理志》:

> 河內本殷之舊都,周既滅殷,分其畿内爲三國,《詩·風》邶、庸、衛國是也。邶,以封紂子武庚;鄘,管叔尹之;衛,蔡叔尹之:以臨殷民,謂之三監。故《書序》曰'武王崩,三監畔',周公誅之,盡以其地封弟康叔,號曰孟侯,以夾輔周室;遷邶、鄘之民於洛邑,故邶、鄘、衛三國之詩相與同風。《邶》曰'在浚之下';《鄘》曰'在浚之郊';《邶》又曰'亦流於淇','河水洋洋',《鄘》曰:'送我淇上','在彼中河'。《衛》曰:'瞻彼其奥','河水洋洋'。故吳公子劄聘魯觀周樂,聞《邶》《庸》《衛》之歌,曰'美哉淵乎。吾聞康叔之德如是,其《衛風》乎'至十六世,懿公亡道,爲狄所滅。齊桓公帥諸侯伐狄,而更封衛於河南曹、楚丘,是爲文公。而河内殷虛,更屬於晋。康叔之風既歇,而紂之化猶存,故俗剛強,多豪桀侵奪,薄恩禮,好生分。①

《漢書·地理志》勾勒出邶、鄘、衛三國與商王朝後裔有着密切的關聯,三國的文化也受到了商文化遺留的餘緒。三國也是周公東征的主要對象。同時由於三國地理位置的鄰近,"浚""淇水""河"等意象在三風的不同詩篇中多次出現。這説明三國互通,文化也有很高的相似度,在詩歌表現與主旨上也有着共性。如《邶風·泉水》與《衛風·竹竿》,張澍在《泉水》中引何楷《詩經世本古義》曰:"以詩有思須與漕句謂竹竿、泉水皆戴公廬漕時許穆夫人所作。"②在《竹竿》引陳啟源《毛詩稽古編》:"泉水、竹竿皆衛女思歸詩也,而有異焉,泉水思歸而已,竹竿之思歸,由於不見答也。"③可見張澍已經有意識地將兩首所在不同國風中的主旨有呼應的詩篇聯繫在一起分析,且徵引的文獻也有時代之隔。這更能説明張澍以史實、詩旨爲根基,打通國別限制的研究方式。同時我們也可以發現《漢書·地理志》不僅僅是一部地理類史書,其中也有和《詩經》緊密結合的部分,如《漢書·地理志》對隴右地區的介紹:

> 天水、隴西,山多林木,民以板爲室屋。及安定、北地、上郡、西河,皆迫近戎狄,修習戰備,高上氣力,以射獵爲先。故《秦詩》曰"在其板屋"。又曰"王於興師,修我甲兵,與子偕行"。及《車轔》《四載》《小戎》之篇,皆言車馬田狩之事。漢興,六郡良家子選給羽林、期門,以材力爲官,名將多出焉。孔子曰"君子有勇而亡誼則爲亂,小大有勇而亡誼則爲盜"故此數郡,民俗質木,不恥寇盜。④

---

① (漢)班固《漢書》,北京,中華書局,1962年,頁1008。
② (清)張澍《詩小序翼》,《續修四庫全書》,第66册,頁514。
③ 同上書,頁519。
④ (漢)班固《漢書》,頁1020。

將《秦風》篇目融入其中以佐證隴右風土民情，可見這部史志撰寫中就運用了詩史互證的方法。

（二）衛詩三分考

衛詩三分起源很早，馮浩菲認爲班固家世《齊詩》，《齊詩》也是三分衛詩。衛詩三分應在詩三百編輯初期，而不是《詩經》編成之後，應存在采詩、編詩的歷史中。王國維《觀堂集林·北伯鼎跋》云：

> 北蓋古之邶國也。自來説邶國者，雖以爲在殷之北，然皆於朝歌左右求之。今則殷之故虛得於洹水，'大且''大父''大兄'三戈出於清苑，則邶之故地自不得不更於其北求之。余謂邶即燕，鄘即魯也。邶之爲燕，可以北伯諸器出土之地證之。邶既遠在殷北，則鄘亦不當求之殷境内。余謂'鄘'與'奄'聲相近。…奄地在魯……而大師采詩之目尚存其故名，謂之'邶''鄘'然皆有目無詩。季札觀魯樂，爲之歌《邶鄘衛》，時猶未分爲三。後人以衛詩獨多，遂分隸之於《邶》《鄘》。①

通過上述引證可以發現，邶、鄘、衛三風本屬於衛一國之詩，由於宫廷分地域采詩及整合編訂的需要，才一分爲三。張澍在《詩小序翼》中依然認定三風有不同的作時與作者，且出現了諷諫詩，創作目的也不盡相同，因此張氏并未舉文獻論證這一現象，且先秦史料中也鮮見相關支撐材料，因此衛詩三分而成邶、鄘、衛三風能否成立仍有待進一步探究。

三、加强了《詩經》與《春秋》經傳的聯繫

《春秋》因年系事，記録了東周時期的重大歷史事件。《左傳》爲《春秋》之傳，對相關事件進行了擴展與補充説明，内容較《春秋》詳實，具有經學教化意義與一定的文史研究價值。根據魏源《詩古微·夫子正樂論中》統計，《國語》引詩 31 處，《左傳》引詩 217 處。從《左傳》引詩、用詩的數量可見在左丘明爲《春秋》作傳的時代，已經有較爲成熟的《詩經》文本出現，且可以運用到外交辭令、典儀場合中。這也爲《詩經》編集與詩旨帶來了依據，并展示了以史料證詩的產生與詩旨的研究範式。《文心雕龍·明詩》亦云："春秋觀志，諷誦舊章。酬酢以爲賓榮，吐納而成身文。"②通過這條文獻可以體現出春秋時期賦詩言志的風氣以及燕飲時對詩文本的唱誦的普遍。通過第一節對張澍徵引文獻的梳理，不難發現《左傳》在其中的重要性，張澍對《左傳》所述史料的極高的關注度。究其原因，當從《詩經》與《春秋》《左傳》關係展開。

---

① 王國維《觀堂集林》（外二種），石家莊，河北教育出版社，2003 年，頁 438。
② 郭晋稀《文心雕龍注譯》，蘭州，甘肅人民出版社，1982 年，頁 56。

(一)《詩》與《春秋》

首先分析《詩經》與《春秋》,《淮南子·泛論》:"王道缺而《詩》作,周室廢、禮義壞而《春秋》作。《詩》《春秋》學之美者也,皆衰世之造也。儒者循之以教導於世,豈若三代之盛哉!"①這段文獻反映了《詩經》成於周王室衰微時期,與《春秋》同。且二者之所以爲美,原因也在於衰世文學的諷諫意義。《説苑·君道》:"孔子曰:'夏道不亡,商德不作,商德不亡,周德不作,周德不作,《春秋》不作,《春秋》作而後君子知周道亡也。'"②這條材料體現了《春秋》定於亂世。孟子也強調《春秋》的意義重於《詩》之諷諫,《詩》以歌詠的方式呈現了周王朝由盛到衰的過程。既體現了禮樂制度,王道政治,也有亂世之作和怨刺之詩。上述三條文獻的觀點都體現了《詩經》《春秋》對衰世之刺及"刺"背後的力量,這也是《詩經》與《春秋》教化意義的相似性。

當代學者徐建委辨析了《詩序》與《春秋》的關係,他説:

> 《詩序》總體上遵循《春秋》的維度,以孔子《春秋》所秉持的歷史哲學來解《詩》,雖然其中多有古義,但將三百篇作爲一個整體來營造《詩序》,所用的絶非周、魯太師之義,而是源出孔子、子夏之學。……因此,齊、魯、韓、毛四家詩所繼承的戰國《詩》,其整體結構的完成,應在孔子之後,孟子之前,當爲七十子之徒發揮《春秋》精神以治《詩》的結果。③

徐建委的觀點將《詩經》定本產生的年代定在《春秋》定本闡產生之後,具有一定的先進性。同時,徐建委結合古書的形制及余嘉錫《古書通例》提出先秦兩漢文獻文本的動態生成一説,該説法同樣適用於《詩序》:"先秦乃至西漢古書絶大多數并非單一年代層面的文獻,它們多是累積型的,存在多個文獻層。因此其中之材料,一般而言適用於長時段而非短時段。《詩序》同樣也是歷史化叙事。"④"歷史化叙事"概念的提出一方面肯定了《詩序》除了教化性還有歷史性與叙事性存在。另一方面對《詩序》創作提出質疑,即非一人一時之作。這一點通過與《左傳》引詩、賦詩的分析加以進一步説明。

(二)《詩序》與《左傳》

《左傳·襄公二十九年》記載的季札觀樂是先秦一次大型的燕飲活動,也是一次較大規模的賦詩活動。吳公子季札出使魯國,魯人爲他表演周王室的樂舞。在演奏的過程中,季札對其中樂曲均有精彩的評點。這篇文獻的學術性在於演奏樂曲伴隨的詩題及《詩》的

---

① (漢)劉安《淮南子》,上海古籍出版社,2016年,頁209。
② (漢)劉向撰,程翔評注《説苑》,北京,商務印書館,2018年,頁378。
③ 徐建委《文本革命:劉向、〈漢書·藝文志〉與早期文本研究》,北京,中國社會科學出版社,2017年,頁132。
④ 同上書,頁136。

排序。這個排序也體現了古本與今本之間的區別。《豳風》在《國風》之末,介於《風》《雅》之間。古本《大雅》十六篇,今本移至《小雅》,作爲《小雅》之始,古本《小雅》十三篇,今移至《大雅》的後半部分。據徐建委判斷,《毛詩》古本更接近於由天子到諸侯的順序,而今本排布則是由四方到天子的順序。古本更能體現了《春秋》學的特點,即每一年歲首題"王正月"之意。《毛詩正義》引《鄭志》:"張逸問:'《豳·七月》專詠周公之德,宜在《雅》,今在《風》,何?'答曰:'以周公專爲一國,上冠先公之也,亦爲優矣,所以在《風》下,次於《雅》前,在於《雅》分,周公不得專之。'"① 孔穎達的引文也體現了鮮明的等級觀念。古本《詩經》與今本的差異還體現在訓詁上,一些重複出現的字、詞,《國風》不注,但《雅》《頌》出注,或同在《風》《雅》之中而後者出注,前者不注。可以推測古本編次與今本《毛詩》有順序上的差異。

《詩序》的作者很熟悉先秦史料,上文也舉證分析了《詩序》有很高的史料價值,《左傳》中也有史料來自古本《詩》的序說或傳注。《詩序》和《左傳》都依據某流傳中的史料編纂而成。文本上有相關性,如《碩人》《載馳》《清人》《黃鳥》四詩之序。對此種情況,徐建委提出:

> 從史源相關角度分析,《風詩序》與《左傳》在史事至少有兩個層面的相關性:時代的相關和敘事的相關。時代上看,《風詩序》所言詩作,除《周南》《召南》《魏風》《檜風》外,多數產生於《左傳》敘事時限内,這個層面比較明顯,無需深論。敘事層面,《風詩序》稱有詩諷喻的年代,《左傳》中與之相關的敘事則相對獨立詳細。②

徐建委用西方敘事學的理論將《左傳》與《詩序》(《國風》部分)置於同一時空條件下比較,却有《詩序》的介紹在《左傳》中獨立敘事的現象。獨立敘事是《左傳》中相對獨立於前後文之外,細節豐富、首尾相對完整的敘事的命名。這類材料單獨可以構成完整的"故事"。

除了季札觀樂外,《左傳·襄公二十七年》《昭公十六年》也有兩次盛大的賦詩活動:

> (襄公二十七年)鄭伯享趙孟於垂隴,子展、伯有、子西、子產、子大叔、二子石從。趙孟曰:"七子從君,以寵武也。請皆賦以卒君貺,武亦以觀七子之志。"子展賦《草蟲》,趙孟曰:"善哉!民之主也。抑武也不足以當之。"伯有賦《鶉之賁賁》,趙孟曰:"床第之言不逾閾,況在野乎?非使人之所得聞也。"子西賦《黍苗》之四章,趙孟曰:"寡君在,武何能焉?"子產賦《隰桑》,趙孟曰:"武請受其卒章。"子大叔賦《野有蔓草》,趙孟曰:"吾子之惠也。"印段賦《蟋蟀》,趙孟曰:"善哉!保家之主也,吾有望矣!"公孫

---

① (唐)孔穎達《毛詩正義》,《十三經注疏》本,北京,中華書局,1980年,頁389。
② 徐建委《文本革命:劉向、〈漢書·藝文志〉與早期文本研究》,頁159。

段賦《桑扈》，趙孟曰："'匪交匪敖'，福將焉往？若保是言也，欲辭福祿，得乎？"卒享。文子告叔向曰："伯有將爲戮矣！詩以言志，志誣其上，而公怨之，以爲賓榮，其能久乎？幸而後亡。"叔向曰："然。已侈！所謂不及五稔者，夫子之謂矣。"文子曰："其餘皆數世之主也。子展其後亡者也，在上不忘降。印氏其次也，樂而不荒。樂以安民，不淫以使之，後亡，不亦可乎？"……楚薳罷如晉涖盟，晉將享之。將出，賦《既醉》。叔向曰："薳氏之有後於楚國也，宜哉！承君命，不忘敏。子蕩將知政矣。敏以事君，必能養民。政其焉往？"①

（昭公十六年）夏四月，鄭六卿餞宣子於郊。宣子曰："二三君子請皆賦，起亦以知鄭志。"子賦《野有蔓草》，宣子曰："孺子善哉！吾有望矣。"子產賦《鄭之羔裘》，宣子曰："起不堪也。"子大叔賦《褰裳》，宣子曰："起在此，敢勤子至於他人乎？"子大叔拜。宣子曰："善哉，子之言是！不有是事，其能終乎？"子游賦《風雨》，子旗賦《有女同車》，子柳賦《蘀兮》，宣子喜曰："鄭其庶乎！二三君子以君命貺起，賦不出鄭志，皆昵燕好也。二三君子數世之主也，可以無懼矣。"宣子皆獻馬焉，而賦《我將》。子產拜，使五卿皆拜，曰："吾子靖亂，敢不拜德？"宣子私覲於子產以玉與馬，曰："子命起舍夫玉，是賜我玉而免吾死也，敢不藉手以拜？"②

這兩場賦詩活動，一賦一答間春秋時人對具體國風詩篇的內涵得以展現。張澍也關注到了這類現象。如在《風雨》篇中，張澍引毛奇齡曰："《詩傳》，齊桓公相管仲，一匡天下，齊人美之賦《風雨》，而《詩說》同。按《左傳·昭公十六年》傳，鄭六師餞韓宣子於郊，宣子曰：二三君子，請皆賦起。'……宣子喜曰：'賦不出鄭志。'明是鄭詩，而乃移入齊，妄甚。"③在《有女同車》中，張澍借用此次餞別賦詩對該詩詩旨做出檢討，按語云："鄭六卿餞韓宣子，子旗賦《有女同車》，宣子稱爲暱燕，好說者乃謂刺忽好色，如衛靈公與南子同車招搖過市，又謂捨車而從，攜手同行，誣國之甚。"④由此可見，張澍在撰著《詩小序翼》中也關注到《左傳》三次重大的賦詩活動并以此評判詩旨，張澍對《詩序》的闡釋也充分關注并認同先秦時人對《詩經》主旨的觀點，以此增加自己論證的可信性，在當代《詩序》研究中也具備較強的說服力。

四、解決了部分詩篇的創作年代爭端

《詩經》中的詩篇創作年代也是歷代學者關注的焦點。張澍《詩小序翼》結合先秦兩漢

---

① 楊伯峻《春秋左傳注》，北京，中華書局，2016年，頁418。
② 同上書，頁480。
③ （清）張澍《詩小序翼》，《續修四庫全書》，第66冊，頁554。
④ 同上書，頁561。

史料及各家對《詩序》的解讀文獻,將《詩經》每一篇與周代王室繫聯在一起,解決了大量詩歌定代存在爭議的問題。本節舉三首詩爲例加以進一步分析考證。

(一)《小雅·節南山》

這首詩爭議的焦點在於《毛詩序》主幽王時詩,三家《詩》主宣王。張澍《詩小序翼》有按語云:"《董仲舒傳》云周室之衰,其卿大夫緩於誼而急於刺。無雅、讓之風而有爭田之訟。故詩人疾而刺之。"後又引毛奇齡曰:"詩傳桓王伐鄭,家父諫之,賦節詩。《詩説》同。按《左傳·昭公二年》,季平子賦節之卒章,節即《節南山》也。"①張澍又提出了此詩作於桓王時説。其實爭端的核心就在於"家父"和"尹氏"這兩個人物所處時代,《漢書》卷二十《古今人表》列嘉父於厲、宣之世。《潛夫論》卷九《志氏姓》末段説:"尹吉甫相宣王著大功績,詩云'尹氏大師,維周之氐'也。"②然而詩中尹氏非指吉甫本人,因此三家説實無據。崔述列此詩於幽王的"附録"中。其《豐鎬考信録》卷七説:

> 按此詩專咎尹氏,謂尹氏秉國之均,而《十月》篇歷叙助虐之臣,自皇父以下凡七人,獨無尹氏,則似此二詩非一時作也。且此詩家勾所作,而《十月》篇有家伯,雖未知其爲父子,爲兄弟,然要之必非一時之事矣。豈此在幽王之初歟?抑非王之詩歟?由此可知序説亦難通。③

此外,朱熹又有桓王之説。《詩集傳》卷十一説:"《序》以此爲幽王之詩,而《春秋》十五年有'家父來求車',於周爲桓王之世,上距幽王之終已七十五年,不知其人之同異。"④

姚際恒《詩經通論》卷十:"以詩中南山證之,是終南山也。自歐陽氏執《春秋》家父在桓王之世,而《集傳》亦疑之。……予謂序不足信,詩亦不足信乎?東遷以後,曷爲詠南山哉?"⑤"《召南》中南山數見,豈亦西周之作?"陸侃如、馮沅君認爲南山很難作考證的根據。至於孔穎達《毛詩正義》卷十一説:"此家氏或父子同字父,未必是一人也。"⑥顯然回護序説之辭,所以張澍的説法遵從孔穎達《正義》和朱熹《詩集傳》。詩中家父當假定爲桓王時人,作詩當在前700年左右。

(二)《小雅·十月之交》

這首詩考證的焦點在於"日食"的記録與該詩爲厲王時作還是幽王時作。張澍首先引

---

① (清)張澍《詩小序翼》,《續修四庫全書》,第66册,頁597。
② (漢)王符著,馬世年譯注《潛夫論》,北京,中華書局,2018年,頁329。
③ (清)崔述《豐鎬考信録》,《叢書集成初編》,北京,中華書局,1985年,第140册,頁99。
④ (宋)朱熹《詩集傳》,北京,中華書局,2011年,頁310。
⑤ (清)姚際恒《詩經通論》,北京,語文出版社,2018年,頁431。
⑥ (唐)孔穎達《毛詩正義》,《十三經注疏》本,頁479。

《魯詩》認爲:"小雅十月之交言厲王無道,内寵熾盛,政化失理,故致災異。"後引何楷《詩經世本古義》:"十月之交,大夫刺幽王也。幽王之時,褒姒用事於内,皇父之徒,亂政於外,六年之冬,日食,陽月,大夫惡之。故借此詩。"①二者已經形成對立觀點。張澍後列舉《漢書》對褒姒的記載,旨在考證此詩所刺對象是否爲褒姒,"《漢書》谷永云褒姒用國,宗周以喪,閻妻驕扇,日以不臧。班婕妤賦云:'悲晨婦之作戒兮,褒閻之爲郵使。'厲王時別有閻妻,則當序閻於褒前,不應先褒姒後閻也。"②此處有"閻妻"出現,張澍後引顏師古注曰:"亦謂此詩刺厲王淫於色,皇父之屬因嬖寵而爲官,内寵熾盛,政化失理,故致災異,日爲之食也。顏説不知何所本。或當是祖緯書。《尚書緯》説艷妻謂厲王之婦,不斥褒姒。《漢書》艷妻作'閻妻'。"③這裏史書取材於緯書值得關注。在經學史中,班固所處的東漢時期正是緯學蓬勃發展的時期,因此史書中的史料由緯書所得當合常理。隨後,張澍對此次日食時間進行了引證與分析,下文羅列關於日食張澍的徵引文獻:

> 顏師古注"孔之醜"云:"明其將有大變,應在幽王驪山之事,則以陽月之災爲古人所甚忌故也。"
>
> 王應麟曰:"黃帝、顓頊、夏、殷、周、魯皆無推日食法,但有考課疏密而已。嘗考《通鑑》《皇極經世》,秦始皇八年歲在壬戌。《吕氏春秋》則云'維秦八年,歲在涒灘','涒灘'者,申也。"
>
> 沈括云:"先儒以日食正陽之月止謂四月,不然也。正、陽乃兩事,正謂四月,陽謂十月也,歲月陽止是也。《詩》有'正月繁霜''十月之交,朔月辛卯,日有食之',二者先王所惡也。"
>
> 蘇轍曰:"四月純陽,故謂之正月。十月純陰,故謂之陽月。純陽而食,陽弱之甚也。"
>
> 《類占》云:"十月日食,乃六陰之極,陰冒其陽,君昏信讒,陰謀作亂。"
>
> 又翼奉云:"師法用辰,不用日,辰爲客。孟康注云:假令甲子日,子爲辰,甲爲日,用子不用甲也。《天官書》又云日食,食所不利,復生生所利,不然食盡爲主位。"
>
> 魏了翁《正朔考》曰:"夫十月之交,則十一月矣。是周人朔月也。"
>
> 司馬遷云:"甲子,四海之内不占。丙丁,江淮海岱也。戊己,中州河濟也。庚辛,華山以西。壬癸,恒山以北。日食國君,月食將相。當之今,食在辛日,屬華山以西,正在周地。而翼奉推論六情十二律,又以卯爲陰賊,王者所忌,《禮經》避之,《春秋》諱焉。"④

---

① (清)張澍《詩小序翼》,《續修四庫全書》,第 66 册,頁 592。
② 同上書,頁 591。
③ 同上書,頁 593。
④ 同上書,頁 593—595。

通過上述徵引,張澍將日食現象與具體發生的時間串聯在一起,同時將日食現象與社會將會變亂的預言反映出來,張澍按曰:"《詩緯》推度災曰辛之爲君幼弱而不明卯之爲臣,秉權而爲政,故辛之言新陰氣盛而陽微生其君幼弱而任邪臣也。"①張澍治學不惟信乾嘉樸學,對讖緯之學也有所接受。從《十月之交》的徵引可以發現張澍治學方法的多元性,同時也反映出張澍對《詩經》創作年代唯實的研究方法與判斷標準。隨後,張澍徵引范處義、毛奇齡的觀點綜合判定:

  范處義曰:"小雅無厲王之詩,鄭氏以爲《十月之交》《雨無正》《小旻》《小宛》皆厲王之詩,毛氏作傳,遷其第,因改之耳。"其説非也。《漢書·梅福傳》"數御十月之歌",孟康注,福譏切王氏,十月之詩刺后族太盛也。

  毛奇齡曰:"《詩説》,《十月之交》,幽王之詩,天變見於上,地變動於下,奸臣亂政於外,嬖妾敗德於内,大夫憂亂亡之將至,故作是詩。"按,《漢書·谷永傳》:閔妾驕扇,日以不減,顏師古曰此魯詩十月之交篇。言厲王無道,内寵熾盛,政化失理故致災異。而日爲之食也。而魯詩本以此詩爲厲王詩,而艷妾爲閔妾也。②

"十月之交,朔月辛卯,日有食之"等句,《新唐書》卷二十五《曆成》説:"高祖受禪,將治新曆,東都道士傅仁善推步之學,⋯⋯周幽王六年十月辛卯朔入蝕限,合於詩。"③阮元在《揅經室一集》卷四《詩十月之交四篇屬幽王説》説:

  交食至梁、隋漸密,至元而愈精。梁虞剰,隋張胄元,唐傅仁鈞、一行,元郭守敬,并推定此日食在周幽王六年十月建酉,辛卯朔,日入食限,載在史志。今以雍正癸卯上推之,幽王六年十月辛卯朔,正入食限。⋯⋯詩,"百川沸騰,山塚卒崩,高岸爲谷,深谷爲陵"此災異之大者。《國語》:幽王二年,西周三川皆震⋯⋯岐山崩,十一年幽王乃滅。④

《史記·周本紀》載幽王二年事正相同。故此詩當作於前776年左右。不過日本人平山清次却考定日蝕在平王三十六年即前735年。綜上補充論述可知,十月之交屬幽王時詩符合歷史事實,魯詩之説存誤。

(三)《小雅·車攻》

  宣王中興是周代歷史上的一件大事,也是周王朝較爲興盛、穩定的一段時間。《詩經》中也有一定量的詩歌作於是時,表達宣王復古,表示宣王的歌頌。但《車攻》一篇却有諷刺

---

① (清)張澍《詩小序翼》,《續修四庫全書》,第66册,頁595。
② 同上書,頁595—596。
③ (宋)歐陽修等撰《新唐書》,北京,中華書局,1975年,頁2847。
④ (清)阮元《揅經室集》,《續修四庫全書》,上海古籍出版社,2002年,第1478册,頁588。

意味,這也爲這首詩的創作年代及主旨帶來了一定的爭議。張澍按語引皇甫謐《帝王世紀》宣王紀用此序。説明該詩作於宣王時期,當較爲可信。張澍又引李樗曰:"《左氏》云夏啟有鈞臺之享,商湯有景亳之命,周武有孟津之誓,成有岐陽之搜,康有酆宫之朝,穆有塗山之會,此皆合諸侯之事也。"① 何楷《詩經世本古義》曰:"車攻,美大田也。宣王朝諸侯於東都,遂狩於圃,詩人美其能復古,即此詩事也。"張澍自按曰:"徐文靖曰鄭箋云東都,王城也;圃草,圃田之草也。今按《穆天子傳》云:庚午,天子飲於洧上,乃遣祭父如圃鄭用致諸侯。丁丑,天子里圃田之路,則是宣王前已先名圃鄭矣。而陳啟源以孔疏爲不,然謂《王制》説封建之法,名山大澤不以盼周亂,九州藪澤皆掌於職方。"② 張澍的引證贊同《車攻》美宣王之説。

根據史書記載,周宣王時期周朝國力開始出現下滑。《史記·周本紀》:"宣王即位,二相輔之,修政,法文、武、成、康之遺風,諸侯復宗周,十二年,魯武公來朝。宣王不修籍於千畝,……王師敗績於姜氏之戎。宣王既亡南國之師,乃料民於太原。仲山甫諫曰:'民不可料也。'宣王不聽,卒料民。四十六年,宣王崩。"③ 透過《史記》可以發現一個勞民的宣王形象。宣王非明君,詩歌文本詳寫諸侯貴族準備田獵之事,却沒有周天子的描述,儀仗也不合天子禮數。《周禮·大司馬》:"王載大常,諸侯載旂,車吏載旗,師都載旃,鄉遂載物,郊野載旐,百官載旟,各書其事是與其號焉。"④ 且"之子"的意象在《詩經》中沒有表現君王的先例。上述皆爲此詩疑點,但毋庸置疑的是《車攻》與宣王相關,且反映田獵的壯闊。張澍引文對此次會盟的場景進行的考述應是可信的。至於周宣王的人物評判也很難從《車攻》一篇的詩旨中予以確定。

根據上文的分析,張澍"詩史互證"的研究思路主要體現在張澍以《詩經》爲文本載體,將周民族起源、周王朝歷史、邶鄘衛三地的歷史和具體詩篇結合,既可以通過史實對詩旨進行反思與訂補,又可以對具體詩篇的創作年代進行詳細的考證。通過這一思路,也可以對一些有年代、主旨爭議的詩歌進行辨正。《詩序》與《左傳》關係緊密,《左傳》皆可以解《春秋》經之内容,也可以通過解經的文本對先秦時期的行人賦引詩篇的主旨進行判定。張澍以史證詩的方法應用在利用《左傳》的賦引詩歌及相關史實確定《詩經》具體詩篇的年代上。其實,以史證詩的《詩經》學考證方法早在鄭玄爲《毛詩》作箋時就有端倪。鄭玄一方面吸收今古文經,通訓詁,明大義,并且采用三家詩補毛詩訓詁未明之義。另一方面鄭玄仿《詩序》成《詩譜》,《詩序》首先點名詩的主旨,有時介紹歷史背景來説明詩歌創作的緣起與時代。《詩譜》則以譜的形依年排列詩篇。從鄭《箋》中可知鄭玄廣博徵引文獻,分門

---

① (清)張澍《詩小序翼》,《續修四庫全書》,第 66 册,頁 601。
② 同上書,頁 602。
③ (漢)司馬遷《史記》,頁 144。
④ 楊天宇《周禮譯注》,上海古籍出版社,2016 年,頁 312。

別類,以求各種書籍對應各種思想與方法,并以此推斷詩歌產生的時間和詩歌的主旨。在具體文句中箋注出《詩經》中的歷史人物與相對應的歷史事件,是一種類似直接以史料解詩的箋注方式。陳澧《東塾讀書記》:

> 鄭箋有感傷時事之語。《桑扈》"不戢不難,受福不那",箋云"王者位至尊,天所子也,然而不自斂以先王之法,不自難以亡國之戒,則其受福禄亦不多也"。此蓋歎痛恨於桓、靈也。《小宛》"螟蛉有子,蜾蠃負之",箋云"喻有萬民不能治,則能治者將得之"。此蓋痛漢室將亡而曹氏將得之也。又"戰戰兢兢,如履薄冰",箋云"衰亂之世,賢人君子,雖無罪,猶恐懼"。此蓋傷黨錮之禍也。《雨無正》"維曰於仕,孔棘且殆",箋云"居今衰亂之世,云往仕乎?甚急迮且危"。此鄭君所以屢被徵而不仕乎?鄭君居衰亂之世,其感傷之語,有自然流露者;但箋注之體謹嚴,不溢出於經文之外耳。①

陳氏之說對鄭箋的學術特色概括無差。孔穎達、何楷直接繼承此方法。何楷更是在《詩經世本古義》中直接認定:"不能論其世以知其人,則不能知其詩之從何而作;不能知其詩之從何而作,則所以說之者皆囈語耳。……《書》《詩》《春秋》原相首尾,《詩》即史也。"②張澍更是大量徵引何氏之書,體現了他對以史證詩傳統的繼承。清初學者錢謙益亦大力提倡"返經汲古",認為治學須用漢人治經的方式,即爬羅剔闕,溯本窮源,實事求是。同時又強調"經、史同源",他在《胡致果詩序》中指出:"經之中皆有史,不獨春秋三傳也。"③由此可見經、詩、史三者互動,在研究上也不宜割裂。

五、詳細考述了豳風及其歷史背景

"豳風"位於《詩經》國風之末,但因《大雅·公劉》中得一句"篤公劉,於豳斯館,涉渭爲亂"④,將豳的地望與歷史與周代歷史聯繫起來。於此,《左傳·襄公二十九年》記載的季札觀樂中也有季札的評述"爲之歌《豳》,曰:美哉蕩乎!樂而不淫,其周公之東乎?"⑤從地方志文獻看,《慶陽府志·建制》載:"慶陽乃《禹貢》雍州之地,周之先后稷子不窋所居,號北豳,春秋時為義渠戎國。"⑥胡適《答丁樹聲》中認為:"《豳風》實是東土人居西土之歌。"⑦

---

① (清)陳澧《東塾讀書記》,上海,生活·讀書·新知三聯書店,1998年,頁134。
② 林慶彰《明代經學研究論集》,上海,華東師範大學出版社,2015年,頁244。
③ (清)錢謙益著,(清)錢曾箋注,錢仲聯標校《錢牧齋全集》,上海古籍出版社,2003年,頁800。
④ (漢)毛亨傳,(漢)鄭玄箋,(唐)陸德明音義,孔祥軍點校《毛詩傳箋》,北京,中華書局,2018年,頁393。
⑤ 楊伯峻《春秋左傳注》,頁328。
⑥ (明)梁明翰修,傅學禮纂《慶陽府志》,《稀見中國地方志匯刊》,北京,中國書店出版社,1992年,第9冊,頁280。
⑦ 鄭大華整理《胡適全集》,合肥,安徽教育出版社,2003年,頁177。

張澍在《公劉》篇中引范處義的觀點，也爲《豳風》及豳地的歷史帶來了重新梳理考證的必要：

> 周召輔成王可謂同心以安天下者也。始周公遷變，陳七月之詩，言公劉之治豳，及成王將涖政，召公又述周公作七月之意，作是詩以獻焉。二詩皆民事也。而七月止陳豳俗、農桑之事，足以致王業之艱難，故系之豳風，是詩所獻乃公劉厚民遷都之事，周之王業由是而興，而成王又將涖政矣。故其詩別之大雅，明周以農事開國，非政之小故也。①

關於豳的地望，漢代以來學者多認爲豳地在今陝西旬邑、彬州一帶，《漢書·地理志》説："栒邑，有豳鄉，《詩》豳國，公劉所邑。"②其後晉人徐廣從之，又説"新平漆縣之東北有豳亭"③（裴駰《史記集解》引），直到唐代所編的《括地志》仍有此説（張守節《史記正義》引）。但唐代以來又流傳着另一種重要的説法，即同樣是《括地志》也有異説："寧州、慶州、原州，古西戎之地，即公劉城邑，周時爲義渠戎國，秦爲北地郡。"④杜佑《通典·州郡三》："寧州，夏之季公劉之邑，春秋時戎地，戰國時屬秦，始皇初爲北地郡。"⑤二書所説的寧州即今甘肅慶陽董志原、寧縣一帶，北宋大中祥符二年（1009）刻立於正寧縣承天觀内的《大宋寧州鎮寧縣承天觀之碑》碑文載："兹縣據羅川之上游……豳土劃疆，本公劉積德之地。"其後元代馬端臨《文獻通考》也認爲寧州即公劉舊邑，又説寧州"後魏獻文帝置華州，孝文改爲班州，後改爲邠州，又改爲豳州。西魏時改爲寧州，立嘉名也。"⑥班、邠、豳古音同，説明時代不同，但人們關於寧州與古豳地、公劉之間關係的認識與稱呼上具有一致性。遲至清康熙時編《寧州志》也説寧州爲"公劉舊邑，在州西一里，周之先公劉居此，《詩》云'乃積乃倉'即此地也，掘土頗多古瓦。"⑦

以上兩種關於豳之地望亦存在截然不同的認識：一説爲今陝西旬邑、彬州一帶；一説爲今甘肅慶陽董志原、寧縣一帶。略察地圖可知，其實兩地相距不過百公里，又有馬蓮河串流其間，因而兩地歧説似可調節，兩地各稱"豳"，且都爲"公劉舊邑"，只不過是時間先後的問題，董志原地區確是公劉遷居最早的豳地，即文獻所謂的"北豳"，而旬邑一帶也屬於豳地，不過爲公劉後期所開拓，在時間上爲晚。錢穆《周初地理考》：

> 渭者入河之水，公劉居汾濱，遠於渭，不必其涉渭而更南也。……而詩稱"涉渭爲

---

① （清）張澍《詩小序翼》，《續修四庫全書》，第 66 册，頁 559。
② （漢）班固《漢書》，頁 1004。
③ （漢）司馬遷《史記》，頁 145。
④ （漢）司馬遷《史記·匈奴列傳》張守節《正義》引，頁 2912。
⑤ （唐）杜佑《通典》，北京，中華書局，2016 年，頁 3813。
⑥ （元）馬端臨《文獻通考》，北京，中華書局，2011 年，頁 4214。
⑦ （清）晉顯卿修，王星麟纂《（康熙）寧州志》，《中國地方志集成》，南京，鳳凰出版社，2008 年，第 34 册，頁 382。

亂"者,實則涉河而達於渭,不必其涉渭而更南也。則曷不謂涉河爲亂,而故乖其文曰涉渭乎?曰:稱涉河,則河之爲流既長,不見其所涉,并不見其涉河所至。曰涉渭,則二者盡顯矣。此詩人屬辭之法也。作詩者未能逆料於後世之誤以公劉居豳爲陝西扶風之北境,則其言"涉渭爲亂",在當時爲甚巧甚晰之辭,而在後世則迷其地而不得其解之一難焉。①

由此可見,豳在陝西之說證據不足,舊說在甘肅慶陽等一帶更可信。同時,《詩經》中記載西方產稻桑,有具體文本的支撐,言及"桑""絲""蠶""稻"者二十餘篇,主要集中在《豳風》與《秦風》篇目中,也能從農業發展論證豳地歷史之悠久。

記載豳地歷史最爲直接的證據當屬《豳風·七月》,這篇詩也與周公東遷事相關,張澍引《孔叢子》曰:"於《七月》見豳公之所以遷周也。"引陳啟源《毛詩稽古編》曰:

  《周禮》籥章仲春擊土鼓,龡豳詩以迎暑,仲春迎冬氣亦如之。……朱子非之以爲風中國不得有雅、頌,是壞六義之體,不知節。而小家父作誦,誦、頌二字本通用。崧高亦曰吉父作誦,又云其風肆好彼皆雅也。而得業風、頌之名,則豳風何害爲雅頌哉!至朱子別取三說以爲皆通,愚觀之未見其可也。夫風雅頌詩篇之名,非樂調之名也。豈同音節而變哉!②

這裏引出"豳雅""豳頌"的概念。《周禮·春官宗伯》:"籥章掌土鼓豳籥。中春,晝擊土鼓吹豳詩,以逆暑;中秋迎寒,亦如之。凡國祈年於田祖,吹豳雅,擊土鼓,以樂田畯。國祭蠟,則吹豳頌,擊土鼓,以息老物。"③其實,將"豳"詩升爲雅、頌詩,也由於豳風諸篇與周公的密切關係。但張澍作按語給予批駁:"此說尤乖謬,考之周禮,全不相合。豳詩、豳雅、豳頌皆籥章所掌,不應與笙師眡瞭分龡之也。……況樂器安得有風雅頌之別哉!"後又引毛奇齡曰:"《詩說》:'邠風,周公陳農政之詩。'考歐陽修曰:'《七月》,韓、齊、魯三家皆無之,申公魯詩家何以有此詩?'且季子觀樂歌豳曰:'其周公之東乎!'明言周公居東時詩,非雅詩也。又曰:《詩傳》《說》俱無豳風,以《七月》一詩爲小雅,而以《鴟鴞》下六詩及《鄘·定之方中》一詩改名《楚宮》,合魯頌四詩,共十一篇,爲魯風。按,左氏所記列國大夫賦詩及吳季札觀周樂,無稱魯風者;又《孟子》及他書引詩皆稱魯頌也。"④進一步論證了"豳雅""豳頌"確實不存在。

關於《七月》與周公的關係,有大量學者認爲周公影響了《七月》的創作,但該詩并非周公所作。清人崔述在《封鎬考信錄》云:"讀《七月》,如入桃源之中,衣冠樸古,天真爛熳,熙

---

① 錢穆《古史地理論叢》,上海,生活·讀書·新知三聯書店,2004年,頁67。
② (清)張澍《詩小序翼》,《續修四庫全書》,第66冊,頁560。
③ 楊天宇《周禮譯注》,頁285。
④ (清)張澍《詩小序翼》,《續修四庫全書》,第66冊,頁578。

熙乎太古也。然則此詩當爲大王以前豳之舊詩。蓋周公述之以戒成王,而後世因誤爲周公所作耳。"①方玉潤《詩經原始》曰:"《豳》僅《七月》一篇,所言皆農桑稼穡之事,非躬親隴畝久於其道者,不能言之親切有味也如是。周公生長世冑,位居冢宰,豈暇爲此?且公劉世遠,亦難代言。此必古有其詩,自公始陳王前,俾知稼穡艱難并王業所自始,而後人遂以爲公作也。"②今人劉立志認爲:"有兩點與周公作詩之說相悖離,構成無法調和的矛盾。一是曆法混用,二是敘述視角的問題。詩中雜用周曆與夏曆,而其内容實乃敘寫一年十二月中的物候及農作生活,并非貫串夏商周三代之長篇史詩。"③通過上述三則觀點可以基本否定《七月》爲周公所作。對於《七月》一詩的真實作者,根據其内容,筆者更加傾向於蔣見元的觀點,《七月》是一首敘事長詩,所包含有農事、豐收、祭祀等場景,應非一人一時作,應爲一份最後經人將多年流傳在社會上的農諺民謠、詩歌等彙集、編纂的集合品。趙明主編《先秦大文學史》中也談道:"《七月》胚胎出於西周農奴之手,而最後定型則完成於春秋時期周王朝的樂官,使《七月》既保留了西周初期農業生産生活的歷史原貌,又具有春秋時期的藝術特徵。"④

　　結合上文分析與討論,《詩小序翼》徵引文獻頗豐,其徵引文獻絶大多數仍是先秦兩漢史書。這也印證了張澍"以史證詩"的治學觀念。在這種觀念的指引下,本文以《詩小序翼》文本爲綱,結合張澍的引文與按語對"二南"問題、衛詩三分問題、豳地歷史問題以及部分詩篇的創作年代問題進行了詳細考述。但囿於時代局限,張澍在考證過程中未能通過詩樂關係及民俗、地域文化、早期部落文化對《詩經》部分篇章的詩旨給予正確完整的推斷,且張澍未能得見任何地下出土文獻材料。總的來說,張澍在清代有一定的學術影響力,《詩小序翼》也是張澍畢生治學的結晶。通過對《詩小序翼》的整理與研究也有助於我們對整個清代學術背景以及《詩經》學發展有所瞭解。

---

① (清)崔述《豐鎬考信録》,《叢書集成初編》,第 140 册,頁 105。
② (清)方玉潤《詩經原始》,北京,中華書局,1986 年,頁 277。
③ 劉立志《〈詩經〉研究》,北京,中華書局,2011 年,頁 175。
④ 趙明主編《先秦大文學史》,長春,吉林大學出版社,1993 年,頁 209。

《詩經》凶禮詩中的詩禮印合與背離

羅家湘
（鄭州大學文學院）

摘　要：《詩經》可確定的凶禮詩有21篇，在這些凶禮詩中，詩與禮不僅存在相成相合的一面，同時還有相互背離的地方，具體表現爲：人禍之後，禮重施救，詩重自救；天災之下，禮重禱神，詩重受難；死亡事件中，禮重肉身安置，詩重靈魂聯繫。凶禮詩揭示了周代社會從敦詩悅禮走向禮崩樂壞的内部瓦解過程。

關鍵詞：《詩經》；凶禮詩；詩禮；印合；背離

　　《詩經》纂録周初至春秋中葉五百餘年間的詩歌，編爲一部總集，反映了周代禮樂文明建設的成果。在《詩經》解釋史上，毛傳鄭箋確立了詩禮互證的方法，清包世榮《毛詩禮徵》以吉嘉賓軍凶禮分類繫聯具體詩篇，現代學者也多有以禮論詩的著述。按《周禮·大宗伯》中的設計，吉凶軍賓嘉五禮構成一個相互支持的平衡穩定的制度系統：吉禮是關於理想社會的設計，企圖通過祭祀等手段建成自然與社會、神靈與人類、祖先與子孫相互溝通、和平共處的神人共同體；嘉禮加強社會内部的團結；賓禮則接受來自社會外部的善意；凶禮處理社會内部有關糾紛；軍禮處理你死我活的敵我矛盾。《詩經》中吉禮詩最多，凶禮詩最少。我們讀《詩經》凶禮詩，發現詩與禮不僅存在相成相合的一面，同時還有相互背離的地方，值得探究。

　　各家論及的凶禮詩略有差異。毛傳鄭箋中凶禮詩9首，論及喪禮的有《出其東門》《素冠》，論及荒禮的有《野有死麕》《有狐》《我行其野》《雲漢》，論及吊禮的有《載馳》《節南山》，論及恤禮的有《旄丘》。《毛詩禮徵》凶禮2條，"喪期"條列《素冠》一篇，"葬"條列《大車》《葛生》《黄鳥》三篇，附"除喪"條列《閔予小子》一篇。[①] 江林著《〈詩經〉與宗周禮樂文明》

---

* 本文係國家社科基金重大項目"《詩經》與禮制研究"（16ZDA172）階段性成果。
** 作者簡介：羅家湘，男，鄭州大學文學院教授、博士生導師，兼任中國古代文學史料學分會常務理事、中國詩經學會理事。研究方向：中國古典文獻學。
① （清）包世榮《毛詩禮徵》卷五，夏傳才主編《詩經要籍集成二編》第32册，北京，學苑出版社，2015年，頁123—124。

一書,末章爲"《詩經》與周代凶禮",討論了《邶風·泉水》《鄘風·定之方中》《載馳》《秦風·黄鳥》《檜風·素冠》《小雅·鴻雁》6篇。① 我們認爲,《詩經》中有些詩只是有涉及凶禮的句子,并非凶禮詩。如《王風·大車》爲情詩,其中"縠則異室,死則同穴。謂予不信,有如皦日"②屬於生死相隨的愛情誓言;《邶風·谷風》爲棄婦詩,其中"凡民有喪,匍匐救之"寫女子盡力救助鄰里之凶禍;《小雅·小弁》爲刺幽王廢太子的詩,其中"行有死人,尚或墐之"③句,寫覆掩道中死人事;《小雅·常棣》屬於贊賞兄弟友愛的詩,其中"死喪之威,兄弟孔懷。原隰裒矣,兄弟求矣"④四句,寫兄弟人恩至厚,直使死喪之威失靈,讓人感動。有些古注屬於誤讀,如《鄭風·出其東門》本情詩,其中"有女如荼"句,毛傳以爲"荼,英荼也。言皆喪服也"⑤,完全脱離詩意。可確定的凶禮詩有 21 篇,其中喪禮 5 篇,即《唐風·葛生》《秦風·黄鳥》《檜風·素冠》《小雅·蓼莪》和《大雅·下武》;荒禮 6 篇,《召南·野有死麕》《衛風·有狐》《王風·葛藟》,《小雅》之《鴻雁》《黄鳥》《我行其野》;吊禮 2 篇,《小雅·十月之交》及《大雅·雲漢》;襘禮 2 篇,《鄘風·定之方中》《衛風·木瓜》;恤禮 6 篇,《邶風》之《式微》《旄丘》《泉水》,《鄘風·載馳》,《衛風》之《竹竿》《河廣》。

一、人禍之後,禮重施救,詩重自救

《周禮·大宗伯》:"以襘禮哀圍敗,以恤禮哀寇亂。"⑥圍敗、寇亂皆指戰亂之後,國家遭受嚴重損失。同盟諸侯襘禮送財物、恤禮送安慰,有錢出錢,有人出人,幫助友邦渡過危難。邶、鄘、衛三風中的救衛組詩最爲典型。周惠王十六年(前 660),狄人入衛,齊桓公與大衛姬所生的孩子公子無虧受命"帥車三百乘、甲士三千人以戍曹。歸公乘馬,祭服五稱,牛、羊、豕、雞、狗皆三百,與門材。歸夫人魚軒,重錦三十兩。"⑦《衛風·木瓜》表達衛人的感激之情,"投我以木瓜,報之以瓊琚。匪報也,永以爲好也。"衛宣姜嫁出去的女兒們也拉來許多贊助,幫助衛國恢復。大女兒爲宋桓公夫人,宋桓公收攏"衛之遺民男女七百有三十人,益之以共、滕之民爲五千人",重建衛國朝廷,"立戴公以廬於曹"⑧。《衛風·河廣》爲桓公夫人在衛思宋之作,她爲救母國放棄了公侯夫人的身份。《邶風·泉水》《衛風·竹竿》《鄘風·載馳》都是小女兒許穆夫人的詩。衛國遭難,她"有懷於衛,靡日不思"⑨,爲衛

---

① 江林《〈詩經〉與宗周禮樂文明》,上海古籍出版社,2010 年,頁 237。
② (漢) 毛亨傳,(漢) 鄭玄箋,(唐) 孔穎達正義《毛詩正義》,《十三經注疏》本,北京,中華書局,1980 年,頁 333。
③ 同上書,頁 453。
④ 同上書,頁 408。
⑤ 同上書,頁 346。
⑥ (漢) 鄭玄注,(唐) 賈公彦疏《周禮注疏》,《十三經注疏》本,北京,中華書局,1980 年,頁 759。
⑦ (晋) 杜預集解,(唐) 孔穎達正義《春秋左傳正義》,《十三經注疏》本,北京,中華書局,1980 年,頁 1788。
⑧ 同上書,頁 1788。
⑨ (漢) 毛亨傳,(漢) 鄭玄箋,(唐) 孔穎達正義《毛詩正義》,《十三經注疏》本,頁 309。

國尋求援助,"控於大邦,誰因誰極?"而許國人不能理解她,"許人尤之,衆稚且狂"①。最後也只有放棄公侯夫人身份,"駕言出遊,以寫我憂"。三女不顧一切拯救母國的行爲令人欷賞,符合恤禮,但不符合"父母在,得歸寧也。父母既没,則使卿寧於兄弟"②的諸侯夫人及王后之法,以至於宋桓夫人、許穆夫人都只能選擇大歸。宣姜的兩個兒子衛戴公、衛文公爲復國奔走,戴公累死,文公成功重建衛國。《鄘風·定之方中》誇贊文公在楚丘重建都城、使國家殷富的功勞説:"匪直也人,秉心塞淵,騋牝三千。"宣姜的兒女在救亡中表現出來的愛國精神和堅强意志,在整部《詩經》中顯得特别突出,一方面體現了"人盡夫也,父一而已,胡可比也"③的宗法時代價值觀,另一方面也少不了母親宣姜不接受命運擺布,努力主導家庭生活與國家政治的强悍人生觀的影響。

只有自强不息的人才有資格接受他人的檜恤。若事事依賴别人,遭難時只會等待,則注定要失望了。《式微》《旄丘》兩篇寫周惠王十四年(前663)潞子滅黎,狄人迫逐黎侯,黎侯寓於衛。黎莊夫人是衛侯之女④,依據檜恤之禮,哀聲求援,"叔兮伯兮,何多日也"。長久等待,仍得不到衛國的援助,以致傅母以《式微》勸夫人離婚。小序責"衛不能修方伯連率之職",有失同盟之道,與批評坐等的詩意有些距離。

二、天災之下,禮重禱神,詩重受難

《周禮·大宗伯》:"以荒禮哀凶札,以吊禮哀禍災。"凶札指饑荒瘟疫,禍災指天變地動旱澇蟲雹等,都屬於天災。荒的本義是荒蕪,引申指莊稼没有收成。孫怡讓解釋説:"遭凶札貶損振救之禮,謂之荒禮。"⑤碰上荒年,人獸争食,《小雅·黄鳥》寫人們的祈求:"黄鳥黄鳥,無集於穀,無啄我粟!"充滿了辛酸。《王風·葛藟》寫乞食者"謂他人父""謂他人母""謂他人昆"⑥,却遭受冷遇和排斥,得不到接納與幫助。荒禮要求貴人們損膳損樂,"爰及矜人,哀此鰥寡"⑦(《鴻雁》)。但是,能夠接受慈善捐助的人很少,《詩經》中荒年售女救命才是常態,故殺禮而多婚的詩有《召南·野有死麕》《衛風·有狐》《小雅·我行其野》等。把女性工具化,這是荒禮的尴尬。

吊有持弓守喪之意,引申爲親臨致哀。每逢有反常現象,及時去到禍災現場,做出應

---

① (漢)毛亨傳,(漢)鄭玄箋,(唐)孔穎達正義《毛詩正義》,《十三經注疏》本,頁320。
② 同上書,頁309。
③ (晋)杜預集解,(唐)孔穎達正義《春秋左傳正義》,《十三經注疏》本,頁1758。
④ (漢)劉向《列女傳》卷四,《四部叢刊》本。
⑤ 孫詒讓《周禮正義》,北京,中華書局,1987年,頁1346。
⑥ (漢)毛亨傳,(漢)鄭玄箋,(唐)孔穎達正義《毛詩正義》,《十三經注疏》本,頁333。
⑦ 同上書,頁431。

急處理,這就是吊禮。古人以昊天比父母,《小雅·巧言》云:"悠悠昊天,曰父母且。"①天人之間本是溫情脈脈的。若天不滿於人的作爲,會以災異示警。孔穎達爲《瞻卬》作疏:"天之所責,唯有妖變而已,故云見變異,若日食、星殞、山崩、川竭之屬也。神所不福,則是己有禍罰,故云有災害,謂水旱、蟲螟、霜雹、疫癘之等也。"②《小雅·十月之交》寫幽王二年地震:"燁燁震電,不寧不令。百川沸騰,山塚崒崩。高岸爲谷,深谷爲陵。哀今之人,胡憯莫懲?"又寫幽王六年日食:"十月之交,朔月辛卯。日有食之,亦孔之醜。彼月而微,此日而微。今此下民,亦孔之哀!"災異發生,必須有人爲此負責,皇父卿士等職官的行爲就動見觀瞻。皇父開展的救災工作却讓人失望:"抑此皇父,豈曰不時? 胡爲我作,不即我謀? 徹我牆屋,田卒汙萊。曰予不戕,禮則然矣。"他興勞役,拆牆屋,荒稼穡,自以爲是遵禮而行,但"不即我謀",與民衆需求完全相背。最終"皇父孔聖,作都於向"③,罷職還鄉,成爲天災的犧牲品。

天災發生,該如何行吊禮呢?《左傳·莊公二十五年》有一個標準答案:"凡天災,有幣,無牲。非日、月之眚不鼓。"④《大雅·雲漢》述周宣王禳旱雩祭的情形:"靡神不舉,靡愛斯牲,圭璧既卒,寧莫我聽","上下奠瘞,靡神不宗。后稷不克,上帝不臨"⑤。完全按標準救災,却一點兒效果也没有,吊禮索鬼神而祭之虚妄,不言自明。但古人却擔心放棄鬼神信仰會導致社會失序,陰陽災異學説反而越來越盛,人類文明的底線被降低了。

三、死亡事件中,禮重肉身安置,詩重靈魂聯繫

人人都會死,但"禮不下庶人"⑥,需要以喪禮處理的死亡事件只發生在啟"邦國之憂"的貴族之家。按照《儀禮·喪服》設計,一個面臨喪事的官員,必須從王庭退回到家園,要爲父母行三年之喪,爲兄弟行齊衰不杖期。通過喪禮來守護親情,把守喪盡孝當成是完成人生角色所規定的義務。

古人以爲人除了肉體外,還有魂魄。肉體入土,魂魄化爲鬼神。《大雅·文王》説,文王之魂,"在帝左右"⑦。《大雅·抑》:"神之格思,不可度思,矧可射思?"⑧《小雅·何人斯》:"爲鬼爲蜮,則不可得。"⑨不可度、不可得指鬼神無形可見,無迹可求。但只要愛還

---

① (漢) 毛亨傳,(漢) 鄭玄箋,(唐) 孔穎達正義《毛詩正義》,《十三經注疏》本,頁453。
② 同上書,頁578。
③ 同上書,頁446—447。
④ (晉) 杜預集解,(唐) 孔穎達正義《春秋左傳正義》,《十三經注疏》本,頁1780。
⑤ (漢) 毛亨傳,(漢) 鄭玄箋,(唐) 孔穎達正義《毛詩正義》,《十三經注疏》本,頁561。
⑥ (漢) 鄭玄注,(唐) 孔穎達正義《禮記正義》,《十三經注疏》本,北京,中華書局,1980年,頁1248。
⑦ (漢) 毛亨傳,(漢) 鄭玄箋,(唐) 孔穎達正義《毛詩正義》,《十三經注疏》本,頁504。
⑧ 同上書,頁555。
⑨ 同上書,頁455。

在，生者與死者之間靈魂的聯繫就無法切斷。夫妻之愛最強烈，死亡造成的悲傷也最深刻。《檜風·素冠》一直被看作是悼亡詩，詩中寫妻子見丈夫的遺容，素冠、素衣、素韠，體枯肌瘦，不禁撫屍痛哭，表現出"迸發的、肝腸俱裂的傷痛"①。失去愛人的悲傷和對亡夫的憐惜，使得"與子同歸"的誓言顯得非常真誠。小序以爲"刺不能三年也"②，與全詩所抓取的哭屍場景不吻合。《唐風·葛生》亦妻悼夫之作，"獨處""獨息""獨旦"者不僅指死者獨處於墓地，也指生者孤居於家園。鄭箋以爲"予美亡此"是"從軍未還"，但後文又釋"歸於其居"之"居，墳墓也"，"歸於其室"之"室猶塚壙"③，前後不統一。且角枕、錦衾本爲陪葬品，《周禮·玉府》云："大喪，共含玉，復衣裳、角枕、角柶。"④《禮記·喪大記》云："小斂：布絞，縮者一，橫者三。君錦衾，大夫縞素，士緇衾，皆一。"⑤只有以"予美亡此"爲亡夫，妻子"百歲之後，歸於其居"的想往才能得到合理解釋。《蓼莪》是哀悼父母的詩。詩中用生我、鞠我、拊我、畜我、長我、育我、顧我、復我、腹我九個詞組，把父母撫育孩子的勞苦艱辛描寫出來。自己長大，却"欲報之德，昊天罔極。"⑥故小序以爲該詩寫"孝子不得終養"之悲。《秦風·黄鳥》哀三良殉葬，把王事與死亡直接聯繫起來。王事與親情的衝突暴露了宗法體制的内在裂痕。

上博簡《孔子詩論》説："《寺（詩）》也，文王受命矣。"整個《詩經》都是圍繞文王之化編成的。以文王之化爲平衡點，《詩經》創造了一個以家庭爲中心的吉祥平安的禮樂世界。但禮與禮之間的矛盾、理想設計與現實人生的衝突等必然導致系統失靈，凶禮詩揭示了周代社會從敦詩悦禮走向禮崩樂壞的内部瓦解過程。"王澤竭而詩不作"⑦，《詩經》建構的世界最終解散了。但詩中的人情具有永恒的價值，故諸子百家興起後，都爭相引詩説理；即使是獨尊儒術的時代，《詩經》也可以當諫書。

---

① 程俊英、蔣見元《詩經注析》，北京，中華書局，1991年，頁388。
② （漢）毛亨傳，（漢）鄭玄箋，（唐）孔穎達正義《毛詩正義》，《十三經注疏》本，頁382。
③ 同上書，頁366。
④ （漢）鄭玄注，（唐）賈公彦疏《周禮注疏》，《十三經注疏》本，頁678。
⑤ （漢）鄭玄注，（唐）孔穎達正義《禮記正義》，《十三經注疏》本，頁1577。
⑥ （漢）毛亨傳，（漢）鄭玄箋，（唐）孔穎達正義《毛詩正義》，《十三經注疏》本，頁460。
⑦ （漢）班固《兩都賦序》，（南朝）蕭統編，（唐）李善等注《六臣注文選》卷一，《景印文淵閣四庫全書》，臺北，臺灣商務印書館，1986年，第1330册，頁5。

"頌"體原始
——由詮釋學角度觀照"頌"體解讀的爭議

葛剛巖　包梓新

（武漢大學文學院）

摘　要：《毛詩大序》云："是以一國之事，系一人之本，謂之風。言天下之事，形四方之風，謂之雅。雅者，正也，言王政之所由廢興也。政有小大，故有小雅焉，有大雅焉。頌者，美盛德之形容，以其成功告於神明者也。"《大序》所論"風"與"雅"，是關乎人事、國事、天下事，是人世之事，而"頌"則是關乎"神明"，是神祇之事，是人與神溝通的路徑、環節。正是因爲"頌"的重要價值，所以歷代學人給予了"頌"更多的關注，也給出了"頌"體諸多見仁見智的解釋，個中差異應是闡釋主體對象化的不同所帶來的結果。

關鍵詞：頌體；詮釋；對象化差異

語言的功能之一便是對物的指稱，通過語言的這一功能，人們可以去認識世界，展示世界。語言的指稱功能又具有個性化、時代化的特徵以及指向性的局限，於是就需要詮釋學的輔助去實現語言指稱的再認識。自然，語言指稱功能的多向性也就造成了指稱詮釋的多向性，也帶來了文化概念解讀的歧義與矛盾。學術史中，對"頌"體解讀的差異即源於此。

作爲文學史上一種重要而獨特的文體，歷代文人對"頌"之原始、"頌"體解讀都給予了更多的關注，但直至今日依然聚訟紛紜，個中緣由，莫衷一是。對此，我們試從闡釋學角度予以學理溯源，表述己見。

---

* 本文係國家大學生創新創業訓練計劃項目"《殷周金文集成》與早期文體研究"階段性成果。

** 作者簡介：葛剛巖，男，文學博士，武漢大學文學院副教授、碩士生導師。研究方向：漢唐文學與文化。包梓新，男，武漢大學文學院本科生。

一、"頌"意解説

(一)"美盛德"説

對於"頌"的解釋,影響最爲深遠的莫過於《毛詩大序》:"頌者,美盛德之形容,以其成功告於神明者也。"此處之"頌",既有名詞義,表"盛德"之容,也有動詞義,"將其成功告於神明",有後世"歌頌"的含義。由此可知,"頌"的意義是富有層次的,誠如孔穎達《毛詩正義》所云:"'美盛德之形容',明訓'頌'爲'容',解頌名也;'以其成功告於神明',解頌體也。"前者形成"頌"之概念名稱,後者形成"頌"的體制(包含告神的元素)。孔穎達又引鄭玄《周頌譜》:"頌之言容。天子之德,光被四表,格於上下,無不覆燾,無不持載,此之謂容。於是和樂焉,頌聲乃作。"鄭玄認爲,"頌"的"容"義爲天子之德容,澤臨四海之儀容。王充《論衡·須頌篇》對頌之意有所詳解:"古之帝王建鴻德者,須鴻筆之臣褒頌紀載,鴻德乃彰,萬世乃聞……然則孔子鴻筆之人也。'自衛反魯,然後樂正,《雅》《頌》各得其所也。'鴻筆之奮,蓋斯時也。"王充將"頌"明確確定爲歌頌帝王功業之作。受儒學主導之影響,《詩大序》的闡釋成爲後世學者遵從的主流觀點,如漢末劉熙《釋名·釋言》云"頌,容也,叙説其成功之形容也",頌美成功之德。劉勰《文心雕龍·頌贊》:"頌者,容也,所以美盛德而述形容也。"

(二)"誦辭"説

《孟子·萬章下》云:"頌其詩,讀其書。不知其人,可否?"此處之"頌"通"誦"。鄭玄注釋《周禮》説:"頌之言誦也。"《周禮·大司樂》鄭玄注云:"倍(背)曰諷,以聲節之曰誦。"

《文心雕龍·頌贊》:"晋輿之稱'原田',魯民之刺'裘鞸',直言不詠,短辭以諷,邱明、子高,並謀爲頌。斯則野頌之變體,浸被乎人事矣。"文中之"頌",元刻本皆作"誦"。

以"頌"爲"誦",劉毓慶先生在《〈頌〉詩新説——"頌"爲原始宗教誦辭考》一文中有較爲詳細的論證。[①] 他認爲,"頌"與"誦"都與宗廟祭祀活動有關,並引用天苗族(周的後裔)祭祀祖先時所唱贊祝,認爲這便是"祝誦辭";同時以《周頌》中一部分並不押韻來證明這些並不配樂,只是誦讀的辭章,由此推斷"頌"脱胎於宗教活動中的誦辭。

(三)"舞容"説

頌,與"容"有關,這是早期學人的共識。《毛詩序》將"頌"解讀爲"形容",《説文解字》進一步解釋説,"頌者,貌也"。鄭玄《詩譜》:"頌之言容。"《管子·牧民篇》首章名"國頌",

---

① 劉毓慶《〈頌〉詩新説——"頌"爲原始宗教誦辭考》,《晋陽學刊》,1987年第6期。

房玄齡、尹知章注曰："頌,容也。"《爾雅·釋名》"頌,容也",畢沅注云:"古容貌之容亦作頌。""舞容"一說即承"頌容"而來。清儒阮元《揅經室集·釋頌》中有詳細解讀:"詩分風、雅、頌。'頌'之訓'美盛德',餘義也;'頌'之訓爲'形容'者,本義也。且'頌'字即'容'字也,故《說文》:'頌,貌也。'……如三'頌'各章,皆是舞容,故稱爲'頌',若元以後戲曲歌者舞者與樂器全動作也。"

由於文獻所限,對"舞容"一說,我們無可置否,但從典籍中可以發現當時舞蹈在人們心中的顯赫地位。《禮記·文王世子》:"春夏學干戈,秋冬學羽籥"。干戈用於"武舞",主要有"萬舞""象舞"兩種,目的一般與戰爭攻伐有關。羽籥用於"文舞",以其姿容顯揚彬彬之氣。這些舞蹈是王公子弟的必修課。如《禮記·內則》"十三舞勺,成童舞象,二十舞大夏",鄭注:"勺即周頌《酌》,象即《維清》奏象舞也。"向前追溯,阮元認爲"頌"的源頭就是"夏"。大禹時期有"九夏"之樂(現有名無曲);"夏"與"頌"都從頁,表容貌義。阮氏推斷,"故九夏皆有鐘鼓等器,以爲容節",樂器也作爲舞蹈時必要的"道具",融於表演之中;舞步動作要應和著樂曲的節奏,所謂"'夏'即人容,以金奏爲之節"。

由於早期傳世文獻的缺失,阮元以傳統考據學揭示出"頌"源出於上古儀式中的舞蹈動作之容,并未具體到某一種,只是泛泛而論。而歷史學家周策縱先生則固定爲一種祈求福報的"持甕而舞"儀式。周氏認爲,頌從公,公最初爲甕。公從八,會刀以分別物之義,故甕爲量器,而頌也應如此,頌之容義便可解釋爲因容受器而加以度量,後來借爲"容貌"。古有"瓦釜雷鳴""鼓盆而歌"之說,釜、盆即盛器,可爲度量衡本於音樂之證明。甕的作用正是阮元舞容說的具體化,即持之以舞,以之爲聲節。不僅是"甕",古代也常有擊缶而舞的現象,缶也爲一種量器。而從文化意義上,受容之器常傳達祈求豐收、幸福之義。頌詩中很多篇章語句都與此相合,如《詩經·周頌·臣工》:"於皇來牟,將受厥明,明昭上帝,迄用康年。"來牟即麥子,此句正是讚美麥種顆粒飽滿,祈求豐收的年成。雖然有研究者認爲周策縱先生所論與頌的情況相差甚遠,所以甕未必爲頌的本源,但從"舞容"到持甕之舞,其價值并不在於說"頌"一定由此生發,而在於它超越了狹隘的"美盛德"的政教闡釋系統,將"頌"真正客觀地納入先秦儀式文化之中考量,其中的某些論點對下面要論述的"儀式說"具有重要的啟示意義。

此外,亦有學者湯斌將頌之舞容具象爲"頭戴猛獸面具的武舞樣貌",且斷定《周頌》中稱揚武力之功的篇章權威性較高,很有可能以此來命名爲"頌"。學者張林昌、江進等人對此加以繼承和發揮,認爲"頌"之從"公",從"頁",合之即指男性長老神靈之面具。不過此說未見典籍有載,猜測成分較多,且與"頌"的字形相差較遠。故僅備一說。

(四)"樂器"說

樂器說,首見於朱熹的《詩集傳》。後來陸續有學者認同此說,如清代的楊明時、現代學者張西堂,他們從《詩經》三"頌"與吉禮相關這一角度進一步推斷"頌""鏞"之間乃是互借關係。

雖然在三"頌"的樂器中,"庸"出現的次數較少,似乎地位并不是很高,可以説"庸"與"頌"的連結或許只是局限於字音上的相通;但從更深層的文化角度來看,"庸"與"頌"都指向一種積極、喜悦的音樂儀式内涵;同時并非如原始宗教祭祀那樣充滿狂歡色彩,而是具有莊重中和的氣質。西周銘文的鐘器多有"中瀚且揚,元鳴孔煌"等形容鐘聲高亢而不失肅穆,可作爲這一點的旁證。"頌"與樂器、音樂的密切聯繫,於此可見一斑。

以上諸説,各依其據,各成其論,至於個中差異的原因在於解讀的時代和闡釋的角度。闡釋學的對象是語言,是語言所呈現的指稱。通過語言的指稱功能,人們去認識世界,展示世界。時代的不同,人們認知的角度可能會有所區别,有所偏差。角度的差異也同樣會帶來個性鮮明的指向性的認定。不同時代、不同角度的認知一旦生成,便會以自己獨特的方式和軌迹流傳後世,從而給再讀者造成概念詮釋的差異,甚至矛盾。"頌"及"頌體"的歷史解讀,能够印證這一説法。

二、"頌"字源考釋

殷商甲骨文中尚未發現"頌"字的存在,到目前爲止,最早的"頌"字出現在西周晚期的"史頌鼎""頌鼎""史頌盤""史頌匜""頌簋"的銘文中。我們依據中國社科院考古研究所編訂的《殷周金文集成》,統計發現,"頌"字一共出現了 82 處①,其字義大致可歸爲三類:

其一,爲人名用字。如"頌簋"銘文云"頌敢對揚天子不(丕)顯魯休",此"頌"爲西周幽宣時期的賢臣史頌。

其二,釋爲"容"。如"蔡侯盤"銘文云"靈頌托商",學界多傾向於將"頌"解釋爲"容貌",論證思路承繼古人"頌"通"容"的説法。此處之"頌",于省吾先生將其解釋爲頌美之意,值得商榷。②

其三,釋爲儀態。如"瘋鐘"銘文云"以五十頌處",今從裘錫圭先生,釋爲"威儀"。③

---

① 參見張亞初編纂《殷周金文集成引得》,北京,中華書局,2001 年,頁 285—286。以下銘文均引自此。
② 各家説法參見程鵬萬《楚系典型銅器群銘文整理研究》,哈爾濱,黑龍江人民出版社,2016 年,頁 38—41。
③ 參見裘錫圭《史牆盤銘解釋》,《古文字論集》,北京,中華書局,1992 年,頁 377。關於"以五十頌處"的解釋,歷來衆説紛紜。唐蘭先生認爲:"頌當用通,《司馬法》井十爲通,頌與誦同音通用,誦與通均從甬聲",但并無其他材料加以佐證;張政烺先生則依據《周禮》中將繇辭(按:繇辭即占卜之辭)當作頌的説法,并引用相關材料,認爲周初定都邑的時候,會進行占卜。由此推出作爲繇辭的頌可以作爲邑的名稱,説法較爲牽強;陳世輝先生將頌看作是一種禮儀性質的表演,"五十頌"即"五十個節目",但與後面的"處"字無法銜接,不通。以上觀點參見:唐蘭《略論西周微史家族窖藏銅器群的重要意義——陝西扶風新出牆盤銘文解釋》,《文物》,1978 年第 3 期,頁 19—24、42;張政烺《試釋周初青銅器銘文中的易卦》,《考古學報》,1980 年第 4 期,頁 403—415;陳世輝《牆盤銘文解説》,《考古》,1980 年第 5 期,頁 433—435。

從字形上來看,頌(𩕾,《頌簋》)從"公",從"頁",一般認爲是形聲字,"公"表音,"頁"表義,也有人將其看成是會意兼形聲字。

先説"頁"。對於"頌"字偏旁"頁"的解釋,有兩種略有差異的解讀。一種傾向於身體的部位,《説文解字》:"頭也。從𦣻,從儿。古文䭫首如此。凡頁之屬皆從頁。𦣻者,䭫首字也。"一種強調跪拜的姿勢,段立超認爲甲骨文的"頁"作𩑃,"不是'從𦣻,從儿',而是卩的變體。卩是人屈膝之形,加上誇張的腦袋,則像人屈膝低首的樣子。《説文·九上·首部》:'䭫,下首也。'頁就是䭫的初文……小篆受頁、首通用的影響,誤將頁换成首,失去了造字的初意。"①無論哪種解釋,可以肯定的是,"頁"都與頭部有所關聯,我們甚至認爲,頁應該作爲一個襯體象形字出現,突出人巨大的頭部,"頭部"應爲其本義。至於其中的跪拜之義,應與上古時期宗廟祭祀有關,但此意依然不能否定"頌"字表現容貌的含義。

對於"公",朱芳圃以其爲"甕"的形狀,或"八"同背,"厶"爲私的古字,《韓非子·五蠹》"背私謂之公",均難以説清"公"的本義。葉舒憲認爲"公"很可能是男性生殖的符號,"因爲這個字本身喻示着陽物的意思。'公'和'雄'這兩個字中都潛伏着一個共同的陽物符號:厶。可惜這個符號的原始藴含在文明進程中被人們逐漸淡忘了,在此有必要略加説明以恢復其含義",并依據大司空村類型彩陶上的抽象男根紋及西班牙史前巖畫中男人造型圖,進一步確證"公"爲陽物符號的觀點。② 日本學者白川静則認爲:"金文之字皆作'頌簋'其初形字,字示於公廷祭祀祝告之意象,'公'非聲符也。謂公宫、公廷也。祀祖靈之處曰公,公爲表示其場所之象形字,受祀於該處者亦曰公。"③單從金文字形看,"公"與公廷樣貌相差甚遠。學者王占奎對此有所申説:"從字形上看,公字之'八字鬚和口'相合……囗或〇與ㅂ是口字的異作。"他又引用寶雞北首嶺出土的人面雕塑、嘉祥武氏祠東漢畫像石伏羲、舜等人的畫像圖片(八字鬚),同時考察大量的人類學、經典文獻資料,説明鬍鬚是成年男子首領的標誌物,因此"公"可作爲首領或君主的專稱,而首領有才幹,能治理好部落,秉公執政,所以"公"又引申爲"持平"義。④ 首領主持禮儀之處便是"容"。"容"無論是《説文》古籀,還是戰國時期的"朱左師鼎"銘,都作宎(谷、公形似),會首領或君主在宫房之下,這也就與白川静的結論不謀而合("頌"的古籀𩕾也可作爲旁證)。⑤ 以上解釋應該

---

① 參見段立超《"頌"字本義新考》,《古籍整理研究學刊》,2006年第2期,頁65—67。
② 葉舒憲《詩經的文化闡釋——中國詩歌的發生研究》第七章《頌的本相》之"二、'公'概念的祭典起源",西安,陕西人民出版社,2004年,頁448—462。
③ 參見白川静著,林潔明譯《説文新義》卷九上,選自周法高編《金文詁林補》,臺北,"中央研究院"歷史語言研究所出版社,1982年,第5册,頁2847—2848。
④ 比如:"鄂温克人的家族長是那些老年男子,在討論重要事務的公共會議中,男人中鬍鬚越長越有權威";鄂倫春人的"木昆達"(氏族長)也是男性年齡較大者;《左傳·昭公二十六年》:"在定王六年,秦人降妖,曰:'周其有髭王,亦克能修其職,諸侯賴享,二世共職。……'至於靈王,生而有髭。王甚神聖,無惡於諸侯。"詳見王占奎《公、頌、容考辨》,《考古與文物》,1993年第3期,頁86—93。
⑤ 同上書。

説具備一定的合理性,但又很難説完全成立。僅從金文字形來看,🙂的部件(尤其是"公")早已變爲抽象化的符號。純以"公"和"頁"的造字字形拼合進行解釋,恐怕也未必符合古人的造字意圖。比如説將"公"理解爲首領或君主,"頁"理解爲跪拜者的樣子,分别來看都可通,但合起來看,若是首領跪拜之形,何不將八字鬍鬚畫在人頭上?另外從"公"的其他字如"松、忪、瓮、翁"等又與首領義有何關聯呢?這也需要一番同源字的考察,否則只用首領解釋一個"頌"字,説服力略顯不足。儘管如此,"頌"之原始義與祭祀有關、與跪拜之禮有關,應是能够成立的。

三、"頌"義的文化發展

儘管"頌"的確切原始含義解讀存有争議,但其與祖先神的崇拜有關,與祭祀儀式有關,却是公認的事實。

葉舒憲《詩經的文化闡釋》一書中,依託於人類文化學對"頌"的本相進行了深刻透析。在他看來,從字形上,"公"會男性生殖器的形狀,其"公平"之義在於陽性生命力被民衆平分的原始宗教含義:在原始公祭中,常有"人犧"(聖王,作爲植物神的象徵)作爲祭品横陳於地,許多民族將屍體撕碎埋入地中(屍體埋地暗喻神聖陽力進入地母體内而化孕糧食);後來轉變爲"尸祭",即尸扮演神主接受祭祀,這在三《禮》中隨處可見。更進一步説,頁從頭,頭爲"精之源"(古代房中術對此有所説明)。目前有些地區尚有"獵頭血祭"(即把獵取的人頭燒成灰,與頭血融合翻進農田)儀式,其目的是與代表生殖力的頭進行神秘感應,從而獲得無上的生命力,服務於農業生産。而這一過程恰恰是一場集體性公共性的"狂歡"。綜合以上,葉氏認爲,"頌"爲一種生殖崇拜性質的神秘儀式。當然隨着理性化的進程,許多野蠻迷信的元素逐漸消失,但壓抑在深處的文化無意識的現象,仍舊提醒着人們最初的文化形態。也就是説,"頌"很可能就是祖先祭祀儀式的某一環節,也就是《漢書・儒林列傳・王式》中記録的"頌禮"[①],而關於"頌"的一系列"解釋"都只是這一"環節"的某一具體表現,都是闡釋者對象化的差異所帶來的區别。

(一) 容

《説文解字》云:"頌,皃也,從頁,公聲。"許慎認爲,頌的本義當爲容貌。段玉裁注曰:"古作頌皃,今作容皃,古今字之異也。容者,盛也。與頌義别。"這裏强調的是,"頌"即"容"也。阮元《釋"頌"》直接將"頌"解釋爲某某的樣子:"頌之訓爲形容者,本義也。且頌

---

① 《漢書》卷八十八《儒林列傳・王式》:"唐生、褚生應博士弟子選,詣博士,摳衣登堂,頌禮甚嚴,試誦説,有法,疑者丘蓋不言。"

字即容字也。……容、養、漾一聲之轉……所謂《商頌》《周頌》《魯頌》者，若曰商之樣子，周之樣子，魯之樣子而已。"①"頌"與"容"到底屬於怎樣一種關係呢？周代的祭祀禮儀中給了我們一些注解的啟示。《禮記·郊特牲》記載説，祭祖之前一定要誠心靜氣，齋戒幽閉，以赤誠之心思念死者的恩惠，回憶死者的音容笑貌，如此，才能感動被祭者，也才能在祭祀時"見"到該人，"齋之玄也，以陰幽思也。故君子三日齋，必見其所祭者"。《玉藻》中也有類似記載，又强調所"見"乃被祭者的音容笑貌，"凡祭，容貌顏色如見所祭者"。這一點，《祭義》中交代的更爲細緻："齋之日，思其居處，思其笑語，思其志意，思其所樂，思其所嗜。齋三日，乃見其所爲齋者。祭之日，入室，僾然必有見乎其位。周還出户，肅然必有聞乎其容聲。出户而聽，愾然必有聞乎其嘆息之聲。"祭祖的"頌禮"環節中，祭者跪拜尸位，以誠心"感動"死者，復現其音、其容，於是祭者要描模其狀，追慕其德、其功，於是"頌禮"環節就有了"以其成功告於神明"的内容，"頌主告神，義必純美"，"容"也就義化爲了"美盛德之形容"，形容者何？"謂形狀容貌也"。

（二）誦

鄭玄《周禮》注釋中解釋説："頌之言誦也，容也，誦今之德廣以美之。"於是"頌"與"誦"之間又有了某種關聯，成爲學者研究的興趣點。

誦，早期字體多見於小篆。《説文解字》："誦，諷也"，"諷，誦也"，是爲互訓。徐鍇《説文繫傳》曰："臨文爲誦。誦，從也。以口從其文也。"即用口誦出文字（朗誦、背誦）。憑這兩條，依舊不得其義。從字形上看，從"言"，從"甬"，"言"表示與言語活動有關，"甬"則表音。劉毓慶先生認爲"甬"與"用"相通，"用"的甲骨文像是鋪展的竹簡，所以"誦"有開册誦讀之義。此説不確。因爲劉毓慶先生所考察的甲骨文的字形，與簡册的樣貌相差較遠。"册"爲 𠕎，竹策長短參差不齊，就算是展開的，也不會如此齊整。況且簡册的繩編不會如"用"這樣斷斷續續，似有所殘缺。此外，無任何其他材料佐證"誦"在甲骨文中一定是"用"字。回到語境，卜辭中另有"惟舊𠕎三牢用，王受祐。吉。（合集 30683）"、"惟舊𠕎二牢用，王受祐。大吉。（30687）"等（𠕎、𠕎爲册的異體字）。其中，"册"與"用"分開，表達的意思是"以舊/新册用於二/三牢祭（即祭祀用兩牢或三牢的犧牲）"。像劉氏所舉的"侖燎重舊𠕎用，二牢，王受又。（寧 2，314）"，只是"册用"連起來而已，其義還應作如上解。

事實上，"用"應爲"桶"的本字，斜線代表桶把手，整個代表桶身；而"甬"字形爲 𤰈，楊樹達《積微居小學述林》："甬象鐘形，乃鐘字之初文也。知者：甬字形上象鐘懸，下象鐘體，中横畫象鐘帶。""甬"到"誦"差別很大，我們難以看到二者間的詞義關聯，所以較爲合理的是，將"甬"看作不表義的聲符；其從"言"，則表示和言語活動有關。至於"誦"的原始

---

① （清）阮元《揅經室集》卷一，《四部叢刊》初編第 1857 册。

釋義，我們尚難以給出定論，但周代之"誦"與言語有關，這是可以肯定的。《周禮·春官·大司樂》："以樂語教國子興、道、諷、誦、言、語。"鄭玄注："倍文曰諷，以聲節之曰誦。"孫怡讓《周禮正義》："此諷誦并謂倍文"，并引《漢書·賈誼傳》顏注云"倍讀爲背"，賈疏云"謂不開讀之"；又云"諷是直言之，無吟詠；誦則非直背文，又爲吟詠以聲節之爲異"，且引徐養原所説："諷如小兒背書聲，無回曲；誦則有抑揚頓挫之致。"統言之，諷誦均爲今日的"背誦"；析言之，"誦"的過程不能單調無波瀾，不能如後世私塾那些搖頭晃腦的小孩念"子曰"一樣，"誦"一定要有節奏感，甚至是韻律感。不過，"誦"是不配樂的，這已經成爲歷代學者的共識，并有大量文獻例證。結合"頌禮"的祭祀活動，我們推測，"誦"是"頌禮"祭祀活動中的某一具體行爲方式，具體説來就是用頓挫之言追述被祭者歷史功德的表述方式，這與周代"誦"這一職官的功能是相吻合的。《周禮·地官·司徒》："誦訓：中士二人，下士四人，史二人，徒八人"，"掌道方志，以詔觀事。掌道方慝，以詔辟忌，以知地俗。"鄭玄注："能訓説四方所誦習及人所作爲久時事。"孫詒讓有云："此官名誦訓者，謂誦述古言古事而説之也。"熟知各地久遠故事，其目的當然是便於國君因勢利導，鞏固政權，這與采詩官到民間採集歌謠是相輔相成的。"誦"畢竟是口頭言語活動，即時性强，文本內容常常不穩定，所以在地方志文書興起之後，這類官職也就很難再延續下去。

（三）樂

從朱熹的《詩集傳》開始，便認爲頌爲宗廟樂歌。當然他所指涉的是六詩之"頌"，并没有説明就是"頌"的本源。後來又有學者認爲，頌應爲樂器。比如清代的楊明時，從通假的角度説明"頌"與"鏞"（鐘器）互通借義，同時依據《周禮》和《儀禮》的相關材料立論："眡了：掌凡樂事播鼗，擊頌磬、笙磬"（《周禮·春官·宗伯》），"西階之西，頌磬東面，其南鐘，其南鏄，皆南陳"（《儀禮·大射》）。磬是古代的打擊樂器，最初專用於祭祀禮儀中。"笙"與"頌"爲"磬"的修飾語，而笙又是常見的管製樂器，所以從語義上推斷，"頌"爲一種樂器是合理的。現代學者張西堂對此進一步地闡發："朱駿聲《説文通訓定聲》説：'按凡大鐘曰鏞……西階本有不需縣設，故編磬之與鏞同在西階者曰頌磬'"，"據《大雅·靈臺》篇説：'虡業惟樅，賁鼓有鏞'……這可見所謂告於神明所奏的樂是有鏞這一樂器的"。他還提出早期歌舞以及舉行宗教儀式時也用鐘，所以"鏞"爲"頌"之本無疑。從考古發現來看，"鏞鐘"確是早期重要的儀式樂器。商代作册般銅黿銘文有載："王一射，般射三，率亡廢（廢）矢。王令侵馗兄（貺）於作册般，曰：'奏於庸，作（則）毋寶'。"射黿大禮箭無虛發，順利進行。鏞作爲射禮結束的標誌，以鏗鏘之聲渲染煊赫的氣氛，傳達出慶賀成功之意，其用於吉樂演奏的性質，與"頌"的使用場合較爲一致，比如我們看到三頌中的所有詩篇都與吉禮有關。

從更深層的文化角度來看，"庸"與"頌"都指向一種積極、喜悦的音樂儀式內涵；同時并非如原始宗教祭祀那樣充滿狂歡色彩,而是具有莊重中和的氣質。西周銘文的鐘器多有"中瀚且揚,元鳴孔煌"等形容鐘聲高亢而不失肅穆,可作爲這一點的旁證。"頌"與樂器、音樂的密切聯繫,於此可見一斑。我們推測,"頌禮"儀式中很可能有專用的樂器,於是這些樂器就貼上了"頌"的標籤,如頌磬、頌鐘等;也會演奏專用的樂曲,這可能就是"頌樂"名稱的由來。同時也會有專門的舞蹈,於是又有了"頌舞""容舞"的説法,"何以三頌有樣,而風雅無樣也?風雅但弦歌笙間,賓主及歌者皆不必因此而爲舞容;惟三頌各章皆是舞容,故稱爲頌,若元以後戲曲,歌者舞者與樂器全動作也。"①

(四) 訟

《説文解字》:"争也。從言公聲。"徐鍇《説文系傳》云:"古本毛詩'雅頌'字多作'訟'",又云"今世間《詩》本'周頌'亦或作'訟'"。段玉裁注:"争也。公言之也……一曰謂訟。訟、頌古今字。古作訟。後人假頌皃字爲之。"從中可知,訟的本義是"争訟(求公)"。同時,訟爲頌的古字。但段玉裁没有給出例證。後來,學者白川静進一步申延:"分其聲容而言,則爲訟、頌。然訟有哀訴之意,頌有稱頌之意,因其禮儀之目的而不同者也。"他認爲訟與頌是兩種相反性質的言説方式,不過依然證據不足(或許僅由"争"義而推出其悲怨色彩,且争訟是否與禮儀有關也未可知),值得商榷。而隨着上博簡和清華簡的出土,對於訟的解釋又掀起熱潮。上博簡《孔子詩論》中有"《訟》,坪德也,多言後""又成功者何如?《訟》是也"。這裏"訟"即雅頌之"頌"。清華簡《芮良夫》"罔又(有)(怨)誦(訟)",這裏"誦"通"訟"。而在經典中,也有出現"訟"的通假現象。如《韓非子·孤憤》:"官爵貴重,朋黨又衆,而一國爲之訟。"陳奇猷集釋:"訟、頌通。謂全國之人爲之頌德也。"《逸周書·嘗麥解》"敬功爾頌"中"頌"通"訟",表獄訟之意。學者張耀沿着這條線索,將"争訟""謌訟"并列考察,認爲最初的"訟"包含這兩種相反的義項,而漸漸地借"頌"表示歌頌義,同時,"頌"又代替"訟",表示六詩之一,這樣,訟也就僅留存"争訟""訴訟"之意,以至於今,而"頌"一直被借用,其本義"容貌"則用"容"來表示。然而,其論證前提在於"頌"與"訟"爲古今字,但是我們發現,無論是《韓非子》《逸周書》,還是清華簡、上博簡,都是春秋戰國時期的材料,此時"頌"與"訟"都已出現;尤其是《逸周書》的例子,很明顯看出,"頌"與"訟"只是可以互换的通假字。

此外,張氏又從同源字的角度對"頌"與"訟"以及其他從公部件的字,得出的結論是帶"公"部件的字都有旺盛、紛動、迸發之義。雖然具體到每個字不一定與之相符,但這突破字形考究和訓詁釋義的限制,在一定程度上揭示古人造字時的文化心理。落實到"頌",在"公"的部件已然抽象化的時候,無需費解"公"具體是什麼形態,便可以得到"頌"字的一些

---

① (清)阮元《釋"頌"》,《揅經室集》卷一,《四部叢刊》初編第 1857 册。

本質屬性，即在盛大的儀式之下，以一種充滿熱情的姿態，完成包含跪拜元素（多爲祭祀）的禮儀任務，同時將赫赫的激動言辭散布開來。

綜上所述，"頌"的原始含義應是祭祖儀式中的系統的環節之一。依據"頌"的字形來看，其突出之意在於表示對祖先神的跪拜之禮，同時需要對祖先神予以容貌的描模，進而追述其歷史功德，同時伴以樂、舞等一系列的祭祀活動。出於對象化的差異、關注點的不同，"頌"有了諸多不同的注解，於是有了見仁見智的理解、特色各異的定義以及盲人摸象的闡釋效果。

人倫之和：《詩經》中琴瑟的文化寓意*

宋 健**

（汕頭大學文學院）

摘 要：琴瑟向來以和鳴著稱，這是追求音聲之和的結果。進而琴瑟和鳴還象徵着陰陽之和。陰陽又衍生出一系列對立統一的概念，如天地、君臣、男女等，這大大擴充了琴瑟和鳴的文化内涵。最初，由於高禖文化的匯入，琴瑟被附著上男女縱逸的隱喻。在周人改造前朝音樂文化的同時，尊尊親親的核心價值觀被注入禮樂儀式，琴瑟也隨之轉型，其所負載的人倫之和被改造并強化。琴瑟作爲堂上升歌的主要伴奏樂器，逐漸形成了"弦歌"的傳統，并成爲彰顯人倫之和的絶佳樂器，在《詩經》中寫下璀璨篇章。

關鍵詞：《詩經》；琴瑟；和

　　在周代禮樂制度的設計中，禮和樂各有分工，相輔相成、互爲補濟。如《禮記·樂記》所載："樂者爲同，禮者爲異。同則相親，異則相敬。樂勝則流，禮勝則離。合情飾貌者，禮樂之事也。禮義立，則貴賤等矣。樂文同，則上下和矣。"①禮旨在"等貴賤"，確立并維護親疏、貴賤、長幼、男女一系列等級秩序，使各安其位而不相僭越。樂用於"和上下"，在不同等級之間起到融洽和諧的作用。樂之所以能够"和上下"，在於"和"的豐富内涵，這主要涉及三個層面，在樂理層面是音聲之和。《吕氏春秋·大樂》載："聲出於和，和出於適。合適，先王定樂，由此而生。"②又如伶州鳩所言"樂從和，和從平。聲以和樂，律以平聲"③。在形而上層面是陰陽之和，所謂"凡樂，天地之和，陰陽之調也"（《吕氏春秋·大樂》）。在教化層面是人倫之和，如《吕氏春秋·音初》"和樂以成順，樂和而民向方矣"④，亦如《禮

---

* 本文係國家社科基金項目"古今樂轉換視域下的東周文學演進"（21BZW075）階段性成果。
** 作者簡介：宋健，男，汕頭大學文學院副教授、碩士生導師。研究方向：先秦禮樂文化與文學。
① （漢）鄭玄注，（唐）孔穎達正義《禮記正義》，《十三經注疏》本，北京，中華書局，2009年，頁3315。
② 許維遹《吕氏春秋集釋》卷五，北京，中華書局，2009年，頁109。
③ 徐元誥《國語集解》，北京，中華書局，2002年，頁111。
④ 許維遹《吕氏春秋集釋》卷五，頁143。

記·樂記》"聲音之道與政通""樂者,通倫理者也"①。音聲之和是承載陰陽之和與人倫之和的音樂基礎,人倫之和是陰陽之和的具體實踐。由於被賦予"和"的特質,樂不再是單純的藝術形式,而是能够溝通天地、和諧人際的獨特渠道。

西周雅樂的立樂宗旨之一,在於維繫人倫之和。《禮記·樂記》載:"是故樂在宗廟之中,君臣上下同聽之則莫不和敬;在族長鄉里之中,長幼同聽之則莫不和順;在閨門之内,父子兄弟同聽之則莫不和親。故樂者,審一以定和,比物以飾節,節奏合以成文,所以合和父子君臣,附親萬民也。是先王立樂之方也。"②若要彰顯"和敬""和順""和親"之德,必須依託合適的樂器,琴瑟實爲不二選擇。在周代,琴瑟做爲堂上升歌的主要伴奏樂器,逐漸形成了"弦歌"的傳統。由此,琴瑟與《詩經》之間存在天然聯繫。琴瑟對"和"的演繹,在《詩經》中多有體現。下文即在《詩經》範圍内,探討琴瑟中"和"的文化寓意。

一、琴瑟和鳴的由來

關於琴與瑟的産生時代及發明者,向來莫衷一是。秦嘉謨輯《世本·作篇》載"庖犧氏作瑟","神農作琴"③。茆泮林輯《世本·作篇》先言"庖犧作瑟""伏羲作琴""伏羲造琴瑟",又謂"神農作琴""神農作瑟"④,未知孰是。《山海經·海内經》云:"帝俊生晏龍,晏龍是爲琴瑟。"⑤由此看來,琴瑟的源出實難考探。但可以肯定的是,琴瑟實爲一對以和鳴著稱的組合樂器。陳暘《樂書》説:"瑟亦琴類也,其所異者,特絲分而音細爾。"⑥"音細"指瑟的音域較琴爲高,瑟需要與琴合奏,從而形成錯落有致、和諧悦耳的聽覺效果,此即琴瑟的音聲之和。亦如陳暘所謂:"古之人作樂,聲應相保而爲和,細大不踰而爲平,故用大琴,必以大瑟配之;用中琴,必以小瑟配之,然後大者不陵,細者不抑,而五聲和矣。"⑦

音樂本由不同的樂音按照一定規律組合而成,這是構成音樂美感的先決條件。早在西周末年,史伯做出相應總結,他提出"和而不同"的理念,認爲"以他平他謂之和"。具體到音樂層面,應做到"和六律以聰耳",因爲"聲一無聽",韋昭注曰"五聲雜,然後可聽"⑧。其實,類似"五聲雜"的觀點,鄭玄在《禮記注》中已提出。《禮記·樂記》"聲相應,故生變,變成方,謂之音。比音而樂之,及干戚、羽旄,謂之樂",玄謂"樂之器,彈其宫則衆宫應,然

---

① (漢)鄭玄注,(唐)孔穎達《禮記正義》,頁 3311、3313。
② 同上書,頁 3348。
③ (漢)宋衷注,(清)秦嘉謨輯《世本》,北京,中華書局,2008 年,頁 355。
④ (漢)宋衷注,(清)茆泮林輯《世本》,北京,中華書局,2008 年,頁 107—108。
⑤ (清)郝懿行《山海經箋疏》卷十八,上海古籍出版社,2019 年,頁 319—320。
⑥ (宋)陳暘《樂書》,《中華禮藏》禮樂卷,杭州,浙江大學出版社,2016 年,頁 44。
⑦ 同上書,頁 671。
⑧ 徐元誥《國語集解》,頁 470、472。

不足樂,是以變之使雜也"。① "雜"就是"以他平他",只有六律相和、五聲相應,相異的樂音通過"以他平他"方式,達到彼此間的平衡諧和,才符合審美聽覺的需要,才能譜成美妙動聽的樂曲。否則,"若琴瑟之專一,誰能聽之"②?只彈奏某單一樂音,在音樂美感上顯然是單調乏味甚至刺耳的。琴瑟和鳴正是"和而不同"理念,在音樂領域的實踐。

在音聲之和的基礎上,琴瑟和鳴逐漸被賦予形而上的內涵。《呂氏春秋·古樂》載:"昔古朱襄氏之治天下也,多風而陽氣畜積,萬物散解,果實不成,故士達作為五弦瑟,以來陰氣,以定群生。"③既然,瑟可招來陰氣,自然屬於陰性。相對而言,琴當然屬於陽性,琴瑟之和也就意味着陰陽之和。所謂"一陰一陽之謂道",陰陽作為世界的本原,又衍生出一系列對立統一的概念,如天地、君臣、男女等,這無疑大大擴充了琴瑟和鳴的文化內涵。當陰陽之和落實到人間,君臣、兄弟、夫妻等人際關係就成為琴瑟和鳴表現的主題,并在《詩經》中寫就經典。

二、君臣之和

燕禮被認為是"明君臣之義"④,屬於"等貴賤"的範疇。至於"和上下",則由燕樂來承擔。在燕禮儀式中,當賓主相互敬酒的儀節完成後,樂工會攜瑟登堂,唱《鹿鳴》等詩。《儀禮·燕禮》記載:"小臣納工,工四人,二瑟,小臣左何瑟,面鼓,執越,內弦,右手相,入,升自西階,北面東上坐,小臣坐授瑟,乃降。工歌《鹿鳴》《四牡》《皇皇者華》。"⑤文中但言瑟而未及琴。陳暘指出:"《周官·磬瞍》'掌鼓瑟',《詩》曰'鼓瑟鼓琴',《書》曰'琴瑟以詠'。《大傳》亦曰:'大琴練弦,達越大瑟,朱弦達越。'《明堂位》曰:'大琴大瑟,中琴小瑟,四代之樂器也。'由是觀之,君子無故不去琴瑟,未嘗不相須而用。此言瑟不及琴者,舉大以見小也。"⑥孫星衍亦曰:"琴瑟即《明堂位》之大琴、大瑟、中琴、小瑟,《儀禮·鄉飲酒禮》《鄉射禮》《燕禮》記授瑟皆在工升西階之後,是瑟在堂上,琴亦從之也。"⑦鑒於琴瑟相須為用的演奏習慣,樂工攜瑟登場時一定會帶上琴。由此可見,琴瑟是燕樂中的重要樂器。至於《鹿鳴》,《毛序》釋曰"燕群臣嘉賓也"⑧。今存《儀禮·燕禮》記述的是諸侯宴賓之禮,但其中也有歌唱《鹿鳴》的儀節。那麼,該詩作為燕樂標配用詩,當無疑義。

---

① (漢)鄭玄注,(唐)孔穎達《禮記正義》,頁3310。
② (晉)杜預注,(唐)孔穎達《春秋左傳正義》,《十三經注疏》本,北京,中華書局,2009年,頁3315。
③ 許維遹《呂氏春秋集釋》卷五,頁118。
④ (漢)鄭玄注,(唐)孔穎達正義《禮記正義》,頁3662。
⑤ (漢)鄭玄注,(唐)賈公彥疏《儀禮注疏》,《十三經注疏》本,北京,中華書局,2009年,頁2206—2207。
⑥ (宋)陳暘《樂書》,頁367。
⑦ (清)孫星衍《尚書今古文注疏》卷二,北京,中華書局,1986年,頁123。
⑧ (漢)毛亨傳,(漢)鄭玄箋,(唐)孔穎達正義《毛詩正義》,《十三經注疏》本,北京,中華書局,2009年,頁865。

"呦呦鹿鳴,食野之苹"兩句起興,直達《鹿鳴》之旨。《傳》曰:"鹿得蓱呦呦然鳴而相呼,懇誠發乎中。以興嘉樂賓客,當有懇誠相招呼以成禮也。"①進而,"我有嘉賓,鼓瑟吹笙。吹笙鼓簧,承筐是將"。音樂固然在君臣之間發揮融洽和諧的作用,所謂"鼓瑟鼓琴,和樂且湛"。同時,樂器本身飽含寓意。《白虎通》謂:"瑟有君父之節,臣子之法商角,則君父有節,臣子有義。"②《毛傳》釋簧爲"笙也",孔穎達進一步解釋説"吹笙之時,鼓其笙中之簧以樂之"③。簧作爲笙管中的發生部件,本與笙表裏爲一。所以,無論"鼓瑟鼓琴"的異中取同,還是"吹笙鼓簧"的同中有異,都用來轉喻君臣之間的休戚與共,象徵着上下關係的和樂無間。在琴瑟和鳴、笙簧齊奏中,宴飲漸次拉開帷幕,"既飲食之,又實幣帛筐篚,以將其厚意。然後忠臣嘉賓得盡其心矣"④。

《小雅·鼓鐘》舊題"刺幽王也"⑤,後人對此多有質疑,方玉潤斥《毛序》"已屬臆斷"⑥。陳啟源認爲:"《鼓鐘》所詠,天子作樂之事也,其爲朝聘燕饗雖未可知,要必非鄉飲酒與侯國之燕也,其所用之樂節與詩章未必與鄉國同也。"⑦陳氏認定《鼓鐘》爲"天子作樂之事",是有道理的。將該詩與《小雅·蓼蕭》對讀,也可輔證其論斷。兩詩均反覆稱頌"君子",《毛序》以《蓼蕭》爲"澤及四海",孔穎達解釋説"作《蓼蕭》詩者,謂時王者恩澤被及四海之國也"⑧。顯然,《鼓鐘》《蓼蕭》中的"君子"指向周天子,足見二詩均爲諸侯頌揚天子之詩。《鼓鐘》末章云:"鼓鐘欽欽,鼓瑟鼓琴。笙磬同音,以雅以南,以籥不僭。"鄭箋云:"同音者,謂堂上堂下,八音克諧。"孔穎達《毛詩正義》:"琴瑟,堂上也;笙磬,堂下也。"⑨考慮到瑟有君父之節,又奏於堂上,再結合陳暘的觀點"文以琴瑟而爲德音之器""琴瑟作於堂上,象廟朝之治"⑩。那麽,琴瑟和鳴於堂上的同時,又與堂下樂器交相輝映,不正象徵着君臣上下同心、和而不僭嗎?

《禮記·燕義》:"臣下竭力盡能以立功於國,君必報之以爵禄,故臣下皆務竭力盡能以立功,是以國安而君寧。禮無不答,言上之不虛取於下也。上必明正道以道民,民道之而有功,然後取其什一,故上用足而下不匱也。是以上下和親,而不相怨也。和寧,禮之用也。此君臣上下之大義也。"⑪燕禮的設立旨在"明君臣之義",其中"和寧"之用是借助琴

---

① (漢)毛亨傳,(漢)鄭玄箋,(唐)孔穎達正義《毛詩正義》,《十三經注疏》本,頁865。
② (宋)李昉《太平御覽》卷五七六,北京,中華書局,1960年,頁2600。
③ (漢)毛亨傳,(漢)鄭玄箋,(唐)孔穎達正義《毛詩正義》,頁865。
④ 同上書,頁865。
⑤ 同上書,頁1002。
⑥ (清)方玉潤《詩經原始》卷十一,北京,中華書局,1986年,頁429。
⑦ (清)陳啟源《毛詩稽古編》,上海書店,1988年,頁404。
⑧ (漢)毛亨傳,(漢)鄭玄箋,(唐)孔穎達正義《毛詩正義》,頁898。
⑨ 同上書,頁1002。
⑩ (宋)陳暘《樂書》,頁161。
⑪ (漢)鄭玄注,(唐)孔穎達正義《禮記正義》,頁1452—1453。

瑟來實現的。《禮記·樂記》載:"絲聲哀,哀以立廉,廉以立志。君子聽琴瑟之聲,則思志義之臣。"①以和鳴著稱的琴瑟,用以象徵并演繹君臣之間的和寧和敬,是再合適不過的。由此看來,琴瑟作爲燕樂的標配樂器,絕非偶然。

三、兄弟之和與夫妻之和

《毛序》釋《小雅·常棣》曰:"燕兄弟也。閔管蔡之失道,故作《常棣》焉。"②詩第六章云:"儐爾籩豆,飲酒之飫。兄弟既具,和樂且孺。"《傳》曰:"儐,陳。飫,私也。不脱屨升堂謂之飫。"《箋》云:"私者,圖非常之事,若議大疑於堂,則有飫禮焉。"③飫禮是天子燕飲同姓的私宴,在等級上高於燕禮。若以此視之,《常棣》似當爲飫禮所用。然而,孔穎達指出:"下章云'妻子好合',此《傳》曰'王與族人燕,則尚毛',以此詩飫燕雜陳。故下《箋》云'王與族人燕,則宗婦内宗之屬,亦從后於房中',是此章之中兼燕禮矣。"④既然該詩兼用燕禮,必然有"琴瑟在御"。故第七章云:"妻子好合,如鼓瑟琴。兄弟既翕,和樂且湛。"鄭《箋》:"合者,如鼓瑟琴之聲相應和也。"⑤此處,琴瑟和鳴,再度成爲人倫之和的載體。孔穎達以爲:"妻子自相和好,志意合和,如鼓琴瑟相應和。"⑥實際上,"如鼓瑟琴"的詩句應以互文視之,即涵蓋兄弟之和在内。亦如姚際恒所云:"妻子陪説,以見一家内外之和樂也。"詩中借夫妻之合爲襯托,以凸顯兄弟之間的和樂。兄弟、妻子沉浸在琴瑟和鳴的韻律中,情親而相愛,正是"和樂且湛"。應該注意的是,如果説,"妻子好合,如鼓瑟琴"在《常棣》中尚居陪襯;那麽,琴瑟在《詩經》中最經典的寓意,還是夫妻之間的和諧。

《毛傳》釋"關關"爲"和聲",即雄雌二鳥的和鳴,《關雎》藉此起興,指向的是"窈窕淑女,君子好逑"。首章文字渾然天成,和諧美滿的基調也由此奠定,并將"和"主線貫穿始終。之後的"琴瑟友之""鐘鼓樂之",更以樂器之間音聲相和的方式,將和美的氛圍烘托至高潮。

附在《周南·關雎》題後的《詩大序》,大談人倫教化。近代以來,多認爲對《詩經》的政教化解讀係漢儒首創。但在上博簡《詩論》面世之後,上述觀點需要重新審視。上博簡《詩論》第十簡説"《關雎》以色喻於禮",第十一簡説"情,愛也。《關雎》之改,則其思益矣"。⑦《詩論》并不否定人的自然欲求,但主張情欲應該接受禮的引導和規範,即"以色喻於禮"。

---

① (漢)鄭玄注,(唐)孔穎達正義《禮記正義》,頁3341。
② (漢)毛亨傳,(漢)鄭玄箋,(唐)孔穎達正義《毛詩正義》,頁870。
③ 同上書,頁872。
④ 同上。
⑤ 同上。
⑥ 同上書,頁872。
⑦ 《孔子詩論》,馬承源主編《上海博物館藏戰國楚竹書》(一),上海古籍出版社,2001年,頁139、141。

而"《關雎》之改",指的正是在思想上由色向禮的升華,所謂"其思益"。《關雎》第四章:"參差荇菜,左右采之。窈窕淑女,琴瑟友之。"孔穎達:"故當共荇菜之時,作此琴瑟之樂,樂此窈窕之淑女。其情性之和,上下相親,與琴瑟之音宮商相應無異,若與琴瑟爲友然,共之同志,故云琴瑟友之。"①孔氏用琴瑟的音律相合來類比男女情感相親,實未論及關鍵。倒是《詩論》第十四簡一語中的:"以琴瑟之悅,凝好色之願。"②"凝"本義是凝固,此處可以解釋爲"止",意謂在琴瑟之禮中凈化好色之欲。③《詩論》所言是符合樂教宗旨的。《禮記·樂記》載:"凡音者,生於人心者也。樂者,通倫理者也。是故知聲而不知音者,禽獸是也。知音而不知樂者,衆庶是也。唯君子爲能知樂。"④在樂教體系中,"音"生於人心,感於物而後動,故極易受到外界蠱惑,從而停留在感官欲求的層面。"音"可視作各種欲望的集合,爲庶人所好。相比之下,"樂"通於倫理,能夠對"音"加以規約和凈化,故唯有君子能知樂。《關雎》開篇樹立"君子"配"淑女"的理想模式,但第二、三章中"寤寐求之""輾轉反側"描述的狀況,顯然還處於"音"的層面,尚未達至君子境界。庶人只有經歷"琴瑟友之"的升華,進化爲君子,才能得淑女爲好逑。琴瑟作爲八音之首,既爲引導人由色入禮的機樞,又是庶人晋級爲君子的必踐之階。故《詩論》稱"以琴瑟之悅,凝好色之願",可謂知樂矣。

《鄭風·女曰雞鳴》第二章云:"宜言飲酒,與子偕老。琴瑟在御,莫不靜好。"《毛傳》曰:"君子無故不徹琴瑟,賓主和樂,無不安好。"《正義》云:"於飲酒之時,琴瑟之樂在於侍御。有肴有酒,又以琴瑟樂之,則賓主和樂,又莫不安好者。"⑤雖然,毛、孔皆以賓客宴飲釋之,但詩中"與子偕老"顯然針對夫妻而言。方玉潤認爲:"此詩不惟變風之正,直可與《關雎》《葛覃》鼎足而三。何者?《關雎》新昏,《葛覃》歸寧,此則相夫以成内助之賢,房中雅樂,缺一不備也。"⑥第三章"知子之順之,雜佩以問之",黄淬伯解釋說"夫婦恩愛,亦得稱順"⑦。結合方、黄二家注釋可知,《女曰雞鳴》實爲妻子勸勉丈夫并以恩愛相示之作。在琴瑟和鳴的氛圍中,夫妻和順、宜於家室之情溢於言表。

鄭衛之地的音樂向來以淫靡著稱,以至於被子夏斥爲"淫於色而害於德"⑧。然而,作爲雅化後的産物,《鄭風·女曰雞鳴》的變化可謂脱胎换骨。有趣的是,《鄭風》中的琴瑟再度成爲合乎倫常的男女關係的標誌,此中緣由須從琴瑟的雅化説起。在琴瑟的發展長河中,由於高禖文化的匯入,使得琴瑟附着上男女縱逸的隱喻。⑨ 在周人改造前朝音樂文化

---

① (漢)毛亨傳,(漢)鄭玄箋,(唐)孔穎達正義《毛詩正義》,頁572。
② 《孔子詩論》,馬承源主編《上海博物館藏戰國楚竹書》(一),頁143。
③ 陳桐生《〈孔子詩論〉研究》,北京,中華書局,2004年,頁265。
④ (漢)鄭玄注,(唐)孔穎達正義《禮記正義》,頁3313。
⑤ (漢)毛亨傳,(漢)鄭玄箋,(唐)孔穎達正義《毛詩正義》,頁719。
⑥ (清)方玉潤《詩經原始》卷五,頁211。
⑦ 黄淬伯《詩經覈詁》,北京,中華書局,2012年,頁130。
⑧ (漢)鄭玄注,(唐)孔穎達正義《禮記正義》,頁3340。
⑨ 張法《琴-性-禁:中國遠古琴瑟在音樂與文化中交織演進》,《學術月刊》,2016年第4期,頁100—112。

的同時,尊尊親親的核心價值觀被注入禮樂儀式,琴瑟的轉型也就勢在必行。如果説,"和"是樂的終極目標,那麽"教"則是方法和途徑。這其中,德又是樂教的主要内容。在《禮記·樂記》看來,德是樂的内核,樂是德的外化。所謂"德音之謂樂",强調的就是音樂的道德和倫理價值。琴瑟作爲樂之器,在德借助音樂外化的過程中,起到潤色和承載的作用。琴瑟若要成爲德音的輔助工具,就必然歷經洗心革面,被賦予新的文化内涵,由原始生殖崇拜下的男歡女愛轉向禮樂文明中的人倫教化,并在《詩經》中譜下璀璨篇章。可以認爲,琴瑟的文化轉型與禮樂制度的構建是同步的。

然而,隨着禮崩樂壞,琴瑟在宗廟、農事、朝堂上的禮儀功用逐漸被淡忘,所承載的人倫内涵也剥落殆盡。反倒是男女情愛的内容沉澱下來,成爲琴瑟的固定寓意。如司馬相如琴挑卓文君,成爲傳世美談;而琴瑟作爲男女關係的代名詞,更是在後世的詩、詞、曲、話本中傳唱不息。

殷周投降類軍禮與《夬》卦的敘事接榫

楊秀禮**

（上海大學詩禮文化研究院）

摘　要：《夬》卦卦辭"告自邑，不利即戎，利有攸往"的"告"，取義在甲骨刻辭是以牛爲犧牲向祖先神靈行告祭禮，"不利即戎"暗含了告祭與軍事的關聯性及《夬》卦對主方立即采取軍事行動的否定，而"利有攸往"則申明了這種否定有利於形勢朝向主方發展。《夬》卦這種跳躍性敘事的貫通與語脈接榫主要依賴爻辭整體展開，其中九四爻辭則是關鍵。其爻辭"臀無膚，其行次且，牽羊"的"臀無膚"與兩見於《周易》爻辭的"噬膚"取義相近，指遭受較淺肉刑懲罰而行走困難，"牽羊"則是殷周時期投降禮相對成熟固定的基本儀節。在面臨被動不利軍事等形勢時，以投降妥協、韜光養晦的方式換取事態發展轉機的時間和空間，這是《夬》卦的智慧。該卦作爲殷周禮制尤其是軍禮的重要史料，也可補充當下《周易》與殷周禮制研究的某些缺陷。

關鍵詞：《夬》卦；告祭；降禮；敘事

"國之大事，在祀與戎"，軍事征伐與祖神祭祀是先秦時期的國之重事，與征伐活動密切相關的軍事禮儀在當時社會政治生活中也因此具有重要地位。但"軍禮"作爲語彙，於《左傳》襄公三年中才始見，取義也近於軍法[①]。現存主體反映先秦歷史文化的文獻更未見軍禮完整系統性闡述，即便如《儀禮》《周禮》《禮記》等專門的禮學典籍也僅有隻言片語的載錄。《周易》軍事專卦相關卦爻語辭暗蘊的軍禮信息由此顯得珍貴。隨著考古發掘等新材料的不斷出現、研究方法的推陳出新，將軍禮信息依據相關材料補綴爲較爲完整的軍事禮制典儀，已經成爲可能且必要。此類補綴而成的軍事禮制典儀既是豐富深化殷周軍禮研究不可或缺的可信原始性資料，更是整體理解《周易》文本語脈的重要抓手，爲深化延拓《周易》文學性研究提供了另一種可能。

---

* 本文係國家社科基金重大項目"《詩經》與禮制研究"（16ZDA172）階段性成果。
** 作者簡介：楊秀禮，男，上海大學中文副教授、碩士生導師。研究方向：先秦兩漢文學與文獻。
① 楊伯峻《春秋左傳注》（修訂本），北京，中華書局，2014年，頁930。

一、告自邑,不利即戎:告祭及對降禮的暗示

"知者觀其彖辭,則思過半矣"(《繫辭下》),對《夬》卦的解讀,首先可由其卦辭入手。其辭曰:"揚於王庭,孚號有厲。告自邑,不利即戎,利有攸往。"其中關鍵性語辭"告自邑,不利即戎"的"戎"即兵戎,直接說明了該卦與軍事的關聯性。"不利即尚兵戎,而與陽爭,必困窮"①,以陰陽相爭決勝附會解讀,爭議不大;"告自邑"則歧見頗多,以"告"之主體和客體、"邑"爲"告"主體的私邑還是殷商都邑等爲基礎,展開了不同向度的解讀。

> "邑",私邑。"告自邑",先自治也。以衆陽之盛,決於一陰,力固有餘,然不可極其剛至於太過,太過乃如《蒙》上九之爲寇也。"戎",兵者,強武之事。"不利即戎",謂不宜尚壯武也。"即",從也。從戎,尚武也。②

程頤以私邑而非某些學者以殷商都邑釋"邑",是能貫通《夬》卦卦辭的。程氏的解讀直接繼承了王弼"告自邑,謂行令於邑也。用剛即戎,尚力取勝,物所同疾也"③的主張,并結合其本人所處時代背景,從道學家的角度主張治人者先自治,在決勝小人之時避免過於強武,造成不利局面。以"先自治"即先治理自己的城邑,并進而引申爲強化自我修養的工夫境界,在理學大盛之後影響甚巨,程氏將"告"理解爲"揚於王庭"之人的自告。

> 以《彖傳》觀之,則"揚於王庭"者,聲罪正辭也。"孚號有厲"者,警戒危懼也。"有厲",不指時事,謂其心之憂危也。夫既曰"揚於王庭"矣,則所宣告者衆,而治之務於武斷矣,而又曰"告自邑,不利即戎",意似相反,何也?④

《周易折中》的按語,直接指出以程頤爲代表的類似解讀存在缺陷,雖然按語後文以揣測的態度進行瞭解釋闡明,但其人先"揚於王庭",高調聲張於王庭之上,旋即又"告自邑,不利即戎",轉爲自我告誡、內斂低調,這兩者之間的緊張關係如何協調,程頤和相關學者確實沒有給出令人信服的解釋。

> "告自邑"者,群情上達,與《益》之告公同義,此則告王也。以下五爻皆尊九五,而有事必告。"自邑"者,衆人之意,非一人之私。"自"明所從,"邑"明所合。五陽連集,如邑之有衆。群情上訴,以順於所尊。此夬之大用。……"告自邑"下有脫句,係"告

---

① (清)李道平著,潘雨廷點校《周易集解纂疏》,北京,中華書局,1994年,頁396。
② (宋)程頤著,王孝魚點校《周易程氏傳》,北京,中華書局,2011年,頁245。
③ (魏)王弼著,樓宇烈校釋《周易注》,北京,中華書局,2011年,頁245。
④ (清)李光地著,馮雷益、鍾友文整理《御纂周易折中》,北京,中央編譯出版社,2011年,頁199。

自邑,所告爲公也",應改正之。言告而自下邑,必因衆情之同,必本所告之公。則以九五正位,而五陽在下,柔在上能自卑抑,以聽其下,則衆情得達,政令公平。此九五中正之道,爲其下所則也。①

陸宗輿爲規避程頤解讀的緊張關係,將"五陽連集"理解爲"如邑之有衆",而"告"城邑則是民衆輿情的反映與上達。其解讀的最大特點,是對《夬》卦五陽決一陰的卦形、陰陽之間緊張關係的關注,爲傳統解讀"不利即戎"即五陽不能過於強武疏通了語脈。但陸氏同時懷疑卦辭有脱句,則説明解讀尚有未通之處。《泰》卦上六"城復於隍,勿用師,自邑告命。貞吝"的"勿用師,自邑告命",孔《疏》認爲是"否道已成,物不順從,唯於自已之邑而施告命,下既不從,故'貞吝'"。無論形式還是主題内容,與《夬》卦"告自邑,不利即戎"都非常接近。

> 《泰》之"自邑告命"先言"勿用師"者,因其不可用衆,是以止於自邑也;《夬》之"告自邑"後言"不利即戎"者,因其告自邑,所以不利即戎也。《泰》之上六陰方叛陽,若用衆陰,令必不行,自保其邑,雖曰"可吝",猶未失於正也。《夬》之上六,陽方決陰,若用一邑之人以攻五陽之衆,勢必不敵,但往而從之,不保其邑,猶爲有利爾。②

《泰》卦上六與《夬》卦"自邑告"或者"自邑告命",而且與"用師""即戎"等即陰陽決勝等軍事性行動有關。二爻在《周易》的重出説明當時"告命"以"用師"類似行爲已非隨機自發所能完成與保證。何以與以何而"告",即所"告"信息的來源與傳播機制及其形式,已經成爲探討相關卦爻的前提性條件,據筆者目見,尚未有專論。《周易》主體反映了殷周之際的社會歷史,與之時代相近文獻資料相關用例可提供相關信息。

"告,牛觸人,角箸橫木,所以告人也。從口,從牛。《易》曰:'僮牛之告。'"許慎的解析顯然是受到《周易》《大畜》卦的影響,其六四爻辭通行本作"童牛之牿"。徐鍇後來引申道:"《詩》曰'設其楅衡',設木橫於牛角,以防抵觸也。"但這一分析遭到了學者的質疑,"如許説,則告即楅衡也,於牛之角寓人之口爲會意。然牛與人口非一體,牛口爲文,未見告義,且字形中無木,則告意未顯。且如所云,是告未嘗用口,何以爲一切告字見義哉? 此許因'童牛之告'而曲爲之説,非字意也,故《木部》'楅'下不與此爲轉注。此字當入口部,從口,牛聲。牛可入聲讀玉也。"③但段玉裁以告爲從牛聲的形聲字實不可從。進入20世紀後,大量甲骨、金文的發掘以及新學術方法的發展成熟,給"告"字解讀創造了新的歷史條件。

---

① 陸宗輿《易經證釋·夬卦》,天津救世新教會刊行,1938年。
② (宋)項安世《周易玩辭》卷三,選自(清)納蘭性德輯《通志堂經解》,揚州,江蘇廣陵古籍刻印社,1996年,第2冊,頁42。
③ (清)段玉裁《説文解字注》,上海古籍出版社,1988年,頁53。

丁未卜，争貞：王告於祖乙。（《甲骨文合集》1583）

庚申貞：王其告於大示。（《甲骨文合集》32807）

甲骨刻辭的"告"字取義與祭告有關。吳其昌認爲"告爲刑牲之具，故其後刑牲以祭曰告。"即"告"的本義與祭祀等禮儀有關，或者至少在殷周之際是重要義項。"告"字在形體上反映了祭祀儀式的特點，即以牛爲祭牲，下方的"口"，從甲骨文一批上下結構字形下方爲"口"的字例看，其語義和言説話語（如祈禱之類）有關，"口"上方部件則是話語的接受對象，"告"的字形義爲祭祀時用牛牲禱告，其禱告的對象是上帝或祖先。故吳其昌又指出告字"由祭告之義而更引申之，則爲誥教"①。"卜辭'告'之内容大體可分爲二類：一爲祭告，其對象爲神祖，如'告疾於且丁''於大甲告方出''告秋於河'等。一爲臣之報告，如'其來告''翌辛丑出告麥''犬中告麋'等。臣之報告内容多爲有關田獵之情報及敵警等。凡稱'告曰'者，均爲臣之報告，無例外。"②

"告"在殷周之際的基本義項之一即祭祀，牛在當時是最高規格的祭祀犧牲，"告"造字既是以牛爲犧牲祭祀神靈或祖先，其規格可想見。伴隨這一祭祀過程，應有向祖先神靈禱告祈福、卜問等儀節。就軍事性行爲而言，除非遭遇突發性襲擊，在《周易》時代當有謀議策劃"定兵謀"即"受命於祖，受成於學"（《禮記·王制》）等事前準備儀節，而"告"作爲祭祀在軍事行爲中當類同如《同人》卦六二"同人於宗"即"受命於祖"，謀算於宗廟。這種卜告祭祀於神靈或祖先之前的行爲，尚有顯示"受命於祖，謂出時告祖，是不敢自專，有所享承，故言受命"③，爲軍事行動正名之目的。祭祀卜告的結果之一，即神靈或祖先將有所諭示，此爲"自邑告"或"自邑告命"信息"勿用師""不利即戎"的管道來源，這種信息經由掌握祭祀或類似神諭的人再轉告於宗主，形成相關軍令或政令，便是"告"的傳播形式。即告在甲骨、《周易》時代至少具有以下意義方式，如圖1。

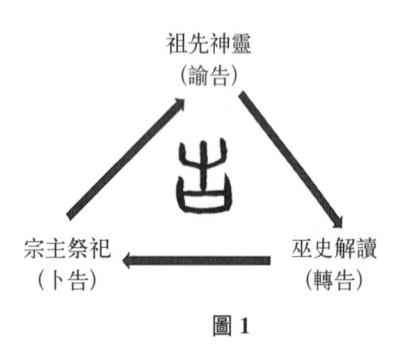

祖先神靈（諭告）

宗主祭祀（卜告）　　巫史解讀（轉告）

圖1

圖1作爲理想模型，在實際操作中應有較多的變通形式，如宗主與巫史在殷商時期身份往往合一，"殷代的社會，王與巫史既操政治的大權，又兼爲占卜的主持者"④。"王者自己雖爲政治領袖，同時仍爲群巫之長"⑤，卜辭頻繁出現習語"王占曰"及甲骨刻辭商王自稱"余一人"或"一人"，《尚書》自稱"予一人"，是商王作爲世俗政權最高統治者，又爲巫史

---

① 詳見吳其昌《金文名象疏證·兵器篇》，《吳其昌文集》，太原，三晉出版社，2009年，第2册，頁53—55。
② 姚孝遂、肖丁《小屯南地甲骨考釋》，北京，中華書局，1985年，頁158。
③ （漢）鄭玄注，（唐）孔穎達等疏《禮記正義》，阮校《十三經注疏本》本，北京，中華書局，2009年，頁2885。
④ 陳夢家《殷墟卜辭綜述》，北京，中華書局，1988年，頁46。
⑤ 陳夢家《商代的神話與巫術》，《燕京學報》，1936年第20期，頁535。

集團最高領袖的見證。此時宗主與巫史合一，告祭成爲祖先神靈與宗主兩者的直線型溝通（見圖2）。很明顯，《泰》卦上六"勿用師，自邑告命"與《夬》卦"告自邑，不利即戎"的"告"是經歷了類似圖1所列的信息産生與傳播管道，其相關軍事性指令也因此具有權威性，"告"便與軍禮發生關係，告廟之祭即後世的"祮"祭成爲軍禮内容之一。

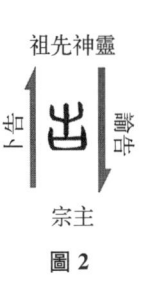

二、臀無膚，其行次且，牽羊：投降禮儀的舉行

先秦時期的投降禮儀，近年來已有較多的專門討論，《史記》微子降周、《左傳》鄭伯降楚是學者常用可信材料①。《史記》微子降周歷史事件的詳細記載，儘管因時間久遠以及對用語的不同理解，某些學者質疑了微子降周及相關細節，但尚未形成顛覆性的認識。尤其可貴的是，因反映的歷史時代背景相近，微子降周與《夬》卦九四爻辭之間的相關儀節具有互文印證的關係。

> 周武王伐紂克殷，微子乃持其祭器造於軍門，肉袒面縛，左牽羊，右把茅，膝行而前以告。於是武王乃釋微子，復其位如故。②

微子降周主要包括貢獻宗廟祭器、肉袒、面縛、牽羊、把茅等儀節，近代以來學者受此啓發，對《夬》卦九四爻辭的"牽羊悔亡"的軍禮性質已有所關注，如馬其昶指出"牽羊者，古諸侯屈服行成有此禮也"③；屈萬里提出"牽羊，以示願服爲臣僕也"，並引史例論證"古者蓋有此習俗"④等。但傳統主流學者多從《夬》卦上經卦爲《兑》，以《兑》爲"羊"立説⑤，並由

---

① 黄金貴《"面縛"新解》，《中國語文》，1981年第4期；楊希枚《先秦諸侯受降、獻捷、遣俘制度考》，《先秦文化史論集》，北京，中國社會科學出版社，1995年；胡正武《"面縛"降禮的起源與發展》，《台州師專學報》，1999年第2期；黄金貴《"面縛"考》，選自黄金貴著《古代文化詞語考論》，杭州，浙江大學出版社，2001年；張維慎《"面縛"：古代投降儀式的解讀》，《中州學刊》，2004年第3期；王進鋒《"肉袒"降禮考》，《文博》，2008年第2期；王進鋒《春秋戰國投降禮儀述論》，《五邑大學學報》（社會科學版），2008年第4期；王進鋒《論春秋戰國時期投降禮儀的特點與差異》，《許昌學院學報》，2008年第6期；路偉《"銜璧"與投降禮儀》，《現代語文》（語言研究版），2009年第2期；葉少紅、路偉《〈史記〉裏的投降禮儀》，《長江學術》，2009年第4期；路偉、葉少紅《〈左傳〉裏的投降禮儀》，《溫州大學學報》（社會科學版），2009年第4期；杜凱月《〈左傳〉"肉袒牽羊"考》，《西部學刊》，2017年第3期。
② （漢）司馬遷撰，（南朝宋）裴駰集解，（唐）司馬貞索隱，（唐）張守節正義《史記》，北京，中華書局，1982年，頁1610。
③ （清）馬其昶《周易費氏學》卷五，民國九年桐城馬氏寶潤軒刻本。
④ 屈萬里《讀易三種》，《屈萬里先生全集》，臺北，聯經出版事業公司，1983年，第1册，頁266。
⑤ "《兑》爲羊，《易》之稱羊者凡三卦，《夬》之九四曰'牽羊悔亡'，《歸妹》之上六曰'士刲羊無血'，皆《兑》也。《大壯》内外卦爲《震》與《乾》，而三爻皆稱羊者，自《復》之一陽推而上之，至二爻《臨》，則《兑》體已見，故九三曰'羝羊觸藩，羸其角'，言三陽爲《泰》而消《兑》也。自是而陽上進，至於《乾》而後已。六五'喪羊於易'，謂九三、九四、六五爲《兑》也，上六複'觸藩不能退'，蓋陽方《夬》决，豈容上《兑》儼然乎？九四中爻亦本《兑》，而云'羸'者，賴《震》陽之壯耳。"《容齋隨筆》卷十三"兑爲羊"條）。

羊的生物特性出發及與卦爻象的附會關係進行封閉式解讀①。這對《夬》卦義理的理解自然有積極意義，但因缺乏背景關注，其局限性也較爲明顯。"牽羊"在先秦軍事外交中作爲重要的投降禮儀環節，同時見於宣公十二年《左傳》：

> 十二年春，楚子圍鄭，旬有七日。鄭人卜行成，不吉；卜臨於大宮，且巷出車，吉。國人大臨，守陴者皆哭。楚子退師，鄭人修城。進復圍之，三月，克之。入自皇門，至於逵路。鄭伯肉袒牽羊以逆。②

宣公十二年，即公元前597年，雖然已經進入"天下無道"，即由"禮樂征伐自天子出"進入到"禮樂征伐自諸侯出"的時代，但周天子尚有策命諸侯等儀式，諸侯稱霸天下需借助前者名義，故此時禮樂制度仍得到較好的維持。至於爲何以"牽羊"行降禮，學界主要從羊在傳統中國爲肉食主要來源之一，"羊"通"祥"、羊善群、性溫馴，是贄見與祭祀的重要物品等，形成了贄禮、犒勞、祭祀、棄權等不同寓意分析③。從微子降周儀節與禮器品類如祭器、牽羊、把茅等進行考察，祭器、把茅具有祭祀功能，故此牽羊更多也應是祭祀權的象徵。投降的一方以此作進獻，是對祭祀權也即對代表宗廟祭祀的放棄，包含滅國之義。

值得關注的是，《史記·宋微子世家》、宣公十二年《左傳》均將"肉袒"與"牽羊"連用，在《左傳》是唯二保存下來的投降儀節。《夬》卦九四的"臀無膚，其行次且"與"肉袒"儀節也有互文關係。關於"臀無膚"是因傷害而致，學者已有較多的討論。

---

① 唐及以前的學者，如認爲"羊者，觝突不回之物，比之用壯，焉能自牽？系其志，不縱其壯，則悔亡也。"（《子夏易傳》）"羊者，抵狠難移之物，謂五也。五爲夬主，非下所侵。若牽於五，則可得'悔亡'而已。"（王弼《易注》）對"牽羊悔亡"的解讀，是基於"羊"具有"觝突不回""抵狠難移"的生物特性。羊的這一生物特性，在《大壯》卦中已有較多的刻畫，如九三"羝羊觸藩，羸其角"，九四"藩決不羸"，上六"羝羊觸藩，不能退，不能遂"爻辭。《夬》卦與《大壯》的卦象有相似性，"《夬》卦似《大壯》，故諸爻多與《大壯》相似"（龔煥語，轉引自《周易御纂折中》）。羊不能自我牽引，而爲卦主九五所制，由此可得"悔亡"，即無所悔恨。"彼一陰永留於上，蓋上卦爲《兑》。《兑》爲羊，制羊者利用牽。夫羊性陰很，挽之則忿而不行，使之居前，從後驅之則行矣。以牽羊之術馭小人，彼既無由反噬，而亦不能不往，此控制之善策也。故'悔亡'。"（多隆阿《易原》卷九）針對《夬》卦卦象與九四爻辭，學者將對對陰很之"羊"的駕馭方法，延伸發展爲駕馭上六陰很小人之術。隨著中國文化發展演變與轉型，宋代以後對"羊"在《夬》卦九四的生物特性關注發生了由"抵狠難移"向"善群"的轉移，情感逐漸趨向褒獎。"'牽羊悔亡'，'羊'者，群行之物。'牽'者，挽拽之義。言若能自強而牽挽以從群行，則可以'亡'其'悔'。然既處乎，必不能也。雖使聞是言，亦必不能信用也。夫過而能改，聞善而能用，克己以從義，唯剛明者能之。在它卦九居四，其失未至如此之甚。在《夬》而居柔，其害大矣。"（程頤《易傳》）程頤認爲九四之性陰柔，若能自強合與羊群而行，自然能得到"亡悔"的結果。"《兑》爲羊，四牽之。羊性善群，一雄爲主，舉群從焉。俗有壓群之目，北人謂之羊頭，故《儀禮·士相見》注云'羔取其從帥，言一羊帥於前，衆羊從於後'，然則下有三陽，九四帥之之象也。《詩》云：'爾羊來思，矜矜兢兢，不騫不崩。麾之以肱，畢來既升。'謂牧人掌之有道，既堅既強，不虧不疾，故能指麾如意，無不順從。九四牽羊或進退其權在四，故曰'悔亡'。乃四不能止又不能行、首施兩端，次且不決焉，能無悔哉？"（惠士奇《易說》卷四）惠氏將羊"善群"的習性從民間說法到經典文獻進行了引證，區別於程頤之說，惠氏直接將九四看成是統帥牽引下經卦《乾》三羊，認爲九四因性陰柔不善於決斷而首鼠兩端，最終未能獲得"悔亡"的結果。
② 楊伯峻《春秋左傳注》（修訂本），頁718。
③ 詳參：杜凱月《〈左傳〉"肉袒牽羊"考》，《西部學刊》，2017年第3期。

下剛而進，非己所據，必見侵傷，失其所安，故"臀無膚，其行次且"也。①

王弼認爲"臀無膚，其行次且"是九四受侵傷害所致，孔穎達在此基礎上作了更詳細的疏解，認爲"九四據下三陽，位又不正，下剛而進，必見侵傷，侵傷則居不得安"，九四因陽爻而居陰位，其位不正，又爲上經卦《兑》的初爻，而下經卦《乾》三陽爻又強健進取，勢必決去上六陰柔小人，由此產生矛盾，形成侵害，故曰"臀無膚，其行次且"。

此言"臀無膚"，傷其皮也。皮爲體之外衛，無皮，失所衛，則血肉皆露，筋骨不保。則雖有臀，將失其用，則不得安居穩坐之象。不能坐者，有礙立或行，亦不便於偃卧，則立亦必有所苦，行必有所艱，故曰"其行次且"。"次且"，後人作"趑趄"，古無"走"字，欲進不前之狀，言行步之艱難也。爲"臀無膚"，則股亦苦痛，不得安坐，即不良於行。行兼立言，行之先必立，不便於行，亦不得立，皆以切膚之害，失其自由之象。既爲後患，又失外防，則其坐卧難安，行止不易，可以知矣。②

陸氏認爲"臀無膚，其行次且"是人體之外衛——皮膚受了傷害，因此造成身體不適、行動不便，坐立難安。然而對造成"臀無膚，其行次且"的歷史背景，王、陸二氏均缺乏歷史背景性考察。《周易》文本與"無膚"取象相近的語辭主要有"噬膚"一語，"噬嗑，食也"（《雜卦》），"噬，啗也，喙也"（《説文》）。噬爲噬食、噬咬，"噬膚"爲皮膚被食咬而受傷害之象。

噬膚滅鼻，無咎。（《噬嗑》卦六二）
悔亡。厥宗噬膚，往何咎？吝。（《睽》六五）

《噬嗑》卦辭曰"亨，利用獄"，《彖》曰："頤中有物，曰噬嗑，噬嗑而亨。剛柔分，動而明，雷電合而章。柔得中而上行，雖不當位，利用獄也。"《象》曰："雷電噬嗑，先王以明罰敕法。"可見卦旨與刑罰獄有關，孔穎達對此從卦象的角度做出了深度解讀：

此卦之名，假借口象以爲義，以喻刑法也。凡上下之間有物間隔，當須用刑法去之，乃得亨通，故云"噬嗑，亨"也。"利用獄"者，以刑除間隔之物，故"利用獄"也。③

對於《噬嗑》六二刑獄的具體所指，孔氏也有"六二處中得位，是用刑者。所刑中當，故曰'噬膚'。膚是柔脆之物，以喻服罪受刑之人也"的解讀，"噬膚"是服罪受刑的表現。《睽》卦六三爻辭："見輿曳，其牛掣，其人天且劓，無初有終。"其中"天且劓"分別是黥額、截鼻類刑罰，取義取象與較淺的肉刑懲罰有關。據此類推，"臀無膚，其行次且"當是軍事政治投降一方"肉袒"接受較淺可能是象徵性的肉刑，造成傷其皮，血肉皆露，筋骨不保，臀失

---

① （魏）王弼《周易注》，頁235。
② 陸宗輿《易經證釋·夬卦》。
③ （魏）王弼，（晋）韓康伯注，（唐）孔穎達等正義《周易正義》，阮校《十三經注疏》本，北京，中華書局，2009年，頁74。

其用,行走趑趄的艱困後果。綜上,《夬》卦九四爻辭"臀無膚,其行次且。牽羊悔亡,聞言不信",可分别與先秦投降禮的"肉袒""牽羊"儀節建立互文關係,《夬》卦的軍事卦及降禮性質由此得以確證。

三、臀無膚,其行次且,牽羊,悔亡:《夬》卦的叙事接榫與象學互證

對《夬》卦作軍事卦,尤其作包含告祭及投降禮闡釋的合理適度性,有必要將該卦文本作整體考察。除上述已涉及的卦辭外,筆者擬從其卦叙事整體性、《夬》卦上下二經卦的取象意指及其意義組合、相關歷史事件與《夬》卦暗合程度等層面展開。爲討論方便,謹將該卦整體附列如下:

☰《夬》:揚於王庭,孚號,有厲。告自邑,不利即戎,利有攸往。

初九:壯於前趾,往不勝爲咎。

九二:惕號,莫夜有戎,勿恤。

九三:壯於頄,有凶。君子夬夬獨行,遇雨若濡,有愠無咎。

九四:臀無膚,其行次且。牽羊悔亡,聞言不信。

九五:莧陸夬夬,中行無咎。

上六:無號,終有凶。

《夬》卦卦辭具體所指與九四爻辭投降禮儀的關係,上文既已言明卦辭所叙神祖的諭告不利於立即采取軍事性行動,但不管是主動還是被動,軍事行爲最終還是發生了。《夬》卦爻辭的叙事即始於此。初九"壯於前趾",通行的觀點認爲"壯"通"戕",爲戕害之義,前趾部分受到戕害,表明出師不利,遭遇到了一定的挫折,繼續堅持下去并不能獲得勝利,反而會招致災咎,説明了卦辭在采邑卜告祭祀得到"不利即戎"的神諭已靈驗。九二"莫夜有戎",在我方遭遇挫折後,敵人并没有就此善罷甘休,而是在隨後的某個夜晚發起突然襲擊,我方却不需要過於擔憂過慮,這是爻辭叙事的一個轉折,營造了故事性懸念。我方在此情景下被迫應戰,因事發倉促,敵方的突襲還是給我方造成了較大傷亡,就像一個人"壯於頄,有凶",面部的顴骨受到傷害,處境困難兇險。而我方在此時猶如獨行,没有援助可憑藉。敵我作爲陰陽矛盾的雙方,關係處於高度緊張的狀態,就像"密雲不雨"(《小畜》卦辭)。烏雲密布,驚雷壓頂,"地氣上爲雲,天氣下爲雨,雨出地氣,雲出天氣"(《素問·陰陽應象大論》)。雲要化成雨,需要作爲天地陰陽的敵我雙方在一定條件下的媾和,"往遇雨則吉"(《睽》卦上九爻辭),方能實現局面和諧。陰陽敵我雙方矛盾緊張關係的緩解,最終有賴於九四"臀無膚,其行次且,牽羊",即我方的投降妥協這一方式得以實現,雖然相關行

爲讓我方悒惱，但終究沒有咎害。在投降之後，我方堅持了守中持正的路線方針，并無咎害的局面得以維持。但如果不能保持警惕憂患之初心，我方終究還是會有兇險，陷入歷史的惡性循環，《夬》卦叙事的整體性由此得以呈現。

"聖人設卦、觀象、繫辭焉"（《繫辭上》），卦爻辭本於卦爻象，兩者之間具有較爲緊密的邏輯關係，由卦爻辭所建構的叙事語脈，與以卦形爲中心的卦象具有互文同構性質。這一原則也適用於《夬》卦，其《彖》辭説："夬，決也，剛決柔也。健而説，決而和。"所謂"剛決柔"依據的便是《夬》卦上六一陰爻在上，其他五陽爻在下的卦形結構，從陽決勝陰的角度解讀卦名"夬"的決斷、決勝之義，對"健而説，決而和"則是從下經卦《乾》爲健，上經卦《兑》爲説（悦）得出有所決斷而終能和諧的含義。這種決而能和之所以成爲可能，當與鬥争雙方能采取相互妥協，各退一步的方式有關。《説卦》認爲《乾》"爲玉，爲金，爲寒"，《兑》"爲毁折，爲附決"，實際已暗含軍事兵戎義。《説卦》還認爲："《兑》，正秋也，萬物之所説也，故曰説言乎兑。戰乎《乾》，《乾》，西北之卦也，言陰陽相薄也。"即《乾》《兑》分屬西方之卦，象徵四象中的少陰，四季中的秋季，其性爲金，主刑殺，即西方白虎，是肅殺、死亡的象徵。古代的軍機重地也多設在西方，并以白虎堂名之。① 《周易》以《乾》《兑》爲經卦的尚有《夬》卦的交卦《履》卦，其中"履虎尾"分别見於該卦的卦辭及六三、九四二爻爻辭。又六三爻辭爲"眇能視，跛能履，履虎尾，咥人，凶。武人爲於大君"，直接展示了《履》卦與軍事的關聯性。《夬》卦《乾》《兑》的卦體結構，對前文圖 1 也能作出解釋，其中《乾》爲君父，是宗主，承擔祭祀卜告主持人（《夬》卦概由他人所代）功能，而《兑》爲巫，承擔對祖宗神靈神諭的轉告功能，也即《夬》卦"號"的主體。

《夬》卦九四爻辭"臀無膚""牽羊"，向敵方妥協投降而終究得到"悔亡"的結果。從《史記·宋微子世家》"武王乃釋微子，復其位如故"，宣公十二年《左傳》"（楚莊王）退三十里而許之平。潘尫入盟，子良出質"的結果來看，相對弱勢方的危機通過投降方式確實得到消解，獲得"悔亡"的理想結果，爻辭内部語脈由此得以貫通。《殷本紀》"周武王崩，武庚與管叔、蔡叔作亂，成王命周公誅之，而立微子於宋，以續殷後焉"，微子被册立於宋，代表殷商遺民賡續社稷祭祀；魯宣公十二年，鄭襄公利用因鄭國而起的晉楚邲之戰，楚國由戰勝晉

---

① 關於方位四靈出現及文化的形成，一般觀點認爲産生時代較後。然從現有的考古資料來看，至少在六七千年前，四象各單體便大面積出現，而且部分單體間已發生結組關係，最常見的有龍虎組合和龍鳳組合。比較典型的如 1987 年 6 月河南濮陽西水坡發現的屬於仰韶文化時期的三組蚌塑龍虎圖，便是其中的代表。其中編號爲 M45 的墓葬發掘出的一組蚌塑龍虎圖較爲典型，位於墓主左右兩側，左虎右龍，頭皆向北，并且在北邊也就是墓主的脚端有用三角形蚌塑和兩支人的脛骨代表的北斗。北斗的存在，證明它是一組關於天象的符號——二陸與北斗。這一組合符號證實早在六千多年前，原始先民就已經確定了東西方兩個空間方位，并且此時"四象"中的青龍、白虎也已經與天象産生關聯。（可參相關考古簡報：濮陽市文物管理委員會、濮陽市博物誼、濮陽市文物工作隊《濮陽西水坡遺址試掘簡報》，《中原文物》，1988 年第 1 期；《濮陽西水坡遺址發掘簡報》，《華夏考古》，1988 年第 1 期；《河南濮陽西水坡遺址發掘簡報》，《文物》，1988 年第 8 期。關於天文星象的相關考論，可參考馮時《河南濮陽西水坡 45 號墓的天文學研究》，《文物》，1990 年第 4 期。）

國而奠定霸主地位的結果，暫時消除了長期依違於晉、楚兩大國之間"其行次且"的被動性局面，并將這一局面維持至其去世。與牽羊儀節相關的兩次重要投降事件，其後續的發展是投降方利益非但沒有遭受巨大損害，在後來的事態發展中反而得到更大利益與發展。如此弱勢方通過暫時的"臀無膚""牽羊"等投降妥協示弱方式，"得亡其悔"，禍害消除，并在後期獲取了更大利益，這無疑也有利於貫通性理解卦辭"自邑告，不利即戎，利有攸往"的叙事語脈，也契合於《夬》卦主旨。

　　基於卦爻結構與語辭的分合性，探求《周易》卦爻象的運作規律及卦爻辭意指，對揭示和把握卦爻象與卦爻辭之間的内在聯繫具有積極意義。由卦爻象與卦爻辭所含軍事軍禮信息得出《夬》卦軍事專卦的判斷，并將之用於理解《夬》卦叙事接榫方式，對於豐富《周易》乃至殷周禮俗的認識，并以禮俗介入叙事接榫等《周易》文學性研究也有意義。大而言之，對深化禮樂之邦與講好中國故事的溯源性認識也有積極意義。

漢代宮廷儀式樂歌的文化功能與詩體建構*

吳大順**

（廣西師範大學文學院）

摘　要：漢代《郊祀歌》十九章是祭神頌瑞之歌，《安世房中歌》十七章是祭祖頌功之歌。這兩類儀式樂歌是漢武帝在重定郊祀之禮的活動中，李延年以司馬相如等數十人詩賦加工而成的。其體式結構受樂歌祭神祭祖儀式功能的制約，以四言爲主的體式結構是對《詩經》雅言體式的繼承，以三言爲主的體式結構是省略楚辭體句腰"兮"字形成的。因楚歌離開歌唱環境，"兮"字音樂意義消失，在文本輾轉傳抄中"兮"字被停頓符號所替代。這是音樂歌辭在漢代文本化傳播中形成的。

關鍵詞：儀式樂歌；文化功能；詩體形式；生成方式

宮廷儀式樂歌，指朝廷各種儀式活動中産生的禮樂歌辭。宮廷最重要的儀式有祭祀天地山川諸神的郊祀儀式和祭祀祖先的宗廟儀式歌辭；其次是朝廷重大的節慶儀式，如元會等節慶中天子燕饗諸侯及群臣的儀式；再者如出兵征戰、慶功封賞儀式等。這些儀式都要用樂，相應地則有音樂歌辭，如郊廟歌辭、宗廟歌辭、燕射歌辭[①]、軍樂歌辭，以及用於這些儀式的雅舞歌辭等。本文重點探討西漢郊廟樂歌《郊祀歌》十九章、《安世房中歌》十七章的體式生成與建構問題。

---

*　本文係國家社科基金重大項目"中國詩詞曲源流史"（11&ZD105）階段性成果。
**　作者簡介：吳大順，男，廣西師範大學文學院教授、博士生導師，廣西高校人文社科研究基地"桂學研究中心"學術委員。研究方向：樂府學，唐宋詩詞，音樂文學，文學傳播學。
①　（南朝梁）沈約《宋書·樂志一》載："章帝元和二年，宗廟樂，故事，食舉有《鹿鳴》《承元氣》二曲。三年，自作詩四篇，一曰《思齊皇姚》，二曰《六騏驎》，三曰《竭肅雍》，四曰《陟叱根》。合前六曲，以爲宗廟食舉……減宗廟食舉《承元氣》一曲，加《惟天之命》《天之曆數》二曲，合七曲爲殿中御食飯舉。又漢太樂食舉十三曲：一曰《鹿鳴》，二曰《重來》，三曰《初造》，四曰《俠安》，五曰《歸來》，六曰《遠期》，七曰《有所思》，八曰《明星》，九曰《清涼》，十曰《涉大海》，十一曰《大置酒》，十二曰《承元氣》，十三曰《海淡淡》。"北京，中華書局，1974年，頁538—539。

一、漢武帝立樂府、定郊祀與漢代儀式樂歌的文化功能

(一) 漢武帝立樂府與重定郊祀之禮

漢武帝"立樂府而采歌謠"的活動是其"修郊祀"等禮樂建設的重要內容之一。概括來說，漢武帝在禮樂文化建構方面重點做了兩件大事：

一是重定郊祀之禮。西漢之初，劉邦"命叔孫通制禮儀，以正君臣之位"，"叔孫通因秦樂人制宗廟樂"①，開始了漢代的禮樂建設活動。在制定郊祀禮樂方面，漢高祖劉邦也多有建樹。秦代帝王一般郊祀白帝、青帝、黄帝、赤帝四帝，劉邦增立了"黑帝祠，名曰北畤"②。漢文帝十五年（前 165）夏四月，"始幸雍郊見五畤，祠衣皆上赤"，第二年又"作渭陽五帝廟，同宇，帝一殿，面五門，各如其帝色。祠所用及儀亦如雍五畤"③。漢武帝重定郊祀之禮是漢代禮樂文化建構中的一件大事。

《漢書・武帝紀》對"祠太一於甘泉"之事載錄曰：

> （元鼎五年）十一月辛巳朔旦，冬至。立泰畤於甘泉。天子親郊見，朝日夕月。詔曰："朕以眇身托於王侯之上，德未能綏民，民或飢寒，故巡祭后土以祈豐年。冀州脽壤乃顯文鼎，獲薦於廟。渥窪水出馬，朕其御焉。戰戰兢兢，懼不克任，思昭天地，内惟自新。《詩》云：'四牡翼翼，以征不服。'親省邊陲，用事所極。望見泰一，修天文襢。辛卯夜，若景光十有二明。《易》曰：'先甲三日，後甲三日。'朕甚念年歲未咸登，飭躬齋戒，丁酉，拜況於郊。"④

《漢書・禮樂志》記載曰：

> 至武帝定郊祀之禮，祠太一於甘泉，就乾位也。祭后土於汾陰，澤中方丘也。乃立樂府，采詩夜誦，有趙代秦楚之謳。以李延年爲協律都尉，多舉司馬相如等數十人造爲詩賦，略論律吕，以合八音之調，作十九章之歌。以正月上辛用事甘泉圜丘，使童男女七十人俱歌，昏祠至明。夜常有神光如流星止集於祠壇，天子自竹宫而望拜，百官侍祠者數百人皆肅然動心焉。⑤

漢武帝重定郊祀之禮中，新增了"泰一"神，并將之置於其他眾神之首，這一舉措的目的是要通過提高"太一"神在國家祭祀中的核心地位，以確立漢王朝大一統的地位和尊

---

① （漢）班固《漢書・禮樂志》，北京，中華書局，1962 年，頁 1030、1043。
② （漢）司馬遷《史記・封禪書》，北京，中華書局，1982 年，頁 1378。
③ 同上書，頁 1382。
④ （漢）班固《漢書・武帝紀》，北京，中華書局，1962 年，頁 185。
⑤ （漢）班固《漢書・禮樂志》，頁 1045。

嚴。① 班固《武帝紀》《禮樂志》重點記載了元鼎五年(前112)武帝"立泰時於甘泉""祠太一於甘泉"的事件,標誌着元鼎五年漢武帝重定郊祀之禮的完成和此事的重大意義。

二是擴大樂府的功能。"樂府"作爲朝廷的音樂機關,本始於秦代。② 班固《漢書·禮樂志》載,至漢武帝"乃立樂府",主要指"擴充"漢樂府的規模和職能。③ 武帝時期的音樂機構有太樂和樂府兩個部門。傳統的宗廟祭祀雅樂主要由太樂掌管,但是當時雅樂已殘敗不堪,"但能紀其鏗鏘鼓舞,而不能言其義"。④ 武帝時期,諸如定郊祀祭禮、採集地方歌謠、召集文人寫作歌辭、爲歌辭配樂等重大的禮樂活動,都是依託樂府機關進行的,樂府機關的規模和職能因此得到極大拓展,不僅掌管《安世房中樂》《郊祀樂》等宮廷和郊祭禮樂,還負責採集和整理各地的娛樂音樂。擴大樂府是漢武帝禮樂文化建構的需要,即需要從朝廷立場出發,通過禮樂文化構建一套體現儒家精神的政治倫理話語。

郊祀之樂重在祭神娛神,通過對天神和四方之神的膜拜,宣言"君權神授"的合法性、權威性。宗廟之樂重在宣言祖先之"功德",以達到"上下齊同"而"壹於正"的目的。而其他各種禮俗活動之用"樂",如"朝聘""燕享"之樂,均能達到"教化黎庶"之作用。漢武帝"立樂府而采歌謠",應該具有兩方面的意圖:一是通過採集趙代秦楚之風,作爲祭祀樂歌的素材。所以《漢書·禮樂志》載,至武帝定郊祀之禮,祠太一於甘泉,祭后土於汾陰,"乃立樂府,采詩夜誦","以李延年爲協律都尉,多舉司馬相如等數十人造爲詩賦,略論律吕,以合八音之調,作十九章之歌"⑤。其立樂府,采詩夜誦與李延年作十九章之歌放在一起叙述,足見樂府"采詩夜誦"之用意。二是通過"立樂府采歌謠"達到音樂的移風易俗目的。⑥ 漢代的儀式樂歌是漢武帝禮樂文化活動的產物,具有鮮明的儀式功能。

(二) 祭神頌瑞之歌:漢代《郊祀歌》的儀式功能

漢代的《郊祀歌》是祭祀、頌瑞歌辭,其功能依次爲:《練時日》迎神曲,《帝臨》祀中央黄帝之曲,《青陽》祀東方春季青帝之曲,《朱明》祀南方夏季赤帝之曲,《西顥》祀西方秋季白帝之曲,《玄冥》祀北方冬季玄帝之曲,《惟泰元》祀太一之神,《天地》祀天地之神,《日出入》祀太陽之神,《后皇》祀后土,《華燁燁》祀后土畢濟黄河作之曲,《五神》云陽始郊見太一所作之曲,《赤蛟》送神之曲,以上爲山川諸神的祭歌。其他如《天馬》頌得天馬,《景星》頌

---

① 參趙敏俐《漢代樂府制度與歌詩研究》,北京,商務印書館,2009年,頁68—74。
② 樂府始於秦代的最重要證據是刻有"樂府"二字的秦代錯金甬鐘的考古發現,參見寇效信《秦漢樂府考》,《陝西師範大學學報》,1978年第1期。
③ 參趙敏俐《漢代樂府制度與歌詩研究》,頁69。
④ (漢)班固《漢書·禮樂志》,頁1043。
⑤ 同上書,頁1045。
⑥ 關於漢武帝"定郊祀""立樂府"的禮樂文化建構活動,又見拙文《論漢武帝禮樂文化建構與漢代樂府學的價值取向》,《樂府學》,2018年第1期。

得寶鼎,《齊房》頌產靈芝,《朝隴首》頌獲白麟,《象載瑜》頌獲赤雁,《天門》武帝禱頌天神祈得長生作,以上諸曲是歌頌祥瑞的樂歌。① 相較之下,敘寫祖先功業的內容很少。正如《宋書·樂志》所言:"漢武帝雖頗造新歌,然不以光揚祖考、崇述正德爲先,但多詠祭祀見事及其祥瑞而已,商周雅頌之體闕焉。"②這種狀況與漢武帝時期的郊祀活動有很大關係。通檢漢武帝時期的郊祀活動,幾乎沒有見到祖先配饗天地、山川諸神的情況。直到漢平帝元始年間,南郊天地之神時,才出現以太祖高皇帝配天、高皇后配地而祭的情況。東漢建武帝平隴蜀,"增廣郊祀,高皇帝配食,樂奏《青陽》《朱明》《西皓》《玄冥》《雲翹》《育命》之舞"③。漢明帝永平二年(59)正月辛未,"初祀五帝於明堂,光武帝配。五帝坐位堂上,各處其方。黃帝在未,皆如南郊之位。光武帝位在青帝之南少退,西面。牲各一犢,奏樂如南郊。"④明堂祭祀天地之神是東漢以後才恢復的。

(三) 祭祖頌功之歌:漢代《安世房中歌》的儀式功能

漢代的宗廟樂,《漢書·禮樂志》等文獻多有記載。如《漢書·禮樂志》載:

> 高祖時,叔孫通因秦樂人制宗廟樂。大祝迎神於廟門,奏《嘉至》,猶古降神之樂也。皇帝入廟門,奏《永至》,以爲行步之節,猶古《采薺》《肆夏》也。乾豆上,奏《登歌》,獨上歌,不以管弦亂人聲,欲在位者遍聞之,猶古《清廟》之歌也。《登歌》再終,下奏《休成》之樂,美神明既饗也。皇帝就酒東廂,坐定,奏《永安》之樂,美禮已成也。⑤

惜其衆樂歌辭現已不存,無從得知其具體內容。僅有《安世房中歌》十七章存於班固《漢書·禮樂志》,但關於《安世房中歌》十七章作者及音樂性質,學術界存在分歧。

《漢書·禮樂志》有關《房中樂》記載曰:

> 又有《房中祠樂》,高祖唐山夫人所作也。周有房中樂,至秦名曰壽人。凡樂,樂其所生,禮不忘本。高祖樂楚聲,故房中樂楚聲也。孝惠二年,使樂府令夏侯寬備其簫管,更名曰安世樂。⑥

從這條材料我們可以得知三方面信息:一是漢"房中樂"與周"房中樂"、秦"壽人"樂有密切聯繫;二是"房中祠樂"是漢代宗廟樂一部分,作者是高祖唐山夫人,用楚聲演唱;三是孝惠帝二年(前193)更名"安世樂",備其簫管。

對於《漢書·禮樂志》涉及的三個問題,近年,錢志熙、王福利等學者結合《儀禮》《周

---

① 參張永鑫《漢樂府研究》,南京,江蘇古籍出版社,1992年,頁165。
② (南朝梁)沈約《宋書·樂志》,北京,中華書局,1974年,頁550。
③ 同上書,頁538。
④ (南朝宋)范曄《後漢書·祭祀中》,北京,中華書局,1965年,頁3181。
⑤ (漢)班固《漢書·禮樂志》,頁1043。
⑥ 同上。

禮》和《毛詩傳》等相關文獻進行了較深入考證。錢志熙據《儀禮·燕禮》《詩經·毛傳》等漢前文獻關於周"房中之樂""國君有房中之樂"的記載，認爲周代確實存在"房中樂"。又通過對鄭玄《儀禮·燕禮》《周禮·春官·磬師》《毛詩譜》等注中有關"房中之樂"文獻的梳理考證，認爲周"房中樂"爲國君夫人燕娱之樂，其中也有房中祭祀之樂。"房中"之義兼有后妃夫人之"房中"與"祖廟"祠堂"房中"兩義。周代的"房中樂"是對路寢、后妃房中、祭祀房中之作樂的通稱。漢代唐山夫人以後宮材人身份作《房中祠樂》，是以周房中樂上述意思爲依據的。唐山夫人以"房中樂"作爲其所作歌詩的專名後，房中樂便由周代各類房中樂俗稱成爲唐山夫人《房中祠樂》的專稱。文章對周"房中樂"的燕樂和祭祀兩重性質和功能及唐山夫人《房中祠樂》的得名依據的論證堪稱灼見。① 王福利則認爲，唐山夫人《房中祠樂》是在説明漢之能夠有天下、備宫懸并具萬世鴻業的真正原因，是在祈求所得後向神明的"報福""還願"，并在還願的過程中，面向神靈歌頌當今主上的豐功偉業，以對後繼者的宣導昭示之意。②

蕭滌非根據歌辭文本，認爲《安世房中歌》"純爲儒家思想，尤側重於孝道"③。沈德潛認爲："《房中歌》近雅，古奥中帶和平之音……首言'大孝備矣'，以下反反復復，屢稱孝德。漢朝數百年家法，自此開出；累代廟號，首冠以孝，有以也。"④據首章如"高張四懸，樂充宫廷"，次章如"神來宴娱，庶幾是聽"，第三章如"乃立祖廟，敬明尊親"等詩句，可以推測這些歌辭當是宗廟祭祀的内容。

《漢書·禮樂志》殿本《考證》齊召南云：漢《安世房中歌》，直是祀神之樂，故曹魏初改名《正始之樂》。後因繆襲言，又改名《享神歌》也。丘瓊蓀曰："齊召南云《安世房中歌》直祀神之樂，其言良是。詩中多稱孝述德，歌功頌烈，敬祖薦神之語，絶無人倫夫婦、《關雎》后妃之説。"⑤

一般認爲唐山夫人《房中祠樂》作於漢高祖五年。⑥ 叔孫通所制宗廟樂也大致在高祖五年至七年間。據《史記·叔孫通列傳》載，高祖五年，叔孫通"頗采古禮與秦儀雜就"而成漢代的元會朝賀禮儀。高祖七年，長樂宫修建完成時，諸侯群臣皆朝十月，元會朝賀禮儀開始使用。其儀如次：先平明，謁者治禮，引以次入殿門，廷中陳車騎步卒衛宫，設兵張旗志（幟）。傳言"趨"。殿下郎中俠陛，陛數百人。功臣列侯諸將軍軍吏以次陳西方，東向；文官丞相以下陳東方，西向。大行設九賓，臚傳。於是皇帝輦出房，百官執職傳警，引諸侯王以下至吏六百石以次奉賀。自諸侯王以下莫不振恐肅敬。至禮畢，復置法酒。諸侍坐

---

① 錢志熙《周漢"房中樂"考論》，選自錢志熙著《漢魏樂府藝術研究》，北京，學苑出版社，2011年。
② 王福利《論漢代的"房中樂""房中歌"》，《徐州師範大學學報》，2007年第2期。
③ 蕭滌非《漢魏六朝樂府文學史》，北京，人民文學出版社，1984年，頁35。
④ （清）沈德潛《古詩源》，北京，中華書局，2006年，頁34。
⑤ 丘瓊蓀《歷代樂志律志校釋》，北京，中華書局，1999年，頁185。
⑥ 陸侃如、馮沅君《中國詩史》，天津，百花文藝出版社，2008年，頁98。

殿上皆伏抑首,以尊卑次起上壽。觴九行,謁者言"罷酒"。漢高祖經歷了這番儀式後,感慨曰:"吾乃今日知爲皇帝之貴也。"①因此,叔孫通被任命爲太常,主持初漢禮樂之事。

叔制宗廟之儀已見上文《漢書·禮樂志》。問題是叔的宗廟儀式中,演奏的是《嘉至》《永至》《登歌》《休成》《永安》五首歌樂,而不見《房中祠樂》。又《漢書·藝文志》著録的二十八家歌詩中有"宗廟歌詩五篇",陸侃如先生以爲這五篇歌詩就是自《嘉至》至《永安》的五篇《宗廟樂》歌詩。②雖然這種結論是一種直覺判斷,没有充分的證據,但至少説明《房中祠樂》與漢初叔制之《宗廟樂》關係不大。

《漢書·禮樂志》載:"高廟奏《舞德》《文始》《五行》之舞;孝文廟奏《昭德》《文始》《四時》《五行》之舞;孝武廟奏《盛德》《文始》《四時》《五行》之舞。……高祖六年又作《昭容樂》《禮容樂》。"③在西漢高祖、孝文、孝武廟樂中不見有《房中祠樂》存在。那麼,唐山夫人的《房中祠樂》到底在什麼場合表演呢?鄭樵《通志》曰:"房中樂者,婦人禱祠於房中也,故宮中用之。"④陳本禮《漢詩統箋》云:"詩名《房中》,當是宮中之廟,非祫祭大享之太廟也。"⑤

周代"房中樂"也有用於宮中祭祀的。如《采蘩》,《左傳·隱公三年》載:苟有明信,澗、溪、沼、沚之毛,蘋、蘩、薀藻之菜,筐、筥、錡、釜之器,潢、汙、行潦之水,可薦於鬼神,可羞於王公。"⑥《毛傳》曰:"《采蘩》,夫人不失職也。夫人可以奉祭祀,則不失職矣。"⑦又《采蘋》,毛傳曰:"大夫妻能循法度也。能循法度,則可以承先祖,供祭祀矣。"⑧可見,漢唐山夫人的《房中祠樂》早期當也是宮中祭祀之用的。西漢初、中期,皇帝的宗廟大致有京廟、陵廟、郡國廟三種類型,宗廟數總計約一百七十六所,遠遠超過了天子七廟的古禮規定。如漢高帝十年(前197),劉邦的父親太上皇去世,"八月,令諸侯王皆立太上皇廟於國都"⑨。惠帝"令郡國諸侯各立高祖廟,以歲時祠"⑩。景帝謚文帝廟號爲太宗,"郡國諸侯宜各爲孝文皇帝立太宗之廟"⑪。

又《漢書·韋賢傳》載:"至惠帝尊高帝廟爲太祖廟,景帝尊孝文廟爲太宗廟,行所嘗幸郡國各立太祖、太宗廟。"⑫漢代宗廟情況非常混亂,不能排除宮中廟祭的可能。《漢書·禮樂志》關於高祖沛宮原廟的祭祀就是一個旁證。《漢書·禮樂志》:"初,高祖既定天下,

---

① (漢)司馬遷《史記》,北京,中華書局,1959年,頁2723。
② 陸侃如、馮沅君《中國詩史》,頁99。
③ (漢)班固《漢書》,北京,中華書局,1962年,頁1044。
④ (宋)鄭樵《通志·樂一》,影印萬有文庫本,杭州,浙江古籍出版社,2000年,第1册,頁635上。
⑤ (清)陳本禮《漢詩統箋》,北京,中華書局,2020年,頁303。
⑥ 楊伯峻《春秋左傳注》,北京,中華書局,1990年,頁27—28。
⑦ (漢)鄭玄箋,(唐)孔穎達等正義《毛詩正義》,《十三經注疏》本,上海古籍出版社,1997年,頁284。
⑧ 同上書,頁286。
⑨ (漢)班固《漢書·高帝紀下》,北京,中華書局,1962年,頁68。
⑩ (漢)司馬遷《史記·高祖本紀》,北京,中華書局,1959年,頁392。
⑪ (漢)司馬遷《史記·孝文本紀》,北京,中華書局,1959年,頁436。
⑫ (漢)班固《漢書》,北京,中華書局,1962年,頁3115。

過沛,與故人父老相樂,醉酒歡哀,作'風起'之詩,令沛中童兒百二十人習而歌之。至孝惠時,以沛宮爲原廟,皆令歌兒習吹以相和,常以百二十人爲員。"①這當是郡國廟祭。又《後漢書·桓帝紀》載:"壞郡國諸房祀。"注曰:"房謂祠堂也。"并引《王渙傳》曰:"時唯密縣存故太傅卓茂廟,洛陽留令王渙祠。"②可見,郡國廟也稱爲"房"。

到漢元帝下詔罷郡國廟,"因罷昭靈後、武哀後、昭哀後、衛思後、戾太子、戾後園,皆不奉祠,裁置吏卒守焉。"③建立"祖宗之廟世世不毁,繼祖以下,五廟而迭毁"的宗廟祭祀制度,作出"太上廟主宜瘗園,孝惠皇帝爲穆,主遷於太祖廟,寢園皆無復修"④的決定,基本完成漢代宗廟祭祀的"七廟"制度。⑤

《漢書·禮樂志》曰:"孝惠二年,使樂府令夏侯寬備其簫管,更名曰安世樂。"⑥可見,漢《房中樂》不在叔孫通作爲太常管轄的太樂中,而是在樂府中,樂府所管多爲燕樂俗曲,這與漢《房中樂》的楚聲音樂性質相符。班固《漢書·禮樂志》收錄的《安世房中歌》十七章,并未署名唐山夫人。歌辭"多稱孝述德,歌功頌烈,敬祖薦神之語",其文辭"古奧中帶和平之音",與楚聲多口語虛詞的語言習慣不同,其語言結構與漢武帝時代的《郊祀歌》非常相近。又郭茂倩《樂府詩集》"郊廟歌辭"解題曰:"武帝時,詔司馬相如等造《郊祀歌》詩十九章,五郊互奏之。又作《安世歌》詩十七章,薦之宗廟。"⑦

陳暘《樂書》曰:"漢高帝時,叔孫通制宗廟禮,有《房中祠樂》,其聲則楚也。孝惠更名爲《安世》,文、景之朝無所增損。至武帝定郊祀禮,令司馬相如等造爲《安世曲》,合八音之調,《安世房中歌》有十七章存焉。"⑧

由上舉文獻可見,《安世房中歌》十七章當不是唐山夫人《房中祠樂》的始辭,而是漢武帝定郊廟時的新作。正如逯欽立所言:"《漢書》僅謂唐山夫人作樂,樂與辭非一事。此質之漢志可知,似不得即署唐山夫人。"⑨

下面從歌辭的具體內容進行分析。《安世房中歌》第五章曰:"海內有奸,紛亂東北。詔撫成師,武臣承德。"顔師古注曰:"謂匈奴。"⑩翻檢《漢書·高帝紀》,僅一次出與匈奴作戰的記載,其起因是韓信降匈奴。文帝、景帝時期匈奴寇邊的記載逐漸增多,記載最多的是漢武帝時期。因此,歌辭"海內有奸,紛亂東北"當不是指高祖時期,這樣看來,歌辭爲高

---

① (漢)班固《漢書》,頁1045。
② (南朝宋)范曄《後漢書》,北京,中華書局,1965年,頁314。
③ (漢)班固《漢書》,頁3117。
④ (漢)班固《漢書·韋賢傳》,頁3120。
⑤ 參郭善兵《西漢元帝永光年間皇帝宗廟禮制改革考論》,《煙臺師範學院學報》,2004年第4期。
⑥ (漢)班固《漢書》,頁1043。
⑦ (宋)郭茂倩《樂府詩集》,北京,中華書局,1979年,頁1。
⑧ (宋)陳暘《樂書》,《文淵閣四庫全書》,第221冊,頁745。
⑨ 逯欽立《先秦漢魏晉南北朝詩》,北京,中華書局,1983年,頁147。
⑩ (漢)班固《漢書》,北京,中華書局,1962年,頁1047。

祖姬唐山夫人所作的可能性不大。第十一章曰："馮馮翼翼，承天之則。吾易久遠，燭明四極。"晉灼注曰："易，疆易也。久，固也。武帝自言拓境廣遠安固也。"①

綜上可見，漢代的"房中樂"是唐山夫人沿襲周"房中樂"后妃夫人女樂，身兼賓燕、祭祀性質的一種樂歌。漢代早期的《房中樂》當以燕娛爲主，隸屬樂府機關，孝惠二年樂府令夏侯寬對之進行加工，增加了簫管樂器，并改名爲《安世樂》。漢武帝定郊廟禮樂時將之納入國家宗廟音樂，并創作了《安世歌》十七章歌詩，配合宗廟祭祀演奏。班固《漢書·禮樂志》結合前後二名，稱之爲《安世房中歌》。如蕭滌非所言："班固以《安世》既出自《房中》，故錄此歌時，乃合前後二名題曰《安世房中歌》。此《房中歌》以楚聲而用周名及其更名之故也。"②武帝以後，《安世房中歌》在宗廟祭祀和朝賀燕享中兼用。如漢哀帝罷樂府前，包括《安世樂》鼓員二十人在內的一百二十八鼓員，"朝賀置酒，陳前殿房中"③。

二、漢代宮廷儀式樂歌的詩體形式

現存的漢代宮廷儀式歌辭有《郊祀歌》十九章、《安世房中歌》十七章、《鼓吹鐃歌》十八曲等。在此主要討論《郊祀歌》和《安世房中歌》的體式結構。

（一）漢《郊祀歌》十九章的體式

《郊祀歌》十九章，多撰制於武帝時代。《漢書·禮樂志》曰："至武帝定郊祀之禮，祠太一於甘泉，就乾位也；祭后土於汾陰，澤中方丘也……以李延年爲協律都尉，多舉司馬相如等數十人造爲詩賦，略論律呂，以合八音之調，作十九章之歌。"④"十九章"之歌，實爲二十首，其中《天馬》一題二首，多是祭祀、頌瑞歌辭，作者涉及漢武帝、司馬相如、鄒子等數十人。現對每章的句式及篇章結構描述如下：

《練時日》："3,3,3,3"三言結構，齊言，凡48句。

《帝臨》："4,4"四言結構，齊言，凡12句。

《青陽》："4,4"四言結構，齊言，凡12句。

《朱明》："4,4"四言結構，齊言，凡12句。

《西顥》："4,4"四言結構，齊言，凡12句。

《玄冥》："4,4"四言結構，齊言，凡12句。

《惟泰元》："4,4"四言結構，齊言，凡24句。

---

① （漢）班固《漢書》，頁1050。
② 蕭滌非《漢魏六朝樂府文學史》，北京，人民文學出版社，1984年，頁35。
③ （漢）班固《漢書》，頁1073。
④ 同上書，頁1045。

《天地》:"4,4"結構 8 句,"7,7"結構 4 句,"4,4"結構 4 句,"7,3,3"結構 3 句,"7,7"結構 8 句,凡 27 句。

《日出入》:"5,6。5,4,4,4。6,6。4,4,4,4。7"雜言結構,凡 13 句。

《天馬》其一:"3,3,3,3"三言結構,齊言,凡 12 句。

《天馬》其二:"3,3,3,3"三言結構,齊言,凡 24 句。

《天門》:"3,3,3,3"三言結構 8 句,接"4,4,6,6。3,3,3,3。5,5。6,6。5,5。6,6"雜言結構 16 句,結尾"7,7"結構 8 句,凡 32 句。

《景星》:"4,4,4,4"四言結構 12 句,接"7,7"七言結構 12 句,凡 24 句。

《齊房》:"4,4,4,4"四言結構,齊言,凡 8 句。

《后皇》:"4,4,4,4"四言結構,齊言,凡 8 句。

《華燁燁》:"3,3,3,3"三言結構,齊言,凡 38 句。

《五神》:"3,3,3,3"三言結構,齊言,凡 20 句。

《朝隴首》:"3,3,3,3"三言結構,齊言,凡 20 句。

《象載瑜》:"3,3,3,3"三言結構,齊言,凡 12 句。

《赤蛟》:"3,3,3,3"三言結構,齊言,凡 28 句。①

漢《郊祀歌》中,"3,3,3,3"的齊言結構,有《練時日》《天馬二首》《華燁燁》《五神》《朝隴首》《象載瑜》《赤蛟》8 首;"4,4,4,4"的齊言結構,有《帝臨》《青陽》《朱明》《西顥》《玄冥》《惟泰元》《齊房》《后皇》8 首;《天地》《日出入》《天門》《景星》4 首屬於雜言結構。其中,《天地》《景星》2 首由四言和七言結構組成;《天門》以三言結構為主,間雜四言、六言和五言;《日出入》以四言為主,間雜六言、七言和五言。特別值得注意的是,五言結構的句子在漢《郊祀歌》中僅有 6 句。

(二) 漢《安世房中歌》十七章的體式

漢代宗廟歌辭僅有《安世房中歌》十七章存於班固《漢書》中。《漢書·禮樂志》載:"又有《房中祠樂》,高祖唐山夫人所作也。周有房中樂,至秦名曰壽人。凡樂,樂其所生,禮不忘本。高祖樂楚聲,故房中樂楚聲也。孝惠二年,使樂府令夏侯寬備其簫管,更名曰安世樂。"②"房中"兼有后妃夫人之"房中"與"祖廟"祠堂"房中"兩義。周代的"房中樂"是對路寢、后妃房中、祭祀房中之作樂的通稱,唐山夫人以"房中樂"為其所作歌詩的專名後,房中樂便由周代各類房中樂俗稱,成為唐山夫人《房中祠樂》的專稱。③ 班固《漢書·禮樂志》

---

① (漢)班固《漢書》,頁 1052—1070。
② 同上書,頁 1043。
③ 錢志熙《周漢"房中樂"考論》,《文史》,2007 年第 2 輯。

收錄的《安世房中歌》十七章,未署名唐山夫人。歌辭"多稱孝述德,歌功頌烈,敬祖薦神之語",其文辭"古奧中帶和平之音",與楚聲多口語虛詞的語言習慣也不類,而與漢武帝時代的《郊祀歌》非常相近,當是漢武帝定郊廟時的新辭。

《大孝》:"4,4"四言結構,齊言,凡8句。
《七始》:"4,4"四言結構,齊言,凡10句。
《我定》:"4,4"四言結構,齊言,凡8句。
《王侯》:"4,4,4。4,4。4,4"四言結構,齊言,凡7句。
《海內》:"4,4"四言結構,齊言,凡8句。
《大海》:"7,7。3,3。3,3"雜言,凡6句。
《安其所》:"3,3"三言結構,齊言,凡8句。
《豐草葽》:"3,3"三言結構,齊言,凡8句。
《雷震震》:"3,3"三言結構,齊言,凡10句。
《桂華》:"4,4"四言結構,齊言,凡10句。
《美若》:"4,4"四言結構,齊言,凡8句。
《磑磑》:"4,4"四言結構,齊言,凡8句。
《嘉薦》:"4,4"四言結構,齊言,凡8句。
《皇皇》:"4,4"四言結構,凡6句。
《浚則》:"4,4"四言結構,齊言,凡4句。
《孔容》:"4,4"四言結構,齊言,凡8句。
《承帝》:"4,4"四言結構,齊言,凡8句。①

漢《安世房中歌》十七章,"4,4"齊言結構占多數,有《大孝》《七始》《我定》《王侯》《海內》《桂華》《美若》《磑磑》《嘉薦》《皇皇》《浚則》《孔容》《承帝》13首;"3,3"齊言結構有《安其所》《豐草葽》《雷震震》3首;雜言結構僅《大海》1首。《安世房中歌》無五言句。

三、漢代宮廷儀式歌詩的體式淵源與生成方式

漢代《郊祀歌》祭神頌瑞、《安世房中歌》祭祖頌功的儀式功能,決定了其內容的莊重嚴肅性。這種莊重嚴肅的內容又一定程度上決定了歌辭的體式選擇。漢代宮廷儀式歌辭以四言爲主的體式結構,其實是對《詩經》體式的繼承和延續。《詩經》"頌"類詩歌"祭祖頌功"的功能及其儀式詠誦活動,對《詩經》四言體完型產生了決定性作用。漢代宮廷儀式歌

---

① （漢）班固《漢書》,頁1046—1051。

辭在繼承《詩經》傳統中選擇四言體,就不難理解了。漢代宮廷儀式歌辭"三言"體式的生成機制則是需要深入探究的問題。

現存漢代宮廷儀式歌辭《郊祀歌》和《安世房中歌》中,除四言體外,還存在大量"3,3"結構的三言體。究其淵源,主要來自楚辭,當是省略楚辭體"3+兮+3,3+兮+3"句式的句腰虛詞"兮"而形成的。

明郝敬《藝圃傖談》曰:"漢《郊祀》等歌,大抵仿《楚辭》'九歌'而變其體。"①清葉矯然《龍性堂詩話初集》曰:"漢《郊祀詞》幽音峻旨,典奧絕倫,體裁實本《離騷》。"②

關於漢《郊祀歌》的生成方式,《漢書·禮樂志》有一段文字記載值得注意:

> 至武帝定郊祀之禮,祠太一於甘泉,就乾位也;祭后土於汾陰,澤中方丘也。乃立樂府,采詩夜誦,有趙代秦楚之謳。以李延年爲協律都尉,多舉司馬相如等數十人造爲詩賦,略論律呂,以合八音之調,作十九章之歌。③

這裏提到"多舉司馬相如等數十人造爲詩賦",可見"十九章之歌"是李延年在司馬相如等數十人"詩賦"基礎上加工而成的。

《史記·樂書》載:

> 漢家常以正月上辛祠太一甘泉,以昏時夜祠,到明而終。常有流星經於祠壇上。使童男女七十人俱歌。春歌《青陽》,夏歌《朱明》,秋歌《西皞》,冬歌《玄冥》。
>
> 又嘗得神馬渥洼水中,復次以爲《太一之歌》。歌曲曰:"太一貢兮天馬下,霑赤汗兮沫流赭。騁容與兮跇萬里,今安匹兮龍爲友。"後伐大宛得千里馬,馬名蒲梢,次作以爲歌。歌詩曰:"天馬來兮從西極,經萬里兮歸有德。承靈威兮降外國,涉流沙兮四夷服。"④

《漢書·藝文志》載,《青陽》《朱明》《西顥》《玄冥》皆爲"鄒子樂",其句式爲四言結構;而《天馬》二首爲"三言"結構,此録如下:

> 太一況,天馬下,霑赤汗,沫流赭。志俶儻,精權奇,籋浮雲,晻上馳。體容與,迣萬里,今安匹,龍爲友。
>
> 天馬來,從西極,涉流沙,九夷服。天馬來,出泉水,虎脊兩,化若鬼。天馬來,歷無草,徑千里,循東道。天馬來,執徐時,將搖舉,誰與期。天馬來,開遠門,竦予身,逝

---

① 周維德集校《全明詩話》,濟南,齊魯書社,2005年,頁2898。
② 郭紹虞《清詩話續編》,上海古籍出版社,1983年,頁952。
③ (漢)班固《漢書》,頁1045。
④ (漢)司馬遷《史記》,頁1178。

昆侖。天馬來,龍之媒,游閶闔,觀玉臺。①

兩相比較發現,《史記·樂書》的《天馬歌》是"3＋兮＋3,3＋兮＋3"的騷體結構,《漢書·禮樂志》的《天馬歌》是"3,3,3,3"的"三言體"結構。其次,歌辭內容及語詞上也有不少變化,《史記》兩首《天馬歌》的歌辭均只有四句,而《漢書》的歌辭篇幅要長得多,語詞也比《史記》更顯典雅。

關於歌辭的篇幅,應該是可以理解的,《史記·樂書》不是以載録歌辭爲主,而是在叙述《天馬歌》來歷時"略舉"了漢武帝原初歌辭的部分內容,并非"全篇"。②《漢書·禮樂志》著録的當是漢代《郊祀歌》儀式唱誦歌辭,所以內容完整,語詞典雅莊重。至於騷體變成"三言"體,是樂工配樂時的加工,還是班固《漢書·禮樂志》載録歌辭時的省略,則不得而知了。但《史記·樂書》有載,汲黯向武帝進言曰:"凡王者作樂,上以承祖宗,下以化兆民。今陛下得馬,詩以爲歌,協於宗廟,先帝百姓豈能知其音邪?"③《漢書·禮樂志》也有載,"常御及郊廟皆非雅聲","今漢郊廟詩歌,未有祖宗之事,八音調韻,又不協於鐘律,而內有掖庭材人,外有上林樂府,皆以鄭聲施於朝廷"④。

又,漢武帝樂楚聲,所作《瓠子歌》《秋風辭》與《天馬歌》均爲楚歌,其體式結構以"3＋兮＋3,3＋兮＋3"爲主,西漢其他帝王、王子所作雜歌,也主要是楚歌體,其句式也以"3＋兮＋3,3＋兮＋3"結構爲主。看來,漢《郊廟歌》的儀式唱誦辭,應較多地保留了在西漢王宫和上層社會流行的楚歌體式。⑤

現存漢《郊祀歌》的"三言體"結構,是對楚歌體句腰"兮"字的省略,當是可信的。班固《漢書》中,省略楚歌體"兮"字的情況還有多處,如賈誼《鵩鳥賦》,《史記·屈原賈生列傳》著録的文本句末有"兮"字,而《漢書·賈誼傳》句末"兮"字全被省略了。值得注意的還有賈誼《吊屈原賦》文本的"兮"字,在《史記》和《漢書》中的區別。總體看,《漢書·賈誼傳》是根據《史記·屈原賈生列傳》改定而成的,《吊屈原賦》的"兮"字在二傳中均有保留,但仔細比對發現,《漢書·賈誼傳》很多句中的"兮"字與《史記》的位置有了變化,如:

《史記·屈原賈生列傳》:

於嗟嚜嚜兮,生之無故!斡棄周鼎兮寶康瓠,騰駕罷牛兮驂蹇驢,驥垂兩耳兮服

---

① 《漢書·禮樂志》載,歌辭後有"元狩三年馬生渥洼水中作""太初四年誅宛王獲宛馬作"的備註。(漢)班固《漢書》,頁 1060—1061。
② 《漢書補注》曰:"歌辭略舉之,非全篇也。"(清)王先謙《漢書補注》,上海古籍出版社,2008 年,頁 488 上。
③ (漢)司馬遷《史記》,頁 1178。
④ (漢)班固《漢書》,頁 1070—1071。
⑤ (宋)郭茂倩《樂府詩集》收録楚歌體《靈芝歌》一首,署名《漢郊祀歌》,見《樂府詩集》,頁 9。《初學記》題班固《漢頌論功歌》,見徐堅《初學記》,北京,中華書局,2004 年,頁 377。當是班固《漢頌》之"系歌",頌美元封二年(前 109)甘泉宮生九莖連葉靈芝的祥瑞事件,後來是否被收入《郊祀歌》不得而知,郭茂倩署名《漢郊祀歌》不知何據。

鹽車。章甫薦履兮,漸不可久;嗟苦先生兮,獨離此咎!①

《漢書·賈誼傳》:

於嗟默默,生之亡故兮! 斡棄周鼎,寶康瓠兮,騰駕罷牛,驂蹇驢兮,驥垂兩耳,服鹽車兮。章父薦履,漸不可久兮;嗟苦先生,獨離此咎兮!②

通過比較發現,《史記》的"兮"字多用在句腰,而《漢書》將句腰的"兮"字放在了句尾。《漢書》中還有個別句子直接將句腰的"兮"字省略,如《吊屈原賦》"獨堙鬱兮其誰語?"(《史記》)"子獨堙鬱其誰語?"(《漢書》)又如司馬相如《長楊賦》:"岩岩深山之谾谾兮,通谷豁兮谽谺。""操行之不得兮,墳墓蕪穢而不修兮,魂無歸而不食。"③"岩岩深山之谾谾兮,通谷豁乎谽谺。""操行之不得,墓蕪穢而不修兮,魂亡歸而不食。"④第一句中,《漢書》將第二分句的"兮"改成了"乎";第二句中,《漢書》直接省掉了第一分句末的"兮"字。此類情形,還有如漢武帝《瓠子歌》:"瓠子決兮將奈何? 皓皓旴旴兮閭殫爲河!"⑤"瓠子決兮將奈何? 皓皓洋洋,慮殫爲河!"⑥《漢書》直接將第二分句句腰的"兮"省略了。

可見,《漢書》對楚辭體句式"兮",特別是句腰"兮"字是有意識的一種省略,班固在《漢書》中習慣於將句腰的"兮"字用"逗點"替代。"3+兮+3,3+兮+3"結構的楚歌體,一旦句腰的"兮"省略,便成了"3,3,3,3"結構的"三言"體式。省略楚歌體"兮"字成漢《郊祀歌》"三言"體的行爲,是李延年等宮廷樂工所爲,還是班固所爲,亦或是在歌辭文本傳抄中形成的呢? 因文獻失傳,已無從得知了。

綜合來看,應是多方面因素形成的,而不是班固的個人喜好所爲。據《漢書·藝文志》記載,漢成帝時期,劉向、劉歆父子校理群書時,是在廣求"遺書於天下"的基礎上進行的,"每一書已,向輒條其篇目,撮其指意,錄而奏之"。《七略》是劉歆"總群書"而成的目錄提要。也就是說,《漢書·藝文志》所錄書籍及篇目是劉向、劉歆目睹其書而成的,有文本依據。那麼,《漢書·藝文志》"詩賦略"中著錄的包括《宗廟歌詩》五篇在內的三百一十四篇歌詩都是有文本依據的,《賈誼賦》七篇也是有文本依據的。這些文本具體樣態不得而知,但班固寫《賈誼傳》時應該是能見到的,《漢書》中賈誼"賦作"與《史記》中的文本區別,特別是《鵩鳥賦》的"兮"字全部省略,當不是班固所爲,而是另有省略"兮"字的文本。説明楚歌一旦離開口語和歌唱環境,其文本中的"兮"字已經沒有音樂上的意義,僅僅起到停頓的作用,在文本傳播中成爲可有可無的存在,於是在輾轉傳抄中便逐漸被省略了。

---

① (漢)司馬遷《史記》,頁2493。
② (漢)班固《漢書》,頁2223。
③ (漢)司馬遷《史記》,頁3055。
④ (漢)班固《漢書》,頁2591。
⑤ (漢)司馬遷《史記》,頁1413。
⑥ (漢)班固《漢書》,頁1682。

此外，《郊祀歌》十九章中的五言句有："日出入安窮"(《日出入》)，"故春非我春"(《日出入》)，"幡比翄回集，貳雙飛常羊"(《天門》)，"假清風軋忽，激長至重觴"(《天門》)等 6 句。這些詩句的句式結構均爲"1＋2＋2"結構，若二分則爲"3＋2"結構，與相和歌辭"2＋3"結構的五言句式有明顯差別。從這些詩句在詩歌句群中的位置更能清楚其結構特點，如"故春非我春"(《日出入》)的"故"字，是領起"春非我春，夏非我夏，秋非我秋，冬非我冬"四句的。"幡比翄回集，貳雙飛常羊"(《天門》)，王先謙以爲"翄""飛"下皆有"兮"字。① 若依王先謙的理解，這句詩應是"幡比翄兮回集，貳雙飛兮常羊"的省略。"假清風軋忽，激長至重觴"(《天門》)兩句則是承"月穆穆以金波，日華耀以宣明"兩句的句式結構，爲了避免重複，中間省去了"以"字，當是"3＋虛詞＋2"結構的省略。這種句式在《楚辭》中是比較常見的，如"去故鄉而就遠兮，遵江夏以流亡"(《哀郢》)，"曼余目以流觀兮，翼壹反之何時"(《哀郢》)，"道卓遠而日忘兮，願自申而不得。望北山而流涕兮，臨流水而太息"(《抽思》)。可見，漢《郊祀歌》中的"五言"句應是楚辭體句式的某種變形，與相和歌辭中的"2＋3"結構的五言句式有本質的區別。

---

① （清）王先謙《漢書補注》，頁 489 上。

宋太宗封禪之議與王禹偁《單州成武縣行宮上梁文》

路成文 史 悅

（華中科技大學人文學院）

摘 要：宋太宗封禪之議作爲北宋前期政治生活中的一件大事，牽涉面甚廣，諸事籌措已定，而宮廷失火，其事遂寢。王禹偁時任單州成武縣主簿，因東封泰山修建行宮之需，受命撰寫了有宋第一篇標準形式的上梁文——《單州成武縣行宮上梁文》。多年後，王禹偁移知單州，仍念念不忘當年東封泰山之議，在《單州謝上表》中企盼再舉盛事。

關鍵詞：封禪之議；王禹偁；《單州成武縣行宮上梁文》

國之大事，在祀在戎。登泰山舉行莊嚴隆重的封禪祭祀儀式，是歷代帝王昭示"受命於天"的政權合法性的重要形式。北宋太宗太平興國年間，隨着政治形勢的穩定，以及宋太宗本人鞏固執政地位的需要，"順應"天下吏民之籲請，在太平興國九年（984）四月下詔，擬於是年十一月舉行封禪祭儀。爲準備此次封禪活動，沿途各地多有所準備，如單州成武縣即積極籌辦修建行宮之事。其時王禹偁恰好任職成武縣主簿，因而受命撰寫了一篇《單州成武縣行宮上梁文》，以備行宮落成之日在上梁儀式上使用。是年五月，因宮廷失火，太宗不得不下詔取消封禪之行，原計劃營建的成武縣行宮是否建成并舉行了上梁儀式，亦不得而知。不過，王禹偁爲該行宮的興建而創作的上梁文，卻是現存最早的一篇形式規整的上梁文，成爲後世上梁文寫作的標準範本。

一、宋太宗封禪之議始末

中國古代一貫强調"君命神授"，天子"受命於天"。一方面，天子登極，巡游五嶽四瀆，

---

* 本文係國家社科基金一般項目"東亞漢文學史視角下的中日韓上梁文整理與研究"階段性成果。
** 作者簡介：路成文，男，華中科技大學人文學院教授、博士生導師，"楚天學者"特聘教授。研究方向：唐宋文學，詞學。史悅，女，華中科技大學人文學院博士生。

以宣示"溥天之下,莫非王土;率土之濱,莫非王臣"的權力;另一方面,又通過各種形式向天下宣示自身政權的合法性。泰山爲五嶽之首,即所謂"五嶽獨尊",具有無可質疑的權威性。"王者易姓而起,天下太平,功成封禪,以告太平。禪梁父之趾,廣厚也。刻石紀號,著己之功績。天以高爲尊,地以厚爲德,故增泰山之高以報天,禪梁父之趾以報地。封者,附廣之;禪者,將以功相傳授之。"①因此,東封泰山成爲古代帝王昭示"天命所歸""受命於天"的典型形式。

秦始皇、漢武帝時代舉行的封禪活動,是我國古代最著名的、影響最大的兩次封禪活動。《史記·秦始皇本紀》載:"二十八年,始皇東行郡縣,上鄒嶧山。立石,與魯諸儒生議,刻石頌秦德,議封禪望祭山川之事。乃遂上泰山,立石,封,祠祀。下,風雨暴至,休於樹下,因封其樹爲五大夫。禪梁父。刻所立石。"②《史記·孝武本紀》載:"(元封二年)四月……天子至梁父,禮祠地主。乙卯,令侍中儒者皮弁薦紳,射牛行事。封泰山下東方,如郊祠泰一之禮。封廣丈二尺,高九尺,其下則有玉牒書,書秘。禮畢,天子獨與侍中奉車子侯上泰山,亦有封。其事皆禁。明日,下陰道。丙辰,禪泰山下阯東北肅然山,如祭后土禮。天子皆親拜見,衣上黃而盡用樂焉。"③《漢書·武帝紀》載:"(元封二年)夏四月癸卯,上還,登封泰山。"④秦始皇、漢武帝兩位雄才大略的天子登封泰山、降禪梁父的行爲,引領了後世君王通過封禪泰山,證明自己受命於天的傳統心理。歷代帝王大都有意於此,以宣示其真命天子的身份,炫耀天子功德,彰顯國力強盛,天下太平,從而證明和鞏固其皇權政治的合法性與權威性。

宋朝立國,肇始於趙匡胤以後周殿前都指揮使的身份在陳橋驛被諸將"黃袍加身"。這種近乎"弑君篡位"的奪取政權的方式,顯然留有爲人所詬病的空間。但隨後宋太祖在"杯酒釋兵權"、重用讀書人、戡平諸地方政權的同時,通過休養生息,大力發展經濟,使宋朝迅速迎來了内政相對穩定、經濟相對繁榮的政治局面。但由於某些尚無定論的宮廷政治,特別是流傳甚廣的"斧聲燭影",使得宋太祖之莫名去世與宋太宗以皇弟身份繼承大統的政治局面蒙上了"陰謀論"的陰影。政權及天子身份的合法性問題,在當時無疑是一個不敢言説而又難以遏抑其流傳的政治話題,宋太宗東封泰山的政治議題遂提上議事日程。此外,經過幾十年的休養生息和穩健發展,太宗朝中後期,北宋基本實現政權的統一,社會政治經濟文化發展逐步走上正軌。在相對繁榮穩定的大背景下,制禮作樂、降禪登封等儀式的舉行,條件也逐漸成熟。

---

① 《史記·孝武本紀》正義引《白虎通》語,參見(漢)司馬遷撰,(南朝宋)裴駰集解,(唐)司馬貞索隱,(唐)張守節正義《史記》,北京,中華書局,1959年,頁473。
② (漢)司馬遷撰,(南朝宋)裴駰集解,(唐)司馬貞索隱,(唐)張守節正義《史記》卷六,頁242。
③ (漢)司馬遷撰,(南朝宋)裴駰集解,(唐)司馬貞索隱,(唐)張守節正義《史記》卷十二,頁475。
④ (漢)班固撰,(唐)顏師古注《漢書·武帝紀》,北京,中華書局,1962年,頁191。

宋太宗東封泰山之議，從現存史料來看，始於泰山父老之請，而終於宮廷失火之事。《續資治通鑑長編》載：

> （太宗太平興國九年）夏四月乙酉，泰山父老千餘人復詣闕請封禪。戊子，群臣上表請封禪，表凡三上。甲午，詔以今年十一月有事於泰山。……丙申，詔翰林學士承旨扈蒙、學士賈黃中、散騎常侍徐鉉等同詳定封禪儀。己亥，命南作坊副使李神祐等四人修自京抵泰山道路。庚子，以宰相宋琪爲封禪大禮使，翰林學士宋白爲鹵簿使，賈黃中爲儀仗使。宋琪等議所過備儀仗導駕，上曰："朕此行蓋爲蒼生祈福，過自嚴飭，非朕意也。"乃詔惟告廟及至泰山下用儀仗，所過不須陳設。……（五月）丁丑，乾元、文明二殿災。……壬寅，上謂宰相曰："……然正殿被災，遂舉大事，或未符天意。且炎暑方熾，深慮勞人，徐圖之，亦未爲晚。"乃詔停封禪，以冬至有事於南郊。①

《宋史》卷一〇四《禮志·吉禮七》亦載：

> 太宗即位之八年，泰山父老千餘人詣闕，請東封。帝謙讓未遑，厚賜以遣之。明年，宰臣宋琪率文武官、僧道、耆壽三上表以請，乃詔以十一月二十一日有事於泰山，命翰林學士扈蒙等詳定儀注。既而乾元、文明二殿災，詔停封禪，而以是日有事於南郊。②

古代帝王計劃封禪前，多有臣民上奏請求皇帝封禪的傳統，請旨次數越多，參與臣民越廣，越能烘托出帝王治理國家有方。民心所向，盛情難却，有利於帝王順理成章下詔封禪。宋太宗渴望早日封禪，善於揣測太宗心思的宰相宋琪深諳此道。太平興國八年（983），千餘泰山百姓到京城請求天子赴泰山進行封禪儀式，但宋太宗謙恭地以無閒暇之由婉拒，并厚賜泰山父老。太平興國九年（984）夏四月乙酉，泰山父老千餘人再一次進京請皇帝封禪。四月戊子，宰相宋琪接連呈上《請太宗封禪第一表》《請太宗封禪第二表》《請太宗封禪第三表》，率文武官、僧道、耆壽先後三次請求皇帝東封泰山。太宗對宋琪的前兩次上表，分別回以《宰相等表乞封太山答詔》《宰相再表乞封太山答詔》，謙虛指出自己的功德有限，還達不到封禪的地步。在兩番欲迎還拒後，宋太宗認爲前期場面上的鋪墊已做足，終於在四月甲午下《宰相三上表答詔》，宣布準備封禪。詔曰：

> 朕聞在昔帝王，虔膺命歷，罔不登封於岱嶽，降禪於雲亭，所以昭大業於寰區，告成功於穹昊。遠則軒皇舜後，禋燔之迹可尋；近則漢武玄宗，銘記之文斯在。國家承百王之軌統，撫萬國之蒸民，屬唐梁離亂之餘，接漢晉衰微之後。四方文軌，尚未混同，萬里土疆，猶多僭僞。肆予小子，嗣守丕基。九域之中，既恢於禹迹；八紘之内，悉

---

① （宋）李燾撰《續資治通鑑長編》卷二十五，北京，中華書局，2004年，頁576—582。
② （元）脱脱等撰《宋史》卷一〇四，北京，中華書局，1977年，頁2527。

奉於周正。帝業於是會昌，人寰以之再造。加之俗無疵癘，歲有豐穰，蓋上帝之儲休，匪冲人之所及。方思日慎一日，安夫難安，粗答天休，敢言時邁。而宰衡庶尹，方岳大臣，蕃夷酋長之徒，耆艾緇黃之輩，共排閶闔，三貢表章。謂爲治定功成，可以繼三五之迹；升中肆覲，可以副億兆之心。其辭確然，無以遜避，且欲致孝以伸昭祀，祈福以庇蒼生，勉順群情，良深愧畏。朕以今年十一月二十一日有事於太山，咨爾執事之臣，暨於司禮之士，各揚其職，用副予懷。永惟對越上元，要在誠意，侈靡之飾，何所用焉？況仗衛素嚴，文物昭備，宜遵典故，勿致煩勞。諸路藩鎮不得以修貢助祭爲名，輒有率斂，庶從簡儉，以洽靈心。凡爾臣僚，當體兹意。①

詔書中首先援引歷代帝王封禪之事，指出其對皇權政治的重要意義。宋朝建國順應天意，理應進行封禪，隨後謙虛指出自己功德不夠，國家還未實現完全統一，未到封禪之時。奈何臣民上奏，盛情難卻，只好順應衆意，東封泰山爲蒼生祈福。并委派官員各司其職，着手制定詳細的禮儀制度。强調祭天之事貴在誠意，應一切從簡，不可奢靡浪費。下詔後，太宗隨即指派相關大臣議定籌備封禪典禮儀式、修建御路等相關事宜，并再次强調一切從簡。

然而天不遂太宗願，五月丁丑，京城大內發生火災，燒毀乾元、文明兩座宫殿。在古代，宫廷發生火災意味着政路不通，有違天意，是凶兆。古代封禪一般需滿足兩個條件：其一，世道繁盛；其二，天降祥瑞。歷代君王也都是在政通人和、天下太平的時代背景下才能够舉行封禪。太宗大概意識到天降災異不宜行封禪之舉，於是不得不下《罷封禪，十一月二十一日有事南郊詔》②，暫停這次封禪計劃，改爲在京城南郊祭祀。

雖然這次封禪因天災未成行，但配合封禪儀式的若干準備工作業已部署。如封禪途中所經之地修建道路、修蓋行宮之事，各地紛紛響應。正是在此背景下，封禪必經之地單州成武縣便有興建行宮之舉，王禹偁《單州成武縣行宮上梁文》即因此而作。

二、王禹偁《單州成武縣行宮上梁文》與成武縣行宫考

關於單州成武縣的地理位置、地名更迭、歷代區域劃分沿革，史籍中有明確記載。
《宋史・地理志》"京東路"載：

> 至道三年，以應天、兖、徐、曹、青、鄆、密、齊、濟、沂、登、萊、單、濮、濰、淄、淮陽軍、廣濟軍、清平軍、宣化軍、萊蕪監、利國監爲京東路。……單州，上，碭郡。建隆元年，

---

① 《宋大詔令集》卷一一六，北京，中華書局，1962年，頁393。
② 《宋大詔令集》卷一一六，頁393。

升爲團練。……縣四：單父，望。碭山，望。成武，緊。魚臺，上。①

《讀史方輿紀要》卷三十二載：

城武縣，府西南二百九十里。東南至單縣五十里，西至曹州定陶縣五十里。春秋時郜地，後屬宋。秦置成武縣，二世三年沛公將周勃攻東郡尉於成武。又曹參攻東郡尉軍，破之於成武南，即此。漢亦曰成武縣，屬山陽郡。後漢屬濟陰郡。晉屬濟陽郡。劉宋屬北濟陰郡，後魏因之。後齊置永昌郡。後周大象二年尉遲迴將檀讓屯成武，于仲文擊破之，遂拔成武。隋初郡罷，開皇十六年置戴州治焉。大業初州廢，縣屬濟陰郡。隋末復置，群盜孟海公據曹、戴二州，爲竇建德所并。唐初亦屬戴州，貞觀中州廢，縣屬曹州。光啓初屬單州，尋屬輝州。五代唐仍改屬單州，宋因之。元改屬曹州。②

綜合以上兩條資料可知，成武縣，亦作城武縣。設置於秦朝，屬東郡。西漢屬山陽郡。東漢屬濟陰郡。南朝宋改名爲城武縣。隋朝恢復成武縣舊名，屬濟陰郡。唐代屬曹州。五代時期和宋代屬單州。北宋時期，單州屬於京東路，成武縣是隸屬單州管轄的四個縣之一，在單州的西北方向。單州成武縣今爲山東省西南之成武縣，屬山東省菏澤市。

皇帝東封泰山，遵從古代天子巡狩之禮儀規範，尤其是這種已詔告天下的封禪儀式，規模龐大，對地方往往會多有擾動。但出於對皇帝的崇仰遵從，沿途地方官吏往往竭盡所能以保障皇帝出行的安全、舒適和順暢。與此同時，朝廷也會制定周密的出行計劃，做好相應的準備工作。在宋太宗下詔封禪的詔書中，即有"命南作坊副使李神祐等四人，修自京抵泰山道路"的記載。根據譚其驤《中國歷史地圖集·宋遼金元卷》京東東路、京東西路所示③，北宋時期，單州成武縣作爲從京城開封出發到東北方向的泰山的優選路徑，因而有修建行宮的必要。

中國古代土木興造是很重大的事件，早在《詩經》時代，就有爲修建宮室而祝禱上蒼的風俗儀式。中國古代典型建築形態是木結構梁柱式建築，因此，建築物的牢固性、穩定性以及基本建成的標誌性環節，便是房屋中間最高最大的主梁固定於屋脊，當主梁安放牢固之後，房子基本上就算是建成了。此時，便會舉行盛大熱鬧的上梁儀式，拋撒餅餌、糖果等共同歡慶。同時，會安排領頭的工匠唱頌一段上梁祝文，以向四方上下祈禱庇佑。王禹偁，太平興國八年（983）進士，隨即被朝廷派往單州成武縣任主簿。次年四月，朝廷有封禪之議，成武縣恰好是封禪必經之路，單州成武縣需修建行宮。王禹偁欣逢其盛，遂受命撰寫《單州成武縣行宮上梁文》。其文如下：

---

① （元）脱脱等撰《宋史》卷八十五，頁2107、2111。
② （清）顧祖禹撰，賀次君、施和金點校《讀史方輿紀要》卷三十二，北京，中華書局，2005年，頁1540。
③ 譚其驤主編《中國歷史地圖集》，北京，中國地圖出版社，1982年，第6册，頁14—15。

竊以七十二家,管仲記升平之迹;千八百處,桓譚述紀錄之文。蓋以王者易姓之初,必受命而改制;天下太平之後,乃加厚而增高。焕乎皇王之大猷,倬彼古今之茂典。粵自唐風不競,巢寇暴興,伏莽之徒盡聞雞而夜舞,揭竿之士思逐鹿以橫行。皇綱於是絲棼,黔首以之瓜割,求小康之不暇,廢大禮以誠宜。我國家運應千齡,化敷九有。天人克正,虛危朗而宗廟安;地寶方登,河洛清而圖書出。垂衣裳於堯殿,走玉帛於塗山。一戎而倒載干戈,萬國而混同文軌。制禮作樂,亦既表於成功;降禪登封,尚未行於舊典。望介丘而黯色,見率土之翹心。遂使百辟具僚,八荒夷長,雜沓淄黄之衆,龍鍾耆艾之人,共傾葵藿之心,來扣鳳凰之闕。露封章而三進,對旒冕以遷延。同歌時邁之詩,請展告成之禮。皇上俯從人欲,上答天休,鳴鑾特議於省方,御路丰修於行闕。莫不務崇儉德,屢降詔條。圬墁剞劂之人,來從公府;榱桷棟梁之用,出自神州。見萬乘之為心,無一人之勞力。單州成武縣者,城惟古戴,地即梁丘。左倚宓堂,子賤彈琴之日;右鄰曹國,文公觀舋之邦。牧雁之沼漾於前,俘玉之丘亘其後。澤通魯甸,入哀公西狩之郊;鄉號漢泉,湛武帝東封之井。地徵人事,可得略諸?監修殿直孫公,貴連戚里,家門可繼於金張;内品梁公,位列黄門,勢望自齊於冀石。知縣、邢州觀察推官崔公,初筵曳履,依王儉之紅蓮;百里字人,憶陶潛之舊菊。咸能戮力,遂致儳功。擇嘉辰而先駕横梁,迎聖日而得開象闕。莫之敢指,無得而逾。爰陳善禱之文,用壯非常之事。

兒郎偉

抛梁東,東去金根御六龍。祥雲未出參天嶽,喜氣先生見日峰。

抛梁西,西來鳳蓋拂雲霓。祈福不勞藏玉牒,禮天須至用金泥。

抛梁南,瘴海朱方化已覃。願獻江茅藉部黍,競誇西鰈與東鶼。

抛梁北,榆塞黑山兵久息。助祭歡呼郡邸中,荷氈舞抃圜丘側。

抛梁上,瑞彩祥煙擁天仗。丹鳳黄麟隨輦行,萬歲三聲滿山響。

抛梁下,微雨輕風導仙駕。巖前奇獸縱遊嬉,山畔神光生晝夜。

伏願上梁之後,我皇功格上帝,恩流普天,邦家兮如松竹之茂,子孫兮如瓜瓞之綿,赫赫兮登三而邁五,巍巍兮君聖而臣賢,同北辰兮居所,等南山兮不騫,庶齊休於天地,垂萬祀兮千年。①

這是宋代第一篇上梁文,也是現存最早的形式規整且基本上被此後作者奉為楷式的上梁文,在中國古代上梁文演進史上具有重要的文體學意義。從這篇上梁文的內容來看,王禹偁對朝廷下達的封禪詔書以及相應的安排,有相當清楚的瞭解。文中許多內容,與詔書、朝議、具體籌措工作等一一吻合。比如從文章開頭到"萬國而混同文軌",與詔書開頭

---

① (宋)魏齊賢、葉棻編《五百家播芳大全文粹》卷九十二,《文淵閣四庫全書》本。

至"帝業於是會昌,人寰以之再造",皆述有宋及當今皇帝之德業;"制禮作樂,亦既表於成功;降禪登封,尚未行於舊典"至"同歌時邁之詩,請展告成之禮",與詔書"宰衡庶尹,方嶽大臣,蕃夷酋長之徒,耆艾緇黄之輩,共排閶闔,三貢表章。謂爲治定功成,可以繼三五之迹;升中肆覲,可以副億兆之心",皆述朝野祈望皇帝巡幸封禪之迫切;"皇上俯從人欲,上答天休,鳴鑾特議於省方,御路聿修於行闕。莫不務崇儉德,屢降詔條"之句,與詔書"宜遵典故,勿致煩勞。諸路藩鎮不得以修貢助祭爲名,輒有率斂,庶從簡儉,以洽靈心"以及前引《續資治通鑒長編》《宋史》中所記封禪之議始末相對應。文中所提及的"監修殿直孫公""内品梁公"等人則應是具體主持籌措巡幸封禪的"南作坊副使李神祐等四人"委派到成武縣指導修建行宫的官員。這些細節表明,太平興國九年封禪之事,確實進入到了實際準備階段,沿途相關地方政府已經在爲太宗封禪而修建道路、行宫及做其他準備工作。王禹偁所撰寫的這篇上梁文,自然也是衆多準備工作中不能缺少的一項。

但是,事不湊巧,"五月丁丑,乾元、文明二殿災。……壬寅,上謂宰相曰:'……正殿被災,遂舉大事,或未符天意。且炎暑方熾,深慮勞人,徐圖之,亦未爲晚'",於是封禪之議在下詔一個月之後,不得不宣布暫停。

這裏便有一個疑問,單州成武縣行宫究竟建在哪個具體地址?工程規模有多大?從接到詔書到正式動工再到完工,究竟需要多長時間?從下詔封禪到下詔取消封禪,只有短短一個多月時間,該工程是否已經完工?這些信息從上梁文及其他史料中很難發現蛛絲馬迹。鑒於上梁文需要提前撰寫,而撰寫這篇上梁文之前,朝廷取消封禪的消息肯定尚未送達,則王禹偁這篇上梁文的寫作時間只能是在太平興國九年(984)四月下旬至五月上旬之間,而其時單州行宫肯定已經動工,但是否已上梁竣工,則未可知。

這座行宫究竟建成没有呢?據王禹偁《單州謝上表》,這座行宫很可能還是正常建成了。王禹偁《單州謝上表》云:

> 臣某言:今月九日,曹州進奏院遞到敕一道,伏蒙聖慈,就差知單州軍州事,兼賜錢三百貫文,不任感懼!臣已於今月十六日到本州上訖……伏惟陛下少減焦勞,俯加頤養。至於堯水湯旱,曆數之常文;丹浦青丘,征伐之彝事。佇見斬繼遷於獨柳,送蜀寇於檻車。示天下不用干戈,驅域中咸歸富壽。然後鳴鑾日觀,降禪雲亭,追蹤於七十二君,探策而萬八千歲。此際臣之本郡實有行宫,倘得導引皇輿,掃除御路,撰禮天之書册,雖匪職司,對盛德之形容,敢忘歌頌!①

王禹偁太平興國八年(983)授成武縣主簿,九年(984)秋徙知長洲縣,後輾轉多地爲官,至淳化五年(994)三月九日,王禹偁赴曹州(今山東菏澤南)決獄,到任後又差知

---

① (宋)王禹偁《小畜集》卷二十一,《文淵閣四庫全書》本。

單州軍州事,賜錢三百貫文。這篇《單州謝上表》即作於其時。成武縣是單州治下屬縣,同時又是王禹偁第一任官職所在之地,故在該謝表中,王禹偁特別提及當年協助修建之行宮之事,所謂"此際臣之本郡實有行宮",即指十年前爲預備皇帝封禪而修建的單州行宮。據此,則雖然封禪之議中輟,而業已動工之單州行宮仍按原計劃修建完成。從王禹偁《單州謝上表》,我們不難看出,王禹偁對於太宗封禪之事,仍心心念念,願竭忠悃以成其事。

值得注意的是,王禹偁在知單州任上僅呆了十五天,即被朝廷召回,擔任禮部員外郎、知制誥。這一戲劇性的結果,是否與其所上之謝表特別提及企盼太宗皇帝續行封禪之事有關,尚不得而知。但表上而即時召還,任清要之職,可見朝廷對於王禹偁還是相當看重的。

餘論:王禹偁《單州成武縣行宮上梁文》的文體學意義

明徐師曾《文體明辨序説》云:

> 按上梁文者,工師上梁之致語也。世俗營構宮室,必擇吉上梁,親賓裹麪(今呼饅頭)雜他物稱慶,而因以犒匠人,於是匠人之長,以麪拋梁而誦此文以祝之。其文首尾皆用儷語,而中陳六詩。詩各三句,以按四方上下,蓋俗體也。①

按,徐氏所言,乃上梁文標準格式。事實上,上梁文的前身可以追溯到《禮記·檀弓》之"張老慶成",即"張老"爲"晋獻文子"(晋大夫趙武)所建之室落成而道賀的贊辭以及《詩經·斯干》。最早以上梁名篇的,則是北魏温子昇《閶闔門上梁祝文》:

> 惟王建國,配彼太微。大君有命,高門啓扉。良宸是簡,枚卜無違。雕梁乃架,綺翼斯飛。八龍杳杳,九重巍巍。居辰納祜,就日垂衣。一人有慶,四海爰歸。②

該文最早見於南宋王應麟《困學紀聞》,王氏所引,題名"上梁祝文",是否爲一篇完整的文章,已不可知。但就所引段落來看,乃是一段四言韻語,與後世上梁文截然不同。

除此之外,敦煌文書中有《金光明寺上梁文》《宕泉上梁文》《護軍修造上梁文》,創作年代基本上在唐亡之後、宋興之前的若干年間。其中《護軍修造上梁文》純爲六言韻文形式,另外兩篇上梁文則爲首尾兩部分爲儷語,中間若干段落爲語體(仍用韻)。③

這些上梁文顯然不是徐師曾所描述的上梁文標準形式。徐氏所描述的標準、規範的上梁文,實始於宋代,王禹偁這篇《單州成武縣行宮上梁文》是現存最早的一篇形式規範、

---

① (明)徐師曾《文體明辨序説》,選自王水照主編《歷代文話》,上海,復旦大學出版社,2007年,頁2139—2140。
② (宋)王應麟著,(清)閻若璩、何焯、全祖望注,欒保群、田松青校點《困學紀聞》,上海古籍出版社,2015年,頁564。
③ 參見路成文《宋代上梁文初探》,《江海學刊》,2008年第1期,頁193—198。

標準的宋人上梁文。王禹偁之後很長一段時間，無論是宋元文人，還是受中國文人影響而大規模創制上梁文的朝鮮文人，其所撰寫的上梁文，基本形式均遵循王禹偁這篇上梁文。① 從這個意義上説，王禹偁堪稱上梁文經典形式的創制者和定型者。《單州成武縣行宫上梁文》作爲上梁文文體定型的楷式和範本，對後代上梁文寫作產生了深遠的影響。

---

① 據筆者統計，宋、金、元、明四朝上梁文約三百篇，朝鮮文人所撰上梁文約二千篇。朝鮮文人上梁文寫作風氣大約始於元末明初，至清朝而極盛。

論詩禮文化對漢代辭賦詩學之影響*

蘇瑞隆**

（新加坡國立大學中文系）

摘　要：本文旨在討論詩禮文化對漢代辭賦及其詩學的影響，將從三個方面來討論這個議題。首先從《詩經》詮釋學中的"美"之理論來理解辭賦文體的頌揚功能之來龍去脈；其次從《詩經》學中主張的"刺"即"諷諫"（委婉地勸誡）來看漢賦的勸諫功能；最後將討論周朝以來的禮儀文化在漢賦中如何一再被呈現而形成重大的影響，并探討禮儀如何與美刺詩學緊密結合。

關鍵詞：美刺詩學；禮儀文化；漢賦；頌揚；諷諫

"詩禮"本指《詩經》和《禮經》（即《儀禮》）等經典，後世用來泛指儒家《詩經》以及三禮等經典，因此所謂"詩禮文化"，就是指這些儒家經典在中華文學與文化上的體現。

《詩經》對漢賦傳統的影響是巨大而深遠的，首先漢賦的四言體風格句式就源自這一部先秦經典，這就是揚雄所說的"詩人之賦"。此外，在辭賦詩學方面，其影響更爲重大。其一，賦、頌同體，而頌體來自《詩經》，贊頌其實就是辭賦的主要功能之一，這就是班固所謂的"宣上德而盡忠孝"。其二，與頌揚相對的漢賦詩學是以諷諫爲核心的思想，辭賦的寫作目的在於委婉勸誡皇帝不恰當的行爲，這與形成於漢代的《詩經》學中的美刺觀有重大的關係。因此，學者發現漢代的大賦幾乎都有諷諫的內容，即使其主體是描寫京城、苑囿、校獵，但却總有"曲終奏雅"（即在結尾提出諷諫）的道德規勸。最後，漢賦中有諷諫之處幾乎都會提及儒家道德禮儀作爲皇帝行爲之歸依與準繩。這些事實都展現了禮儀文化對漢賦的深刻影響。

歷來學者皆認爲漢代自武帝起"罷黜百家，獨尊儒術"，最早提出這個論點的是東漢班固：

---

* 本文係國家社科基金重大項目《〈詩經〉與禮制研究》（16ZDA172）階段性成果。
** 作者簡介：蘇瑞隆，男，新加坡國立大學中文系副教授。研究方向：漢魏六朝文學，歷代辭賦。

贊曰：漢承百王之弊，高祖撥亂反正，文景務在養民，至於稽古禮文之事，猶多闕焉。孝武初立，卓然罷黜百家，表章六經。遂疇咨海內，舉其俊茂，與之立功。①

後世多數學者如清末民初學者易白沙(1886—1921)不僅沒有釐清事實，反而推波助瀾，他在新文化運動中反對尊孔讀經的一篇題爲《孔子平議》的文章中提出董仲舒(約公元前179—約前104)用"强權手段"來獨尊儒術，而後來許多學者把這句話直接用到漢武帝身上。②實際上，這種説法并不正確，試想以董仲舒一介書生的力量如何可能罷黜百家？在現實的政治上，漢武帝也未有獨尊儒術的舉措。根據《漢書·董仲舒傳》載："自武帝初立，魏其、武安侯爲相而隆儒矣。及仲舒對冊，推明孔氏，抑黜百家。立學校之官，州郡舉茂材孝廉，皆自仲舒發之。"③這段話説明了這是董仲舒的建議，提倡儒學，推波助瀾。而從史實的角度來看，漢武帝用人之道仍是儒法并用，并未真正獨尊儒生與儒術。多位學者指出，漢武帝用人不分學派，不分年齡，不計門第，唯才是舉。武帝早年師從衛綰，學習儒家學説，但繼位後并未被儒學思想束縛，而是任用各種人才。有出自法家的酷吏張湯、趙禹；出自陰陽家的嚴安；鄭當時好黃老之學；主父偃擅長縱橫術；國舅田蚡好儒術，爲太尉丞相。④臺灣政治大學董金裕教授也指出"罷黜百家"是一種誇大的説法，因爲與董仲舒同一時期的司馬遷(公元前145—約前86年)并未提及此事，《漢書·藝文志》認爲諸子屬六經之支與流裔，而終兩漢之世諸子并未廢絶，董仲舒思想實際上已融匯諸子百家。⑤然而不可否定的是從武帝開始，的確儒家開始占據了獨特的地位。晚清經學大師皮錫瑞(1850—1908)也認爲武帝時代是"經學昌明"的時代，經學達到最爲純正的理想狀態。⑥

在這種經學普遍盛行的情況下，《詩經》學對漢代文人及其作品的影響之巨可想而知。其中尤以《詩經》學中的美刺之説(包含辭賦之讚頌功能及諷諫功能)以及禮儀文化對辭賦的影響最爲重要。《毛詩·大序》在解説"六義"時提出了"美刺"之概念："頌者，美盛德之形容，以其成功告於神明者也。"⑦這是所謂的"美"(即頌揚)的功能。"上以風化下，下以風刺上，主文而譎諫，言之者無罪，聞之者足以戒。"⑧這是"刺"(委婉地諷諫)的功能。《毛

---

① (漢)班固《漢書》卷六，北京，中華書局，1962年，頁22。
② 易白沙指出："以孔子統一古之文明，則老莊、楊墨、管晏、申韓、長沮、桀溺、許行、吳慮必群起否認，開會反對。以孔子網羅今之文明，則印度、歐洲，一居南海，一居西海，風馬牛不相及。閉户時代之董仲舒，用强權手段，罷黜百家，獨尊儒術；開關時代之董仲舒，用牢籠手段，附會百家，歸宗孔氏。"見陳先初編《易白沙集》，長沙，湖南人民出版社，2008年，頁91。
③ (漢)班固《漢書》卷五十二，頁2500。
④ 見朱子彥《漢武帝"罷黜百家，獨尊儒術"質疑》，《上海大學學報》(社會科學版)，2004年第6期，頁91—94；白效咏、黃樸民《漢武帝的用人之道》，《文史知識》，2017年第1期，頁59—67；李淑娟《漢武帝的用人策略》，《齊齊哈爾大學學報》，2017年第6期，頁87—88，107。
⑤ 董金裕《獨尊儒術：罷黜百家再辨析》，《衡水學院學報》，2021年第6期，頁3—6。
⑥ (清)皮錫瑞著，周予同注釋《經學歷史》，北京，中華書局，1959年，第3章。
⑦ 《十三經注疏》整理委員會編《毛詩正義》，北京大學出版社，2000年，第1册，頁21。
⑧ 同上書，頁1。

詩》作者在《關雎》以下304首詩的小序中，更是具體運用"美刺"的觀念來進行批評，被漢儒視爲典範。本文旨在討論詩禮文化對漢代辭賦及其詩學的影響，將從以下三個方面來討論，第一是《詩經》詮釋學中的"美"之理論在漢賦中的體現，漢賦内容有一個最爲人詬病的方面就是對朝代的歌功頌德，殊不知這是辭賦文體與生俱來的内在功能。第二，對漢賦而言，頌揚不是唯一的功能，因爲《詩經》學中主張的"刺"，即"諷諫"（委婉地勸誡），也强烈地體現在辭賦的詩學之中。最後，周朝以來的禮儀文化也對漢賦造成重大的影響。所謂"詩禮"文化，以儒家經典爲核心，説明了禮儀在儒家文化中的重要。漢賦雍容華麗，許多賦作（特别是大賦）都含有對禮儀的呈現與高度重視，顯示禮儀與漢賦密切不可分離的關係。

一、詩禮文化對辭賦讚頌功能的影響：宣上德以盡忠孝

《毛詩·大序》首先提出"美刺"之説，是《詩經》學的濫觴。其實不僅儒家古文學派的《毛詩》，今文學派的齊、魯、韓三家詩也曾廣泛運用"美刺"理論來分析《詩經》作品。如《關雎》之詩，漢代今文經學家韓嬰（約前200年—前130年）之《韓説》曰："詩人言雎鳩貞潔慎匹，以聲相求，隱蔽於無人之處，故人君退朝入於私宫，后妃御見有度，應門擊柝，鼓人上堂，退反宴處，體安志明。今時大人内傾於色，賢人見其萌，故詠《關雎》，説淑女，正容儀，以刺時。"①又如韓嬰以爲《野有死麕》有諷刺之意：《韓説》曰："平王東遷，諸侯侮法，男女失冠昏之節，《野麕》之刺興焉。"②這説明韓詩學派也用了"刺"的概念來分析《詩經》。此外，韓詩學派也運用"美"的理念來説詩。西漢董仲舒精於《公羊春秋》，即善於陰陽五行之理，而齊詩學派以陰陽五行解詩，因此雖然史書未言明董仲舒學派之歸屬，多數學者認爲他傳承了齊詩學派。另外董仲舒曾與魯詩學派的瑕邱江公和代表韓詩學派的韓嬰當朝論辯，可見他不可能屬於這兩家學派。③《漢書·董仲舒傳》載其對策："夫周道衰於幽、厲，非道亡也，幽、厲不繇也。至於宣王，思昔先王之德，興滯補弊，明文、武之功業，周道粲然復興，詩人美之而作，上天祐之，爲生賢佐，後世稱誦，至今不絶。"④由此看來，董仲舒讚美周朝文化之復興，亦以頌揚的角度來詮釋《詩經》，這是齊詩學派也用"美刺"理論的證據。後來的東漢大儒鄭玄學兼今古文經學，他在《詩譜序》中總結了美刺理論："論功頌德，所以將順其美；刺過譏失，所以匡救其惡。各於其黨，則爲法者彰顯，爲戒者著明。"⑤漢賦詩學

---

① （清）王先謙《詩三家義集疏》卷一，北京，中華書局，1987年，頁56。
② （清）王先謙《詩三家義集疏》卷二，頁111。
③ 姚艷慧《董仲舒〈詩〉學研究》，遼寧師範大學2012年碩士學位論文，頁25—26。
④ （漢）班固《漢書》卷五十六，頁2499。
⑤ 《十三經注疏》整理委員會編《毛詩正義》，第1册，頁6。

的發展基本上就如鄭玄所説,歌功頌德是一方面,更積極的方面是諷諫帝王以匡正其惡。雖説齊、魯、韓、毛四家詩都具有美刺之説,但通讀現存文獻,主要强調美刺之學的恐怕還是以毛詩爲主,其他三家在"頌美"功能方面似乎未如毛詩明顯。

要理解詩禮文化對漢賦的影響,首先必須從"美刺"之説下手。清人程廷祚指出:"漢儒言《詩》,不過美刺二端。《國風》《小雅》爲刺者多,《大雅》則美多而刺少。"①可謂一語中的。研究漢賦的學者都知道,"賦""頌"同體。這是一個古老的傳統,并非始於漢代。"賦"作爲一種文體的名詞最早出現在《韓非子·外儲説左上·經三》之中:

> 且先王之賦頌,鐘鼎之銘,皆播吾之迹,華山之博也。②

我們應該注意到此處"賦""頌"并列的意義。根據韓非(約前280—前233)的解釋,趙武靈王(主父偃)命令工匠在播吾山(今河北正定縣)上雕刻寬三尺、長五尺的巨大脚印,并在其上刻字道:"主父常游於此。"其目的在欺騙後人,讓大家相信他身材高大,猶如天神。秦昭王則命其工匠用鈎梯登上華山(今陝西省渭南市華陰市城南),用松柏之木心做成一副棋,骰子長八尺,棋子長八寸,并刻字曰:"昭王嘗與天神博於此矣。"用以欺騙後世。韓非子將賦與頌這兩種體裁與兩位愚弄後人的國王相提并論,批評賦與頌這兩種文體華而不實,如同趙武靈王和秦昭王在山上假造大脚印和巨大的六博棋盤來愚弄後世一樣。③此處,賦被認爲是一種與頌相似的文體,都是歌功頌德的文類。而此觀點爲漢人所繼承,顯然在戰國時期開始,賦和頌在内容上就被認爲是同一個文體。

賦的原義爲"朗誦"之意,賦體的意思是"不歌而誦",而詩歌是"可歌可誦",如《左傳》中記載了許多行人之官"賦詩"的活動。這是賦學界比較一致的看法。④所謂"賦詩"就是朗誦《詩經》中的詩篇段落,或者自己所作的詩。因爲在外交場合不可能以歌唱的形式來進行,也不可能將整篇詩都朗誦出來,因此形成了"斷章取義"的賦詩傳統,只截取一段詩歌之寓意來進行交流溝通。孔子的兒子孔鯉曾經告訴過别人,父親是如何教他讀《詩》的:"嘗獨立,鯉趨而過庭。曰:'學詩乎?'對曰:'未也。''不學詩,無以言。'"⑤在春秋時期,假如一個讀書人没有掌握《詩經》三百零五首的内容和寓意,他就不能在外交場合盡到一個外交官的職責,因爲他將無法理解其他外交官的言語,與人交流。

在先秦時期,"誦"和"頌"兩字是通用的。早在《孟子·萬章》中即載:

---

① (清)程廷祚《青溪集·詩論十三再論刺詩》,合肥,黄山書社,2004,頁38。
② 陳奇猷校注《韓非子集釋》卷十一,上海人民出版社,1974年,頁614;英譯見 Liao, *The Complete Works of Han Fei Tzu*, 2: 28。
③ 陳奇猷校注《韓非子集釋》卷十一,頁643—644。六博是漢代流行的一種游戲。
④ 參看康達維師(David R. Knechtges),《論賦體的源流》,《文史哲》,1988年第1期;Jui-Lung Su 蘇瑞隆,"The Origins of the Term 'Fu' as a Literary Genre of Recitation", in *The Fu Genre of Imperial China: Studies in the Rhapsodic Imagination*, ed. Nicholas Morrow Williams, Leeds, Arc Humanities Press, 2019, pp. 19-37.
⑤ 黄懷信等編《論語彙校集釋》,上海古籍出版社,2008年,第2册,頁1500。

孟子謂萬章曰："……以友天下之善士爲未足，又尚論古之人。頌其詩，讀其書，不知其人，可乎？是以論其世也。是尚友也。"①

"頌"即是朗誦之意，此處是朗誦古人的詩歌作品。從以上這段文字來看，無疑早在戰國時期"頌"和"誦"兩字已互通互用。《孟子》這段文字從假借字上肯定了"頌"爲朗誦之義，這個定義將頌與賦連接起來。而《韓非子》雖意在貶低"賦體"與"頌體"，但在內容上肯定了這兩種文體上具有緊密相連的關係，即兩者共同具備了讚頌之功能。而現存最早最完備的頌體文獻就收藏在《詩經》之中，最古的是周頌，大約作於西周初年，較晚的是商頌和魯頌，大雅、小雅也不能早於周頌，而國風部分則是年代最晚的。周頌乃是王室宗廟祭祀或舉行重大典禮時的樂歌，這毫無疑問地是對皇家最重要的音樂和詩歌。據甲骨文的記載，自商朝以來，祖先的祭祀本來就是皇朝最重要的典禮。《詩經》中的三頌是現存最早的頌體，其內容的重點在於祭祀鬼神、讚美祖先和統治者的功德。這些活動和內容在漢賦中都是極爲常見的內容，足見頌和賦不僅都有"朗誦"之義，并且都具有"讚美"的功能。賦和頌從一開始在字義上就緊密聯繫，形成文體之後更展現出類似的功能。然而賦的功能和主題其實不限於此，因爲賦還有"諷諫"的勸誡功能，因此最終與頌體劃境分離，獨自發展成一個更爲複雜的文體。但在先秦和兩漢的語境裏，賦體和頌體確是密不可分的。

收在《詩經》中的頌體對漢賦有巨大的影響，但《詩經》的"美刺"詩學是普遍存在於漢朝人對整個三百零五首詩篇的詮釋之中。即其中讚頌之原則并非只存在頌體之中，從整體上來看《詩經》，頌揚當時的政治狀況或統治者是一個普遍性的原則，齊、魯、韓、毛四家詩都有這樣的做法。例如毛詩學派對《詩經》第一篇《關雎》的詮釋就是一個典型的讚頌角度，《毛詩·大序》開宗明義地指出："《關雎》，后妃之德也，《風》之始也，所以風天下而正夫婦也。故用之鄉人焉，用之邦國焉。"②毛詩學派認爲這是一首讚美周文王的皇后美德的頌詩，她爲了給丈夫挑選妃子，輾轉反側不能入眠。如此說法，從字面上來看，的確勉強可以說得通。然而以現代人的眼光來看，這首詩基本上描述的是男女之間的愛情，一個男人思念女子而輾轉反側，實與后妃之德沒有任何關係。齊詩學派則采取了一個比較中立的態度："《齊說》：'孔子論《詩》，以《關雎》爲始。言太上者民之父母，后夫人之行不侔乎天地，則無以奉神靈之統而理萬物之宜，故《詩》曰："窈窕淑女，君子好仇。"言能致其貞淑，不貳其操，情欲之感無介乎容儀，宴私之意不形乎動靜，夫然後可以配至尊而爲宗廟主。此綱紀之首，王教之端也。'"③這段話只抓住淑女爲君子好匹配的重點，指出后妃必須具備道德標準，方可匹配至尊。這似乎又暗合《毛詩序》頌揚后妃之德的美意，至少沒有貶低或

---

① 楊伯峻譯注《孟子譯注》，北京，中華書局，1988年，頁251。英譯見 James Legge, *The Works of Mencius*, Taipei, SMC Publishing, 1991, p. 391.
② 《十三經注疏》整理委員會編《毛詩正義》，第1冊，頁5。
③ （清）王先謙《詩三家義集疏》卷一，頁4。

諷刺之意。

與毛詩學派相對的,被立爲官學的韓詩與魯詩學派的解釋與毛詩頌美之説大相徑庭。韓詩學派首先直接指出:"《韓叙》曰:'《關雎》,刺時也。'"接着更詳細説明:"《韓説》曰:'詩人言雎鳩貞潔慎匹,以聲求和,隱蔽於無人之處,故人君退朝入於私宫,后妃御見有度,應門擊柝,鼓人上堂,退反宴處,體安志明。近世大人内傾向於色,賢人見其萌,故詠《關雎》,説淑女,正容儀以刺時。'"①韓詩學派認爲大人好色,而賢人看到這個錯誤已開始萌芽,因此作《關雎》來諷刺他,希望能匡正其缺失。韓詩同樣地也製造了一個缺乏證據的寓言,但重點在於此學派把《關雎》解釋爲諷刺詩。

令人驚訝的是魯詩學派也認爲這是一首刺詩,並且提供最詳細的解説。晚清學者王先謙(1842—1917)引《魯説》:"又曰:'后妃之制,夭壽治亂存亡之端也。是以佩玉晏鳴,《關雎》歎之,知好色之伐性短年,離制度之生無厭,天下將蒙化,陵夷而成俗也。故詠淑女,幾以配上,忠孝之篤、仁厚之作也。又曰:'周之康王夫人晏出朝,《關雎》豫見,思得淑女以配君子。'又曰:'周衰而詩作,蓋康王時也。康王德缺於房,大臣刺晏,故詩作。'又曰:'昔周康王承文王之盛,一朝晏起,夫人不鳴璜,宫門不擊柝,《關雎》之人見幾而作。周漸將衰,康王晏起;畢公喟然,深思古道,感彼關雎,性不雙侣。願得周公,配以窈窕。防微消漸,諷諭君父,孔氏大之,列冠篇首。"②如此詳細的評語可謂少見,足見魯詩學派也非常重視對《詩經》第一首詩《關雎》的解釋,因爲他們認爲孔子編輯過《詩經》,而將此詩列於篇首。但他們從諷刺的角度來看這最重要的一首詩,將之解釋爲康王晚起聽政,違背禮法,乃周道將衰的警訊。

美國學者安民輝(Mark Asselin)博士在一篇文章中指出,漢代張超的《誚青衣賦》③無意中保留了魯詩學派的一個説法,那就是"康王晏起"的傳説。④張超直接把"周漸將衰……列冠篇首"這一段魯詩之説放在自己的賦中。魯詩學派這種直接指責康王的方式可能導致魯詩的没落,最終亡佚。《毛詩》何以巋然獨存於後世,可能與其頌美的解詩法有關。《關雎》作爲三百零五首的第一首詩,地位至關重大,而且《詩經》在漢朝已列五經之一,地位尊崇,萬人景仰。假如以魯詩學派的"諷刺論"來詮釋《詩經》的第一首詩,并拿來教導國子,真是情何以堪!況且西周康王是歷史上公認的好皇帝,更無理由來貶低他的道德人格。《毛詩大序》明確指出《詩》三百的作用在於"經夫婦,成孝敬,厚人倫,美教化,移

---

① (清)王先謙《詩三家義集疏》卷一,頁4—5。
② 同上書,頁5。
③ 現存之《誚青衣賦》收録於《藝文類聚》卷三十五、《初學記》卷十九。這篇賦的目的在於諷刺蔡邕的《青衣賦》,蔡邕將自己的美貌婢女寫成一篇賦,時人以爲此舉不當。
④ Mark Asselin, "The Lu-School Reading of 'Guanju' as Preserved in an Eastern Han Fu", *Journal of the American Oriental Society*, 117. 3 (1997), pp. 421–443.

風俗"①。用這樣的角度來詮釋《關雎》無疑可以得到當時統治者的喜愛與讚同,因爲這是兩全其美的做法,既可使《詩經》的開頭第一篇成爲一篇頌歌,又可名正言順地以此教導國子及朝中上下。至於《關雎》以後的詩篇即使是諷刺詩也無傷大雅了。魯詩學派雖言之鑿鑿,實則也沒有任何確實之證據,因此最終也被淹没於歷史的洪流之中。足見漢人對頌美統治者或整個朝代的重視。

　　《詩經》在漢代成爲一種政治與道德的教科書,漢人并没有將這部最早的詩歌總集當成一種純文學或雅文學(refined literature)來閱讀。關於這種説法,我們可以從《毛詩》的"大序"和"小序"中得到清楚的印證。《毛詩》小序針對個別篇章的政治寓言型的詮釋,形成了中國文學批評傳統解釋《詩經》的原則。余寶琳教授清楚地總結了《詩經》毛詩學的詮釋系統:其一是道德(moral)或者譬喻式(tropological)的解釋;其二是將詩中意象解釋爲非常具體的意象;其三將詩本身放置在一個特定歷史環境中來解釋。那何以産生這種文學批評模式? 一、古人認爲孔子編輯《詩經》的傳統信念使這部經典地位高尚;二、古人認爲《詩經》爲一國風俗民情之指標,因此必然反應了特定的歷史事件;三、《詩經》的經典地位,使得古人不敢任意詮釋,而盡量要有據可循。爲什麽要將詩篇與時事結合? 因爲許多詩篇確實是由時事而來,而且《左傳》《國語》中引用《詩經》詩篇的傳統也影響形成這種做法;最後是某些詩篇篇幅的確太短,缺乏上下文,因此詮釋者就會想方設法來提供一個可詮釋的語境。② 只有把《詩經》學的詮釋系統弄清楚,才能明白《詩經》學美刺説形成背後的原因。

　　從上述這些例子來看,我們可以了解對朝代與帝王的頌揚是一件極爲重要的事,也是先秦以來就形成的一個傳統。從現存的文獻來判斷,似乎齊、魯、韓三家詩的解釋較多警惕,而少頌揚,或因此而最終被毛詩學派所取代。如前文所述,頌與賦本來就關係密切,具有相同的文體功能。毛詩學派的《詩經》詮釋學中的美刺理論對漢賦産生重大的影響。除了對少數詩歌的詮釋有所偏差,我們也無法説毛詩的美刺説都不對。因爲實際上,《詩經》中的詩本來就有許多是歌頌的。例如,《詩經》中的宴飲詩(燕饗詩),專寫君臣、貴族宴會的詩歌,如《小雅》之中的《鹿鳴》《伐木》《魚麗》《南有嘉魚》;專寫天子諸侯武功,軍容壯盛的,如《大雅》中的《江漢》《常武》,《小雅》中的《出車》《六月》。而三頌更屬於另一層次的頌歌,容後陳述。

　　由於漢代《詩經》學的美刺觀與賦、頌同源的深刻影響,自然西漢的辭賦之中也有許多歌詠天子盛德的賦篇,例如司馬相如最著名的《子虛賦》與《上林賦》。此二賦亦合稱《天子

---

① 《十三經注疏》整理委員會編《毛詩正義》,第1册,頁2。
② Pauline Yu, "Imagery in the Classic of Poetry", in *The Reading of Imagery in the Chinese Poetic Tradition*, Princeton University Press, 1987, pp. 44–83.

游獵賦》,兩賦其實是一篇完整的賦。賦中大意虛設楚國使者子虛出使至齊國,齊王邀請他一起打獵,意在炫耀齊國狩獵車騎之大觀。在造訪齊國代表烏有先生之際,子虛竟然反而大肆稱頌楚國的雲夢大澤,烏有先生憤怒反駁,然其描述則顯得蒼白無力。當時在坐者尚有天子代表亡是公,於是亡是公听後大笑,嘲笑齊、楚二人乃是諸侯國,缺乏見識,不知天下之大,未曾目睹天子上林之宏偉巨麗,因此《上林苑》多數的篇幅都在誇耀形容位於長安西面的上林苑。此苑大約始建於秦惠王時期,秦始皇於公元前 221 年繼續擴建,漢因秦業,漢惠帝不斷建造離宮別館,漢武帝時期更開鑿昆明湖,以練水軍。① 因此寫京都和校獵的漢大賦必定要提到上林苑,此苑即是漢帝國的縮影,代表了大漢的聲威。亡是公如此描述上林苑:

> 且夫齊、楚之事,又烏足道乎?君未睹夫巨麗也。獨不聞天子之上林乎?左蒼梧,右西極,丹水更其南,紫淵徑其北。終始灞滻,出入涇渭,酆鎬潦潏,紆餘委蛇,經營乎其內;蕩蕩乎八川分流,相背而異態,東西南北,馳鶩往來;出乎椒丘之闕,行乎洲淤之浦,經乎桂林之中,過乎泱沸之野;汨乎混流,順阿而下……②

這簡直無限擴大了上林苑的範圍,在接下來的段落中更把整個苑囿寫成一個帝國,甚至是整個宇宙的縮影。裏面充斥着離宮別館、珍禽奇獸、植物水產,不可勝數。因爲歌頌上林苑即歌頌王朝與漢武帝,乃至於整個大漢聲威,我們看到了漢人對自己的帝國充滿了自信。這種辭賦的歌頌功能也表現在歷代的獻賦之中。比如南朝鮑照因劉宋時期一時黃河水清,他便上"河清頌",文辭典雅傳誦千古。唐代杜甫呈上三大禮賦,包含了《朝獻太清宮賦》《朝享太廟賦》和《有事於南郊賦》,更從各種角度來頌揚唐代與君主之功。

西方賦學權威學者康達維教授更明確指出,漢代賦家特別是東漢賦家以歌頌京都與朝代爲己任,因此東漢時期產生了許多京都之賦。③ 公元 25 年夏天赤眉軍攻入長安,焚燒宮殿,整個城市成爲廢墟,因此東漢光武帝劉秀(25—57 在位)登基之後建立東都洛陽。東都洛陽便是這些賦家共同歌頌的對象,班固的《兩都賦序》載:

> 或曰:"賦者,古詩之流也。"昔成、康没而頌聲寢,王澤竭而詩不作。大漢初定,日不暇給。至於武、宣之世,乃崇禮官,考文章。內設金馬石渠之署,外興樂府協律之事。以興廢繼絶,潤色鴻業。是以衆庶悦豫,福應尤盛。《白麟》《赤雁》《芝房》《寶鼎》之歌,薦於郊廟;神雀、五鳳、甘露、黃龍之瑞,以爲年紀。故言語侍從之臣,若司馬相

---

① 馮廣平等《秦漢上林苑植物圖考》,北京科學出版社,2012 年,頁 4—6。
② (唐)李善注《文選》卷八,上海古籍出版社,1986 年,頁 361—362。
③ David R. Knechtges, "To Praise the Han: The Eastern Capital Fu by Pan Ku and His Contemporaries", in *Thought and Law in Qin and Han China*, Leiden, E. J. Brill, 1990, pp. 118 - 139;康達維著,蘇瑞譯《漢頌——論班固〈東都賦〉和同時代的京都賦》,選自(美)康達維著,蘇瑞隆譯《漢代宮廷文學與文化之探微:康達維自選集》,上海譯文出版社,2013 年,頁 183—199。

如、虞丘壽王、東方朔、枚皋、王襃、劉向之屬,朝夕論思,日月獻納。而公卿大臣御史大夫倪寬、太常孔臧、太中大夫董仲舒、宗正劉德、太子太傅蕭望之等,時時間作。或以抒下情而通諷諭,或以宣上德而盡忠孝。雍容揄揚,著於後嗣,抑亦雅頌之亞也。故孝成之世,論而錄之。蓋奏御者千有餘篇,而後大漢之文章,炳焉與三代同風。①

這段話説明了賦是《詩經》的流派,也標明了賦家的兩個重大責任,即頌揚主上與諷諫君主。這也是歷代儒家文人所奉爲圭臬的原則,因此這篇賦被蕭統(501—531)收在《昭明文選》的卷首并非意外,正因爲歌頌朝廷具有無以復加的重要性。只有這樣的賦才能彰顯一個帝國的富麗堂皇及其天威浩蕩的氣勢,賦家透過歌頌洛陽來讚美光武帝劉秀與整個東漢王朝。成書於先秦至西漢之間的《周禮・天官冢宰第一》記載:"惟王建國,辨方正位,體國經野,設官分職,以爲民極。"②説明了定都對建國的重要,是一國生命的開端。古人選定都城是需要經過一套繁瑣的程序,因爲對一個帝國來說,可能沒有任何事比此事更爲重要。即使到了現代,國家的定都問題也仍然是至關重要之大事。③《文心雕龍・銓賦》曰:"討其源流,信興楚而盛漢矣。夫京殿苑獵,述行序志,并體國經野,義尚光大,既履端於倡序,亦歸餘於總亂。"④這段話明確指出"京殿苑獵,述行序志"四大主題至爲重要,在現存的漢賦之中,這些主題正是長篇大賦的題材。歌頌京都無疑等於歌頌整個皇朝,也即頌揚帝王的輝煌成就。東漢鄭玄(127—200)《周頌譜》載:"頌之言容。天子之德,光被四表,格於上下,無不覆燾,無不持載,此之謂容。"⑤賦在此與頌之功能彌合無間,地位等同《詩經》之中的風雅頌。

二、詩禮文化對辭賦諷諫功能的影響

與頌揚功能相反的是辭賦中諷刺的功能。西方最早觸及文學評論的哲學家柏拉圖(Plato,約前 427—約前 347)也認爲文學應該具有道德的教訓。⑥這種教導的功能實與辭賦中的"諷諫"無異。《毛詩・大序》曰:"上以風化下,下以風刺上,主文而譎諫,言之者無罪,聞之者足以戒,故曰風。至於王道衰,禮義廢,政教失,國異政,家殊俗,而變風、變雅作矣。"⑦這是古代中國最早最清楚的宣示,文章詩歌的功用在於上對下的教化與下對上的

---

① (唐) 李善注《文選》卷一,頁 2—3。
② 《十三經注疏》整理委員會編《周禮注疏》卷一,北京大學出版社,2000 年,頁 2—6。
③ 參看日本學者佐川英治《中國古代都城の設計と思想:円丘祭祀の歷史的展開》,東京,勉誠出版社,2016 年;葉驍軍《中國都城發展史》,西安,陝西人民出版社,1988 年。
④ 楊明照等著《增訂文心雕龍校注》卷一,北京,中華書局,2000 年,頁 96。
⑤ 《十三經注疏》整理委員會編《毛詩正義》卷一,頁 14。
⑥ Hazard Adams and Leroy Searle, *Critical Theory Since Plato*, Belmont, Wadsworth Publishing, 2004, Chapter 1.
⑦ 《十三經注疏》整理委員會編《毛詩正義》卷一,頁 15—16。

諷刺（非現代意義的嘲諷，而是委婉地勸誡）。所謂"變風"與"變雅"是在王道衰微之際所產生的詩歌，其中充滿了哀怨與不滿。當此之際，就是賦家應該提出勸誡的時候。但是，這一段話也強調了"譎諫"，鄭玄箋："譎諫，詠歌依違不直諫。""依違"乃順從之意。何以不能直諫？韓非早在其《説難》中就提到人主有龍之逆鱗以及説服人主之難，因古代皇帝具有生殺大權，爲了自身安全，臣下勸誡應該委婉，應是天經地義之事。此外，古代倫理視君臣之間猶如父子，是以不可魯莽直諫。因而《毛詩·大序》提出的關鍵詞"譎諫"成爲漢賦詩學的核心概念。

勸諫君王乃是臣下的職責所在，自古而然，《國語》這段文字是先秦時期有關諷諫最爲詳細的記載：

> 厲王虐，國人謗王。邵公告曰："民不堪命矣！"王怒，得衛巫，使監謗者，以告，則殺之。國人莫敢言，道路以目。王喜，告邵公曰："吾能弭謗矣，乃不敢言。"邵公曰："是障之也。防民之口，甚於防川。川壅而潰，傷人必多，民亦如之。是故爲川者決之使導，爲民者宣之使言。故天子聽政，使公卿至於列士獻詩，瞽獻曲，史獻書，師箴，瞍賦，矇誦，百工諫，庶人傳語，近臣盡規，親戚補察，瞽史教誨，耆艾修之，而後王斟酌焉，是以事行而不悖。'①

邵公乃邵康公（與周武王、周文公同輩）之孫穆公虎，爲周王卿士。他爲了勸誡周厲王，説出這段話。筆者認爲這可能不是真實的天子聽政的程序，因爲程序過於複雜，不符現實需要，甚至具備了一種儀式的感覺，總之《國語》營造了一個理想的天子聽政的生動圖像（a tableau vivant）。他呈現了各類官僚朗誦詩歌、文章來勸誡或警告天子，這應該是重點。天子舉措不可有錯，因爲對千萬百姓的影響巨大而深遠，因此臣下必定要竭盡全力，瞍賦矇誦，百工諫言，説明了勸誡天子的重要。而辭賦除了頌美之外，最重要的作用就是勸誡君主，匡正缺失。值得注意的是這些臣子的勸誡沒有一個是直接針對政事本身提出來反對意見，而是透過詩、書等等間接的方式來警惕天子，這應該是"譎諫"最早的範例。

到了漢賦，我們可以司馬相如的例子來説明。他在《上林賦》的最後提出了一個有趣的情節——天子從沉浸於校獵宴會之樂中覺醒：

> 於是酒中樂酣，天子芒然而思，似若有亡，曰："嗟乎，此大奢侈！朕以覽聽餘閒，無事棄日。順天道以殺伐，時休息於此。恐後葉靡麗，遂往而不返，非所以爲繼嗣創業垂統也。"於是乎乃解酒罷獵，而命有司曰："地可墾闢，悉爲農郊，以贍萌隸，隤牆填塹，使山澤之人得至焉。實陂池而勿禁，虛宮館而勿仞。發倉廩以救貧窮，補不足。

---

① 徐元誥《國語集解》，北京，中華書局，2002 年，頁 10—12。

恤鰥寡，存孤獨。出德號，省刑罰。改制度，易服色。革正朔，與天下爲更始。"①

沉溺於聲色犬馬之樂的天子幡然悔悟，這種現象在古代歷史幾乎是不曾發生過。從辭賦譎諫的修辭學來看，其實這是賦家之苦心，司馬相如描寫的是他心中的理想願景——希望君主能夠按照他的建議去做。這些理想都是儒家耳熟能詳的，如《禮記·禮運》："故人不獨親其親，不獨子其子，使老有所終，壯有所用，幼有所長，矜寡孤獨廢疾者皆有所養。"②他將儒家經典的社會理想完美融入辭賦之中，以向漢武帝示意，應該關心天下百姓的疾苦。

另一個例子是揚雄（前53—後18）的《羽獵賦》，漢成帝時，揚雄爲郎，追隨皇帝出獵，見到天子游獵的壯闊奢侈，以爲"游觀侈靡，窮妙極麗。雖頗割其三垂，以贍齊民，然至羽獵甲車戎馬器械儲偫禁御所營，尚泰奢麗誇詡，非堯舜成湯文王三驅之意也。又恐後世復脩前好，不折中以泉臺，故聊因校獵，賦以風之。"③大儒揚雄心心念念就是爲國爲民，皇帝的奢侈浮誇，肆意畋獵，不顧百姓生活，自然需要提出勸諫。但他不是大膽直諫，而是透過一種頌揚的方式來勸誡成帝。整篇賦看起來其實在歌頌校獵的場面："於是天子乃以陽晁，始出乎玄宮，撞鴻鐘，建九旒，六白虎，載靈輿。蚩尤並轂，蒙公先驅。立歷天之旅，曳捎星之旃。霹靂烈缺，吐火施鞭。萃從沇溶，淋離廓落，戲八鎮而開關。飛廉雲師，吸嚊瀟率，鱗羅布烈，攢以龍翰。啾啾蹌蹌，入西園，切神光。"這種富麗堂皇的修辭將校獵的場景提升到極點，揚雄晚年後悔沒有把諷諫的要點説得更爲直白，以致效果不彰。《史記·司馬相如傳》載其晚年後悔省思："揚雄以爲靡麗之賦，勸百諷一，猶馳騁鄭衛之聲，曲終而奏雅，不已虧乎？"④"曲終奏雅"成了漢賦研究中的一個術語，表示漢賦諷諫的委婉方式是一種缺乏效果的勸諫。

在《羽獵賦》的結尾，揚雄也以讚美爲勸諫的方式，提出了自己的忠言：

於兹乎鴻生鉅儒，俄軒冕，雜衣裳，脩唐典，匡雅頌，揖讓於前。昭光振燿，蠁曶如神。仁聲惠於北狄，武誼動於南鄰。是以旃裘之王，胡貉之長，移珍來享，抗手稱臣。……群公常伯陽朱墨翟之徒，喟然並稱曰："崇哉乎德，雖有唐虞大夏成周之隆，何以侈兹！夫古之覯東嶽，禪梁基，捨此世也，其誰與哉？"上猶謙讓而未俞也……土事不飾，木功不彫，丞民乎農桑，勸之以弗怠；儕男女，使莫違。恐貧窮者不徧被洋溢之饒，開禁苑，散公儲，創道德之囿，弘仁惠之虞。馳弋乎神明之囿，覽觀乎群臣之有亡。放雉兔，收罝罘。麋鹿芻蕘與百姓共之，蓋所以臻兹也。

---

① （唐）李善注《文選》卷八，頁376—377。
② 《十三經注疏》整理委員會編《禮記正義》卷二十一，北京大學出版社，2000年，頁769。
③ 《羽獵賦》全文見李善注《文選》卷八，頁387—396，不再贅引。
④ （漢）司馬遷《史記》卷一一七，北京，中華書局，1959年，頁3073。

在揚雄生花妙筆下，成帝仁聲武誼使夷狄降服，萬方來朝，然後揚雄提出一系列的活動，如節儉愛民，體恤百姓疾苦，打開苑囿，與百姓一同享用。這些和司馬相如的修辭手法都是一致的，都是揚雄心目中一個好皇帝所應做的事，他用"道德""仁惠""唐虞""成周"（盛世）的詞彙將成帝的形象框限於一個儒家理想世界之中。這種忠孝之心，實在已經盡了一個臣子的責任，雖然皇帝并未采納他的意見。

三、漢賦中的禮儀與詩禮文化的淵源

前文已提及賦體與頌體具有密不可分的關係，深入研究之後，發現這兩種文體之間的關係并不止於字義層次上同具有"朗誦"之義，兩者還皆具有歌頌讚揚朝代、統治者之功能。然而，更深的關係是辭賦和頌體與禮儀的關係。

《詩經》之中的頌包含了《周頌》《魯頌》及《商頌》。但就内容而言，其實《周頌》與《商頌》却不盡相同。《毛詩·大序》載："頌者，美盛德之形容，以其成功告於神明者也。"學者付星星引唐代孔穎達（574—648）《毛詩正義》指出，《周頌》描寫祭祀以成功告神，但商頌不一樣，雖是祭祀之歌，祭其先王之廟，述其生時之功，正是死後頌德。其實《詩經》中的"廟堂之音"并不局限於頌詩，《大雅》中的《生民》《公劉》《綿》等詩，均屬頌美先祖的祭祀之歌，因而就《商頌》的祭歌性質而言，應列入《大雅》。有不少古代學者是把《商頌》與《大雅》等量齊觀的。由此可見，頌之所以爲頌，并非因爲其内容或音樂，乃是取決於古代的禮儀——頌乃天子等級的樂歌。因此魯詩和宋詩所以列爲頌詩，乃是周天子對周公和宋君的一種特殊的禮遇。①

在韓非的時代，賦頌同體，從禮儀的角度來看，賦也承載了皇家禮儀的傳統，因此無怪乎漢賦充滿了對禮儀的描繪。學者王焕然羅列了大部分和禮儀有關的賦：賈誼《簴賦》，司馬相如《子虛賦》《上林賦》，枚乘《笙賦》，王褒《洞簫賦》，劉向《請雨華山賦》《雅琴賦》，揚雄《河東賦》《甘泉賦》《羽獵賦》，劉玄《簧賦》，杜篤《祓禊賦》，傅毅《舞賦》《琴賦》，班固《兩都賦》，李尤《平樂觀賦》《辟雍賦》，張衡《二京賦》《舞賦》，馬融《長笛賦》《琴賦》，鄧耽《郊祀賦》，侯謹《筝賦》，廉品《大儺賦》，蔡邕《彈琴賦》《瞽師賦》《協和婚賦》，邊讓《章華臺賦》，張超《誚青衣賦》。② 曹勝高專從漢賦的禮儀入手，他研究了都城制度、校獵制度以及禮儀制度，給學者提供了許多資料。③ 然本文之目的在於研究禮儀與漢賦之詩學的關係，如賦家如何在大賦勸諫的語境中來呈現禮儀？呈現之目的何在？

例如，前引《羽獵賦》中有"然至羽獵甲車戎馬器械儲偫禁御所營，尚泰奢麗誇詡，非堯

---

① 張啟成、付星星《詩經風雅頌研究論稿新編》，北京，學苑出版社，2003年，頁373—374。
② 王焕然《試論漢賦與禮樂》，《孔子研究》，2009年第3期，頁41。
③ 曹勝高《漢賦與漢代制度：以都城、校獵、禮儀爲例》，北京，中華書局，2006年。

舜成湯文王三驅之意也"，揚雄提出了"三驅"，指的是古時天子田獵的法度，謂田獵時須讓開一面，三面驅趕，以示好生之德，另一方面也代表了一種節制與法度。因此揚雄提出這個古禮的目的是很明確的，意在以禮法勸誡君王，匡正其逾越法度的舉動。這就是禮儀影響漢大賦詩學最關鍵之處，首先借先聖先王制定的禮制來限制君主不當的行爲，同時又藉禮儀傳統來頌揚君主，引導君主走向理想中的明君聖王。

揚雄之前的司馬相如雖不通經術，但他的做法和揚雄并無二致，顯然詩禮文化早已深入賦家之心，他們有共同的理想與目標，那就是借禮儀傳統來諷諫君王。他在《上林賦》的結尾中曰："於是歷吉日以齋戒，襲朝服，乘法駕，建華旗，鳴玉鸞，游於六藝之囿，馳騖乎仁義之塗。覽觀《春秋》之林，射《貍首》，兼《騶虞》。弋玄鶴，舞干戚。載雲罕，揜群雅。悲《伐檀》，樂樂胥。脩容乎《禮》園，翱翔乎《書》圃。述《易》道，放怪獸。登明堂，坐清廟。次群臣，奏得失。四海之內，靡不受獲。於斯之時，天下大説，鄉風而聽，隨流而化，芔然興道而遷義。刑錯而不用，德隆於三王，而功羨於五帝。若此，故獵乃可喜也。"①

這段賦文可説是整個詩禮文化精華的縮影，司馬相如把四經《春秋》《禮》《書》《易》都嵌入其中。《詩》其實也在其中，以《貍首》和《騶虞》兩篇亡佚的詩篇暗指《詩經》。上古行射禮時，天子奏《騶虞》之樂，諸侯奏《貍首》之樂爲發矢之節度。這兩首逸詩又一次代表了節度和天子與諸侯之別的禮儀。賦家描述的理想帝王是一位遵守節度的君主，他一年四季遵守禮法在明堂四個大廳之內處理政務，在清廟祭祀祖先，如此尊崇禮儀，必定能超越三皇五帝，成爲一代明君聖主。

賦家不僅利用禮儀來勸誡君主，其實也利用禮儀來頌揚君主。班固《兩都賦》是最明顯的例子，他將東漢光武帝建立的洛陽帝都描繪成一個遠勝西都長安的首都，而其原因就在於洛陽沉浸在儒家禮儀文化之中，遠非長安可比。賦之結尾更列出五種與皇朝禮儀至爲相關的事物來歌頌洛陽及光武帝：明堂（天子執政之禮儀場所），辟雍（太學），靈臺（觀測天文星象的建築），寶鼎（祥瑞），白雉（禎祥）。由於康師達維對此賦分析甚詳，不再贅述。②

因此禮儀在漢賦之中被用來對皇帝進行頌揚，同時也被用來進行譎諫，可謂影響深遠。

小　　結

本文討論詩禮文化對漢代辭賦詩學之影響，首先從賦、頌同體的源流來看，辭賦一開

---

① （唐）李善注《文選》卷八，頁377—378。
② 康達維著，蘇瑞隆譯《漢頌——論班固〈東都賦〉和同時代的京都賦》，頁183—199。

始就和《詩經》中的頌體產生了水乳交融的關係,兩種文體共同具有頌揚朝代及君主的功能。其二,從最古老的文學總集《詩經》開始,詩歌就有警世諷諫的作用,到了漢代齊、魯、韓、毛四家詩或多或少都有美刺詩學,其中以毛詩學派最爲清楚,充分建立起美刺觀的文學批評。這種文學觀對辭賦的影響也是巨大的,漢賦之中尤以大賦最爲顯著,每著一賦必言之有物,有所諷諫。然而由於古代中國傳統的倫理觀念,君臣如父子,因而産生了"譎諫"的修辭觀念,對君王進行委婉不直接的勸誡。最後,本文提出了禮儀與漢賦詩學的關係在於賦家運用禮法制度來進行譎諫,希望君主能夠遵守禮儀,行事有節制法度,不逾越先王禮制,如此方能成就如三皇五帝的功德,垂範後世。同時,也用禮儀與儒家理想來對君主進行頌美。對於詩禮文化,尤其是《詩經》與辭賦之關聯,許結及王思豪教授和其他學者也從其他視角進行了深入的研究①,足見詩禮文化之影響廣闊深遠,非一篇短文可以窮盡。

---

① 參見許結、王思豪《漢賦用〈詩〉的文學傳統》,《中國社會科學》,2011 年第 4 期。關於《詩經學》和漢賦的問題,王思豪教授《義尚光大:漢賦與詩經學互證研究》應該有更深入宏觀的見解(王思豪《義尚光大:漢賦與詩經學互證研究》,北京,商務印書館,2022 年),惜本文寫作之際,此書甫出版,未能立即拜讀引用,甚憾。

"戰疫"初期"網紅詩"與中國古代詩歌的藝術張力

楊慶存[*]

（上海交通大學人文學院）

摘　要：2020年中國大陸抗擊新冠疫情期間，在中外馳援的防疫物資包裝箱上曾出現了一批躥紅網絡的傳統詩詞名句。文章以其中四例網紅詩爲例，一一揭示了其出處，詮釋分析了古詩原意和捐贈者在借用前人成句基礎上創造性地賦予網紅詩以新時代人文關懷的深刻內涵。"戰疫"網紅詩借用古代詩歌資源，進行藝術再創造，賦予當今時代特點和新的思想內涵，既展示了中國傳統詩歌的深厚底蘊、動人魅力和強大生命力，又賦予當代文化建設新的張力，呈現出更高更新的藝術境界。

關鍵詞：戰疫；網紅詩；中國古代詩歌；藝術張力

2020年初，人類正進行著一場驚心動魄、抗擊新冠肺炎的巨大"戰疫"。中國以強大的組織保證、頑強的拼搏精神和嚴謹的科學方法，譜寫着可歌可泣、氣勢磅礴的"抗疫史詩"，成爲世界關注的焦點，也爲人類健康安全積極探索經驗。疫情的迅速擴展和蔓延，啓動了世界善良人們的本真人性與共情共鳴。人們充分運用古老的詩歌傳達着相互的關心、惦念和溫暖，傳遞着深切的關懷、同情與支持。古老的詩歌被賦予了新時代的人文內涵，既展現出強大的思想感染力與持久的藝術生命力，又真實地反映了人類命運共同體的密切聯繫。借此機會，我們選擇幾首傳播深廣的"網紅詩"略作詮釋與分析，具體品味中國古代詩歌的博大精深與中華文明的大國風範。

2020年2月13日，央視新聞微信以《這些文字，和"山川異域，風月同天"一樣美》爲題，讚美中國"戰疫"期間躥紅網絡的一批傳統詩詞名句。這些充滿淳樸深厚人情味的詩句，語言精湛，內涵深刻，意境高妙，趣味豐厚，不僅體現了強烈濃郁的人文精神，而且在情

---

[*] 作者簡介：楊慶存，男，文學博士，上海交通大學講席教授、博士生導師，人文學院前院長，全國社科規劃辦原副主任。研究方向：古典詩詞，文學經典，宋代散文。

感交流、支持鼓勵、凝聚人心和傳遞信息等方面,展示了强大的思想影響力和長久的藝術生命力。

一、"青山一道同雲雨,明月何曾是兩鄉"

據媒體報導,2020年2月上旬,日本舞鶴市政府在馳援大連的抗疫物資包裝箱上貼着"青山一道同雲雨,明月何曾是兩鄉"的詩句。

這兩句詩出自唐代"七絶聖手""邊塞詩派"代表作家王昌齡(698—757)創作的《送柴侍御》,見存《全唐詩》卷一四三。① 全詩爲:

> 沅水通波接武岡,送君不覺有離傷。
> 青山一道同雲雨,明月何曾是兩鄉。

由詩題可知,這首七言絶句是爲送别柴姓友人而作,主旨是表現友情與友誼。作者當時擔任湖南沅水岸邊的龍標(今洪江市)縣尉,柴姓朋友是侍御監察官,將赴湖南武岡(今武岡市)任所,因此王昌齡寫詩送行,表達深厚的友情。全詩前兩句寫"送别",後兩句寫"慰别",内容與結構安排是以送行事件的時間推移與空間轉换作爲綫索,外在意象與内在邏輯緊密結合,創造出新穎獨到的意境。

首句"沅水通波接武岡",緊扣題目,以送行地點"沅水"、交通方式乘船"通波"與到達的目的地"武岡",寫送别原因與朋友的行程路綫,這是貫穿全篇的核心。次句"送君不覺有離傷",以自身感受寫分别情景,意思是説,送别朋友本該有分離的傷感,而自己却不覺得有。這就一反南朝文學家江淹《别賦》"黯然銷魂者,唯别而已矣"②的傳統觀點,從而爲下面内容的推出預作了鋪墊。

三、四兩句以别後的空間異同和距離遠近突出"人各兩地,心在一起"的主觀感覺,以相思相念的寬解與安慰表達友誼之深,既解釋了"不覺有離傷"的原因,又呼應了全詩的送别主題。"青山一道同雲雨"是説沅水、武岡兩地雖然隔着連綿不斷的青山,其實并不遥遠,因爲詩人與友人共同享受着同"一道"青山所形成的雲霧雨露的滋潤。"一道"濃縮了群山連綿的空間距離,突出距離不遠,這是地面物理景象與心理主觀感受相結合構造的藝術境界。

相對地面而言,空中景象也是如此。"明月何曾是兩鄉"以反問句式突出强調沅水、武岡都在同一輪明月照耀下,共有同一片藍天,明月下的沅水與武岡從來都是連接成的"一鄉",而不是"兩地",明月也把朋友的心連在了一起。這樣,不僅委婉含蓄

---

① 中華書局編輯部點校《全唐詩》(增訂本),北京,中華書局,1999年,頁1452。
② (南朝梁)江淹《别賦》,俞紹初、張亞新《江淹集校注》,鄭州,中州古籍出版社,1994年,頁165。

地表達了分別後的思念和慰解,而且以"兩地"收筆,回應了首句的"沅水"和"武岡"。全詩四句,以"水相通,山相連"表達"海内存知己,天涯若比鄰"①的信任、惦記和友誼,將傳統送别的悲涼感傷一變而爲曠達輕鬆,既開解自己,又安慰朋友,體現着深厚的人文精神。

毫無疑問,1 300 多年前的這首詩表達的僅是個體之間的私人友情與友誼,由於這種情感具有人性的典型性和人類的普遍性,特别是"青山""雲雨""明月"這些自然景象的通俗性和熟知性,更容易爲人理解和接受。當 1 300 多年後的今天,人們擷取移植用來傳達中國"戰疫"中社會間、國家間的支持、理解和友誼時,便顯得那麽貼切、感人和生動,引發了人們對於傳統詩歌藝術魅力的深刻認識和深度品味。

二、"山川異域,風月同天"

"山川異域,風月同天"②,這是貼在日本漢語水準考試 HSK 事務所捐贈給湖北高校的"戰疫"物資包裝箱上的詩句。

這兩句詩的出處最早見於距今 1 240 年前的《唐大和上東征傳》,又名《鑒真和尚傳》。這本書是日本奈良時代的著名文學家真人元開(722—785)用漢語文言寫成,書中記載日本派遣第九批使團來唐學習中國文化,熱心佛教文化的日本皇室長屋親王在贈送大唐的千件袈裟上都綉着十六字偈語:

> 山川異域,風月同天。
> 寄諸佛子,共結來緣。

這就是全詩的原文。偈語是佛經中的唱詞,也是與音樂密切結合的"詩",這類"詩"往往與佛事直接相關。唐代的鑒真和尚就是因爲看到這首詩,才決計東渡,不畏艱難險阻,六次渡海,最後終於到達日本弘揚佛法,成就了世界佛教文化交流和中國文化傳播的歷史佳話。鑒真爲日本帶去了大量經文,推動發展和規範了日本的佛教,中國文化也深深影響了日本的建築、醫藥等領域。鑒真設計的奈良唐招提寺至今保留,成爲世界著名的文化古迹與中國文化傳播的實證案例。

我們來細細品味一下這首詩。"山川異域,風月同天",以恢宏的氣勢、闊大的視野和工整的對仗,描述大唐與日本的高山大川,雖然所在的地理區域位置不同,相隔萬里,但是兩國人民生活在同一片和風吹拂、明月普照的藍天下,充分體現着佛家的高瞻遠矚與闊大胸懷。詩句首先從外在物理空間層面的"異"與"同"突出強調兩國生存空間緊密關聯和不

---

① (唐)王勃《杜少府之任蜀州》,中華書局編輯部點校《全唐詩》(增訂本)卷五十六,頁678。
② 〔日〕真人元開著,汪向榮校注《唐大和上東征傳》,北京,中華書局,2000 年,頁 40—41。

可分割的整體性。其中，"山川"與"風月"不僅有地面景象與空中景物的層次區分，而且也是通過景象之"象"暗寫生活在其中的兩國人民。借景以寫象，因象以言情，委婉含蓄，精妙有趣，耐人尋味，從而爲下面內容的展開作了鋪墊。

"寄諸佛子，共結來緣"，是説託付赴唐使團將袈裟贈予各位高僧，希望因此而結下未來共同弘揚佛法大業的緣分和情義。古代"寄"的本義是托付、委托，引申爲贈與等意思，這裏兼有本義與引申義。"佛子"是尊稱，表示具有如來佛那樣的聖性，能繼承如來覺世的大業，這是至高無上的尊號，古代一般由朝廷加封。"來緣"是佛教語，指未來乃至來生的因緣。南朝梁慧皎《高僧傳·義解·法度》有"願受五戒，永結來緣"①之語。總之，這兩句緊承前面意脉，由上面的寫景轉入寫事與寫人，因贈袈裟之事而及受贈之人，由人及情，由情收束全詩，回應詩的本事與全篇。

全詩雖然只有四句，而構思巧妙，寓意深刻，情深意長，語言精警，突出了人類一體的人文内涵與大愛友好精神，具有不受時空限制的普遍意義，充分體現了佛家運用自身思想觀念和心胸智慧來化育人心的魄力與魅力。

**圖1　20世紀80年代上海墨廠製作的墨錠，
由日本唐招提寺孝順長老題字**

---

① （南朝梁）慧皎《高僧傳》，《大正新修大藏經》本，臺北，新文豐出版公司，1983年，頁103上。

圖 2　中華書局 1979 年汪向榮校注本

圖 3

三、"豈曰無衣,與子同裳"

2020年2月15日,國務委員兼外交部長王毅出席德國第56屆慕尼克安全會議,他在《跨越東西差異,踐行多邊主義》演講中説:

> 在我們抗擊疫情最艱苦的日子裏,各國人民也和我們堅定站在一起。日本友好團體在送往中國的物資上寫了一句中國古詩——"豈曰無衣,與子同裳",表達一衣帶水鄰邦與中國人民的感同身受。

王毅部長提到的中國古詩"豈曰無衣,與子同裳",源於《詩經·國風·秦風》中的《無衣》,全詩爲:

> 豈曰無衣,與子同袍。王於興師,修我戈矛,與子同仇。
> 豈曰無衣,與子同澤。王於興師,修我矛戟,與子偕作。
> 豈曰無衣,與子同裳。王於興師,修我甲兵,與子偕行。①

這是一首描述參軍入伍、備裝出征情景,抒發獻身疆場、報效國家豪情壯志的詩篇。題目"無衣"字面意思就是没有衣裳、衣服。而衣裳、衣服在古代是人的身份的標志和象徵,不同的服裝顯示着不同身份,也有不同稱謂。官有官服,兵有兵裝,平民百姓穿的才是"衣"與"裳"。

"衣"字在古代有兩個含義:一是衣裳、衣服,二是依靠、倚靠。漢代許慎《説文解字》卷八釋"衣",稱:"依也。上曰衣,下曰裳。象覆二人之形。"②劉熙《釋名》謂:"衣,依也。人所以依以庇寒暑也。"③清代段玉裁《説文解字注》稱:"依者,倚也。衣者,人所倚以蔽體者也。"④這些文獻都解釋了"衣"與"依"的内涵關係。詩以"無衣"爲題,兼有"取物比興"之意。詩中的"衣",既是實物衣裳的軍裝,又能寓意相互支持依靠、生死與共的戰友關係。

爲什麽以"無衣"爲題目呢? 細讀之後,讓人恍然大悟。全詩三章,采用重章叠唱的形式,叙説參軍保衛國家的自豪和備裝出征的雄邁。在思想内容和藝術表現方面,三章緊緊圍繞題目,均以"豈曰無衣"反問句式和否定語氣領起,意思是"怎麽能説没有衣裳?"而分别答以"與子同袍、同澤、同裳",意思是"我們穿着同樣的衣裳"。衆所周知,款式相同的軍裝,這是軍隊的重要特徵,"豈曰無衣"透露着參軍入伍的自豪與驕傲。"與子"即是"我

---

① 《國風·秦風·無衣》,周振甫《詩經譯注》,北京,中華書局,2002年,頁186—187。
② (漢)許慎《説文解字》,北京,中華書局,1963年,頁170。
③ (漢)劉熙《釋名》,(清)畢沅疏證,(清)王先謙補,祝敏徹、孫玉文點校《釋名疏證補》,北京,中華書局,2008年,頁165。
④ (清)段玉裁《説文解字注》,清嘉慶二十年經韻樓刻本,頁661上。

們"。將士外身披掛的戰"袍"與稱之爲"澤"（後作"襗"）的貼身"汗衣，内衣"，都是戰士的"衣裳"。

"王於興師"是全詩的核心與關鍵，也是抒情的具體歷史背景。古人認爲，"國之大事，在祀與戎"（《左傳·成公十三年》）①，祭祀祖先和保衛疆域，這是國家頭等重要的兩件大事情。"王"是國家的最高統治者，用以代指國家。"興師"就是出兵打仗。而"修我戈矛、矛戟、甲兵"，又分别描述了出征前的武器整理與準備。尤其值得注意的是，"與子同仇、偕作、偕行"采用層層遞進的方式，分别描述了"同仇敵愾"思想意識的高度統一、製造武器的相互配合與密切協作，以及最後軍隊雄壯出征奔赴前綫的動人情景。

全詩通過描述軍裝特點、武器製造和精神狀態，抒發了從軍入伍、保衛國家的自豪與自信，充滿昂揚奮發的戰鬥激情，字裏行間洋溢着"與子"同生死、共患難、相互依靠、相互支持、協同作戰的團結精神，呈現出高昂的士氣與高尚的情懷。吴闓生《詩義會通》説此詩"英壯邁往"②，陳繼揆《讀詩臆補》認爲"筆鋒凌厲"③，都對思想精神和藝術格調給予高度評價。

朱熹《詩集傳》指出："秦俗強悍，樂於戰鬥。故其人平居而相謂曰：豈以子之無衣，而與子同袍乎？蓋以王於興師，則將修我戈矛，而與子同仇也。其歡愛之心足以相死如此"，又稱："秦人之俗，大抵尚氣概，先勇力，忘生輕死，故其見於詩如此。"④這些見解都從民風民俗層面考察和理解，近於事實。而歷代以來的詮釋解讀見仁見智，往往偏離了詩的本義，如《毛詩序》稱"《無衣》刺用兵也，秦人刺其君好攻戰，亟用兵而不與民同欲焉"之類，難避誤讀之嫌。

"豈曰無衣，與子同裳"是詩中最能表現抒情主人公報效國家的欣喜與戰友生死與共的友誼，最能體現身份的一致和境況的相同。人同此心，情同此理。在中國"戰疫"期間，日本友好團體引用這兩句詩，以表達中日兩國人民生死與共的深厚友誼，表示對目前境況的同情、理解和支持，提高了詩句的思想意義，升華了詩句的藝術境界，體現着深刻的人文精神和深厚的文化底藴。

四、"四海皆兄弟，珍重待春風"

新浪網、鳳凰網等大量媒體報導了中國女排原總教練郎平於 2020 年 2 月 17 日給武漢捐贈呼吸機，外包裝上印着"四海皆兄弟，珍重待春風"詩句的消息。

---

① 楊伯峻《春秋左傳注》，北京，中華書局，1990 年，頁 861。
② 夏傳才主編《中國古典詩詞分類鑒賞辭典》，石家莊，河北教育出版社，2017 年，頁 4。
③ 同上。
④ （宋）朱熹集注《詩集傳》，北京，中華書局，1958 年，頁 79。

包裝箱上的兩句詩採用中國傳統的"集句詩"形式,在表達對湖北人民的關切支持和兄弟親情的同時,委婉含蓄而又形象生動地送上精神鼓勵和抗疫必勝的祝願,感情真摯樸實,充滿藝術魅力。

集句詩是中國古代特別是唐宋以後常見的詩歌創作方式,一般是借用別人創作的已有詩句,按照自己新創的藝術構思,組合成爲内容主題鮮明、思想邏輯嚴密的創新型詩歌作品。宋代詩人如歐陽修、王安石、蘇軾、黄庭堅、楊萬里、陸游、文天祥等,都有這方面的名作。王安石《梅花》"白玉堂前一樹梅,爲誰零落爲誰開。唯有春風最相惜,一年一度一歸來"①,全部集用唐代詩人作品成句,建構成篇,依次爲蔣維翰《春句怨》、嚴惲《落花》、楊巨源《折楊柳》、詹茂光妻《寄遠》等四首詩各取一句,而意境一新,廣爲稱道。

此處集句"四海皆兄弟"出自漢代蘇武《詩四首》(其一),南朝梁武帝長子蕭統主編的《昭明文選》,這部中國現存最早的詩文總集選録了這首作品,保存在卷二十九的《雜詩上》裏。全詩爲:

> 骨肉緣枝葉,結交亦相因。四海皆兄弟,誰爲行路人。
> 況我連枝樹,與子同一身。昔爲鴛與鴦,今爲參與辰。
> 昔者常相近,邈若胡與秦。唯念當離别,恩情日以新。
> 鹿鳴思野草,可以喻嘉賓。我有一樽酒,欲以贈遠人。
> 願子留斟酌,叙此平生親。②

蘇武曾奉命出使匈奴,被扣留,不懼威脅利誘,持節不屈,後到漠北牧羊,歷盡艱辛,留居匈奴十九年。這首五言古詩,抒發的就是作者思念家鄉親人的情感,這裏不作詳細解讀。其中"四海皆兄弟",早已成爲流傳民間、影響深廣的成語、俗語和諺語。此句的源頭至少可以追溯到《論語·顔淵》篇中的"四海之内皆兄弟也"③。人們以此來比喻人類之間的大愛、友好、友誼與親近,南宋詩人陳剛中也曾將此句用在創作的《陽關詞》中,形成"若知四海皆兄弟,何處相逢非故人"的詩句。"四海皆兄弟"的意思通俗明白,容易理解。

"珍重待春風",出自清代宣宗皇帝的御製詞"亭前垂柳,珍重待春風"。清代徐珂《清稗類鈔·時令類》明確記載"宣宗御製詞,有'亭前垂柳,珍重待春風'二句"。④

清宣宗的詩句,與中國歷史悠久的農耕曆法文明有着密切關係,更與中國的二十四節氣和冬季"數九"的文化習俗直接有關。"熱在三伏,冷在三九",這是中國人歷史實踐和生活經驗的總結。民間至今流傳《九九歌謡》:"一九二九不出手,三九四九冰上走。五九和

---

① 北京大學古文獻研究所編《全宋詩》(10),北京大學出版社,1992年,頁6756。
② (梁)蕭統編,(唐)李善注《文選》,北京,中華書局,1977年,頁413。
③ 楊伯峻《論語譯注》,北京,中華書局,2009年,頁123。
④ 秦國經《遜清皇室秘聞》,北京,紫禁城出版社,2014年,頁195。

六九,沿河看楊柳。七九冰河開,八九雁飛來。九九加一九,耕牛遍地走。"這種對氣候季節的探索認識,中國古代第一部歷史文獻《尚書·堯典》,開篇講述的就是 4 200 多年前制定節氣曆法的過程。1 500 年前,南北朝時期梁朝宗懍《荊楚歲時記》裏就有關於"九九歌"的記載。其後又有"畫九""寫九"等多種形式的"九九消寒圖",文本文獻很多。比如,元代楊允孚《灤京雜詠》卷下有"試數窗間九九圖,餘寒消盡暖回初。梅花點遍無餘白,看到今朝是杏株"詩①;明代劉若愚《明宮史》以及專門記載北京風物的《帝京景物略》均有所記。清代吳振棫《養吉齋叢錄》也有關於"九九消寒圖"的記載,而且詳細介紹了製作使用過程:"道光初年,御製'九九消寒圖',用'亭前垂柳,珍重待春風'九字,字皆九筆也。懋勤殿雙鉤成幅,題曰'管城春滿'。"②"亭前垂柳,珍重待春風"九字,寓迎春之意。每年冬至節前掛在室內,從頭九第一天開始填起,逐日填廓,每字九筆,每天一筆,每填寫完一字便過一九,句成而九九八十一天盡(見圖4)。

圖 4

作爲"寫九"消寒圖,"亭前垂柳,珍重待春風"創造的"數九"方法和形成的優美意境,令人讚歎不已,體現着漢字文化獨有的情趣和創制者的聰明智慧。然而,這畢竟只是一種益智游戲,雖然具有詩的意境,對象也只是"垂柳"。即便寓有迎春之意,充滿希望與期待,也并沒有給人啟發的深刻處。但是,在中國"戰疫"的背景中,當其同"四海皆兄弟"重新組合後,與捐獻的馳援物資同時出現在受衆的視野裏,用以表達捐贈人的心情時,則立即呈現出人的深刻思想和人的深厚情感,賦予了人的鮮活生命與勃勃活力,煥發出人性的光

---

① 張敏選注《天朗氣清 中國歷代節令詩》,瀋陽,遼寧人民出版社,2018 年,頁 224。
② 黃新宇《俗語鈎沉》,深圳,海天出版社,2016 年,頁 224。

芒,精彩倍增,感人至深。"珍重"的對象不再是"垂柳",而是在"疫情"中奮戰的"兄弟"親人,是捐獻者的問候、安慰和祈福,是心心相通的理解與支持。"春風"既是春天必然到來的期盼,又是"戰疫"必勝的共勉和自信。因此,這兩句頗富創意的"集句"詩,不僅呈現出深刻的思想性和高度的藝術性,而且文化底藴極其深厚,具有豐富深刻的人文内涵。

五、"戰疫"網紅詩的思考

前述中國"戰疫"的四例網紅詩,僅是官方權威媒體報導中的很少一部分。然而,嘗鼎一臠,即知全味,由此四例,可窺全豹。那麽,這些詩爲什麽會成爲"網紅"詩?當初被選作貼箱標籤的目的是什麽?這些詩的共同特點是什麽?這種文化現象給我們提供了什麽樣的啟示?這些問題值得深入思考。

首先,高揚人性美德。網紅詩只是一種文化現象,形成這種文化現象的背後,是面對中國"戰疫"的"人"。這個龐大的群體時刻關注着疫情防控的態勢,關注着疫區艱難的奮鬥者。與捐獻的抗疫物資共同呈現的這些詩,傳遞着關愛、善良、友情和大愛,表達着捐助者對疫區人群的關心與關切,表達着無私的奉獻與支持,發揮了温暖人心和安慰精神的重要作用。詩固然很美,而真正的美是人的行爲之美、品德之美、道義之美和人性之美。正是這種人性美,才讓億萬讀者感動和心動,成爲"網紅"。

其次,高揚傳統文化。傳統文化潤澤和培育了中華民族厚德載物的優秀品質。"戰疫"網紅詩借用古代詩歌資源,賦予當今時代特點和新的思想内涵,進行藝術再創造,既啟動了底藴深厚的傳統文化,又賦予當代文化建設新的張力,呈現出更高更新的藝術境界,展示了傳統詩歌的强大生命力。一方面,引用者豐富了原詩的思想内涵,并提升了藝術品味,另一方面是廣大受衆對於詩的出處與文化淵源的深入瞭解,增强了對優秀傳統文化的知識認知與自覺傳承。

復次,高揚詩的本性。詩與文,是中華文化的兩大基本載體。而詩抒情、文記事,各有側重。《尚書·舜典》説"詩言志,歌詠言"[1],《左傳·襄公二十七年》稱"詩以言志"[2],《莊子·天下篇》謂"詩以道志"[3],這些文獻的語言環境與思想内涵或許稍有區别,而表達的意思大體相近,所以"詩言志"成爲中國古代詩學的著名理論,也是對詩的主要功能與本質特徵的高度概括。然而,何以爲"志"呢?其實,"志"就是"情",就是人受事物的刺激而產生的"感情"。先秦文獻《禮記·曲禮上》稱"志不可滿,樂不可極"[4],"志"與"樂"對舉,顯

---

[1] 李民、王健《尚書譯注》,上海古籍出版社,2004 年,頁 19。
[2] 楊伯峻《春秋左傳注》,頁 1135。
[3] (清)郭慶藩撰,王孝魚點校《莊子集釋》,北京,中華書局,1961 年,頁 1067。
[4] 楊天宇《禮記譯注》,上海古籍出版社,2004 年,頁 1。

然"志"即心情。東漢許慎《説文解字》説"志,意也"①,而"意"由心生,也是心情的表現。漢代《毛詩序》謂"詩者,志之所之也,在心爲志,發言爲詩,情動於中而形於言"②,所言極是。約而言之,"言志"就是"抒情"。上面分析的網紅詩,抒發的就是對疫區人群的關愛之情、大愛之情和道義之情。

第四,創新藝術張力。詩的基本功能是抒情,而表達方法多爲委婉含蓄。網紅詩的表達方式是在借用前人成句基礎上,創造性地賦予新時代人文關懷的深刻内涵。這不僅點燃了讀者對中國詩歌文化的興趣,而且讓讀者立即從當前"戰疫"態勢領悟到捐獻者濃厚的人情味、同情心,并爲這種高尚境界所感動,由此起到凝聚人心、鼓舞人心的作用。詩的"情、景、事、理、趣"五大元素以及含蓄委婉、温柔敦厚的主導風格得到充分展示,而詩的藝術張力與理解彈性也得到具體體現。另外,網紅詩還充分利用詩句的短小精悍、生動形象、易讀易懂易記和易於傳播的特點,感化人心,影響社會,實現感情交流和信息溝通,都是值得珍視的亮點。

---

① (漢)許慎《説文解字》,頁 217。
② 《毛詩注疏》,《十三經注疏》本,北京,中華書局影印清嘉慶刊本,2009 年,頁 563 上。

品性與學術：高攀龍文學批評的思想内涵*

渠嵩烽**

（上海大學詩禮文化研究院）

摘　要：高攀龍是晚明著名理學家、政治家和文學家，東林學派的主要領袖。以德論文和文兼學術是高攀龍文學批評的重要兩翼，其思想内涵是人倫即理和學術爲本的理學觀念，而道是統合兩者的元理論和總價值。高攀龍的性理思想決定了他的文學觀念和審美趣味。在文學高度繁榮的晚明時期，高攀龍的文學思想雖然不利於文學自身的發展，但在當時抗擊王學末流空疏學風和挽救晚明衰頽凋敝禮法的背景下有其特殊意義。

關鍵詞：高攀龍；品性；學術；文學批評；理學

　　高攀龍一生尊崇程朱理學，自揭陽貶所告假還鄉之後的近三十年間再未出仕，而是以修身、著述和講學爲主，晚年主盟東林書院，遂成一代名儒。高攀龍雖然是理學家，但他的文學創作觀念較爲通達，一生創作了大量詩文，這些文學作品在明末文壇迥于時俗，自成一格。高攀龍對作家作品的批評相對保守，基本沿襲了孟子"知人論世"和"以意逆志"的儒家傳統批評方法，偏重於對創作主體的人格道德品評，而較少進入文學内部展開評述。同時，創作主體是否從事學術研究也成爲高攀龍判定其文學作品優劣的重要標準。文從道出，高攀龍的性理之學是其文學批評的建構基礎和思想淵源。

一、以德論文與人倫即理

　　高攀龍在爲他人的詩文集作序時，有一個近乎程式化的評價範式：針對作品本身的點評極少，一般在寥寥幾筆之後，轉而將筆觸伸向作者其人。他對文學作品的評價幾乎從來不會獨立于品評作者的品性之外。高攀龍這一批評方法背後深層的含義在於提醒讀者

---

*　本文係國家社科基金重大項目"東林學派文獻整理與文獻研究"（19ZDA258）階段性成果。
**　作者簡介：渠嵩烽，男，上海大學文學院博士後。研究方向：明清文學與文獻學。

品讀他們的詩文,其主要目的是知其人,從而達到與君子之心會通的效果。而高攀龍爲之作序的詩文作者至少在序文中可以看出皆爲品格高尚、道德完美的正人君子。作品與作者成爲一個不容分割的整體,而且在他看來,作者的優良品性顯然比作品本身的工拙更爲重要。

無論是古人還是時人,高攀龍對他們的品德修養始終保持極高的關注度,其文學批評的落腳點也始終落在人物的品評之上。高攀龍《重刻〈倪雲林先生詩集〉序》云:

> 俯仰千載,而吾鄉有倪雲林先生。間嘗誦其詩,想見其人,如在雲霄之表,願爲執鞭而不可得。會其裔孫錦將重刻先生詩集,謂余不可無一言篇端。余謂之曰:"夫詩也者,先生之所以傳也。先生者,詩之所以傳也。後之人誦其詩,不論其世,可乎?"先生生元末,當天下大亂。張氏雄踞江右,一時才名之士無不匍匐其門,竊其餘潤。先生知不足與爲,飛鴻冥冥,不可榮以禄。當是時,先生詩若畫布滿人間,鄉翁市豎叩無不得,而獨不可張氏,至麾其造廬之幣……其人如玉,可望而不可即也,先生有焉。此先生所以爲先生,而先生之詩所以爲詩也。先生嘗曰:"吾所謂畫,逸筆耳,聊以自娱,不求形似。"吾于先生之詩亦云:"如以其詩而已,則其高者固不能出唐,以是求之,小之乎觀先生矣。"舉世混濁,清士乃見。當胡元之季,天下腥穢已極,先生生其間,如清風澄露滌濯寰宇,以開聖朝清明之治。①

高攀龍爲同邑先賢倪瓚詩集作序,但對倪瓚詩歌作品本身着墨極少。倪瓚生逢元末亂世,詩畫兼擅。其詩高逸清淡,自然秀拔,與高攀龍清逸詩風相類。而且倪瓚的文學思想與高攀龍相近之處甚多。倪瓚云:"詩必有謂而不徒作,吟詠得乎性情之正,斯爲善矣。"②又云:"夫無病而呻吟,矯飾而無節,又詩人之大病,其人不足道也。"③吟詩要性情於正,不作無病之呻吟,這也是高攀龍文學思想的重要内容。如果就倪瓚詩歌藝術特色而言,可圈可點之處應該很多,但高攀龍有意避之不談。他在序文開始即表達了作者、作品本爲一體的思想,即詩以人傳,人以詩傳,這也是高攀龍在爲他人詩文集作序時反復表達的一個觀點。"後之人誦其詩,不論其世,可乎?"高攀龍繼而述及倪瓚所處的元末亂世以及其超拔脱俗的情懷和涅而不渝的氣節,這是儒家典型的"知人論世"觀。作者與作品同爲一體,前者顯然更爲高攀龍所看中。他認爲倪瓚的詩歌高超絶妙者固然不能超越唐詩,但是如果僅僅從詩歌的成就來評價倪瓚的話,則是"小之乎觀先生矣"。高攀龍對倪瓚的品節推崇到無以復加的地步,他甚至認爲倪瓚在元末亂世如同清風澄露蕩滌天地,已然成爲明朝清明之

---

① (明)高攀龍《高子遺書》卷九上《重刻〈倪雲林先生詩集〉序》,尹楚兵輯校《高攀龍全集》,南京,鳳凰出版社,2020年,上册,頁586—587。
② (元)倪瓚著,江興祐點校《清閟閣集》卷十《拙逸齋詩稿序》,杭州,西泠印社出版社,2012年,頁311。
③ 同上書,頁314。

治的先聲。高攀龍在給理學同道許世卿詩集作序時,其觀念似乎更加保守,其云:

> 夫先生之詩,不必論其格,第以先生觀之。故知先生者,可以觀先生之詩,可以知先生。夫人有以詩傳者,詩有以人傳者,今觀先生之詩,令人塵土腸胃畢盡,泠泠然如濯清泉而吸澄露,則詩固不足以重先生,先生乃足以重詩。①

序文認爲探討和品讀許氏詩歌,首先不必在意詩歌本身的品貌和風格,而應關注許氏其人,然後再讀其詩,心胸則爲之豁然。序文最後得出"詩固不足以重先生,先生乃足以重詩"的觀點。由此可見,高攀龍認爲作者、作品雖爲一體,但仍有主次輕重的關係。高攀龍在給好友薛敷教(字以身)詩文集作序時,同樣表達了類似的觀點。其云:"不佞則謂以身之爲以身也,不足見於詩文,以身之爲詩文也,不足見於兹編。然而兹編則以身詩文之一斑也,以身之詩文,又以身之一斑也。"②序文緊接着誇讚薛敷教的品性,人物道德品評在作品批評中的權重不言而喻。倪瓚在當時和後世,其繪畫成就遠超其詩;許世卿、薛敷教在當時也算不上特別有名的詩人。如果説他們的詩歌影響力還不足以讓高攀龍文學批評的天平朝作品傾斜的話,那麼試看他對以詩聞名於世的詩人又如何評價呢? 從他所作《隱士玉川子華仲達墓誌銘》一文可管中窺豹。

華仲達,道號玉川子,能詩,不好舉業而尤喜仙道之學。高攀龍載:"久之,詩積成帙,元美王先生(王世貞)見而大賞曰:'神物也。'爲拔其最粹者,序而行之。"又載:"於是公之詩流布海内,海内諸名家若劉公子威(劉鳳)、余公君房(余寅)、屠公諱真(屠隆)、吾邑鄒公彦吉(鄒迪光),無不曰:'玉川子之詩,其詩也天。'"③華仲達詩爲當時文壇領袖王世貞所激賞,其詩名在嘉靖、萬曆間名噪一時。連劉鳳、余寅、屠隆、鄒迪光等當時詩壇名流莫不爭相推舉。高攀龍同樣對其詩歌持讚賞的態度,并且總結出華仲達詩歌與當時詩壇名家的不同之處。其云:

> 蓋公所以詩與世之名能詩者異,大要以空心浚發,靈機默成。所居曰"蕭蕭齋",冠雲冠,披鶴氅,布裘暖帶,齋中道書數卷,夜卧東窗,明月滿床,時一獨嘯,情致濃溢,輒復成詩。④

又云:

> 吾讀其詩,蓋庶幾迹寄人寰,心游物表,令人想《蒹葭》伊人宛在一方,而不可即矣。玉川子之仙,仙而詩者也;玉川子之詩,詩而仙者也。⑤

---

① (明) 高攀龍《高子未刻稿》射部《許静余先生詩序》,尹楚兵輯校《高攀龍全集》,中册,頁 951。
② (明) 高攀龍《高子未刻稿》射部《薛以身〈井上雜語〉小引》,尹楚兵輯校《高攀龍全集》,中册,頁 957。
③ (明) 高攀龍《高子未刻稿》樂部《隱士玉川子華仲達墓誌銘》,尹楚兵輯校《高攀龍全集》,中册,頁 867。
④ 同上書,頁 867。
⑤ 同上書,頁 868。

"空心浚發,靈機默成"是指詩歌創作的靈感乃從清净無染之心的深處發出,默而成之。這和高攀龍學問中的"未發"思想有相似之處。在高攀龍看來,華仲達詩歌境界之幽渺、意藴之空靈猶如《蒹葭》一詩,令人難以企及。這種詩風與華仲達醉心於仙道而"迹寄人寰,心游物表"有很大關係。時人萬時華《讀經偶箋》稱《蒹葭》:"意境空曠,寄託玄淡。秦川咫尺,宛然有三山雲氣,竹影仙風。故此詩在《國風》爲第一縹緲文字,宜以恍惚迷離讀之。"①"意境空曠""寄託玄淡""竹影仙風"是萬時華語,此與華仲達詩風極相稱,而高攀龍僅點到《蒹葭》爲止,并未延伸來説。"空心浚發,靈機默成"是指華仲達詩歌創作的内在條件,而"迹寄人寰,心游物表"是華氏詩歌創作的外部因素。雖然高攀龍此處對華氏詩歌的批評仍然圍囿於華氏本人,但仍能隱約從中感受到其類似"神韻説"或"妙悟説"的詩學理想和藝術精神。然而,高攀龍寫至此處,筆鋒一轉,云:

> 然吾所貴玉川子,又不在此。勤于立家,儉於致用,端厚應物,能如其所以戒子者,蓋克子克父克弟克夫而不忝所生者與!②

華仲達以詩名顯於世,高攀龍雖然讚賞他的詩歌,但他認爲這并非華氏一生最可貴之處。高攀龍將華仲達人生的最大閃光點總結爲勤儉持家、端莊温厚和恪守人倫道德,而將他最爲人稱道的詩歌成就有所遮蔽,這使得前文精心構築的華氏詩歌品格和詩學意義突然之間被消解了許多。

華仲達的這些品質之所以被高攀龍認爲比其詩歌更加可貴,根本原因在於他認爲道德、倫理皆爲天理。而他在對倪瓚、許世卿、薛敷教文學作品批評時重品行而輕文學的態度,其根源也在此。高攀龍在《氣心性説》中寫道:"天理者,天然自有之理,非人所爲,如五德、五常之類,生民須臾離之不可得。"③在《心性説》中又説:"理者,天理也。天理者,天然自有之條理也,故曰天序、天秩、天命、天討。此處差不得針芒。先聖後聖,其揆一也。"④高攀龍認爲,天理是天然自有之理,是人類價值的終極源頭,其本來就一直存在,而且亘古不變,不是人爲所能干預和控制的。高攀龍曾云:"吾聞人得天地之性以生,有善而無惡,故人之七情,好善而惡惡。"⑤人性來自天理,故而人性本善。華仲達勤儉持家、端莊温厚的美好品質都是彰顯天理的表現。人倫也是天理,五德(仁、義、禮、智、信)與五常(親、義、序、别、信)又是人倫道德最基本也是最重要的範疇,是人們須臾不得離開而必須遵循的天理之所在,它并不以人的意志所轉移、改變,恪守人倫即恪守天理。高攀龍以品性展開文學批評的思想内涵不在文學,而在理學。

---

① (明)萬時華《詩經偶箋》卷四,明崇禎李泰刻本。
② (明)高攀龍《高子未刻稿》樂部《隱士玉川子華仲達墓誌銘》,尹楚兵輯校《高攀龍全集》,中册,頁868。
③ (明)高攀龍《就正録·説·氣心性説》,尹楚兵輯校《高攀龍全集》,上册,頁222。
④ (明)高攀龍《就正録·説·心性説》,尹楚兵輯校《高攀龍全集》,上册,頁222。
⑤ (明)高攀龍《高子遺書》卷九下《龔舜龍六十序》,尹楚兵輯校《高攀龍全集》,上册,頁617。

高攀龍在《泰伯廟碑》文中曾這樣表述對"文明"的理解以及無錫爲何能文明甲天下的原因:"夫文明者,非文詞繢藻之工已也","人人思而恥之,而父父子子兄兄弟弟,錫之文明甲天下矣。"①據此可知,高攀龍認爲無錫文明甲於天下的原因不是文學昌盛,而是百姓知理。而且高攀龍似乎還有意淡化了華仲達爲人熟知的道家身份,在他看來無論是什麽身份,只要能明天理,都是可稱讚的。因此,當時有一玄客至東林,高攀龍對他説:"東林朋友俱不知道玄,雖然,仙家惟有許旌陽最正,其傳只'净明忠孝'四字。談玄者必盡得此四字,方是真玄。"②"净明忠孝"四字又回歸到人的品性和道德上去了。

二、文兼學術與學術爲本

高攀龍在對作家作品批評時,不僅從品性着眼,而且極其看重作家的學問。他認爲經典作家首先要以學者而非文人立身於世才是合理的。在給湯顯祖的信中寫道:

> 龍爲舉子業時,則知海内有湯海若先生者。讀其文,想其爲磊落奇男子也。從入仕版,以未得一見顔色爲恨。乃辱手書之,及開緘誦之,喜心欲舞。及觀賜稿《貴生》《明復》諸説,又驚往者徒以文匠視門下,而不知其邃於理者也。③

湯顯祖是羅汝芳弟子,屬王門左派。高攀龍未中進士之前即聞湯顯祖大名,在讀過湯氏文章之後,認爲其可稱"奇男子"。從信中的語氣可知,高攀龍爲舉業時讀的應該不是湯氏理學著述,而是文學性較强的作品。當高攀龍考中進士并步入仕途之後,因未能和湯氏謀面而感到遺憾。而看到湯氏寄來的《貴生》《明復》④等討論性理之學的學術文章,大爲歡喜,并且對時人以文匠視湯氏而感到驚訝。此後高攀龍在信中大談禮義之説,認爲當時學界對"禮""義"的理解已經走樣,而湯氏所寄學術文章中關於"禮""義"的闡發,迥别于時説,高攀龍直歎此"爲吾道之幸"⑤。毋庸置疑,湯顯祖文學矯矯不群,其成就是遠大於理學的,時人以文章巨匠形容湯顯祖亦無可厚非。高攀龍却對此表示驚訝,認爲湯氏的學術思想才是"吾道之幸",明顯有着厚此薄彼的傾向。

高攀龍《斗南黄先生遼陽詩稿序》一文,首先叙述了黄正色貶謫遼東三十年的生活狀態,稱其所樂爲登高、讀書,所憂爲國計、民瘼,所憂所樂俱以入詩。"至今讀其詩,既無詩人羈旅牢騷之態,而名言莊語又迥非詩流所及,此可以觀先生矣。"隨後高攀龍記載了一則趣事:

---

① (明)高攀龍《高子遺書》卷十《泰伯廟碑》,尹楚兵輯校《高攀龍全集》,上册,頁638。
② (明)高攀龍《東林書院會語》,尹楚兵輯校《高攀龍全集》,上册,頁338。
③ (明)高攀龍《高子遺書》卷八上《答湯海若》,尹楚兵輯校《高攀龍全集》,上册,頁462。
④ 按,《貴生》《明復》指湯顯祖《貴生書院説》《明復説》二文,可參見徐朔方箋校《湯顯祖集全編》卷三十七,上海古籍出版社,2015年,第3册,頁1643—1646。
⑤ (明)高攀龍《答湯海若》,《高子遺書》卷八上,尹楚兵輯校《高攀龍全集》,上册,頁462。

先生嘗與唐荆翁書曰:"遼陽無事,日課一詩。"荆翁曰:"日課一詩,不如日玩一爻。"先生遂輟詩讀《易》。雖然,先生之詩,正所以爲先生之爻也。否亨者,大人也,困亨者,大人也。觀詩于先生,則先生之《易》孰加乎?①

唐順之勸黄正色輟詩讀《易》②,黄正色聽從了這個建議,高攀龍對此持贊許的態度。這并不是説高攀龍反對黄正色作詩,而是認爲"日課一詩"會耗費大量心神,於道無補,不如輟詩讀《易》,從而在學術上精研。宋明理學的哲學建構就是以易學爲基礎的。高攀龍認爲人的精力總是有限的,將主要精力用在文學創作上,就會在明理證道上有虧,而後者無疑是關乎人間大道的正學,所以他在《塾訓韻律》序中説:"然而物無窮,知有窮,有外之心不足以載無外之物,或者急其末,遺其本,於是志喪而道病。"高攀龍詩序最後列舉其所欣賞的黄正色的詩句爲"藏修欲似深閨女,戒律當如苦行僧",并稱:"先生所以否困而亨,浩然自得者,其在斯乎!""藏修"和"戒律"指黄正色的心性體悟和修身工夫,高攀龍對此詩大加讚賞,一個道學家眼中的好詩可見一斑。

無論是湯顯祖還是黄正色,其文學創作均不足以讓高攀龍真正爲之傾心折服,而當兩人在學術上有所作爲時,他却倍加贊許。高攀龍在《〈子貢問師與商也孰賢〉章》中講道:"子貢善方人,故舉以爲問,非是欲評定人品,正欲辨明學術。"③爲何評定人品的目的是爲了辨明學術呢?高攀龍曾云:

> 天下不患無政事,但患無學術。何者?政事者,存乎其人;人者,存乎其心。學術正則心術正,心術正,則生於其心、發於政事者豈有不正乎?故學術者,天下之大本。④

天下之大本在於學術,高攀龍將學術推向關乎人心正邪、政事興衰的高度。學術正,則人心正、政事興。高攀龍所言的學術并非其他,乃其畢生追求和實踐的性理之學。高攀龍在晚年起復入朝後,曾給首輔葉向高寫信説:"龍腐儒,以學爲事,出山一番,何不勸皇上以學?實則天下事以君心爲本,若謂爲迂,孔孟當年更迂矣。"⑤君心爲天下事之本,學術是天下事之大本,君心同樣需要學術來匡正和規範。高攀龍請葉向高勸皇帝向學的目的是使皇帝明心正見,辨別是非,從而達到天下大治。皇權雖然至高無上,但必須受到道統的制約,性理之學爲其合理性提供了學術基礎。

---

① (明)高攀龍《斗南黄先生遼陽詩稿序》,《高子未刻稿》射部,尹楚兵輯校《高攀龍全集》,中册,頁947。
② 按,參見唐順之《荆川先生文集》卷五《寄黄士尚》,馬美信、黄毅點校《唐順之集》,杭州,浙江古籍出版社,2014年,上册,頁224—225。顧憲成也曾爲黄正色詩稿作序,主要從反身修德的角度讚賞黄正色,并在序文中引録黄氏多句詩歌,以示褒揚,風格和高攀龍所引相類,内容均不外乎修身治學的感悟。參見顧憲成《涇皋藏稿》卷七《遼陽稿序》,沈乃文主編《明別集叢刊》第四輯影印明刻本,合肥,黄山書社,2015年,第24册,頁662上—623上。
③ (明)高攀龍《"子貢問師與商也孰賢"章》,《四書講義》,尹楚兵輯校《高攀龍全集》,上册,頁278。
④ (明)高攀龍《就正録·語》,尹楚兵輯校《高攀龍全集》上册,頁199。
⑤ (明)高攀龍《上葉台翁相國》,《高子未刻稿》數部,尹楚兵輯校《高攀龍全集》,中册,頁1240。

三、結　　論

　　高攀龍堅持文道一體、文從道出的觀點，道或理是其文學批評的元理論和總價值。其知言的目的在於知人，所以極爲注重作家的品格修養和倫理道德，因爲卓越的品性是彰顯天理的表現，而倫理就是天理。高攀龍認爲合乎天理之人則必有合乎天理之言，明理是優秀文學作品產生的根本條件，優秀文學作品則必然會明理，兩者不容分割。而他知人的目的在於知理，即辨明學術，因爲學術乃天下大本，政治和文學均要受其制約。依此理論進行推導，如果一位文人能同時從事學術研究，那麼他的文學作品似乎天然具備了見道明理的品質。文道一體，作家與作品一體，這種統而不分的批評方法使詩文在品性和學術的過濾之下成了明道之器，這樣的文學也自然成了道學家眼中的一流文學。以德論文的學術淵源是人倫即理，文兼學術的思想內涵是學術爲本。高攀龍的性理思想不僅決定了他的學術特徵，而且直接影響了他的文學觀念和審美趣味。晚明時期，雅俗文學齊頭并進，創造了中國文學史上又一個盛世。高攀龍的文學批評并不利於文學自身的發展，也有悖於學術與辭章分流的歷史趨勢，但將其置於當時抗擊王學末流空疏不實學風和挽救晚明衰頹凋敝禮法的背景下來看，又有其特殊意義。

本性情，追《國》《雅》而紹詩史
——清詩選與清初詩學建構*

王卓華**

（上海大學詩禮文化研究院）

摘 要：清初涌現了大量的詩歌選本，這些詩歌選本是詩學家表達其詩學主張的主要陣地之一。魏裔介《溯洄集》，其詩學宗旨主要是强調儒家的詩教傳統。魏憲《詩持》標舉性情，回歸正始。曾燦輯《過日集》，其標舉詩學的意識亦非常明確。孫鋐《皇清詩選》反對規摹初盛唐，對宋之眉山、劍南特爲推尚，但核心是"詩本性情"。倪匡世《振雅堂彙編詩最》，其建構自己詩學主張，用以訓世，指導詩歌創作的目的極爲突出。王爾綱《名家詩永》，論詩以唐爲則，以古爲宗，以三百篇爲原本，以明爲注疏。吳藹《名家詩選》以爲詩無定格，總以抒寫性靈、出入風雅者爲佳。鄧漢儀《詩觀》行使筆墨之權，更是建構詩學理想的探索，其提倡"鋪陳家國、流連君父之指……追《國》《雅》而紹詩史"的宏大叙事和家國情懷。

關鍵詞：清詩；選本；性情；詩史

清初人所選的清初詩歌選本，對建構清初詩學的作用是不容忽視的，尤其是清代詩歌選本"本性情""追《國》《雅》而紹詩史"，從清詩選本中挖掘這份詩學遺産具有重大的現實意義。

一、清初詩歌選本的詩學建構意識

清初詩歌選本是詩學家表達其詩學主張的主要陣地之一。

乾隆初期，宜興瞿源洙在爲清初鄉賢任源祥詩文集作序時指出："古未有以窮而在下者操文柄也……獨至昭代，而文章之命主之布衣。……閭巷之士，不附青雲而自著，此亦

---

* 本文係國家社科基金重大項目"全清詩總集文獻整理與研究"（18ZDA254）階段性成果。
** 作者簡介：王卓華，男，上海大學偉長學者特聘教授，博士生導師。研究方向：清代文學文獻。

一時之風聲好尚使然乎。"①可以説瞿源洙敏鋭地觀察到自清初以來的文壇變化。晚明以來的詩社、文社的繁盛，一些下層文士積極參與選政，得以在一定程度上左右文學風尚。尤其在清初，天翻地覆的時局變化，打亂了衆多文人的政治生活軌跡，使得其中一些人棄科舉而以詩歌編選爲業。"近來詩人雲起，作者如林，選本亦富，見諸坊刻者，亡慮二十餘部。他如一郡專選，亦不下十餘種。或專稿，或數子合稿，或一時倡和成編者，又數十百家。"②數量更爲衆多的詩歌作家則希望自己的作品能够入選其中，爲將來的科考、升遷、入幕或坐館帶來積極的社會影響，從而形成了一種各有所需的互動關係。對於選詩者的這種文柄在握的文化身份與地位，鄧漢儀有着清醒的認識和認同，其評席居中《文選樓》詩之"六朝事業悲流水，千古文章憶舊臺"一聯云："亦見得文士有權。"歆羨蕭統主編《昭明文選》而成千古事業。③ 二集收録莆田劉芳蔭十題詩，此人著有《孝友堂集》，"躬行醇篤，未肯以詩名，没而令嗣始梓之"，友人杜濬認爲"非登選本，未可以傳遠而垂後也"，於是向鄧漢儀推薦："因屬予論次，得如幹首，以報茶村。"④經過選評者如此記載，選本之於詩歌傳播的重要作用，已與《詩觀》在當代詩壇上的執牛耳地位相提并論了。這種文士有權、文柄在握的感覺，至晚年而越發明顯，其評孔尚任《文選樓》詩云："予選《詩觀》，借榻樓上，賓客多至者，誰謂筆墨無權也？"⑤將此語與初集批語對讀，已經頗有以當代蕭統自居的意味。這大概就是海外學者所謂"通過所編選的文選，鄧漢儀建構了一種類似那些置身於晚明科舉考試之外的城市文人學士的非官方的公共身份認同"⑥。

其他選家大體亦如此。下面我們試以部分選本的實際例證作一分析：

魏裔介輯有《溯洄集》十卷，今有清康熙刻本。其詩學宗旨主要是强調儒家的詩教傳統。嚴沆爲是集所寫之《序》揭示了魏裔介輯録詩歌的詩學意義："且夫操選政者，近今不乏矣。其意各有所向，持所見以行一切之法，而不揆於六義之正，不足以垂來者，傳無窮。若濟南、雲間之流，號爲彬彬矣，然其言曰修辭寧失之理，取聲調格律，而不言性情，於興、觀、群、怨之旨何歸焉？先生之論詩，一準於發乎情，止乎禮義，言有合于温柔敦厚之旨，《國風》之不淫，《小雅》之不怨者，乃始登之簡牘，施之丹黄。故是集渢渢乎善入人之心，淵乎其似道，鬱乎其遠於鄙倍，雖與三百篇、《離騷》并存可也。"⑦既説明選本詩學主張各有所向，又標舉《溯洄集》的言性情、回歸詩教傳統的宗旨。

---

① 錢仲聯主編《歷代別集序跋綜録》清代卷，南京，江蘇教育出版社，2005 年，第 1323 頁。
② （清）錢價人《今詩粹》"凡例"，《今詩粹》卷首，清順治刻本。
③ （清）鄧漢儀《詩觀》初集卷七，清康熙慎墨堂刻本。
④ （清）鄧漢儀《詩觀》二集卷十四。
⑤ （清）孔尚任《湖海集》卷七《己巳存稿》，清康熙介安堂刻本。
⑥ （美）梅爾清著，朱修春譯《清初揚州文化》，上海，復旦大學出版社，2004 年，第 122 頁。按：不知是作者還是譯者的原因，此書將《詩觀》這部詩選皆譯爲"文選"。
⑦ （清）魏裔介輯《溯洄集》卷首，清康熙刻本。

魏憲輯《詩持》共四集，有清康熙十年（1671）至十九年（1680）魏氏枕江堂刻本。其二集《凡例》曰："濟南、竟陵，日相操戈，殊屬無謂。夫詩本性情，性情所近，豈能相強？故余是選，……不過規於正始之音，以求其必傳而止。"也標舉性情，回歸正始。

曾燦輯有《過日集》二十卷附一卷，今有清康熙曾氏六松草堂刻本。其標舉詩學的意識亦非常明確。其《凡例》用了較大的篇幅論其詩學主張："今人論詩，必宗漢唐，至以道理議論勝者斥爲宋詩，雖佳不錄，此亦過也。宋詩到至處，雖格調不及，亦自天地間不可磨滅。且如李山甫'堯將道德終無敵，秦把金湯可自由'，是道理也；杜牧之'江東子弟皆豪俊，捲土重來未可知'，是議論也，何嘗非唐人耶？"這是對專宗唐或專崇宋者的批評，主張相容并包。其又曰："詩以性情，音韻相近，聲律自諧。三百篇至漢魏六朝初，無一定之韻。""學唐者宜學其品格之高古，氣韻之渾厚。學李杜者又宜學其才情識力，學其清新俊逸，卓鍊沉雄，不圖拘於《韻譜》也。"強調不必拘於聲律，而應主於性情。特別是後面的一段論述，值得重視："近世率攻鍾、譚，虞山比之爲詩妖。然鍾、譚貶王、李太過，今人又貶鍾、譚太過。傾見施愚山論，頗爲持平。予謂作詩選詩，不必橫據二家於胸中。如學道家，不必橫據朱、陸於胸中。此軒彼輊，此異彼同，只求一是而已。余所選詩，去纖巧，歸於古樸；去膚淺，歸於深厚；去滯澀，歸於婉轉；去冗雜，歸於純雅。不論其爲漢魏六朝、初盛中晚、宋元明之詩，而要歸於沉雄典雅。"①也就是説，其并不是專崇某一家，而是相容并蓄。此外，是集還明確地標舉反對模擬等等，其詩論內容非常豐富。

孫鋐輯《皇清詩選》三十卷首一卷，今有康熙二十七年（1688）鳳鳴軒刻本。是集在卷首彙集了諸選家的詩學觀點，且對各體詩均有論述。孫氏《刻略》曰："論詩者，謂必規摹初盛，誠類優孟衣冠。然使挾其佻巧之姿，曼音促節，以爲得中晚之秘，則風斯下矣。竊意詩本性情，苟中有所得，則如太阿繞指，皆不失爲神物。有高岑之標格，而後元白之風流，何患不登顛造極耶？兹選華實兼收，實非龐雜。"又曰："數年以來，又家眉山而戶劍南矣。在彼天真爛漫，畦徑都絕，此誠詩家上乘。倘不衫不履，面目頹唐，或大袖方袍，迂腐可厭，輒欲奪宋人之席，幾何不見絕於七子耶？芟蕉滌垢，具有苦心。"②孫鋐反對規摹初盛唐，對宋之眉山、劍南特爲推尚。但核心也是"詩本性情"。

倪匡世輯《振雅堂彙編詩最》十卷，今有清康熙二十七年（1688）懷遠堂刻本。是集非常明確地標舉初盛唐，反對宗宋，詩學觀點至爲鮮明。其《凡例》第一則即云："唐詩爲宋詩之祖，如水有源，如木有本。近來忽有尚宋不尚唐之説，良由章句腐儒不能深入唐人三昧，遂退而法宋，以爲容易入門，聳動天下。一魔方興，衆魔遂起，風氣乃壞。是集必宗初盛，稍近蘇、陸者，不得與選。"基於此種主張，在選詩時"聲調必取高朗"。爲什麼呢？"自鍾、

---

① （清）曾燦輯《過日集》卷首，清康熙曾氏六松草堂刻本。
② （清）孫鋐輯《皇清詩選》首卷，清康熙二十七年（1688）鳳鳴軒刻本。

譚二公,專取性靈,不取聲調。後之學者,非流單薄,即入俗俚。氣既不滿,學又不足。七言近體,不可復問。茲乃采其高朗者推爲上乘,用以式靡,用以訓世。"其建構自己詩學主張,用以訓世,指導詩歌創作的目的極爲突出。

王爾綱評選有《名家詩永》,南京圖書館藏有清康熙二十七年(1688)砌玉軒刻本。是集于正文前有《雜述》一節,詳細論述其詩學主張。概括起來说,有這樣幾個要點:

一是"詩以唐爲則,以古爲宗,以三百篇爲原本,以明爲注疏"。其論曰:"詩以唐爲則,以古爲宗,以三百篇爲原本,以明爲注疏。明學唐而有勝於唐者也。劉、宋、高、楊力兼諸體,自是初唐風格。西涯起而振之,亦唐之子昂乎?王、李、李、何之于盛唐,幾于步亦步,趨亦趨矣。徐、袁諸公,欲破三唐,不免入宋元之窠臼。鍾、譚一派,力翻七子,未嘗出中晚之藩籬。取法乎上,僅得其中,捨難從易,余所不取。"

二是強調性情與學識的結合。其論曰:"詩道性情,必資學問,學問所以道性情也。吾郡劉興父先生,以嶧峒家學,宣導東南。一時黃俞邰、張鹿床、方田伯、戴無忝、吴山賓、江武子、孔五若諸先生,皆以淵博名家,此一派也。黃岡杜於皇自言:'詩貴得其意。意者,近而遠,反而正,止而行。'又曰:'諸妙皆生於活,諸響皆出於老。'故其爲詩,取徑在王、李、鍾、譚之外。顧與治、邢孟貞、葛震甫、申鳧盟、吴野人、丁西生皆以清老擅場,此一派也。吴、錢、龔三家《詩鈔》盛行海内,國門諸作,風氣因之。皆力兼諸體,無纖巧之迹;氣備四時,無寒瘦之觀,此一派也。曹秋岳、周櫟園之古峭,施愚山、馬石屋之閑雅,陳其年、尤悔庵之藻麗,蔣綏庵、楊髯龍之奇放,毛鶴舫、宗梅岑之秀艷,宗遺山、鄧孝威之樸茂,皆能自闢風氣,一洗陳言,此又各一派也。派雖殊,要以學問爲主。"

三是借吴應箕先生之論談體法與性情問題。引:"吴次尾先生之論曰:'弘、嘉諸君之失也,以拘體法而詩在。今人之得也,以言性情而詩亡。豈性情之言足以亡詩?飾其未嘗學問者,以爲詩人之妙,不過如是。嗚呼!與其得也,毋寧失而已矣。'又曰:'吾非惡夫竟陵也,惡夫學竟陵之流失也。'予觀先生之駁竟陵也,與虞山、雲間同。然樓山論詩,好因作詩之人以推測其所自。如潘、陸、沈、謝皆以亂賊目之,而致慨于詩人之無識。虞山無是也。又精於辨體,不襲古,不趨時,直樸澹老,惟自見其志,與有益於聞者而止。雲間無是也。然則三百年之後勁,論詩之定衡,微斯人,其誰與歸?"

四是言"時有變易,體無古今"。其曰:"明代之詩,四唐迭勝,天運迴轉,自然之理,故今日刻意求新,不得不取裁于宋。夫程、朱千古正學之傳,歐、蘇一代著作之手,秦、黃奕世詞曲之宗,其詩豈不有超絶者?然時有變易,體無古今。朱子《擬答王無功見鄉人問》一詩,鍾、譚采入唐詩,自今觀之,果能辨其爲宋耶唐耶?然則詩之至者,宋與唐無二也。"

五是說無論古詩,亦或律體,雖形式各不相同,但"必得其性情比興之正"。曰:"古詩如龍出雲中,蛇行水上,若有若無,一回一曲。律詩如老吏之法,老僧之戒,輕重較錙銖,非出入高下。可得意爲偏比者,用字至禽魚草木,亦必得其性情比興之正。忌大言以爲豪,虛詭以爲誕。其病如士兵向酒杯中説戰,游僧向市井中説禪,胸無所有,口舌生活耳。'此孔五若先生之論也,予服膺是言久矣。少陵有云:'晚節漸於詩律細。''細'之一字,其千古之定論乎!"

其論既强調宗尚原則,又强調學問的重要,以及體法、性情等問題。這是一篇較爲系統的詩學論著。

康熙中期以後有吴藹的《名家詩選》四卷,今存康熙四十九年(1701)學古堂刻本。其《自序》以爲:"作詩各有詩承。漢魏宗三百,唐宗漢魏、六朝,宋又宗唐。世變而詩道不變,即詩變,而所以作詩之法終不變。近世議論紛紜,强欲分唐與宋爲二,低昂顛倒,不啻視爲歧途。"强調詩道爲一,無論學哪一家,其入選的原則就是"彼得真學問真性情,然後采之"。其《凡例》與此一脉相承,言:"三百篇而後,如漢魏詩,莫可崖涘;至唐,則初盛中晚,樹幟揚鑣;宋則名流接踵,標新競異,俱後學之指南。自尊唐者薄宋,襧宋者祧唐,而路始歧矣。愚謂詩無定格,總以抒寫性靈、出入風雅者爲佳。是選唐音與宋節兼收,初不別分蹊徑,要之追蹤古人則一云爾。"標明是不分唐宋的,關鍵還是看是否有真學問真性情。

上述例子僅是選本中的一部分,其詩學主張與清初整個詩學的發展是緊密相連的。換句話説,這些選本是清初詩學建構中不可或缺的一部分。而我們很少對這些選本進行研究,即使偶爾涉獵,也僅限於搜遺輯佚,而忽略了它們的詩學價值。我們很有必要對此現象給以足夠重視。

二、《詩觀》的主要詩學傾向

在衆多的清初清詩選本中,《詩觀》是最爲突出的一部。以"騷雅領袖"[①]身份主持當代詩選數十年的鄧漢儀,通過編選《詩觀》行使筆墨之權,也是建構理想的探索,主要表現在以下幾個方面:

(一) 戒幽細,斥浮濫

在詩學思想上,鄧漢儀宣導漢魏盛唐的雄渾闊大的詩風,反對自明末以來的"細弱""幽細""浮濫"的創作風氣。

他不僅對晚明竟陵派和華亭陳子龍詩歌創作的消極影響明確表示不滿,而且對清初占有主流地位的宗宋詩風也直接予以批評。他曾在私家筆記中明確指出:"今詩專尚宋派,自錢虞山倡之,王貽上和之,從而泛濫其教者有孫豹人枝蔚、汪季用懋麟、曹頌嘉禾、汪

---

① [雍正]《揚州府志》卷三十一《人物·文苑》鄧漢儀傳云:"尤工詩學,爲騷雅領袖。"

苕文琬、吴孟舉之振。"①《詩觀》初集凡例首條便云:"詩道至今日,亦極變矣。……或又矯之以長慶、以劍南、以眉山,甚者起而噓竟陵已燼之焰,矯枉失正,無乃偏乎? 夫《三百》為詩之祖,而漢魏、四唐人之詩昭昭具在,取裁于古而緯以己之性情,何患其不卓越,而沾沾是趨逐為? 故僕於是選,首戒幽細,而并斥浮濫之習,所以云救。"漢儀與錢謙益、王士禛、汪懋麟諸人,皆為友人,但是并不妨礙直言批評,此即孔尚任所服膺的鄧漢儀的品格:"每于稠人中,服君笑容寡。有時發大言,是非不稍假。"②同樣,即便是在凡例中的概而言之,被言者亦是心知肚明的。如汪懋麟康熙十六年撰《孝威、鶴問以詩見簡,平山堂依韻奉答六首》之二,就聲明自己的詩學主張:"自顧嶔崎可笑人,高吟最喜劍南新。王楊盧駱終何物,甘於東坡作後塵。"③視唐詩為無物,而要師法蘇軾、陸游,明確與友人鄧漢儀、宗觀唱反調。在次年春天撰寫的個人別集的編選凡例中,更是明言"庚戌官京師,旅居多暇,漸就頹唐,涉筆於昌黎、香山、東坡、放翁之間,原非邀譽,聊以自娛,詎意重忤時好,群肆譏評"④,也是委婉地表達了對《詩觀》編選宗旨的抵觸。詩學觀念的尖銳抵牾,并不妨礙鄧漢儀委託其在京代收眾人詩作,亦不影響汪懋麟對《詩觀》編選的深度參與⑤,這或許就是康熙前期詩壇人際關係的原生態。

(二) 追《國》《雅》而紹詩史

在詩歌編選上,鄧漢儀注重"憂生憫俗、感遇頌德之篇"這些傳統社會的主旋律題材,反對時人詩選專注於"花草風月、鰲祝飲燕、閨幃臺閣之辭",提倡"鋪陳家國、流連君父之指……追《國》《雅》而紹詩史"(初集自序)的宏大叙事和家國情懷。

鄧漢儀為友人張琴詩集撰序時指出,"近之為詩者,多為細瑣柔曼之音,甚而香奩昵褻、曲蘗荒淫,靡不播之篇章,矜為麗制。詩道之卑,於是乎不可問矣",贊許張詩"大抵憂時憫俗、懷古景賢、敦本念先、越國過都之作。諸凡淫哇之詞,皆所不涉"⑥;其贊顏光敏詩"每於國計民生、安危利弊之大,沉痛指切,是以屈子之《離騷》,賈生之奏疏,併合而為詩者"⑦,都是與關注政治時事、家國人生是同一旨意的。"詩史",這一唐人孟棨《本事詩》因總結杜甫詩作的創作特點而提出的重大詩學批評概念,内涵着對反映社會現實、同情民生疾苦的重視。在《詩觀》中,約有四十五處(初集十一處,二集二十一處,三集十三處),以

---

① (清) 鄧漢儀《慎墨堂筆記》,民國鈔本。
② (清) 孔尚任《湖海集》卷七《哭鄧孝威中翰》,清康熙刻本。
③ (清) 汪懋麟《百尺梧桐閣集》卷十五,清康熙十七年刻本。
④ 同上書,卷首"凡例"。
⑤ 《詩觀》二集所收梁清標、馮溥、魏裔介、王士禛、饒眉、徐倬、喬出塵等人詩作,皆由汪懋麟向鄧漢儀提供或推薦。
⑥ (清) 鄧漢儀《耐軒集序》,夏荃輯《海陵文徵》卷十五,清道光二十三年刻本。
⑦ (清) 鄧漢儀《樂圃集序》,顏光敏《樂圃集》卷首,清康熙刻《十子詩略》本。

"詩史"評價有關作品。如評余榀《蜀都行》"成都被獻寇殺刈生靈幾盡,此篇逼真詩史"①;林雲鳳《金陵雜興》"紀南渡之事,足稱詩史"②;謂彭而述《邯鄲行》"猶記北兵破城日,旌陽觀裏屍如麻"③、顧岱《出滇雜詠》"協餉至今需百萬,西南曾否貢金錢"爲"詩史"④;秦松齡《荆南春日寫懷》"真是詩史"⑤。有關評價涉及晚明、鼎革以及三藩之亂等明末清初重大歷史事件。此外對杜詩的諸多好評中,往往亦包含着對"詩史"創作傳統的强調。在詩歌形式方面,鄧漢儀較爲看重以歌行體爲主的古體詩:"詩必以古體爲主,今人不會做古詩,只算半個詩人也。"⑥較之近體詩,此類作品具有長於叙事的特點。强調"古體"的内在原因,就是這種體裁更加適合表達詩史的内容。友人讚揚其"高卧昭明閣,重編南國詩。齊梁靡曲盡,漢魏古風遺。"⑦戒幽細而斥浮濫,汰靡曲而存古風,與對杜甫所開創的"詩史"傳統的提倡,是互爲桴鼓的。

(三) 原夫性情風教之際

針對明末以來詩壇的亂象,鄧漢儀憂心忡忡。其在《與孫豹人》書中説:"竟陵詩派誠爲亂雅,所不必言。然近日宗華亭者流於膚殼,無一字真切。學婁上者習爲輕靡,無一語樸落。矯之者陽奪兩家之幟而陰堅竟陵之壘,其詩面目稍换而胎氣逼真,是仍鍾、譚之嫡派真傳也。先生主持風雅者,其將何以正之?"⑧如何矯正?他給孫枝蔚提出了這個問題。其實,鄧漢儀不僅提出了問題,他也在探討并試圖解決這一問題,《詩觀》的編選就是具體實踐。《詩觀》試圖建構清初詩學的意識是非常明確的。《詩觀初集凡例》開宗明義:

> 詩道至今日亦極變矣。首此竟陵矯七子之偏,而流爲細弱,華亭出而以壯麗矯之。然近觀吴越之間,作者林立,不無衣冠盛而性情衰。循覽盈尺之書,略無精警之句。以是葉應宫商,導揚休美可乎?或又矯之以長慶、以劍南、以眉山,甚者起而噓竟陵已燼之焰,矯枉失正,無乃偏乎?夫三百篇爲詩之祖,而漢魏四唐人之詩昭昭具在,取裁于古而緯以己之性情,何患其不卓越,而沾沾是趨逐爲?僕於是選,戒幽細而并斥浮濫之習,所以云救。

也就是説,《詩觀》的宗旨就是要矯正竟陵、雲間乃至宗宋派的幽細與浮濫的流弊,建立起清代自己的"卓越"的詩學。這個"卓越"的詩學就是"取裁于古而緯以己之性情",其取裁

---

① (清)鄧漢儀《詩觀》初集卷十一。
② (清)鄧漢儀《詩觀》二集卷四。
③ (清)鄧漢儀《詩觀》初集卷四。
④ (清)鄧漢儀《詩觀》二集卷五。
⑤ (清)鄧漢儀《詩觀》三集卷四。
⑥ (清)鄧漢儀《慎墨堂筆記》,民國鈔本。
⑦ (清)李鄴嗣《杲堂詩鈔》卷五《丁巳長夏得鄧孝威寄詩,即韻奉答》之三,清康熙刻本。
⑧ (清)夏荃輯《海陵文徵》卷十五,清道光二十三年刻本。

較竟陵、雲間、宗宋者更爲寬,是三百篇及漢魏四唐。鄧漢儀是尊崇七子的,但僅就其學唐,就與七子不同,學唐而不限於盛,而是及於初、盛、中、晚。鄧漢儀試圖利用《詩觀》建構起自己的這種詩學主張,來拯救日益頹廢的詩風。

鄧漢儀在爲《申鳧盟詩選》所作《序》中進一步重申了這種宗旨和主張:"余嘗欺世之爲詩者,每較量於聲音字句之間,而不深考其義蘊之所存,是以互相訾讁而卒未有定。夫尼父之論詩,極之興觀群怨,而本之事父事君,以傍及夫鳥獸草木。夫言詩至尼父,則亦可以止矣。乃世之學者不深原夫性情風教之際,而徒彈射夫歷下、竟陵,追逐夫華亭、婁上,庸知爲大雅之所斥而不見收也哉!"①也就是説,世之爲詩者應當"深原夫性情風教之際",才合乎尼父論詩之旨。所以他讚賞申涵光的詩,以爲"鳧盟""以祈無負夫尼父論詩之旨,而大翊乎性情風教之際"。鄧漢儀在這裏強調的"原夫性情風教之際",就是強調詩歌創作既要體現儒家詩教傳統,又要出自性情,發揮個性。這與《詩觀初集序》中所説的"取裁于古而緯以己之性情"是一脈相承的。

鄧漢儀在詩評中尤爲重視性情問題。二集卷二程守《寄答汪扶晨》詩後曰:"蕭然數言,性情具見,正復人言愁我亦欲愁。"初集卷三施閏章《家長野太守招游曹山及吼山》,鄧以爲:"非性情與山水冥契,那得如許靈秀?"初集卷九趙有成詩後,鄧漢儀引:"曹厚庵云:'詩也者,吟歎性情、鋪陳事實之具也。自性情化爲征逐事實,紛爲應酬,求一無姓字詩題,且不可得。'旨哉言乎!"二集卷九張汧《山居》詩言:"胸次真率,故不流入迂僻,詩具見性情。"二集卷十一范承斌《擣衣篇》詩後感慨:"不煩添脂傅粉,只一味真至便已動人,此詩之原本性情者也。"三集卷二楊素蘊《遣使旋里》詩後,鄧曰:"性情鬱結,當爲真詩。"三集卷三祖應世《春日送潘雪帆南歸》詩後,鄧云:"字字慰勉愛慕,俱從性情流出,此爲真詩。"二集卷五吳懋謙(字六益,江南華亭人)《送杜茶村歸金陵》詩,鄧以爲:"六益之詩以淹博擅場,此獨清矯健拔,能出己之性情,與古人相敵,宜一時雲間推爲絕作。"

詩人吳嘉紀對《詩觀》建構起的詩學主張及其所起作用,給予了充分肯定。其《寄鄧孝威》之三云:"運會今如何?紛紜執管籥。有懷不肯默,緣調發哀樂。歡娛情易靡,悲愁響易索。孰是和平奏,尚須買人鐸。大雅久荒蕪,斯人起林薄。操持正始音,一唱諧衆作。矯矯泥滓中,何用嗟淪落。(注:"時選《詩觀》。")"②鄧漢儀《詩觀》的作用就在於要振起淪落和陷於泥滓中的清詩,使其回歸正始之音。

(四) 別裁僞體,力追雅音

與其他大多清初詩論家一樣,鄧漢儀也是強調詩歌要回歸風雅傳統。

---

① (清)申涵光《申鳧盟詩選》卷首,清康熙渾脱居刊本。
② 《慎墨堂全集》卷首,天津師範大學圖書館藏清末抄本。

在具體的評論中，鄧漢儀首先對那些正始之音甚爲推崇，主張力還大雅。如初集卷一季振宜《送朱蒿庵給諫》詩，鄧高興地説："於君父極其委曲，於朋友極其温存。小雅詩人之義，於今再見。"二集卷四論丁煒（號雁水）詩："詩道喧雜已極，高者飛揚叫號，卑者俚俗淺滑。有如雁水先生，雍容藴藉，力還大雅者乎？長干蕭寺，展讀爲之忘寐。"初集卷十一吴嘉紀《古意寄王又旦》詩後，鄧云："近詩每失比興之義，此作猶有古風。"二集卷四金世鑒《寒食永平道中》詩後："和平藴藉，正始之音。"二集卷五吴嘉紀《懷汪舟次》詩後："兩公交真故詩真，絶去支飾，力還大雅，使人有清氣穆如之歎。"三集卷十三趙吉士（字恒夫）詩後："恒夫先生……道中所著有《歸隱詩》，忠厚悱惻，詎遠古三百篇義？余再樂爲傳之，嗟其遇，鳴其志也。"二集卷六計東《無題（和陸麗京呈吴梅村先生）》詩後："情兼比興，義切風騷，固非一切艷聲所能髣髴。"三集卷五朱觀《餕衣》詩後："三百篇詩正在動人性情，此篇何其婉惻。"詩道喧雜已極，而要矯正竟陵、歷下、公安、雲間之弊，當從風雅傳統着手。這種風雅傳統有時被鄧漢儀稱爲"胎性"，三集卷八鮑開宗（字又昭）詩後，鄧以爲："詩有胎性，不可強而能。觀又昭諸作，俱能脱去纖柔，臻乎雅健，是游刃于古而不屑爲時趨者。大雅不作，吾衰誰陳？端賴英流，聿振芳軌。"

與風雅傳統密切相關的是，詩歌應關注現實，所謂經時濟世。這與清初"經世致用"思潮也是相呼應的。初集卷三張琴詩後説，采其詩是因爲其深心用世："桐仙里居游歷，所見國計民瘼，必形之詠歌，蓋深心用世之人，自不徒以花月自了也。僕選詩亦亟登此種，期采風者擇焉。"初集卷八王無荒《江夜》："霜天漠漠水無聲，水上船燈夜不明。塞雁初隨黄葉到，秋心頻向故園生。滇閩往日曾加賦，吴楚今年暫罷兵。何事沙鷗驚復起，月光深處是江城。"鄧漢儀評曰："少陵之詩稱爲詩史，只是感時觸事，妙有諷切耳。此詩真愷，足知留心經濟。"初集卷九王揆《渡河至陳橋》詩後説："一行路備寫史書、時事，真讀書有用人。"二集卷六何嘉頤（字亦明）詩，鄧極爲佩服："詩忌應酬，以其膚襲諂諛，無有性情，亦不關經濟，一望冠蓋姓字喧闐滿紙，真可嗤也。讀亦明《行路》諸篇，雅鍊深切，是不肯爲時樣詩者，能無敬服？"二集卷三薛所藴《齋前隙地才半席，許童子藝豆，頗茂密，感賦》有句云"不見大河南北荒田連萬塍，恐累徵徭不敢耕"，詩後鄧感歎道："借一童子藝豆事説出如許經濟，其胸中真以稷契自命。"二集卷十二白夢鼐《節婦行》詩後，從諷諫的角度，談詩的社會作用："辭氣慷慨，音節磊落。其諷刺處皆足勸懲，詩之大有神于世道者也。"三集卷八方象瑛《宿州曉發》："符離寒望酒旗開，纔解征裘引數杯。夢破鄰雞行色早，霜侵棧馬曙光回。五更晴日浮天出，千里神河繞塞來。極目平蕪多沃土，何人屯種辟蒿萊？"鄧漢儀以爲："景物之外具兼經濟，非草草行路者。"即使寫景詩，也能關乎經濟。三集卷八施世綸《歲暮有感》："守屈應吾道，愁吟對暮時。誰憐彭澤酒，獨愛草堂詩。孤憤青霜劍，疏狂白接䍦。懶心從所好，難與時相宜。"鄧以爲："秦川貴游，乃懷抱激抗如是，知爲大經濟人。"

以上，我們選取了部分清初人編選的清詩選本，特別是鄧漢儀的《詩觀》，來説明清詩選本在清初詩學建構中的作用。這些清詩選本的詩學批評意義重大，同時清初之清詩選本在詩學建構中明顯傳承的"詩教"傳統，是熔鑄在清代詩學理論中的中華文化基因，尤其值得重視。

處於"談龍"與"神韻"之間：
性情論發展中的盧見曾詩論

鄒 琳*

（上海大學詩禮文化研究院）

摘 要：康、乾年間，王士禛與趙執信詩論不合，二派門人互相攻訐，成爲清代詩學史上一椿公案。身爲王士禛弟子的盧見曾却以幕府之力爲趙執信數度出版詩集、撰寫詩序，其詩歌立場值得後人探究。本文首先簡述王、趙持論不合之事，提出應將詩論傾向與門户是非區分處理；其次，對盧見曾撰寫的三篇詩序及相關本事首次進行了初步梳理、考察，分析其創作背景，考辨發表時間。通過對當下較少關注的盧見曾詩論的分析，指出盧見曾"性情論"在康、乾詩風轉變中的積極作用，其本人有意識地推動"談龍""神韻"二説的彌合，引導該時期詩風的交融調和。在此基礎上，本文着重從盧見曾作爲江南文壇盟主借助自身影響力重寫詩學史敘事的角度，具體分析了盧氏在三篇詩序中的態度異同及演變、"王趙同歸"觀點的論證過程、"性情論"在藝術特色與聯想規律上的詩學要求及其與"談龍""神韻"學理矛盾的拔升關係。盧見曾的"性情論"在清代中期詩學背景下，推動了詩歌理論"走出神韻説"的發展進程，雖看似宣明趙學，實則出於對王學根本關切的維護。

關鍵詞：神韻説；《談龍録》；盧見曾；性情論；康、乾詩風變化

　　盧見曾是清代康乾時期的一位文學幕主，其所主持"雅雨堂"出版了衆多對清代經學、文學發展起到重要影響的著作，如朱彝尊《經義考》、王士禛《漁洋山人感舊集》、方扶南《韓昌黎詩集編年箋注》《國朝山左詩鈔》《雅雨堂叢書》等。盧見曾屬山左文化世族，幼年向同鄉文學名宿王士禛學詩，對王士禛非常尊重，并主持出版王士禛詩集、詩編，表明爲師發揚之意。然而，雅雨堂還多次出版了趙執信的《談龍録》等作品。《談龍録》係譏駁王氏詩論之作，此書被王學後人視爲攻訐之作。作爲王氏學生的盧見曾，在王、趙身後却幾度出版

---

* 作者簡介：鄒琳，女，文學博士，上海大學文學院在站博士後。研究方向：明清詩文。

《談龍録》與趙執信其他著述,數爲作序,多次對趙氏詩論發表正面評價,他的觀點與持論立場值得研究者關注。

一、王、趙持論不合

王、趙不合是一個複雜的故事。趙爲王士禎甥婿,亦曾學詩於王,二人在親戚與師承的關係中都有高低格差,這種關係令時人易對二人之間的詩論產生一些先入爲主的判斷。加之種種不合之説甚囂塵上,接受者往往將二人相處中的是非與二人詩論的高低相混淆。趙執信爲了回避這種誤解,在王士禎過世後寫作《談龍録》爲己辯白,反而加深了這種混淆。這對於單純地看待二人詩論中的關聯與異同是不利的。故本文認爲,應摒棄二人關係的是非,暫不考慮趙執信發論的意圖,僅僅關注《談龍録》中呈現出的詩論觀點。吴宏一先生認爲《談龍録》中包含三類對王的批評:"一是批評王氏的爲人,二是抨擊王氏的詩作,三是反對王氏的詩論。"①除去批評王氏爲人的部分,二與三實是趙執信詩論的體現。

《談龍録》開篇第一條,顯露了趙執信作《談龍録》的緣由,亦是趙氏詩歌理論的高度概括:趙氏回憶從前與王士禎、洪昇一起以"龍"喻詩,洪昇主張詩歌宜"首尾爪角"——完整,王士禎主張詩歌應如"神龍"見首不見尾,或雲中僅露一鱗一爪。洪、王二人持論衝突之時,趙執信提出主張,綜合二人觀點,以爲詩中僅"指其一鱗一爪"而彷彿可見龍之全貌,才是詩中佳作。聞之,洪昇乃服。

從此條來看,洪持"全貌説",王持"鱗爪説",趙持"具寫鱗爪,想見全貌"説。其時以爲趙執信泥於實寫的看法,是誤把洪昇之説當做了趙執信之説。王、趙之説,似乎本無絶對的衝突。

但留在歷史中的事實告訴我們,無論是王學後人,或是《談龍録》的讀者,都未按趙執信所陳述的那般理解二人詩論的關係。王學後人以爲趙執信"乘暇訿瑣",故作貶損之語,雖中王氏之病,亦失於刻薄;《談龍録》的讀者則更關注其中趙執信對王氏的批評以及對吴、馮詩論的繼承。

儘管趙執信的意見未被後人接受,但《談龍録》開篇第一條中趙執信所述王、趙二人的觀點却并非歪曲事實之語。王士禎以其宣導的詩論"神韻説"而著名,趙執信詩論以《談龍録》爲代表。神韻説追求"羚羊掛角,無迹可求""味在鹽酸之外"的詩歌境界,與此條所述"雲中露一鱗半爪"的説法是一致的。《談龍録》中主張"詩以言志",詩中有人,"使後世因其詩以知其人,而兼可以論其世",與趙氏自言的"具寫鱗爪,想見全貌"亦可相合。趙氏符合事實的表白爲人遺漏,王、趙之間的裂隙却進一步擴大,是因批評之鋒太過,誤導了時人

---

① 吴宏一《清代文學批評論集》,臺北,聯經出版公司,1998年,頁170—171。

注意力,掩蓋了趙氏詩論的内容。

盧見曾是王士禛的學生,與王士禛的關係緊密,多交游王門詩人,但盧見曾從未在詩論中直言"神韻"。另一方面,對同王士禛交誼有隙、詩論不合的趙執信,盧見曾亦持尊重的態度。盧見曾如何在有明顯衝突的王、趙二人之間確立自己的立場,尋找自己的位置,是一個耐人尋味的問題。盧見曾對趙氏詩論的點評,意在淡化"公案"風波。那麽其觀點是爲了調和矛盾而作出的一種姿態呢?還是確實認爲王、趙的詩論有相通處?

圍繞王、趙、盧三人關係的一連串問題,構成本文研究的動力,并試圖在文章中做出一定的回答。

二、盧見曾爲趙執信所作三篇詩序

(一) 三篇序文基本内容介紹與撰寫時間先後問題考辯

盧見曾爲趙執信撰寫過三篇詩序,即《趙秋谷先生詩序》《重刻趙秋谷先生〈談龍録〉并〈聲調譜〉序》與《趙飴山先生〈聲調譜〉序》。三篇序創作的時間不一:《趙秋谷先生詩序》作於乾隆十九年九月;《趙飴山先生〈聲調譜〉序》作於乾隆二十四年,爲最晚;《重刻趙秋谷先生〈談龍録〉并〈聲調譜〉序》所對應本事未知,所作時間不明。本文在對比三篇序言時,疑《重刻》一序創作時間爲最早,面世却最晚,作後并未發表。

《重刻趙秋谷先生〈談龍録〉并〈聲調譜〉序》,望題知義,是盧見曾爲某次重刻趙執信《談龍録》與《聲調譜》作的序。但序文中没有説明時間,也未説明此次刊刻本事,講述的反而是盧見曾某次刊刻趙執信詩集的緣由經過。序文言:

> 益都趙秋谷先生以詩名天下,生平所爲詩凡數種,合若干卷。殁後,閣學滇南李公視學吾鄉,從其令嗣得先生手定本。余乞之而版行於世,序曰:"先生少負才名,弱冠即擢高科,入翰苑,聲華震一世。顧一蹶不復振,退而老於名山大川之間者垂五十年。所爲詩簡澹高遠,寄興微妙,讀之者悄然而思,悠然而移我情,洵古作者之傑也。"

此序開篇即表明盧見曾對趙執信詩歌水準的極高認可,因此當閣學李鶴峰視學山左,從趙執信後人處得到趙氏生前詩集時,盧見曾便向李鶴峰求得手定本,準備爲其刊行。這表現出盧見曾對趙執信作品情況的關心,也説明盧見曾早已有爲趙氏出版詩集的打算。因早存此念,故能時刻留心,聞風而動,只待出現一個較好的版本,便迫不及待助其推廣面世。

這篇序文中,盧見曾又單獨提及《談龍録》,列舉其中數條詩歌觀點,以爲"三百篇復作,豈能易斯論哉",認爲其中自有不可質疑的詩歌正論;又言其中詩論"種種足參微言",以爲趙執信對詩歌的品評認識細膩精微,值得一看。這表明了盧見曾對趙氏詩論的認同及對《談龍録》的重視。因此，盧見曾"既梓行先生之詩，因并取《談龍録》附之卷末，以告世之善讀是書者"，認爲《談龍録》是趙執信詩歌精華的體現，需要與趙執信詩集一同閲讀。

盧見曾既要表達對趙氏詩論的看法，便不能繞開王、趙之爭這一樁公案。其時王、趙二家正相互攻訐未休，盧見曾以爲這是出於"門户之見"，黨同伐異，將王、趙的矛盾擴大化了。針對《談龍録》中趙對王的批評，盧見曾以爲，趙執信對王士禛并非純粹攻訐，是有正面的評價的，如"大家""言語妙天下"等評價；又以爲王、趙詩論有相同處，而王、趙之間的"齟齬"，不過是詩論"意見相同異"的正常現象。詩壇爭論不休的責任，大半應歸因爲兩家弟子爭奪詩派話語權的行爲："兩家門弟子互相訾謷，至引先生此書爲口實"。盧見曾在此序中流露出明顯的爲王、趙二家調停之意。

《趙秋谷先生詩序》是盧見曾爲趙執信詩集所作序。趙執信詩集今人未見，據其詩序所述，應包括《并門集》《觀海集》。詩集底本爲滇南李鶴峰閣學視學山左，於趙執信家中抄録的詩稿。詩序寫作時間爲乾隆十九年（1754）九月，趙執信本家初次刊刻《談龍録》之後。這篇詩序，是盧見曾爲《飴山堂詩文集》的出版而寫作的。

《趙秋谷先生詩序》記録刊刻緣由曰：

> 先生足迹半天下，翰墨流傳，貴之者如拱璧，而未睹其全稿。殁後，滇南李鶴峰閣學視學山左，就抄於其家，以還於京。余自初作詩，即奉先生論詩之旨爲依歸。逮成進士，座主陽城相國（即田從典，謚文端）於先生實有淵源，因介同里宋蒙泉編修，乞閣學之本，刊之於津門。嘗約舉先生《談龍録》大旨持異於漁洋而未嘗不同歸者，以弁之簡端。適聞本家刻本已出，隨罷兹役。既而蒙泉寄刻本，并爲徵序。

就文意而言，盧見曾應當是在《飴山堂詩文集》出版之前，就已經通過同鄉宋弼向李鶴峰閣學求得趙執信詩集抄録稿，準備出版，并擬爲之寫序。但在他出版之前，趙執信本家已先出版刻本，盧見曾便放棄了原先的計劃。後來，宋弼將趙執信本家刊刻的《飴山堂詩文集》寄給盧見曾，并向他徵序，於是盧又寫作了此序。

這一段序文，是本文猜測《重刻趙秋谷先生〈談龍録〉并〈聲調譜〉序》寫於《趙秋谷先生詩序》之前的主要原因。此序中透露出了三個信息：其一是盧見曾曾在李鶴峰處獲得一版趙執信詩集，打算爲之刊行，但因趙執信本家先出版而中途放棄；二是盧見曾之前曾爲趙執信詩集作序；三是盧在之前的序文中列舉了趙執信《談龍録》詩論與王士禛詩論的相異與同歸之處[①]。這三點信息都與《重刻趙秋谷先生〈談龍録〉并〈聲調譜〉序》的情況比較符合。在《重刻》一序中，盧見曾所説的刊刻緣起，亦是從李鶴峰處獲得趙集，且講述索得趙執信手定詩集之事的語氣更接近剛剛發現新文獻的喜悅。《重刻》序文中只提刊行，未

[①] 即"舉先生《談龍録》大旨持異於漁洋而未嘗不同歸者，以弁之簡端"所指。

提放棄，應當是還不知道趙氏本家打算出版趙集。兩序提及的向李索集應是同一事，《重刻》一序時間更早。盧見曾在《趙秋谷先生詩序》中又言："余前序先生之詩，見《并門》《觀海》二集，而未嘗見其序。序《并門》者，爲蒲州吳天章。序《觀海》者，爲南海陳元孝。"盧之前序詩時，曾見《并門》《觀海》二集，那應當是指盧見曾爲之前自己準備刊刻的趙執信詩集作的序，此句也可作一輔證。當時盧見曾籌刻的趙執信詩集沒有出版，那麼盧序《重刻》，寫作雖早，可能却是後來借其他機會發表的。

梳理至此，如果《重刻趙秋谷先生〈談龍錄〉并〈聲調譜〉序》寫作在《趙秋谷先生詩序》之前，那麼還有兩點不解，望與學友共同探討。其一，此序爲何名爲"重刻"？既是重刻，便有先刻。先刻之事是何本事？或是針對趙執信本家的某一刻本，或許是盧見曾自己的又一刻本，又或其他刻本？如有先刻之事，是否之前還應有一篇序文？其二，《重刻》序中未提及《聲調譜》，與題目不太吻合。就序文內容來看，它對應的著述應當是一部趙執信詩集，附錄爲《談龍錄》。爲何出現了文題不符，序與著述不合的情況？亦因《重刻》文題不符，文本提供的考察綫索便中斷了。此處有一猜想：或許趙執信本家刊刻詩集後，盧氏雖中斷了出版趙集，但序文已寫好，不忍棄置。在後來某一次重刻《談龍錄》《聲調譜》的出版工作中，盧將之前荒廢的序文一併放入書中，更改了題名。

如這一猜想成立，那麼《重刻》序的面世時間，反而可能與盧見曾爲趙執信寫的第三篇詩序是同時的，即《趙飴山先生〈聲調譜〉序》。

《趙飴山先生〈聲調譜〉序》是盧見曾爲趙執信所作的第三篇序，爲刊刻《聲調譜》《談龍錄》時所作的序。序文作於乾隆二十四年，出版時間應當也在乾隆二十四、二十五年前後。

序中記錄刊刻緣由曰：

> 得《聲調譜》鈔本，義例該通，指證明確，印以大歷以後唐宋元大家各集，若合符節，不失黍絫……則聲調一譜，誠爲學詩家指南之車，不可不亟廣其傳者矣。此譜刻于本家，流布未遠，而版已漫漶。翻刻者數家，既多魯魚之訛，又或以己意添注，轉失本旨。茲再爲校刊，以公諸海内。又所著《談龍錄》一書，多關宗旨微言，皆前賢之所引而未發，學詩者不知，必至徒飾形貌，無關性情，因亦節鈔授梓，以廣教思於無窮焉。

就文意看來，這次《聲調譜》《談龍錄》的刊刻，主要是爲了推廣比本家刻本更好的《聲調譜》善本，并且將聲調之學回歸於正；兼及《談龍錄》，以將學詩者的關注中心導回性情。這與前述猜測《重刻》序題所對應的本事十分吻合。

寫作上，《趙飴山先生〈聲調譜〉序》的序文晚於《趙秋谷先生詩序》，《重刻趙秋谷先生〈談龍錄〉并〈聲調譜〉序》則早於《趙秋谷先生詩序》；面世上，《趙秋谷先生詩序》在前，《趙飴山先生〈聲調譜〉序》與《重刻趙秋谷先生〈談龍錄〉并〈聲調譜〉序》可能是同時的。三篇序文的時間順序大致可以如此推定。

從三篇序文中，可以看出盧見曾對趙執信詩論及《談龍錄》的實際評價。一是盧氏對王、趙之爭的調和意願，字裏行間，躍然紙上；二是盧見曾對趙執信詩論明顯持推重的態度。無論是主動關注、尋求善本，又或是數度刊刻、多次作序，都超出了人情應酬、門戶關係的範圍，表現出了強烈的主動性；三是對"王趙之爭"表面上的回避、否認與潛意識下對"王趙之爭"本事的重新書寫。從序文寫作中突出的重點來看，盧見曾的主要目的是推重趙執信詩論，但處於王、趙之爭的文壇背景下，盧氏表達對趙執信的正面觀點，就必須先解決王、趙公案，同時又必須給出更有力的文藝理論作爲原因。

這一定程度上能回答本文開篇時所提出的盧見曾的立場問題。盧見曾身份上雖處於王士禛詩派內，但詩學觀點上主動支持了趙執信的詩論。其作序、發聲、張揚，并非出於客觀上的人情關係、時代潮流等因素，而是代表了他的詩歌主張。盧見曾作爲乾隆時期東南地區的文壇盟主，選擇在不變更詩派關係的情況下大力推重趙執信詩歌思想，他對趙氏詩論的認識值得深入探究。

（二）三篇序文中盧見曾的態度異同演變

三篇序言均涉及《談龍錄》。盧見曾在序中說明，自己有意刪除了《談龍錄》的部分內容。《趙秋谷先生詩序》曰"嘗約舉先生《談龍錄》大旨持異於漁洋而未嘗不同歸者，以弁之簡端"，說明盧有意對《談龍錄》中王、趙二人"無法同歸"的內容予以刪減。《重刻趙秋谷先生〈談龍錄〉并〈聲調譜〉序》中，着重討論王、趙之爭，并持二人"殊途同歸"的觀點，以爲王、趙在世時的爭鬥是兩位大詩論家的正常異同，漁洋過世後"王趙之爭"在詩壇的擴大是出於門戶之見，即"而謂愛好一言，遂足以爲漁洋病，則持門戶者之過也"所指。盧見曾也不認爲《談龍錄》是一部批評王士禛的書，而認爲"（王士禛）初爲延譽，後乃銜之。先生（趙執信）著《談龍錄》以見意"，是一部以剖白心意、重述事實爲目的的詩論。《趙飴山先生〈聲調譜〉序》中曰"節鈔授梓"，也不掩飾對《談龍錄》的刪節。這說明盧見曾在寫作三篇序文的時間限度內，始終在公開場合持"王趙同歸"的觀點，態度上試爲二家彌合，這是三篇序文之"同"。

如果以《重刻趙秋谷先生〈談龍錄〉并〈聲調譜〉序》爲始、《趙飴山先生〈聲調譜〉序》爲末，來看待其中盧見曾重新書寫王、趙公案的過程，則可發現，盧見曾對趙執信詩文作品的關注背後一層潛在的原因，是作爲學生、弟子對老師王士禛的關心。而這種關心，令他在三篇序文中對王、趙關係作出了不同的論述，對"王趙同歸"這一命題作出了層層遞進的證明，并在過程中真正找到了有價值的統合王、趙的理論角度。

盧見曾起初想要爲趙執信刊刻詩集時，就存有彌合王、趙之爭的私心。《重刻趙秋谷先生〈談龍錄〉并〈聲調譜〉序》中言：

先生同時，新城王漁洋司寇方以詩學主盟中夏，海内工吟詠者，爭出其門，得其一言，聲譽頓起。先生稍晚出，顧不肯爲之下，間出其意見相ж異。漁洋初爲延譽，後乃銜之。先生著《談龍錄》以見意。兩家弟子互相訾謷，至引先生此書爲口實。吁！亦過矣。

盧見曾在這篇序文中，着重講了趙執信本人的詩學水準，"門戶之爭"的起源與誤會的擴大，認爲王、趙二人雖然有意見相左處，但仍是相同的，爭論的擴大是由於學詩者對二家詩的片面理解。

這篇序文僅以一段文字議論趙、王之爭，是有爲而發。其言似是叙出本事，實是在爲趙執信辯護。在趙執信及其稍晚的時代，詩壇有一種常見的誤解，認爲趙執信與王士禛關係不好，詩論之爭被放在了是非立場的判斷之後。支持趙執信者，往往覺得王士禛排斥、冷落趙執信；支持王士禛者，往往以爲趙執信詆毀、報復王士禛。盧見曾這段話，主要是弱化了二人的衝突，將恩怨描述爲兩個詩家之間自然的關係變化，將《談龍錄》的創作與趙、王關係惡化的關聯性疏遠開來。他的目的就是緩和王、趙之爭。

此時，盧見曾所述的王、趙關係，是"兩家"的關係。兩位詩家之間，王士禛先成爲了詩壇泰斗，趙執信成名稍晚。後進不願處於前輩之下，就擁有了表達自我特別是與王士禛不同的自我的"動力"。二人詩論本有同異，也造成了王士禛對趙執信起初欣賞，後來不滿的情況。這一種禮貌而帶有内在競爭性的關係，是兩個不同持論、同等量級的詩家之間才會產生的。

在《趙秋谷先生詩序》中，盧見曾則在試圖拉近王、趙兩家的關係。作爲一向以王士禛學生自居、親近漁洋弟子的"東南文壇盟主"，盧見曾在詩序裹説明了自己和趙執信的關係："余自初作詩，即奉先生詩論之旨爲依歸。逮成進士，座主陽城相國于先生實有淵源，因介同里宋蒙泉編修，乞閣學之本，刊之於津門。"在詩論方面，説明了趙執信詩論與自己學詩相適應，趙執信與自己的人際圈子也有關聯。隨即説"嘗約舉先生《談龍錄》大旨持異於漁洋而未嘗不同歸者"，以爲王、趙雖持論有異，但最終有同歸之處。此時，盧見曾所述的王、趙關係，可以"雖爲兩家，却有可同歸、可交集、可相容之處"一語概括。

在《趙飴山先生〈聲調譜〉序》中，盧見曾的觀點則向"王趙同歸"更進一步。他以爲，在聲調詩韻之學上，王、趙爲一家，趙執信的詩學是得自王士禛一脉，而非一般人認爲的馮班一脉。《趙飴山先生〈聲調譜〉序》言：

余少受聲調之傳于同里田香城先生，香城受之難兄山姜，而山姜則因謝方山以傳叩於漁洋，而得其指授。然於近體則詳，古體則約，亦有知之而未能盡者。後得《聲調譜》抄本，義例該通，指證明確，印以大歷以後唐宋元大家各集，若合符節，不失黍絫。

又言：

至飴山《談龍録》自序："王阮亭司寇以詩震動天下,聞古詩別有律調,往請問,司寇靳焉,余宛轉竊得之。"是飴山聲調之學,實得之漁洋,與常熟馮氏自不相涉。

這兩條,第一條交代自己聲調之學的師承脈絡,屬王士禎一脈;第二條叙述趙執信聲調之學得之於王士禎,而不得自馮班。其立論是否正確,證據是否可靠,可容後叙。但這一發論,是爲了進一步證明"王趙同歸"。

這一觀點或有誇大,但似乎在盧見曾心裏,一定程度上是確實可信的。在雅雨堂爲趙執信刊刻的《聲調譜》中,盧見曾加了兩條按語,其中一條在開篇趙執信記叙"談龍論"本事處,曰:"案兩説相參,是一是二,願學者深思之。"此言意爲趙、王的詩歌主張並没有絶對的區别,如深入思考,便可發現其本質的相通。

此時,盧見曾所述的王、趙關係,是"看似兩脈,實屬謬誤,本爲一脈同源"。

(三)"王趙同歸"論證中的盧氏詩論闡發

盧見曾在三篇爲趙執信所作的詩序中,逐步拉近了王、趙兩家的關係,從"兩家之説"到"有所同歸",再到"本出一源",其中用心不可謂不深,用力不可不斟酌。在時人幾乎都默認王、趙矛盾的關係時,要將兩家之論合一,這就令盧見曾不得不提出一個更有公信力的詩論來統合王、趙兩家。

從三篇序中可以看出,盧見曾試以"性情"彌合之。"蓋嘗提《談龍録》而論之,其援引各條,如'發乎情止乎禮義',如'詩以言志','詩之中須有人在,詩之外尚有事在'。三百篇復作,豈能易斯論哉……竊謂詩以道性情,其體有風雅頌之不同,又有比興賦之異,自三百篇,以至今日爲詩者,第各就其性情之所近。必欲執一格以繩之,豈通論哉?"在此序中,"性情"是文章中最"關鍵"的論點,由《談龍》生發出,解釋了王、趙二家的不同,並被描述爲寫詩的"正確道路"。

三、"談龍"與"神韻"之間的盧見曾詩學觀

盧見曾提出"性情"以彌合王、趙兩家之論,這就要求他的"性情論"符合以下前提條件:其一,"性情論"與"談龍論"和"神韻説"都要有所交叉;其二,"性情論"又需與二論不同;其三,"性情論"發論需高於"談龍""神韻",以總括二論。

(一)"談龍"與"神韻"的矛盾

要探討盧見曾的"性情論",首先需明瞭"談龍""神韻"二論的根本矛盾所在,這就要求我們抛棄成見,對《談龍録》及其與神韻説的關係做再一次的認識。

趙執信《談龍録》是一篇有總括性的詩論，分作兩部分：第一部分爲對詩歌的總體觀點，第二部分是就具體的詩學内容提出自己的批評觀點。第一部分對於表達趙執信的詩學思想來説更爲重要。

趙執信以簡明的案例説明了自己所支持的詩歌觀點。他所極力表現的觀點，用他自己的話來説，是："神龍者，屈伸變化，固無定體。恍惚望見者，第指其一鱗一爪，而龍之首尾完好，故宛然在也。"這個觀點可以視爲對神韻説的補充。詩歌因體裁篇幅、文體標準所限，不可能完整地描摹一條龍，只能寫其一鱗一爪，以部分代整體，屬於指事的筆法。"神韻説"則以一鱗一爪之意藴來取代完整事件處境中的物感，在聯想關係上與"談龍論"相同。但"神韻説"并不如"談龍説"般要求"龍之首尾完好"。人的大腦具有對部分事物、情感進行合理的聯想、代指的功能，這也是詩歌創作中各種常見修辭在使用時能爲讀者帶來"言近意遠""象外有象"審美效果的原因所在。但人對於事物、情感的聯想律是不同的。人在情感覺受中，易在最敏感的位置受到刺激，聯想到具有相似刺激感的位置，并因爲情感變化的流轉特徵與切換的滯後性，存在一個瞬間，讓人將感受與情景"叠加"：即讓人能够似乎能感受到此種感情，又能同時感受到彼種感情；人似乎處於此類時空，又似乎同時處於彼類時空。這種共時感受的存在，帶來了情感的叠加，帶來了"互文""詩從對面飛來"等詩詞修辭手法，亦帶來了或"微妙""絶妙"乃至"神韻"等特殊的詩歌感受。擺弄情感與現實，調整不同時空和狀態的共鳴關係與共鳴位置，這是詩歌創作的樂趣之一，原是由情感自身規律帶來的特徵。

事物的聯想律則不同。人在事物認識中，對特徵性的部分（或代表性的部分）、框架性的部分與行爲交互性的部分更易於識别。因此，當呈現一個事物的這三部分之一，就有較大幾率由部分聯想到整體。相似性原則在事物聯想中的優先順序略低，易於令人産生聯想的位置是因具體事物而異的。

"神韻説"主要植根於情感的聯想律，聯想過程中，爲使不同情感的共鳴與叠加更爲鮮明，必須對現實進行一定的模糊，甚至不斷轉換其模糊程度與模糊位置。也就是説，在"神韻説"中，"龍之首尾"并不完好，需要完好的是人目睹龍之首尾那一刻的感受中的最鮮明敏鋭之處。"談龍論"所説"第指其一鱗一爪，而龍之首尾完好，故宛然在也"一言，更重視事物的聯想律。在詩歌藝術有限的篇幅中，事物與情感的聯想性在一定程度上是互斥的。"談龍論"發生於王士禎、洪昇的論争中。作爲洪昇好友、王士禎甥婿的趙執信此時提出這一觀點，意在爲"神韻説"補充一條附則，其實是希望爲王士禎遞臺階，彌合王、洪的分歧。只是，趙執信却不知，越是强調"龍之首尾完好"，越易對"神韻説"産生破壞。

當趙執信强調，這"部分"的想像需要有所本，不能自行聯想，而且只應當想到那條首尾宛在的"龍"。"首尾宛在"，是指"龍"其實"不在"，"首尾"不可見，但就應當從"一鱗一爪"上捕捉到這一條"首尾宛在"的龍時，趙執信已對讀者的聯想路徑進行了要求，也對讀者讀詩時調動的聯想律的類型進行了要求——事物的聯想律被強調了，而情感的聯想律遭到了壓制。需要說明的是，遵循注意力原則的聯想律，在體悟爲主的中國式認知思維中，大多數情況下是單執行緒而不能多綫并行的。

在這一核心觀點下，趙執信"談龍論"中的"詩中需有人在""詩外需有事在"也是基於事物聯想律的要求。在本文看來，趙執信在《談龍錄》中說的"詩中需有人在"，是在說詩人在詩歌中表達的情感與行爲應當合於詩人本人的"身份""感情""經歷""見識"。什麼樣的身份，會擁有什麼樣的情感路徑，這是一套人生常識，需要讀者和作者預設共有。在特定的場合中，這樣的身份抒發的特定情感或體現出的特定見識，可以說明詩人擁有什麼樣的經歷。經歷、身份、場合與情感、認識間的關係，是一組一組一一對應的，可以正推，也可以反推。趙執信信任着這一套讀者和作者共同認可的世界圖景，并宣導此種情境下的詩歌閱讀與交流：當這樣的共識都被建立起來，作者與讀者之間的交流就會變得更有效、準確，作者表達的情感就不易誇張、僞作、奢靡、輕浮。趙執信《談龍錄》中"詩之爲道，非徒以風流相尚""發乎情，止乎禮義""文字必相從順，意興必相附屬""必使後世因其詩以知其人，而兼可以論其世"的一套觀點，也同樣是在講這一套論述邏輯。

相對地，趙執信所攻訐的詩歌現象，正是此種共識未能建立時的反面案例，如"僞志""作者不明"的問題。其實攻擊的都是詩歌不能令讀者準確地與作者自身的經歷共鳴的"情感"，也被其視作虛假。趙執信有"詩意言志，志不可僞託"之言，"僞託"之僞，并非是情感的虛假，也不是物象不真實，而是詩歌的内容情感與詩人身份、處境、經歷不符，令讀者不能通過詩"決其年壽禄位所至"。趙氏曾遇田雯行視河工，田雯作三十絶句，諸士和之，而趙執信不和，以爲"是詩即我之作，亦君作也"，"徒言河上風景，徵引故實，誇多鬥靡而已。孰爲守土？孰爲奉使？孰爲過客？孰爲居人？"他認爲作詩的詩人，冒用了其他身份、經歷的人才擁有的體驗與情感，相當於"借他人眼泪而説自己處境"，而他人眼泪與作詩人的實際體驗相去甚遠，這樣的作品對讀者就失去了意義。

這種詩論，如果再進一步發展，容易走向藝術的反面。它近似於一種以詩歌作爲載體的日常交流與經驗總結。如要規避"一人一詩"、過於注重個體特殊性的隱患，就需另一種能夠兼顧現實性的藝術論爲其引導發展方向。盧見曾於"談龍"與"神韻"的角力中，選擇了"性情論"，這是一種可行的選擇。

(二) 盧見曾"性情論"的提出

盧見曾所論的"性情"，顯然是在"詩之中須有人在"的"談龍"觀的基礎上提出的。在《重刻趙秋谷先生〈談龍錄〉并〈聲調譜〉序》中，盧見曾説："蓋嘗提《談龍錄》而論之，其援引各條，如'發乎情止乎禮義'，如'詩以言志''詩之中須有人在''詩之外尚有事在'，三百篇復作，豈能易斯論哉？"盧見曾所擇條目，分别强調了詩歌創作需要在情感與處事、志向、身份、經歷上緊扣詩人自身，是爲趙執信的"談龍"作進一步的提綱挈領。換言之，這就是"第指其一鱗一爪，而龍之首尾完好，故宛然在也"效果得以實現的保證。這個理論建立於一個基礎：當詩人將自身確定的某個部分（如志向、身份、處境）化入創作内容時，詩作就會呈現出某種統一的特徵，可以由一隅而觀整體。它影響的是詩人創作之前立意選材、布局定旨的構思過程。

除了由立意構思方法帶來的統一性之外，盧見曾也特別提及了趙執信詩論中創作手法帶來的統一性。他在文中說道："又云文以意爲主，以言語爲役，主強而役弱，則無令不從。又云清新俊逸，杜老所重，要是氣味神采，非可塗飾而至。然亦非以此立詩之標準。又先生《論詩》絕句云：'欲知秋色分明處，只在空山落照中。'"盧見曾認爲這三端，是趙執信與王漁洋的詩論的共通之處。"以意爲主，言語爲役"的詩歌方法，與王漁洋講求的"神韻"一脉相承；注重詩歌某一類風格特色，但不將風格特色作爲衡量詩歌好壞的標準[1]。清新俊逸的風格之所以被重視，是源於它"非可塗飾而至"，而是作者之氣性神明由内而外表現出的"氣味神采"，和神韻說中（重視内神外韻）的詩論相通；"欲知秋色分明處，只在空山落照中"，講的是由興味生發而作詩，與王士禎的神韻所鍾亦爲一。

盧見曾所提煉出的關鍵，不是有形的創作步驟與風格特色，而是創作過程中作者處理意、言、興味、氣、神的原則。具體來說，是由意馭言，在自然的"興味"生發的驅動下寫詩，寫出來的詩歌是詩人内在的"氣""神"的向外焕發的結果，呈現出"氣味神采"。趙執信的詩論與王漁洋的詩論有頗多衝突之處，但經過盧見曾的提煉評價後，二者顯得形不似而神似。在盧見曾的總結組織下，趙執信的性情觀顯得神明扼要、體系完整了。同時，這也將趙執信的"性情觀"轉化爲了盧見曾的"性情觀"。

（三）盧見曾詩論與王學、"神韻說"的關係

需要特別說明的是，盧見曾作此三篇詩序以論"性情"，其出發點更多是對王士禎"神韻"一脉的關切。一方面，盧見曾在爲官、詩學、治學等多方面都試圖繼承、發揚王士禎的傳統，他對王脉的維護是基本的立場；另一方面，在王、趙均已過世之後，王、趙之爭對王門一脉的傷害是更大的。王士禎是清代早中期文壇詩人們公認的泰斗，在他過世後，王詩依然占據着主流地位。乾嘉詩風之變，實際上是清代詩學逐漸"走出王士禎""走出神韻說"的過程。乾隆十九年前後，趙氏詩論弟子的持續攻訐對王士禎地位的動搖是明顯的，而此一攻訐無傷於并非文壇泰斗的趙執信，反倒可能爲趙詩增加身價。盧見曾彌合王、趙，符合王氏詩學的根本利益，也對趙氏詩論有所助益。何况，盧見曾最終的目標是論證"王、趙

---

[1] （清）趙執信《談龍錄》："清新俊逸，杜老所重。要是氣味神采，非可塗飾而至，然亦非以此立詩之標準。觀其他日稱李，又云'筆落驚風雨，詩成泣鬼神'，其自詡亦云'語不驚人死不休'，則其於庾、鮑諸賢咸有分寸在。"

同源",趙詩得自王詩,相當於將趙學納入王學的羽翼内。此舉一旦成功,不但消弭了爭鬥,反而壯大了自身,削弱了馮班詩學一脉的力量。

然而,盧見曾對"神韻説"的維護,是否完全呢?很有意思的是,盧見曾的"性情論"中存在着與"神韻説"的主要觀點相悖的觀點,而盧見曾却似有意無意地忽略了它。請看《重刻趙秋谷先生〈談龍録〉并〈聲調譜〉序》結尾,盧氏云:

> 竊謂詩以道性情,其體有風雅頌之不同,又有比興賦之異。自三百篇以至今日,爲詩者第各就其性情之所近,必欲執一格以繩之,豈通論哉?余既梓行先生之詩,因并取《談龍録》附之卷末,以告世之善讀是書者。

盧氏此言打算以《談龍録》來替趙執信作點睛之筆,告訴讀書人應當就性情而讀,而不應拘泥一格。此言一定程度上包容了詩歌的個體特殊性,也允許了詩歌有不同的子類,有不同的、柔性的評價標準。這正指向了"神韻説"統治下的詩壇最大的弊端。

"神韻説"統治下的詩壇,正是"執一格以繩之"的。這一點,趙執信在《談龍録》中也有所提及。王士禎以"不著一字,盡得風流"爲詩品"極則",以"羚羊掛角,無迹可求"爲詩學祈向,導致了詩風偏於一門,詩歌主張趨同,甚而排斥異己。門户的發展過深、過大、過快、過强,令詩壇的總體態勢走向失衡與對抗。鄔國平先生在其論文《趙執信〈談龍録〉與康雍乾詩風轉移》中如此論述:

> 以一種文學風格、趣味排斥另外的文學風格和趣味,這在文學批評中是極其冒險也是極其有害的。王士禎在主觀上或許并無這種偏狹的訴求,不過由於他所尊尚的神韻説在詩壇形成了極强勢,受到廣泛追隨和吹捧,實際上在不斷擠搡其他的詩歌風格、趣味,壓縮它們的生存空間。從其結果來看,這與批評家將主觀排斥付諸行動因而引起詩人内部的緊張并無實質區别。施閏章以"禪宗頓、漸二義"的比况釐劃自己與王士禎不相同的詩歌路數,維持自己一路的詩風,隱然有詩格難求一致的意味。①

文藝批評不能以單一的方針作爲原則,這是文藝領域中的一個常見規則。但"神韻説"發展到"執一格以繩之",也有其詩論上的特殊性。王士禎所宣導的"神韻説"在捕捉與表達特定意藴上用力甚專,并呈現出明顯的忽略、遠離現實的傾向。而藝術的意、韻與人的共情能力的形成,是基於現實體驗與積累的。在調整情感與現實的聯想角度,模糊現實的過程中,如果一味追求意藴與意藴技巧上的進取,而忽略對現實聯繫的加强與人在現實中新鮮感受的提取、積累,最終會導致人情感經驗中的藝術要素"耗盡"。對新藝術素材的發現與體味,作爲一種藝術發展史中的常見驅動力,必將在不久的未來出現,爲清代詩歌注入生命。"格調説"同樣也是一種打破"執一格"局面,提倡對多類詩作分别看待的嘗試。

---

① 鄔國平《趙執信〈談龍録〉與康雍乾詩風轉移》,《徐州師範大學學報》(哲學社會科學版),2012年第1期,頁35。

王士禛提出"神韻説",在清詩的開端,具有集大成的意義。清朝開端,詩學處於相容并蓄、充分積累了前代經驗的狀態中,"神韻説"的出現,事實上從詩歌創作中進一步提煉了藝術特徵,提高了當時的詩歌審美水準,符合當時詩學發展階段的需要,王士禛也因此成爲清代早期的詩壇泰斗。但當時間綫推進到接近清代中期,清詩就處在了新的發展階段,有新的時代需求取代了過去的需求,亦是趙執信"談龍論"、盧見曾"性情論"出現的客觀原因。就如現代行業度過發展期、進入成熟期後,大多會迎來一個技術上的小高峰,然後進入分化或特化階段,清代早中期的詩學發展脈絡也是如此。

餘論：性情論發展脈絡中的盧見曾詩論

　　性情觀源遠流長,屬於傳統詩論的一部分,其内部具有大量自生的政教要求。在盧見曾的詩論中,多呈現其道德修養的一面,與儒家傳統"爲人立世"的精神一脉相承,向後可以銜接袁枚的"性靈論"等論點。在清朝前期王士禛"神韻説"向中期袁枚"性靈説"、翁方綱"肌理説"轉變過程中,盧見曾的"性情論"恰恰是這樣一面反映了清詩發展階段、呈現并解釋詩風轉向對詩界的變化要求的"鏡子"。

論太平天國運動對曾國藩幕府詩人創作的影響

李 琦*

(西安財經大學文學院)

摘 要：曾國藩幕府在太平天國運動時期文士如雲，其中相當一部分人有詩歌傳世。這些曾幕詩人既是戰爭的受難者，又是戰爭的參與者和戰後的建設者。這種特殊的在場性身份不僅使他們在詩歌中呈現出關於太平天國運動的集體記憶，也爲今天留下了記錄太平天國歷史的寶貴資料。而作爲站在歷史十字路口的詩人群體，太平天國運動不僅深刻地改變了他們的生活，對其心靈的影響同樣巨大。因此，曾幕詩人的詩歌除了記錄歷史外，還會在一定程度上反映出那個混亂而又特殊的時期內詩人群體的心路歷程。

關鍵詞：曾國藩幕府；太平天國運動；幕府詩人；晚清詩歌

1864年8月，隨着金陵城牆的轟然倒塌，歷時14年，橫跨18省的太平天國運動終於落下了帷幕。作爲中國近代規模最大的一次農民起義，太平天國運動對當時的整個中國，尤其是南部地區影響極爲巨大。文學是對現實生活的反映，曾國藩幕府作爲當時與太平天國運動關係最爲密切的文人集團，其創作的詩歌中常常形成關於太平天國運動的集體記憶。這些記憶不僅僅是歷史的文學書寫，更是那個特殊時代文人心路的忠實記錄。

一、曾幕詩人的多重身份

1851年，洪秀全、楊秀清等人於廣西金田起事抗清，太平天國運動由此拉開帷幕。戰爭伊始，八旗綠營即不堪大用，屢戰屢敗。因此，清政府被迫允許地方大員、士紳招募團練，擴大幕府以阻擋太平軍兵鋒，曾國藩幕府就在這種情況下登上了歷史舞臺。曾國藩幕府不僅規模空前，影響巨大，更表現出了前所未有的獨特性。一方面，作爲鎮壓太平天國

---

* 作者簡介：李琦，男，上海大學文學院中國古代文學專業博士，西安財經大學文學院中文系教師。研究方向：明清文學。

的産物,曾國藩極爲重視幕僚的軍事、政治才能,其幕府涌現出了包括彭玉麟、曾國荃在内的一大批軍政要員;另一方面,由於曾國藩本人在開幕之前就是譽滿士林的文化領袖,因此曾幕中也彙聚了一大批當時文壇的名流大師:"國藩幕府,除將相干濟之才,獨以文才客其間者,亦頗不乏人,巾服儒冠,詩書璨耀。"①這些文人儒生大都有詩歌傳世,而其中如何栻、李士棻等人甚至就是憑藉詩歌受到曾國藩賞識入幕的。可以說,曾國藩幕府不僅僅是一個政客集團、軍人集團,也是一個詩人集團。與太平天國時期其他未入幕的詩人相比,曾幕詩人在身份上具有一定的獨特性,具體可以從以下三重身份體現出來。

(一) 戰争的受難者

面對席捲半個中國的太平天國戰争,曾幕詩人所具有的第一重身份就是戰争的受難者。曾國藩幕府具有極强的地域性特徵,其幕府中絶大多數幕僚來自南方各省,尤其集中於兩江、湖廣和閩浙,而這些省份恰恰是太平天國戰争的主要影響地區。在這種情況下,戰争的受難者自然就構成了他們的第一重身份。最典型的例子如汪士鐸。汪士鐸,金陵人,字振庵,號梅村,晚號悔翁。1853年太平天國攻占金陵後,汪士鐸抛家捨業從金陵逃往安徽,先後進入胡林翼幕府和曾國藩幕府任職。在這場戰争中,汪士鐸損失了兩個女兒,這對他的心靈造成了巨大打擊,使他"日則恍惚,夜則神魂不安,夢中驚呼"②,戰争對他的傷害可見一斑。除汪士鐸外,曾幕還有大量詩人受到過戰争的殃及。如何栻、薛時雨、戴望等詩人皆曾背井離鄉躲避戰火;華蘅芳的岳父陣亡於金陵;就連曾國藩也在戰争中損失了胞弟曾國華和摯友羅澤南,發出了"行不得也,楚天風雨鷓鴣聲"③的悲歎。可以説,戰争的受難者是曾幕詩人的共同身份。

太平天國運動與傳統的農民起義戰争不同,太平軍在起義初期不僅謀求推翻清王朝的統治,還對儒家傳統文化進行了猛烈掃蕩,而後者尤其使當時自幼就深受儒家教化的詩人們無法接受:"這種對異己文化的瘋狂掃蕩不僅給廣大仰仗文教活動謀生的中下層獨立知識份子帶來了直接的經濟損失和生存威脅,也在他們心理情感上留下了很長時間内都難以癒合的傷痛和陰影。"④深受戰争創傷的曾幕詩人自然會在詩歌中反映這種傷痕。曾被困南京,備受精神和肉體折磨的汪士鐸在詩歌中這樣吐露自己的心迹:"出世迫秋色,感時多苦音。户庭今夜冷,刀尺故園心。誰是授餐者,因之戒門深。呼鐙方覓汝,露草莫微吟。"⑤即使作此詩時詩人已經脱困,但戰争帶給他的傷痛和恐懼却絲毫没有減輕。"呼鐙

---

① 李鼎芳《曾國藩及其幕府人物》,貴陽,文通書局,1946年,頁45。
② (清)汪士鐸《乙丙日記》,《近代中國史料叢刊》第13輯,臺北,文海出版社,1966年,頁105。
③ (清)梁溪坐觀老人《清代野記》,太原,山西古籍出版社,1996年,頁60。
④ 常楠《太平天國文化語境中的金和詩歌創作與接受》,北京師範大學2008年碩士學位論文,頁9。
⑤ (清)汪士鐸《悔翁詩抄》,《清代詩文集彙編》,上海古籍出版社,2010年,第612册,頁637。

方覓汝,露草莫微吟"一句,更是將詩人內心驚悸不安的心態表現得淋漓盡致,因戰爭而身不由己,顛沛流離的悲哀彌漫全詩。

(二) 戰爭的參與者

如果説太平天國運動影響了當時成千上萬的中國人,因而戰爭受難者這一身份并不特殊的話,那麽曾幕詩人的另一重身份——戰爭的參與者,則明顯不屬於一個普通身份。曾國藩幕府成立的根本目的就是通過武力剿滅太平天國,其幕僚所從事的絶大多數工作都直接或間接地與戰爭相關。可以説,幾乎每一位曾幕詩人都是戰爭的參與者。戰功卓著的彭玉麟、羅澤南等人自不必提,就連手無縛雞之力的書生汪士鐸也在戰爭中發揮了重要作用。汪士鐸的人生經歷與太平天國時期另一位重要詩人金和有着高度的相似性:二人均被困金陵,對太平天國恨之入骨;均拋家捨業,歷經九死一生從南京逃出;均自投轅門,希望可以爲剿滅太平天國出謀劃策。然而二者的命運又具有強烈的差異。金和從金陵逃出後,隻身前往江南大營向清軍將領獻策,但腐敗的清軍不可能采納他的意見,反而對他頗爲猜疑,使他最後只能"侯嬴有劍難從死,伍員無簫欲救貧"①,鬱鬱不得志。但汪士鐸則不同,進入曾幕後,很快就成爲了曾國藩的核心智囊之一,直接參與湘軍戰略的制定,其中影響最大的當屬攻打南京戰略。作爲南京本地人,汪士鐸對南京周邊環境極爲熟悉,因此他建議曾國藩:"竊謂今日之勢,在先分布攻守,如南岸之廣信……請以左宗棠軍守之……而移韋志俊守廬江,以李中丞守英霍,而以成大吉來往應援,則江北庶可守矣。"②曾國藩對此計大爲讚賞,并依計而行,對湘軍攻下南京起到了重要作用:"其後同治元年二月奏取金陵之計劃……即汪士鐸之意也。"③

作爲戰爭的參與者,而且是相對士卒和基層軍官而言地位較高的參與者,曾幕詩人往往會在詩中頻繁提及戰爭的同時,站在整個戰役的層面敘述這場戰爭。試看《牙屯堡軍夜》:"堠火橫燒烈焰紅,敵人四面路皆通。心驚刁鬥連宵擊,腰繫椰瓢屢日空。野灶煙炊苗婦筍,營門月冷武侯松。夜深巡視三軍睡,頭枕征鞍手挽弓。"④這首詩的作者彭玉麟不僅是一位詩人,更是曾國藩的重要幕僚,湘軍水師統領,如此特殊的身份無疑增強了軍事描寫的真實性。"堠火橫燒烈焰紅,敵人四面路皆通",烽火遍地,硝煙彌漫,敵人從四面八方攻打軍營,戰爭由晝入夜毫不停歇,詩歌一開始就爲讀者描繪了一場激烈的戰鬥。在這種緊張的環境下,作者在頸聯突然語調一轉:"野灶煙炊苗婦筍,營門月冷武侯松。""野灶""煙炊"等意象突然將原本緊張的環境變得平静,但"營門""月冷"等意象又似乎表明在暗處仍然危機四伏。就在

---

① (清)金和《秋蟪吟館詩鈔》,上海古籍出版社,2012年,頁88。
② (清)汪士鐸《汪梅村先生集》,《清代詩文集彙編》,第612册,頁541。
③ 李鼎芳《曾國藩及其幕府人物》,頁30。
④ (清)彭玉麟《彭玉麟集》,長沙,嶽麓書社,2008年,第2册,頁15。

這種既安全又危險,既輕鬆又緊張的氛圍中,詩人緩步登場,一出場就顯得氣宇非凡:"夜深巡視三軍睡,頭枕征鞍手挽弓。"臨危不亂的大將風度呼之欲出。這首詩既見詩人的文學功力,又見詩人對戰爭的洞察,對軍事的熟悉,非親身參與過戰爭的詩人絕難寫出。

(三) 戰後的建設者

曾國藩幕府的另一重要特點,就在於它不僅承擔着作戰任務,還擔負着戰後的建設任務。曾國藩幕府設有大量職能機構,負責地方治理工作的"善後局"就是其中最重要的部門之一:"它的職責主要是在收復區辦理戰後地方秩序的重建問題。"[①]此外,曾國藩極爲熱衷文教事業,他曾不止一次地強調文教的重要性:"國貧不足患,惟民心渙散則爲患甚大。"[②]因此,曾國藩在金陵、武昌、杭州等地均曾開辦書局,專門負責出版儒學典籍和名家作品。而負責書局日常工作的正是曾國藩的幕僚團隊,汪士鐸、張文虎、戴望、俞樾等文學家、經學家都曾參與其中。曾國藩此舉對於飽受戰火摧殘的東南文化無疑具有非凡意義:"江南學術,遂以復興。"[③]作爲戰後建設的參與者,很多曾幕詩人都在作品中對這些活動有所反映。如俞樾的《玉京謠》,此詞有序:"中興來,東南大吏各開書局,刊刻書籍。余參與其間,書成後,頗有可得之望。而年來精力就衰,著述都懶,從前欲讀無書,而今得書又苦不能讀。適毅山制府寄到兩漢書,率題其後。"[④]表明了這首詞的創作背景與曾幕刻書活動之間的緊密聯繫。而詞的上闋"幸處處、瓊笈雕成,定歲歲、瑤華分到"[⑤]。不僅表達了作者收到新書的喜悅,更表明曾幕所刻之書是"瓊笈""瑤華",品質頗佳。而"書城裏,痴龍坐守,蠹魚親校"則反映了當時曾幕刊刻書籍的實況——學者雲集,大師并至。詞的下闋則通過"食葉紅蠶,更吐出、新絲多少"高度讚揚了曾幕刻書之舉。通過這首詞,曾國藩幕府對維持晚清東南學術不墜的貢獻可見一斑。

二、太平天國的集體記憶

曾幕詩人所具有的多重身份,使他們成爲了這段歷史深刻的親歷者和權威的見證者。長達十四年的太平天國運動,在這些擁有相似經歷的詩人中形成了集體記憶,而詩人所特有的敏銳感情和文學才能,又註定他們會在詩歌中記錄這段歷史,因此,曾幕詩歌中出現大量太平天國運動的歷史印記也就成爲了必然。

---

① 李建國《曾國藩幕府的歷史特色與作用》,長春,吉林大學 2006 年碩士學位論文,頁 16。
② (清)曾國藩《曾國藩全集·奏稿(一)》,長沙,嶽麓書社,1987 年,頁 29。
③ 李鼎芳《曾國藩及其幕府人物》,頁 49。
④ (清)俞樾《春在堂詞編》,《清代詩文集彙編》,第 685 册,頁 108。
⑤ 同上書,頁 108。

(一) 金陵的景與人

在太平天國運動波及的成百上千座城市裏,金陵無疑是最特殊也最重要的一座。作爲清王朝在東南地區的政治中心,太平天國的首都,金陵對戰爭雙方有着遠超一般城市的政治意義。定都金陵預示着太平天國走向全盛,而金陵陷落則標志着太平天國徹底敗亡。除了崇高的政治地位外,金陵還是晚清東南文化中心。以金陵爲核心的江浙徽文人在晚清文壇的重要性姑且不言,單憑六朝古都的厚重和秦淮燈火的風流就足以使它成爲無數文人心中魂牽夢繞之地。這種種因素的融合,就使得金陵成爲了在曾幕詩歌中出現最爲頻繁的地理名稱。

對金陵的記錄,首先體現在太平天國運動前後金陵風貌的對比上。金陵在戰爭中曾飽經摧殘,無論是太平軍攻占金陵,還是清軍收復金陵,亦或是長達數年的太平軍與江南、江北大營的拉鋸戰,都對這座城市造成了難以癒合的傷害。作爲江蘇人,曾被曾國藩盛讚"才人之筆,人人歎之"的何栻對此感觸尤爲深刻。在《謝友人勸飲四首》(其二)中,他反復追憶戰前金陵的繁盛,痛悼戰後金陵的蕭條。"吳苑花如繡,秦淮水亦香"①,十里秦淮不僅是金陵繁華的標志,更是無數文人心中的温柔鄉。然而戰爭却使它毁於一旦:"斷虹移畫舫,飛鶴墮遥觸。"②戰前的金陵不僅是風流之地,更是文壇重鎮,文化氣息濃厚:"風雨開吟社,乾坤拓醉鄉。"③而戰爭留下的却是滿眼廢墟:"豈知行樂地,一例變滄桑。"④除了何栻外,生活在金陵周邊的薛時雨也在詩詞中記録了這段歷史在金陵留下的傷痕。《風入松·吊秦淮》就是他專門描寫戰後金陵的作品。在詞的上闋,作者花費了大量筆墨描寫舊日金陵的美好:"板橋風景艷當年,花月鬥嬋娟。畫船省識青溪路,慣停橈、丁字簾前。"⑤而在結尾,作者却用一句話將讀者無情地打入現實:"十里香塵不斷,而今付與頽垣。"⑥在詞的下闋,作者在進一步描寫戰後金陵蕭條景象的同時,將自己的身世之感也融入了詞中:"應有白頭詞客,舊愁彈上新弦。"⑦這段歷史不僅改變了金陵的風物,也改變了過去流連在風物中的人,帶給了他們沉重的歷史愁思。

對金陵的記録,還體現在太平天國時期發生在金陵的人和事上。作爲一個特殊時代,太平天國時期的金陵涌現過無數傳奇人物。由於這些人多數没有顯赫的官職,正史對他們往往一筆帶過,甚至隻字不提,但曾幕詩人却將他們的事蹟詳細記録在了詩歌中,這也是曾幕詩歌中最具史學價值的一部分。孫文川就是這類詩人的代表。孫文川,字澄之,金

---

① (清)何栻《悔餘庵詩稿》,《清代詩文集彙編》,第 664 册,頁 35。
② 同上書,頁 35。
③ 同上書,頁 35。
④ 同上書,頁 35。
⑤ (清)薛時雨《藤香館詩抄·藤香館詞》,《清代詩文集彙編》,第 671 册,頁 722。
⑥ 同上書,頁 722。
⑦ 同上書,頁 722。

陵人。咸豐中避兵上海,入曾國藩幕,後受曾國藩保舉任知縣,升同知,又升知府。作爲土生土長的金陵文人,孫文川寫下了大量記録太平天國時期金陵的詩歌,但與何栻、薛時雨等人不同,孫文川更傾向於記録這段歷史中金陵的奇人奇事。《張烈士行》與《讀謝介鶴明府漢西生稿三十二韻》就是其中代表。這兩首詩均取材於太平天國時期的一件大案——張繼庚案。張繼庚,字炳垣,金陵人。太平天國占領金陵後,張繼庚在城内與數十名友人共謀與清軍裏應外合攻下金陵。計劃敗露後,張繼庚又誣指部分太平軍將領爲同謀,導致數十人被誤殺。這場案件牽涉數千人,在當時轟動一時。張繼庚死後,清廷對其極盡哀榮:"事聞,贈國子監典籍,建專祠,予世職。"①《張烈士行》就是孫文川專門爲記録張繼庚生平事蹟所作。參與張繼庚之謀的士人衆多,但《清史稿》却僅記載了其中的寥寥數人,在這種情況下,作爲這次事件的親歷者,孫文川的詩便起到了可補史闕的作用。《讀謝介鶴明府漢西生稿三十二韻》便是如此。謝介鶴名炳,史書對其記載很少,但通過此詩可以得知,謝介鶴也是張繼庚案的核心人員和倖存者之一。詩歌第一句就交代了謝介鶴與張繼庚之間的緊密關係:"金陵昔從軍,圖賊力共竭。奉檄謀内應,奇士廣連結。"②明確指出謝介鶴是張繼庚之謀的參與者。之後作者又介紹了行動的具體過程,"君時闖鬼門""微服走間道""先憑三寸舌"③,證明謝介鶴在計劃中負責向江南大營傳遞情報;"錚錚張茂才,瀕死計用譎"④,描寫張繼庚用計殺害太平軍將領一事。而"未幾君亦逸,虎口不遭齧"⑤,則反映了謝介鶴虎口脱險的驚心。與時隔數十年方才編纂的史書相比,孫文川的詩無疑更有時效性。而詩人以參與者的角度在詩中記録此事,無疑也爲後人瞭解這一段歷史提供了不同於史書、方志的文學視角。

(二) 戰争的悲與喜

自 1852 年曾國藩於衡陽開幕府伊始,到 1864 年金陵陷落爲止,曾國藩幕府與太平天國之間的戰争持續了十二年,戰争成爲了幾乎所有曾幕詩人的集體記憶。因此,戰争自然是曾幕詩歌中的常見主題。有些詩歌甚至能反映一段時期内戰争的全貌,如彭玉麟《克復嶽州》《肅清洞庭湖》《肅清江西全省》《攻克彭澤,奪回小姑山要隘》等詩,僅從題目就可以看出湘軍在湘贛徽三省的行軍路綫和所獲戰果。然而并非所有曾幕詩人都對戰争持相同態度,不同詩人受所處環境、身份的影響,在描寫這場戰争時往往有着截然相反的態度。即使是同一詩人,在不同時期對待戰争的態度也常有雲泥之別。

---

① (清) 趙爾巽《清史稿》,北京,中華書局,1977 年,第 45 册,頁 13631。
② (清) 孫文川《讀雪齋詩集》,《清代詩文集彙編》,第 690 册,頁 109。
③ 同上書,頁 109。
④ 同上書,頁 109。
⑤ 同上書,頁 109。

對大多數曾幕詩人而言，這場戰爭是一次徹底的悲劇，戰敗的恐懼和戰爭對生命的威脅在很長時間内折磨着曾幕詩人。曾國藩在湘潭起兵後并非一帆風順，在戰爭前期和中期都遭受過巨大挫折，三河之戰就是其中之一。1858 年 11 月，湘軍悍將李續賓率軍進攻安徽省三河鎮，因輕敵被數萬太平軍包圍，最終包括李續賓、曾國藩六弟曾國華在内的六千湘軍精鋭全軍覆没。此戰震驚朝野，更令湘軍元氣大傷："三河潰敗之後，元氣盡傷，四年糾合之精鋭覆於一旦，而且敢戰之才、明達足智之士亦凋喪殆盡。"①曾幕詩人對這次慘敗也多有記載，曾在曾幕多年的王闓運在詩中如此記録三河之戰對湘軍的影響："三河一敗兵如灰，雖有舟楫無由施。陸軍氣奪賊馬蹄，都統揚揚建兩旗。始知騎步定天下，曹公不敵董卓兒。"②可見三河之戰除了極大地打擊了湘軍士氣外，還使得湘軍高層深刻地認識到了陸軍的重要性。三河之戰後，不僅基層士兵爲之"氣奪"，就連曾國藩的幕僚們也在物傷其類的同時深感僥倖："自愧筋力衰，畎畝伴黄犢。三河覆全師，又爲塞翁福。"③汪士鐸此詩可謂當時曾幕詩人共同的心理寫照。

然而，與一般的文人團體不同，曾國藩幕府畢竟是依靠戰爭産生并壯大的，對曾幕詩人而言，戰爭在帶來破壞的同時也會帶來功績，這就使一些詩人有時會用樂觀的態度記録戰爭，上文提到的彭玉麟就是其中典型。彭玉麟對待戰爭的態度在前後發生了明顯變化。在其早期反映戰爭的詩歌《克復嶽州》中，彭玉麟對戰爭的態度是充滿矛盾的。一方面，收復嶽州畢竟是湘軍在早期難得的一次勝利，"電掃雷轟濁霧收""已見龍泉斷虎頭"④等語表明詩人内心不乏喜悦，但結合史實可知，此戰得勝殊爲不易："玉麟傷指，血染襟袖"⑤，"玉麟偕諸營從觀戰，扢罵膠淺，爲賊所乘"⑥。另外，此時太平軍兵鋒尚盛，湖北和江西的部分地區仍爲太平軍所控制，因此僅僅收復嶽州并不能讓詩人安心，這種忐忑不安之情在詩中有明顯體現："終夜枕戈聽刁鬥，哀鴻聲裏不勝愁。"⑦然而到了後期作品《攻克彭澤，奪回小姑山要隘》中，這種情緒發生了明顯變化："書生笑率戰船來，江上旌旗耀日開。十萬貔貅齊奏凱，彭郎奪得小姑回。"⑧彭玉麟作此詩時，戰爭已接近尾聲，隨着湘軍在湖廣江西的一系列大勝，太平天國的戰敗已是不可避免。此時在彭玉麟攻下小姑山要塞後，金陵門户安慶唾手可得，戰爭的勝利已成定局。而自起兵以來的一系列戰功，更讓彭玉麟由一介布衣成爲了兵部侍郎、湘軍水師統帥。在這種情況下，作爲戰爭受益者的詩人自然會

---

① （清）胡林翼《胡文忠公全集》，上海，世界書局，1936 年，頁 291。
② （清）王闓運《湘綺樓詩文集》，長沙，嶽麓書社，1996 年，頁 1473。
③ （清）汪士鐸《汪梅村先生集》，《清代詩文集彙編》，第 612 册，頁 630。
④ （清）彭玉麟《彭玉麟集》，第 2 册，頁 18。
⑤ （清）趙爾巽《清史稿》，第 39 册，頁 11996。
⑥ 同上書，頁 11996。
⑦ （清）彭玉麟《彭玉麟集》，第 2 册，頁 18。
⑧ 同上書，頁 26。

用一種輕快甚至幽默的筆調描寫戰争。

(三) 黎民的血與泪

作爲近代歷史上的一次巨變,太平天國運動影響下的絕大多數人都處在身不由己的境遇中。然而相比於文化水準與社會地位較高,所處環境也較爲安全的曾幕詩人,這一時期的平民顯得更爲可悲。戰争摧毀了他們的家園,奪取了他們的生命,史書却不會爲這些平民百姓留有一席之地。素有現實主義傳統的詩人不可能對這一幕幕人間慘劇視若無睹,因此太平天國運動下黎民的生存境遇就成爲了曾幕詩歌的重要題材。薛時雨的《多麗·別西湖五載》就是這類詩歌的代表作。清軍收復杭州後,薛時雨受曾國藩和李鴻章的保舉赴杭州任知府,映入他眼簾的是一幅人間煉獄般的慘象:"萬燐青,壓波煙霧冥冥。好湖山,鞠爲茂草,晚鐘咽斷南屏。梵王宫、枯杉啼鳩,精忠院、斷甃棲螢。柳悴堤荒,梅薪鶴瘞,六橋風月恁凋零。更慘絕,千堆白骨,滯魄永難醒。"①戰後的西湖滿目瘡痍。此詞有注:"近日收枯骨建萬人塚十座於湖上。"②這場戰争對黎民的傷害可見一斑。

鄉村由於戰略價值和經濟價值都不及城市,與城市相比,雖然還不至於到赤地千里的悲慘境地,但長達十餘年的戰亂仍然給江南地區的農村造成了極爲惡劣的影響,邵伯鎮就是典型。作爲京杭大運河的交通樞紐,揚州邵伯鎮在有清一代非常繁榮,是聞名遐邇的富庶鄉鎮。然而當戰後曾幕詩人孫衣言坐船途經此處時,只剩下滿目蕭條凄清:"豺狼市上餘兵在,蝦菜街前百室空。幾輩長官雄劍佩,連村子弟自刀弓。"③街道上南來北往的客商不見了,取而代之的是成群結隊的士兵,而原本在這裏生活的居民更是十室九空,本應讀書務農的村中青年紛紛拿起刀槍充當士兵,戰争徹底毀滅了小鎮的繁榮與寧静。

三、曾幕詩人的心史紀實

作爲抒情性很强的文體,詩歌在記録客觀事物方面或許無法與小説、散文相抗衡,但論及對作者主觀感情的抒發,諸般文體恐無出其右,這也是詩歌與史籍相比最大的優勢之一:史籍較難反映人物的心靈狀况,而詩歌則容易得多。與之前的川楚白蓮教起義和鴉片戰争不同,太平天國是清代三藩之亂後第一次全國性戰争,它不僅影響了晚清文人的日常生活,更對他們的心靈造成了巨大衝擊。作爲心靈的忠誠紀實,曾幕詩歌對此有明確體現。

---

① (清)薛時雨《藤香館詩抄·藤香館詞》,《清代詩文集彙編》,第671册,頁720。
② 同上書,頁720。
③ (清)孫衣言《遜學齋詩抄》,《清代詩文集彙編》,第662册,頁303。

(一) 經世思想的復興

如果説第一次鴉片戰争僅唤醒了沿海地區的部分文人,使他們意識到變局即將到來,從而力求經世致用的話,太平天國運動則使大多數晚清文人徹底從承平已久的美夢中驚醒。這些原本沉溺於考據訓詁,醉心於儒學典籍的文人發現,不管是漢學還是宋學,都難以挽救岌岌可危的清王朝。在這種情況下,沉寂已久的清初經世思想再度在文人心中復興,"事功"思想再次成爲了不少文人的共同追求,曾國藩本人就是這類文人的代表:"治心性之學而以事功顯著,陽明而外,以曾國藩爲最。"①

環境如此,幕主如此,毫無疑問,曾幕詩人自然是經世思想忠實的擁護者。事實上,他們入幕本身就是經世之舉,而這種思想也明顯地體現在他們的詩歌中。首先,體現在詩歌内容上。作爲曾幕中洋務運動的代表,近代科學家華蘅芳在詩歌中經常抒發自己力求實用的人生態度。試看《擬古二首》(其二):"匣劍久沉埋,利器無人知。挾以走四方,茫茫將何之。狂寇方跳樑,軍書旁午馳。龍泉日橫腰,賴汝扶傾危。況乃江淮間,正在需人時。"②詩人一掃傳統文人的書卷氣,既不願皓首窮經,也不願歸隱山林,而是要憑藉自身的才幹"走四方""扶傾危"。"況乃江淮間,正在需人時"一句,更是將作者的經世報國之心展現得淋漓盡致。華蘅芳不是特例,曾幕詩人中,有關經世報國的詩句經常出現:"立散黄金募健兒,誓除亂賊安耕鑿"③,"丈夫誓許國,艱險復何辭"④,"故鄉尚烽火,何忍向南溟"⑤。這些充分反映了面對太平天國的威脅,晚清文人胸中的經世之心得以復興,力求有爲的"事功"思想再一次風靡於晚清士林。

經世思想在詩歌中的另一重表現,就是詩風變得陽剛豪放。清代初期和中期文網極密,詩人稍有不慎就會落得抄家問斬的境地,這直接導致了清代詩風長期偏向柔媚温婉:"今人之文,一涉筆唯恐觸礙天下國家……見鱔而以爲蛇,遇鼠而以爲虎,消剛正之氣,長柔媚之風,此於世道人心,極有關係。"⑥而太平天國運動在嚴重動摇清王朝統治根基的同時,也大大削弱了朝廷對文人的控制,"天下國家"這一話題再也不是詩歌不能觸及的禁區。此外,儘管曾幕詩人入幕的原因各不相同,但經世報國却是他們共同的信念。而面對太平軍的壓力,最直接踐行這一理念的方法就是從軍入伍。在這種思想的驅使下,大量曾幕詩人選擇投筆從戎,投身到與太平軍作戰的前綫,這種經歷無疑會使他們的詩風變得雄壯。書生領兵是湘軍的重要特點,除了"雪帥"彭玉麟、"九帥"曾國荃外,"領新募軍曰彪字

---

① 陸寶千《清代思想史》,上海,華東師範大學出版社,2009年,頁419。
② (清)華蘅芳《行素軒詩存》,《清代詩文集彙編》,第725册,頁512。
③ (清)游智開《藏園詩鈔》,《清代詩文集彙編》,第666册,頁742。
④ (清)羅澤南《羅澤南集》,長沙,嶽麓書社,2010年,頁39。
⑤ (清)吴坤修《三耻齋初稿》,《清代詩文集彙編》,第665册,頁1。
⑥ (清)李祖陶《邁堂文略》,《清代詩文集彙編》,第519册,頁545。

營,會湘軍援江西"①的吳坤修,"被攻兩晝夜""立埤堄間,彈中左頰"②的李元度均是如此。除了直接領兵作戰外,更多曾幕詩人所從事的是軍隊的參謀和後勤工作,但軍營的氛圍同樣影響了他們的詩風。試看劉蓉《贈李次青司馬,用吳子序編修韻》(其一):"文壇縱筆子能豪,又擁貔貅護節旄。倚馬萬言看滾滾,征鞍千里歎勞勞。謀探虎穴心偏壯,身托龍門價便高。軍律尚師程不識,休憑家法試戎韜。"③儘管劉蓉在曾幕的主要工作是負責文書奏章的寫作:"筆翰如流,國藩賴之"④,但長期的軍旅生活同樣讓這位以治經聞名的詩人詩風走向豪放。此外,"劍""酒""歌""虎"等豪邁意象在曾幕詩歌中出現的頻率也很高:"請君直斬長鯨背,洗劍秋河明月寒"⑤,"鬥酒難消磊塊胸,短衣腰劍髮蓬鬆"⑥,"風挾怒濤馳萬虎,石銜殘雪臥千羊"⑦,凡此種種均表明,面對國家覆滅與信仰崩塌的危險,以曾幕詩人為代表的晚清文人不僅在思想上回到了"天下興亡,匹夫有責"的清初經世思想,其詩風也逐步走向了雄渾豪放的慷慨之音。

(二) 反思意識的勃發

儘管在當今看來,太平天國運動是晚清走投無路的農民階層對封建王朝和帝國主義勢力的反抗,具有積極意義。但受所處立場和教育的影響,曾幕詩人們不可能在詩歌中對這一反抗行為進行歌頌。相反,對於因戰火而家破人亡、背井離鄉的曾幕詩人來說,仇恨是他們對太平天國最主要的情感。在曾幕詩歌中,"賊""妖""狐"是用來形容太平軍最常見的字詞:"值亂賊被猖,殺人肝腦塗地"⑧,"狐兔妖氛消蠡水,鯨鯢孽浪靜鄱湖"⑨,對太平天國極盡斥責詛咒之能事。然而作為飽讀詩書又歷經戰爭磨練的文人集團,曾幕詩人在文化水準和見識閱歷上無疑遠勝那個年代的大多數人,他們不可能對晚清社會存在的種種問題視而不見,也不可能將這些問題統統簡單歸咎於太平天國,因此在經歷過戰爭初期的恐懼和憤怒後,曾幕詩人們往往會以一種盡可能辨證的眼光看待太平天國運動,在責難太平天國的同時,反思甚至批判己方存在的問題。

這種反思與批判意識,首先體現在對清軍無能的憤怒上。同為清政府的武裝力量,清軍與曾幕詩人無疑是同一陣營內的盟友,然而自開戰以來清軍不堪一擊的戰力和鬆弛的軍紀令曾幕詩人對其大失所望,對己方武裝力量的批判就構成了曾幕詩人的第一重反思。

---

① (清) 趙爾巽《清史稿》,第 40 冊,頁 12334。
② 同上書,頁 12329。
③ (清) 劉蓉《養晦堂詩集》,《清代詩文集彙編》,第 663 冊,頁 696。
④ 李鼎芳《曾國藩及其幕府人物》,頁 41。
⑤ (清) 王闓運《湘綺樓詩文集》,頁 1189。
⑥ (清) 華蘅芳《行素軒詩存》,《清代詩文集彙編》,第 725 冊,頁 512。
⑦ (清) 何栻《悔餘庵詩稿》,《清代詩文集彙編》,第 664 冊,頁 119。
⑧ (清) 孫文川《讀雪齋詩集》,《清代詩文集彙編》,第 690 冊,頁 220。
⑨ (清) 彭玉麟《彭玉麟集》,第 2 冊,頁 26。

作爲曾參與張繼庚之謀的詩人，孫文川一開始對清軍是充滿希望的，即便在清軍屢戰屢敗之際，詩人也不乏對清軍的寬慰："一朝下令麾虎貔，金陵攻克無逾期。捷書飛騎馳京師，捨汝不用吁其誰，汝且伏櫪需良時。"①然而隨着作者意識到"月需五十萬兩"②的江南江北大營原來是"多係無籍游民，平時不守紀律，臨陣輒行潰散，甚或紛紛投賊"③的軍隊，作者對清軍的憤怒終於徹底爆發了出來。在其所作《嗟哉華爾行》中，作者將清軍的無能揭露得淋漓盡致。這首詩的描寫對象華爾不僅組建了一支雇傭軍團"洋槍隊"爲清政府效力，更因抵擋太平軍而陣亡。與動輒欺凌中國的英法軍隊相比，美國人華爾在孫文川眼中無疑"可貴"得多，因此其詩對華爾極爲褒揚："嗟哉華爾！憤不顧身"，"無不以一當百，海上處處聞威聲"，"彼金日磾、契苾何力往矣，今有華爾，乃能繼漢唐蕃將成功名"④。與望風而逃的八旗綠營相比，死於戰陣的華爾更成爲了諷刺清軍軟弱膽怯的絶好事例："華爾曰嘻，我夷兵官也，今見官軍乃兒戲"，"彼外國人食毛踐土歲餘耳，乃能爲國授命，我國將士聞之胡不羞？"⑤在孫文川眼中，來自異國他鄉的華爾尚可以爲清王朝盡忠，而食君之祿的清軍却"乃兒戲"，作者對清軍的鄙夷可見一斑。與孫文川的辛辣筆法不同，大多數曾幕詩人往往采取較爲含蓄的方法批判清軍。試看薛時雨《湖州舟中》（其二）："菱湖稱巨鎮，亂後景淒清。華屋將軍帳，荒村壯士營。稻香肥戰馬，潮涌遏奔鯨。困獸嵎猶負，天河望洗兵。"⑥在這首詩中，作者并未直面抨擊清軍，但通過描寫戰後菱湖鎮的慘象不難看出清軍軍紀是何等之差，從將軍到士卒都肆意霸占民居，無人看管的戰馬啃食着民田。此時的作者只想早日"洗兵"，恢復社會的正常秩序。

曾幕詩人的反思意識，還體現在對自身所學知識究竟有何等價值的思考上。正如上文所言，太平天國運動促進了經世思想在晚清文人中的接受，而這種接受本身就是建立在對舊有學術體系的反思中。有清一代，學術流派之争頗爲激烈，但無論哪一派，"醇儒"都是絶大多數學者的共同追求："天下不敢以佻達之見菲薄道學，儒者不至以迂拙樸塞見棄於朝廷，一時公卿，遂皆儒雅謹厚。"⑦然而太平天國運動使得這一情況發生了巨大變化。追求"醇儒"本無過錯，但却與太平天國運動時期社會對學術的要求有所脱節。華蘅芳在《擬古二首》（其一）中這樣評價自己以前的學習和學術活動："家有萬卷書，寒暑不輟披。揣磨得精意，里間推經師。久事忽厭棄，雕蟲非吾爲。"⑧讀書萬卷，寒暑不輟，作者不僅達

---

① （清）孫文川《讀雪齋詩集》，《清代詩文集彙編》，第 690 册，頁 88。
② （清）趙爾巽《清史稿》，第 13 册，頁 3710。
③ 《清實録》，北京，中華書局，1987 年，第 44 册，頁 707。
④ （清）孫文川《讀雪齋詩集》《清代詩文集彙編》，第 690 册，頁 220。
⑤ 同上書，頁 220。
⑥ （清）薛時雨《藤香館詩抄・藤香館詞》，《清代詩文集彙編》，第 671 册，頁 626。
⑦ 陸寶千《清代思想史》，頁 121。
⑧ （清）華蘅芳《行素軒詩存》，《清代詩文集彙編》，第 725 册，頁 512。

到了儒家對讀書人的傳統要求,更"揣磨得精意,里閭推經師",在經學上取得了不俗成績,然而作者對待這一成績的態度却是:"久事忽厭棄,雕蟲非吾爲。"在作者眼中,治經不僅不值得稱頌,反而是"雕蟲"之技,令他厭棄。不僅大量年輕學者力求經世,宣導實學,一些原本已經聲名鵲起的儒學大家對自己畢生所學的價值也產生了懷疑。作爲曾幕中的經學大家,以治今文經而聞名的戴望,在詩中并不諱言對自己所從事學術的價值的反思:"急難重逢日,相憐似弟兄。家山仍夢寐,烽火又清明。歎息魚蝦市,頻驚草木兵。荷鋤知計拙,應悔作書生。"①這首詩題爲《避兵東林山賦贈程大》,是作者於山中躲避太平軍戰火時所作。面對遍地烽火,詩人既無退兵之策,也無生計之謀,不得不在時代的巨變下發出了"應悔作書生"的感歎。

　　太平天國運動是晚清乃至中國近代史上的一次巨變,面對歷史的滾滾洪流,晚清文人展現出了截然不同的衆生相。有的文人渾渾噩噩,得過且過;有的文人則投袂而起,振臂疾呼,曾幕詩人無疑是後者的代表。面對時代的大變革,他們不僅積極應對挑戰,更在自己的詩歌中對這段歷史加以記録。通過閱讀曾幕詩歌,讀者不僅可以瞭解到太平天國運動的更多細節,更可以管窺歷史十字路口下晚清文人的心靈脉絡。

---

① (清)戴望《謫麐堂遺集》,《清代詩文集彙編》,第732册,頁796。

日本漢詩的内隱雙語特性*

嚴 明 梁 晨**

（上海師範大學人文學院）

摘 要：漢字及漢語作爲古代日本人閲讀和寫作的主要文字仲介，成爲日本漢詩産生和發展的獨特土壤。漢語與和語同體互動的雙語環境，對日本漢詩産生了深刻久遠的影響，使其從創作到評論皆呈現出獨特的雙語性因素。本文通過分析日本漢詩的雙語性質，探求雙語環境在日本漢詩本土特徵生成過程中的核心功能。東亞漢字文化圈造就了以中國古典詩歌爲主體的經典範式，而日本漢詩則成爲東亞漢詩體系中的追隨者及創新之秀。同時，日本本土語言文字對日本漢詩的隱性影響是非常深刻的，中日雙語的長期交融，形成了日本漢詩文訓讀法，這一特殊的漢詩文閲讀及寫作方式，既有利於日本漢詩漢文的創作繁榮，也隱藏着突破中國詩歌範式的内在動力。因此，本文探討日本漢詩雙語特性如何貫穿始終，并促進了日本漢詩獨特風貌的形成。

關鍵詞：日本漢詩；雙語性特徵；東亞漢詩

溯源中國古典詩歌而開枝散葉的東亞各國漢詩歷經千餘年，成爲世界文學史上一道靚麗的風景綫。其中日本在詩作品質、留存數量和推陳出新等方面，都堪稱東亞漢詩之典範。日本漢詩人長期處在雙語讀寫的複雜環境中：一是身處東亞漢字文化環境中，中國古典詩歌成爲日本漢詩創作的長期學習典範；二是日本漢詩人的母語環境，日語的發音、語法、表記等方面與漢語皆有根本性的差異。這種雙語環境因素糾纏一體，長期影響制約着日本漢詩的發展。漢文典籍作爲日本傳統文化的重要組成部分，在明治維新前的日本一直占據主導位置，影響遍及日本詩文經史的書寫。而雙語環境對日本的儒官、僧人、詩人都産生了深刻的影響，也使得日本漢詩創作及評論或隱或現地帶上了雙語性特徵。學

---

* 本文係國家社科基金重大項目"東亞漢詩史（多卷本）"（19ZDA295）、上海師範大學高水準計劃比較文學與世界文學創新團隊階段性成果。
** 作者簡介：嚴明，男，上海師範大學人文學院教授、博士生導師，中國比較文學學會理事，國家社科基金重大項目《東亞漢詩史》首席專家。研究方向：明清詩學及東亞漢詩史。梁晨，女，上海市楊浦區教育局工作人員。

界對日本漢詩的雙語性特徵已有所關注,主要從兩個角度出發:其一强調漢字這一視覺語言符號的跨文化功能;其二從訓讀法入手,分析日本漢詩人對中國古代文學傳統的接受。歸結到一點,就是以漢字、漢文爲中日兩國跨文化對話的共通性爲前提。[①] 而西方的日本文學史書寫,則是以西方文學的話語觀念統攝日本文學中的詩歌(poetry)傳統。在西方視域下,中日兩國之間看似不可逾越的語言差異,可以被整合進單一的民族文學傳統中。這種處理方式意味着日本漢詩被明確劃歸爲日本文學,它不再是"以唐詩爲代表的中國古代詩歌影響并繁衍到海外的最大一脈分支"[②]。這樣單向接受影響的處理方式,取消了兩種語言文字、文化系統之間所存在的異質性,日本漢字作爲日本民族語言書面表記的核心部分,脱離了"漢字"這一曖昧表述,而成爲了本民族文學的語言載體。從中外已有研究可以看到,對日本漢詩雙語性特徵的探討,牽涉到對漢字的跨文化功能、中日文學關係以及日本民族文學特性等重要問題的思辨,而這些思辨都關乎對日本漢詩的本體認知。因此,本文推進對日本漢詩雙語特徵的探討,意在從多個角度深化對日本漢詩本體特徵的認知。這種雙語因素同樣也存在於東亞各國漢詩乃至漢文學的發展過程中,所以本文以日本漢詩爲中心的研究,同樣也包含着對東亞漢文學具有雙語性特徵的價值探討。

一、日本漢詩内隱雙語特徵的産生環境

漢字并非日本固有文字,在漢字傳入前,日本没有自己的文字系統。日本語學者冲森卓也(おきもり たくや,1952—)區分了漢字在日本的"存在"與"傳入"的不同。他認爲,中國的早期移民或者外交使者等母語爲漢語的渡日者只是給日本帶來了使用漢字的"存在"。因爲這一存在并没有和日本語言發生關係,也没有影響日本新文字的産生,因此不能認爲是漢字真正"傳入"日本。直到5世紀初,《論語》《千字文》等漢文文獻經由朝鮮半島傳入,日本執政者有了記録和撰寫文書的需要,而漢字在此過程中發揮了注音訓讀的

[①] 陸曉光《最早的雙語詩歌集——〈和漢朗詠集〉跨文化特色初探》(《華東師範大學學報》,2005年第1期)一文首次明確地提到了日本漢文學的雙語性,然而僅略帶過對漢字、假名兩種書面表記系統的介紹,并未對雙語性創作現象作深入探討。吴雨平《橘與枳:日本漢詩的文體學研究》(北京,中國社會科學出版社,2008年)從文體學角度對日本漢詩進行研究,亦關注到了作爲漢詩物質載體的漢字。她强調了漢字和日本口語實際分屬兩個不同語言系統,并且用大量例證指出,在日本漢詩的發展歷程中,漢詩人會寫詩而不會漢語是一個普遍現象。她的研究進一步明晰了日本漢詩的雙語特性。而這種文學生産機制之所以能夠運作,其核心原因正在於漢詩的物質載體漢字是一種視覺語言的表記。馬歌東《訓讀法:日本受容漢詩文之津橋》(《陝西師範大學學報》,2002年第5期)首次從日本漢文學生成的角度,系統介紹了作爲一種語言轉换機制的訓讀法,并認爲訓讀法同時影響了日本對中國文學的接受以及本國漢文學的創作。辛文《日本漢詩訓讀研究的價值與方法論前瞻》(《河南師範大學學報》,2011年第4期)一文是以訓讀法和日本漢詩之關係爲中心最爲深入和全面的研究論文。該文將日本對漢詩的訓讀從廣義上的訓讀法中凸顯出來,認爲應當以"詩家語"爲本位進行研究。

[②] 馬歌東《日本漢詩溯源比較研究》,北京,商務印書館,2011年,頁13。

作用,漢字才算是真正進入了日本。①

　　王朝時代漢文典籍的閱讀在日本皇室持續進行,對漢籍中意象、主題、思想的解讀,形成效仿隋唐律令制國家的基礎,另一方面也構建出日本漢詩產生之初的語境。以日本宮廷詩宴爲例,最早記録是《日本書紀》:"顯宗天皇元年(485)三月上巳,幸後苑,曲水宴。"《日本書紀》成書於養老四年(720),是日本最早的正史,其記事從神話時代直到持統天皇讓位(697),構建了7世紀以前的日本歷史。這段補記的日本最初曲水宴,已經被染上了中國文化的色彩。因爲"上巳祓禊"和"曲水宴"均是從中國六朝時代舶來的儀式,進入日本宮廷後成爲貴族漢文學發生的重要場所。②此外以唐朝開元禮爲原型的釋奠禮,也成爲日本漢詩創作的重要場所。在釋奠禮施行現場,文章博士從《論語》《毛詩》《史記》《漢書》等儒家經史典籍中選出題目,讓參加者當場寫漢詩。③除了皇室舉辦的各種公家宴會,亦有貴族公卿在私人場合舉辦吟詩會,進行探韻、和韻等詩作活動。

　　考察《懷風藻》、敕撰三集等王朝漢詩總集,可以發現日本漢詩人在早期寫作中就接受了中國的時間觀(千古)和空間觀(天地、萬國),將本國歷史的構建置於與中國王朝的平等基礎之上。如《懷風藻》中大友皇子《五言侍宴》:"皇明光日月,帝德載天地。三才并泰昌,萬國表臣義。"④阿倍仲麻吕《五言春日應詔》:"天德十堯舜,皇恩霑萬民。"⑤藤原不比等《五言元日應詔》:"正朝觀萬國,元日臨兆民。"⑥美努連净麿《五言春日應詔》:"此時誰不樂,普天蒙厚仁。"⑦息長臣足《五言春日侍宴》:"帝德被千古,皇恩洽萬民。"⑧上述詩作顯示出對漢文化的全面吸收,使得日本漢詩自發軔便處在雙語環境中。

　　日本漢詩在承擔了王朝時代皇族儒官言志抒情職能的同時,也成爲了日本早期國家形成過程中政治話語的重要組成部分。來自中國的文章可以經國的觀念,成爲發軔期日本漢詩的認知底綫。正如日本文化史學者池田源太在《文章的經國性格》一文中寫道:"(文章的經國性格)是一種不可思議的文化現象。從8世紀晚期到9世紀前葉,對國家的文化、文明的思考成爲一種獨特的思想立場。而這在日本文化發展歷史的其他時代是没有其他類似的例子的。"⑨

　　王朝時代之後,中國傳統詩學話語作爲日本漢詩生成、演化的重要動力,持續發揮着

---

① 〔日〕冲森卓也《日本の漢字1600年の歷史》,東京,ベレ出版,2011年,頁16。
② 林曉光《東亞貴族時代的曲水宴與曲水文學》,《學術月刊》,2013年3月號,頁132—139。
③ 〔日〕菅毅軍次郎《日本漢詩史》,東京,大東出版社,1941年,頁9。
④ 〔日〕與謝野寬、與謝野晶子、正宗敦夫編撰《日本古典全集:〈懷風藻〉〈凌雲集〉〈文華秀麗集〉〈經國集〉〈本朝麗藻〉》,東京,日本古典全集刊行會,1925年,頁10。
⑤ 同上書,頁15。
⑥ 同上書,頁19。
⑦ 同上書,頁17。
⑧ 同上書,頁25。
⑨ 〔日〕池田源太《平安初期における文章の経國的性格》,古代學協會編《桓武朝の諸問題》,1962年,頁9。

深刻的影響,其中以漢字爲載體的東亞漢文化圈的向心力是至關重要的。日本漢語史學者平田昌司曾經提到漢語的核心特點:"漢語很突出的特點可能僅有一個:堅持全用漢字書寫的原則,拒斥其他文字進入中文的體系裏,正字意識十分明確。"① 而具體到漢字作爲漢語書面表記的特徵,他又指出:"中國歷史上的一個事實:正字、韻書、科舉功令嚴密地覆蓋漢語基層的多樣性,穩固地控制書面語言的單一性,甚至還給東亞漢字文化圈不斷提示了中國語言的典範。"② 確如平田氏所言,東亞漢詩是追隨着中國古典詩歌典範而生成的,中國古典詩歌以漢字爲載體,包含了聲律規範、用典、詩學觀念等重要因素,東亞漢詩人接受的正是這一整套話語體系。經典漢詩文作爲中國文學的典範,在東亞漢文學創作中不斷地被模仿,而東亞漢文學的發展也不斷加固着漢字的典範性。而這種話語體系被東亞漢詩人接受,并不斷創作出新的作品之後,其影響便超越了輸出源的中國,而具有了跨國界、跨語言、跨文化的東亞性格。

日本漢詩人特別關注漢詩範式中的聲律規範。江戶後期的大江玄圃就認爲,古今詩歌的聯繫就在於詩格,即作詩的法度和準則,這是古今詩歌的不變本質:"格者何也?法準之義也。法準者何也?必有法準焉。……格之既設矣,格諸開天而施於今,今之詩猶古之詩乎。瑕猶可磨,質豈可變焉?"③ 日本第一部漢文詩話——平安中期空海的《文鏡密府論》,就將四聲譜、用聲法式、用韻等漢詩聲律規範放在開篇。可見當時的漢詩人繼承唐詩規範,對於詩的用韻和平仄投入了大量的精力,將這一部分内容視爲學詩的首要根基功力。此後,漢詩的韻語和平仄一直是日本詩話始終關注的對象,如《詩家聲律》(宇野士朗)、《詩律兆》(中井竹山)、《詩律天眼》(熊阪臺州)、《社友詩律論》(小野泉藏)等詩律專論層出不窮,顯示出聲律探究在日本漢詩創作中的重要地位。進入江戶時期,集中出現了一批專門的音韻學研究著作,如武元質《古詩韻範》、釋文雄《磨光韻鏡》、本居宣長《漢字三音考》等。這些著作對漢字的字音、詩韻示例、聲韻圖等進行了細緻考辯。到了明治年間,隨着西方語言學相關理論的輸入,後藤朝太郎、大島正健等人對漢詩的音韻、四聲、古韻等作了具有近代學術意義的系統梳理。至此,日本的漢字音韻學研究,以漢詩爲起點,從王朝時代延續到江戶後期,完成了從漢詩字音到漢語史的跨越。

二、日本漢詩雙語性的張力衝突

日本古代漢詩人用非母語進行漢詩創作,在中日兩種語言的差異所帶來的張力之下,必然會産生與中國古典詩歌典範性的難以融通,乃至發生衝突。在這些張力衝突中,最明

---

① 〔日〕平田昌司《文化制度和漢語史》,北京大學出版社,2016年,頁1。
② 同上書,頁9。
③ 〔日〕大江玄圃《盛唐詩格》,趙季、葉言材、劉暢輯校《日本漢詩話集成》,北京,中華書局,2019年,頁952。

顯的部分就是漢詩的聲律。日語和漢語屬於不同的語系，發音和語法等有着較大差別，這就導致日本漢詩人在漢詩創作中經常陷入聲律不協的困境。赤澤一堂《詩律》指出日本漢詩人不明四聲的現象："今世作者不諳詩律，漫然任口綴述，未嘗知四聲爲何物也。"穀斗南的《全唐詩律論》也指出，江户漢詩人中真正能辨明詩律的并不多。這反映出江户漢詩創作的真實狀態，對漢字聲調、平仄詩律的掌握，很難達到與中國詩人一樣的純熟程度。野口蘇庵的《詩規》分析其中原因："我邦平入二聲皆能記認焉，上去二聲易混，故少留意下仄處，欲其不爲皆上皆去，是可耳。"説明日本漢詩人并不是完全不懂四聲，而是因爲受母語發聲的影響，記認古漢語的平聲和入聲字難度不大，但對於上聲和去聲字則容易混淆。這種雙語衝突的識別規律反映到日本漢詩創作中，則表現爲對仄聲部的上去兩部分字易混淆，所以須特別注意，尤其要避免上聲和去聲字混用。

大多數日本漢詩人并没有和中國詩人直接交往切磋的機會。光緒七年（1881），嘉興詩人陳曼壽爲日本人小野泉藏的《社友詩律論》作序，指出了這一因素對日本漢詩人創作的不利影響："所惜當前東道未通，不得與吾邦人時相討論，以致疑無不質，難無不問，以傳誤不可救藥。"可見由於缺乏與中國詩人的交流回饋，日本漢詩中一些聲病的産生，在失衡的雙語環境中是不可避免的。

日本漢詩創作中長期存在聲律不諧的現象，有專名形容——"和臭"（或曰"和習"）。如果説聲律的不協調是雙語性語言環境對日本漢詩創作的影響結果，那麼漢詩中用語用典的選擇，則涉及兩種語言文化背景的難以溝通協調。這突出表現在漢詩中日本的人名、地名，其命名規則都與中國有所不同。日本漢詩人爲追求風雅，嘗試將本國漢詩人的雙字姓改成中國的單字姓，這種做法可以上溯到平安時代。從平安説話集《江談鈔》中可看到，貴族慶滋保胤被稱爲"慶保胤"，同時期的貴族大江以言則被稱爲"江以言"。① 對於這種改姓風氣，從《日本詩史》"是編多完録姓氏"的做法可以看出，江村北海是傾向保留日本複姓的。只是由於改漢化單姓的做法當時已經蔚然成風，所以他對漢詩人改漢姓的做法只能采取兩可的態度。

如果説人名姓氏更改尚不足以形成激烈争議，那麼對地名的漢化改動，則直接影響到對日本漢詩的解讀。《日本詩史》提到："遠江州稱袁州，美濃州稱襄陽，金澤爲金陵，廣島爲廣陵之類，於義有害，是以一概不書。"《夜航詩話》也提到："美濃爲襄陽，伊賀爲渭陽，播磨爲鄱陽，相模爲湘中……"②這些日本的地名改頭换面之後，變成了好像中國的地名，這讓讀者感到疑惑。對於江户漢詩中這種地名更改風氣，《夜航詩話》指出了根本原因："我

---

① 〔日〕江村北海《日本詩史》，富士川英郎、松下忠、佐野正巳編《詞華集日本漢詩》卷二，東京，汲古書院，1983年，頁17。
② 〔日〕津阪東陽《夜航詩話》，趙季、葉言材、劉暢輯校《日本漢詩話集成》，頁1582。

邦凡百稱呼多不雅馴,而地名特甚也。先輩病其難入詩,往往私修改之。"① 可見日本漢詩人對人名、地名的修改風氣,實際上是日本長時期以漢文化爲雅馴,以本土文化爲俚俗的認同結果。

到了明清時期,日中間的人員及書籍往來增多,很多中國文人接觸到了日本漢詩作品并進行評價,這對日本漢詩創作帶來直接刺激影響。16 世紀,侯繼高的《全浙兵制考》中有《日本風土記》,收錄 10 餘首日本漢詩。進入江户時代,以長崎商貿港爲據點的日中書籍往來更爲頻繁。《竹田莊詩話》記錄了隨貨船來到長崎的清朝商人中也有不少能文識詩者,他們與日本人談詩論畫,對長崎的文教發展起到了重要作用:"長崎鎮,華夷通交轉貨處,故土民富饒,家給人足,治平日久,漸向文教。加之清商内崇尚風雅,善詩若書畫者往往航來,沈燮庵、李用雲、沈銓、伊孚九輩不遑搜指,故餘習之所浸染,詩書畫并有别致。"②

西島蘭溪(1780—1852)的《弊帚詩話》也提到了中日交往對本國風土雅化的影響。他引述了《孔雀樓筆記》記載的一件逸事:天皇派當時的彈正大弼仲國連夜追捕一個逃跑的妾,而叙述者將"彈正大弼"(從五位上,彈正臺,負責監察中央行政)寫成了中國的"御史中丞"。儘管中日這兩個官職的職責範圍是相當的,但彈正大弼只是日本的"散官"(彈正臺到後來只是一個名存實亡的機構),幫天皇辦私事是正常的。然而在中土人士看來,仲國位居位高權重的御史中丞,居然還會按照皇命去追捕逃跑的小妾,覺得十分可笑。因此《孔雀樓筆記》的作者認爲,紀事應將日本的官職名稱直接保留,不應换成中國的官職名,以免産生誤解。西島蘭溪還舉了一句詩例"摘菜公卿設春宴","摘菜"本是日本公卿姓名,但如果中土人士看這首詩,會覺得這位身居高位的公卿怎麽還要親自采摘蔬菜來設宴待客,真是不可思議。日本漢詩中名稱的雅化、借用、更改等流行做法,會帶來一些有趣的誤讀。而産生誤解的根本原因,則是日本漢詩中的漢字名稱,表面看是在東亞漢詩共同表意系統中運行,中日彼此都明白語義,但實際上漢詩中却暗藏着兩套不同的語言體系,雙語交纏并産生了差異張力之後,其真實語義就難以彼此都明瞭,這便是日本漢詩中産生所謂"和習"的内在動因。

三、日本漢詩内隱雙語性的展開路徑

(一) 訓讀:闡釋漢籍經典的雙語方式

漢字是最初記錄日本書面文學的唯一文字,對日本文學發展的深刻影響自不待言。

---

① 〔日〕津阪東陽《夜航詩話》,趙季、葉言材、劉暢輯校《日本漢詩話集成》,頁 1582。
② 〔日〕田能村竹田《竹田莊詩話》,趙季、葉言材、劉暢輯校《日本漢詩話集成》,頁 2036。

而日本漢詩的產生之初就離不開對大量漢詩文典籍的解讀，因而探討日本漢詩雙語性特徵的形成及展開路徑，就離不開對其解讀漢詩文典籍方式的考察，其中隱藏着雙語性特徵的形成密碼。

漢詩文經典進入日本之初，日語還没有形成獨立成系統的文字體系，所以不可能用日語直接翻譯漢語文獻，只能通過訓讀法來完成漢籍的閲讀和理解。所謂"訓讀"（くんどく），是指在漢文字一側用符號進行標記，説明漢文中詞語的發音、詞性和閲讀順序。隨着漢字的廣泛使用且漢字與日語語音對應關係的趨於穩定，日本人得以借助訓讀法直接標識和解讀漢詩文，并按照日語句式將其朗讀出來。這一過程包含了後來學界對訓讀本質的爭論：它到底是一種語言翻譯法，還僅僅是一種"閲讀漢文的方法"？

漢文訓讀保留了漢詩文的文字順序及語法結構，不是進行翻譯替代。由於訓讀符號的加入，日本人在解讀漢詩文時，其漢文本的語法句式實際上發生了變化，出現了一個文本上有兩種語言系統的并置。根本上説，訓讀只是一種漢詩文解讀法，它并没有權威的統一規定。對漢詩文典籍的訓讀法的講解，是在各家博士、學者的流派内進行的，各有特色，通過老師傳授和弟子傳承而薪火相傳。

釋大典《詩語解》云："雖然倭夏異語，環逆異讀，即有丁尾魚乙，代之象胥，乃謂能會，亦即隔靴，而况其不會者乎？且夫行文之間斡旋之要多在助字，而助字固難以一定論矣。"這裏所指"丁尾魚乙"的異讀，就是指在漢文原文一側隨行標注的訓點，按照日語的語法順序進行理解閲讀，也就是訓讀法。釋大典認爲，通過訓讀來解讀漢籍，最終還是如隔靴搔癢。訓點的位置、讀法并無定法，這也容易造成對同一漢籍文本的不同解讀。他從詩語言的特殊性出發，論述了訓讀法的不可取却又不可棄："華之與倭，路自殊者乎。又况詩之爲言，含蓄而不的，錯綜而不直，加之音節，不容一意訓釋者乎？……故倭讀之法不可取，不可捨，其説在於筌蹄也。"①

正因爲詩歌的語言婉轉含蓄，所以才可以有多種意義詮釋的空間。也因爲有了雙語的背景，由於訓讀而産生的新的解讀意義，自有其合理性。從平安時代到室町戰國時代，處於私傳狀態下的訓讀方法，就如同律令制國家的漢字、漢學，是一種被權貴階層壟斷的知識體系。進入江户時代之後，印刷術的大量使用使得漢籍得以普及并向更多階層傳播，對於訓讀法的知識壟斷才逐漸消除。對於日本漢詩的發展來説，作爲知識的訓讀法的普及，促進了日本儒學者、漢詩人乃至市民百姓對日中兩國漢詩經典的接受和吸收，不同的解讀方法及觀點以結社、詩話等媒介進行傳播，促成了日本漢詩創作及本土詩學理念的成熟。

---

① 〔日〕釋大典《詩語解》，趙季、葉言材、劉暢輯校《日本漢詩話集成》，頁5523。

(二) 和文詩話：日語書寫中的詩學自覺

漢詩的文字及詩體形式，都迥異於日語及和歌。日本漢詩人的創作，某種程度上就像是在表演着中日兩種語言藝術互補的舞蹈，其核心點在於協調中日詩歌諸多要素，使之合乎日本漢詩規範。隨着漢詩雙語性的定型和展開，日本詩學中的本土理念也逐步成熟。

日本本土詩學理念成熟的標誌之一，是和文詩話的大量出現。江户時期出現了一大批和文詩話，這反映出日本漢詩的雙語性不僅影響到了漢詩創作，還影響到了對漢詩的批評。而和文詩話的出現，更便於表達日本詩壇的本土詩學意識。

和文詩話大致分爲以下四種：對中國詩歌的注釋、品評，如祇園南海的《明詩俚評》；作詩法的説明，如川合春川的《詩學還丹》；對韻格規範的系統闡述，如武元質的《古詩韻範》；整理解釋漢詩創作中的常用詩語，如藤良國的《詩語金聲》。和文詩話發揮的重要功能，是幫助漢語水準不高的日本漢詩人更好地理解漢詩經典及詩學理念。正如南海祇園《明詩俚評》跋語自言，體恤時人解讀漢詩艱難，撮鈔明詩絶句，以國字（日本語）加以解釋。日中語言文化的差異使得一般日本人對漢詩的理解有着較大困難，而和文詩話則可在很大程度上紓解這種雙語間切換的解讀困難。川合春川也認爲，用日語解漢詩，有益於初學者深入理解漢詩意境：“其爲書也，以國歌爲詩句，以和言爲詩語之事，將俾初心易入於學詩之境。”江户和文詩話的大量産生，滿足了日本漢詩創作主體擴大後學詩寫詩的社會需求。而江户詩學批評的繁榮，推動了大量漢語詩話的刊行，而和文詩話可以發揮訓解普及作用，因此也應運而生。比如《詩語金聲》便是其中代表之一，“宜且擇其所由近時詩學之書，亡慮數十百種，率皆以國字訓釋，使初學有所措手。”[1]

有了和文詩話，日本漢詩及詩話的傳播範圍更趨寬廣，受衆面及人數也愈加增多，這就大大拓展了日本漢詩意義解讀的本土空間。日本漢詩人在和文詩話的表述中，逐步建立起有着本土意識的詩學理念。武元質《古詩韻範》是一部專論漢詩用韻的詩話著作，其言“夫人之性情固不以域異，而音韻則以地殊焉。不以域異者，雖深遠而可辨，凡説詩者是也。以地殊者，或淺近而難明，如古詩韻脚是也。彼詩法傳於我尚矣備矣，而未嘗有論古詩韻脚者也。”[2]可見武元氏已經意識到漢詩創作涉及到“不以域異”的人之性情，也涉及到“因域而異”的詩體韻律，他看到了日本漢詩的雙語性質，中日漢詩人的性情可以共情溝通，不因地理空間的差異而不同，但中日漢詩的實際音韻則會隨着母語的轉換而發生改變。因此，日本漢詩創作的用韻有必要從本國實際情況出發進行一些必要的改革。由上可見，江户時代的日本漢詩人開始萌生自創一體的意識，即突破單一漢語的局限，兼采本土語言，從雙語的角度展開對日本漢詩的論述，最終建立起具有本土特色的詩學叙述。

---

[1] 〔日〕川合春川《詩學還丹》，池田四郎次郎編，國分高胤校閱《日本詩話叢書》，東京，文會堂書店，1921 年，頁 5335。
[2] 〔日〕武元質《古詩韻範序》，《古詩韻範》卷首，京都，明治十六年祥雲堂翻刻本。

(三) 雙語對譯：跨語言、跨詩體的詩學對話

以上可知江户漢詩人開始有意識構建日本語境下的漢詩學闡釋，包括和文詩話的寫作，以求達到對中國詩歌經典、詩學論著的獨特解讀。江户詩壇同時展開的，還有漢詩和歌之間的對譯，其詩學意義及價值則超越了古已有之的訓讀法。江户時代漢詩與和歌的對譯，發揮出兩方面的作用，一是通過雙語對譯，加深了對中國詩歌經典的理解，使之成爲提升日本漢詩乃至和歌創作的重要因素；二是借助和譯推廣漢詩，也通過漢譯溝通和歌，這樣的雙語對譯有效降低了日本人漢詩解讀及創作的難度。

日本早就有對漢詩的和譯本，如鎌倉初期歌人源光行（1163—1244）編著的句題和歌"三部曲"，分别是譯自唐人李瀚《蒙求》爲題的《蒙求和歌》十四卷，譯自初唐李嶠《百詠》爲題的《百詠和歌》十二卷，以及譯自中唐白居易《新樂府》爲題的《樂府和歌》五卷（後散佚）。源光行對三部唐代詩選的和文譯作，是日本漢文學史上對漢詩、和歌兩種詩體進行密切對譯的成功嘗試。

江户前期的古文辭派漢詩人是漢詩和譯的積極實踐者，他們主張直接閱讀中國經典，不重視古已有之的訓讀法。荻生徂徠《譯文筌蹄》明確反對訓讀，認爲閱讀經史典籍就要遵循漢語的語序："但此方自有此方言語，中華自有中華言語。體質本特，由何吻合？是以和訓回環之讀，雖若可通，實爲牽強。"①太宰春臺也認爲，日本人之所以難以理解漢詩文，是因爲被訓讀語序所混淆，結論就是訓讀法有礙於解讀漢詩文的義理。②傳統訓讀法是用混雜漢語與和文特殊表記來解讀漢詩文，古文辭派則主張直接閱讀漢語文本。也就是説，古文辭派傾向於將漢語視作純粹的異質文化的語言。基於這樣的主張，古文辭派漢詩人成立了譯社，直接進行漢文和譯，并重視活的中國語，邀請長崎的唐通事岡島冠山傳授漢語口語。

古文辭派詩人又嘗試將漢詩譯成日本俗謡體，如服部南郭就翻譯了唐朝詩人郭震（656—713）的《子夜春歌》。原詩爲："陌頭楊柳枝，已被春風吹。妾心正斷絶，君懷那得知。"譯成日語歌謡爲："道のほとりの青柳を あれ春風がふくわいな ワシが心のやるせなさ 思ふ殿御に知らせたや。"③江户後期的漢詩人大江玄圃（1729—1794）也譯過這首詩："往き返る、ちまたの柳、枝垂れて、春のあらしに吹かるめり、心亂れしこのうさを、戀しき人の知るべくもがな。"④譯詩的結構風格皆有不同。到了 1774 年，田中江南刊行譯詩集《六朝詩選俗訓》，此書翻譯了中國六朝時約三百首戀愛詩。如蕭衍的《子夜歌》："恃愛如欲進，含羞未肯前。朱口發艷歌，玉指弄嬌弦。"譯爲："少し甘えてどうか　そば

---

① 〔日〕荻生徂徠《譯文筌蹄》，東京，須原屋書店，1908 年，頁 1715。
② 〔日〕太宰春臺《倭讀要領》卷上，江户，嵩山房，1728 年，頁 12。
③ 〔日〕日野龍夫《近世文學史》，《日野龍夫著作集》第 3 卷，東京，ぺりかん社，2005 年，頁 464。
④ 同上。

へよりたさうで、臆面してようより添はぬ、美しい口でメリヤスを歌ひ、きゃしゃな手で三味綫・琴を彈く。"①

江户時代日本漢詩人的漢詩和譯，多選戀愛題材詩作，這一選詩傾向與日本文學的傳統直接相關。古今和歌多以男女戀愛爲題材，如《萬葉集》中的戀歌發源於歌垣這一上古時代的民俗活動，并集中在"相聞歌"這一分類中。②《古今和歌集》則第一次將"戀歌"作爲單獨的分類。中國的《詩經》、六朝詩以及中晚唐詩，成爲古代愛情詩發展的三個重要階段。隨着兩漢文人逐步接受和參與創作樂府歌曲，使得原先集中在民歌中的愛情表現進入到雅詩中，成爲六朝詩歌的重要題材。③

在早期和歌集中，能觀察到戀愛題材的和歌與中國六朝詩密切關聯的痕迹。日本學者辰巳正明總結了《古今和歌集》與《玉臺新詠》的聯繫，發現兩者的共同點在於男性詩人以思婦身份進行吟誦抒情。上述《六朝詩選俗訓》選譯的詩體，顯示出編譯者特別關注六朝時的清商曲辭。曾智安的《清商曲辭研究》也注意到，清商曲辭并不純粹是俚俗的民歌，而是同時包含了文辭典雅的文人雅歌，顯示出了文人雅詩創作與民歌清商曲辭的雙向互動。田中江南對清商曲辭的譯作，則是以這些經由文人加工雅化的六朝詩爲對象，用日本的語言和詩體進行文學表達，這一雙語對譯過程被稱爲"俗訓"。

從六朝詩到和歌俗訓，意味着中日兩種語言詩歌之間的藝術對話和文化轉化。比如蕭衍詩中的"艷歌"被譯成"メリヤス"，這名稱却是日本民族音樂的一種，多用於歌舞伎和净琉璃的演出。另外，譯後的和歌中也出現了三味綫這一日本本土的樂器名稱。在俗訓時，譯者不僅努力保持原詩的含義，更重要的還有對其中內容進行本土語境化的處理。田中江南的漢詩和譯法，與傳統的漢詩訓讀法之間有着巨大的差別。訓讀保持漢詩原樣書寫，只是對其中部分漢字的位置進行返點標識，閱讀時調整語序以符合日語的語法習慣，但不改變漢詩的書寫順序。而江户漢詩人對漢詩經典的和譯，則是在中日兩種語言詩歌之間的對譯，并涉及漢詩與和歌兩種詩體之間的交匯互通。江户漢詩和譯之作大都涉及愛情婚姻及現世人情内容，大量漢詩和譯本的刊行，貼近了日本讀者的閱讀習慣，也提供了更爲豐富多彩的中國詩歌經典。

江户中期後的漢詩人有意通過漢詩和譯來普及漢詩知識，從而降低漢詩創作的門檻。1801年，柏木如亭選擇五山時代流行的《聯珠詩格》中130餘首漢詩，譯成《聯珠詩格譯注》刊行。④《聯珠詩格》全稱《唐宋千家連珠詩格》，南宋蔡正孫（1239—?）選編，以七言絶

---

① 〔日〕日野龍夫《近世文學史》，頁466。
② 〔日〕遠藤耕太郎《萬葉集の獨詠の戀歌の生成：歌垣歌からの連續と飛躍（山田直巳教授退職記念號）》，《成城大學社會イノベーション研究》，2019年第2期，頁1—14。
③ 楊新民《試論中國古代愛情詩創作的三次高潮》，人大複印資料《中國古代、近代文學研究》，1996年第2期，頁36—44。
④ 〔日〕日野龍夫《近世文學史》，頁469。

句爲主,羅列唐宋詩人諸家詩格。其編撰意圖,據蔡氏序曰:"凡詩家一字一意可以入格者,靡不具載,擇其尤者,凡三百類,千有餘篇,附以評釋,增爲二十卷,籌諸梓,與鯉庭學詩者共之。"①可知蔡氏選編此書是爲了方便童子學詩之需。此詩選在中國刊行後不久失傳,但傳到朝鮮和日本後却長期流行,對東亞漢詩的發展産生了較大的影響。《聯珠詩格譯注》是用當時的日本語進行翻譯的,爲了便於初學者的理解而加了注釋。比如其中賈至《巴陵夜別》:"柳絮飛時別洛陽,梅花落後在瀟湘。世情已逐浮雲散,離恨空隨流水長。"譯爲:"柳の絮の飛時、洛陽で別れてきて、梅の花の落後は 瀟湘の川のあたりに在た、世情は已浮雲を逐て散たが、いま別る恨は 空にこの流水に隨て長。"②這種譯注式的詩選文本,其功能類似於前一節所説的和文詩話的創作,即用日本的語言闡釋中國詩作經典,降低本國人學作漢詩的門檻。

　　川合春川《詩學還丹》的做法則更進一步,探討了直接取材和歌的漢詩寫作法,使日本漢詩人能借助日語及和文學直接進行漢詩創作。川合氏認爲,和歌是本朝俗歌,而漢詩是中土聲詩,因此對日本人來説,和歌容易明白,漢詩却難以解讀,更難創作,所以由翻譯和歌入門進入漢詩創作有其便捷性。川合氏還提出和歌譯漢詩的具體步驟:先瞭解漢詩的基本知識,比如漢詩的各類詩體,包括律詩絶句的平仄聲律要求等;然後是和歌譯漢詩的幾種具體方式;最後是關注和融匯和歌及漢詩中的使用典故,這樣可以幫助日本漢詩人將漢詩寫出含蓄綿延的風格。③

　　川合春川以能因法師(中古三十六歌仙之一)的和歌爲例,進行和歌漢譯的嘗試。比如《後拾遺集・秋》中的"嵐吹く三室の山の もみぢ葉は 龍田の川の錦なりけり",譯成漢詩則是:"御室山頭楓葉秋,秋寒玉露染紅愁。請看吹盡西風色,總入龍江作錦流。"另有《後拾遺集・羈旅》中的一首:"都をば 霞とともに 立ちしかど秋風ぞ吹く 白河の關。"其中"秋風ぞ吹く 白河の關"一句,則譯成"白河關外是秋風"。還有《新古今和歌集》中的"山里の秋の夕暮来てみれば いりあひの鐘に花ぞ散りける",其中"いりあひの鐘に花ぞ散りけ"的名句,譯成漢詩句爲"百八鐘聲催落花"。

　　日本和歌有着鮮明的季節感,川合春川所選這三首和歌也都突出描寫了秋天景物和歌人的感受。特別是最後一首,不論是夕暮時刻,還是鐘聲和秋景的組合,其中的寂寥惆悵皆凸顯了日本式的物哀之感。川本皓嗣的研究指出,這一類的意象組合在《萬葉集》中就已出現,而從《新古今和歌集》開始,秋夕之歌作爲單獨一類被收入和歌選集,頻繁出現在羈旅題材和歌中。這類和歌中獨具特色的意象群,使得譯出的漢詩句也帶上了一層淡

---

① (宋)于濟、蔡正孫編集,〔朝鮮〕徐居正等增注,卞東波校證《唐宋千家聯珠詩格校證》,南京,鳳凰出版社,2007年,上册,頁50。
② 同上書,頁469。
③ 〔日〕川合春川《詩學還丹》,池田四郎次郎編、國分高胤校閲《日本詩話叢書》,頁194。

遠的季節感、色彩感以及憂傷感。這些從和歌譯成的漢詩句，并沒有因兩種語言詩歌對譯而產生違和感，其原因在於中國詩歌傳統中本來就有"自古逢秋悲寂寥"的主題，這一點與和歌悲秋基調是吻合的。再加上和歌采用五七調，翻譯成漢詩的五言、七言體，大致可以通過漢字詞音節的對應而完成韻律的溝通傳遞。

明清文獻中也有對和歌漢譯法的記載，比如明代李言恭《日本考》卷三將和歌漢譯的過程分爲五個部分：真名假名體對照、呼音、讀法、釋音、切意，并以天智天皇一首和歌的漢譯爲例加以展示。

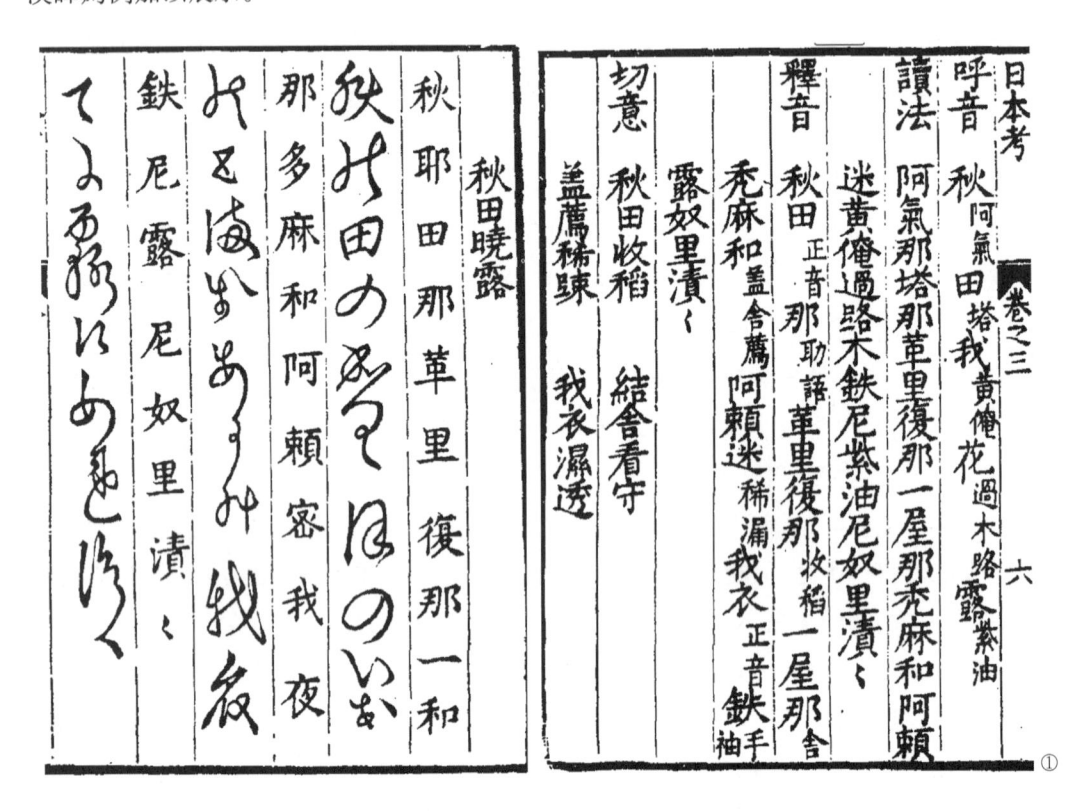

"真字"即漢字，"草書"即假名，"呼音"則是用較大的字體書寫和歌中的漢字，旁邊用較小的字體書寫這一漢字的讀音。其標記讀音的方式，是用發音相近的漢字組合進行表示。如"秋"（あき—aki），寫作"阿氣"；"田"（た—ta），寫作"塔"。② 在完成了對和歌中漢字的讀音標記後，"讀法"的步驟中，將和歌中所有漢字、假名的讀音使用發音相近的漢字連綴起來，構成完整的"讀法"。"釋音"是將述的讀音分爲幾類：漢字詞與漢語義同的，保留漢字詞原來的寫法，曰"正音"；如"の"（的）一類的助詞，則曰"助語"；至於假名詞語，則用漢語進行翻譯，如"革裏複"（かりほ，刈穗），意思是割稻穗。最後的"切意"，則是和歌的

---

① 書影來自：https://ctext.org/library.pl?if=gb&file=26179&page=12。
② （明）李言恭、郝傑著，汪向榮、嚴大中校注《唐大和上東征傳　日本考》，北京，中華書局，2000年，頁103。

漢詩譯作，其詩多爲四言、五言體。如此譯作："秋田收稻，結舍看守。蓋薦稀疏，我衣濕透。"由上可知，《日本考》記載的和歌漢譯方法，保留了和歌的書寫原貌，而其明確的譯詩步驟和舉例，則爲譯詩者提供了可實操的參考。

《日本考》與《詩學還丹》都記載了和歌漢譯法，在譯詩目的、翻譯方法上存在着一些差異。《日本考》所涉内容除了日本語言文字、文學的介紹，還包括日本的自然地理和物質文化，其記載的和歌漢譯方法，是作爲明代對日本整體認識的一部分而存在的，并不像《詩學還丹》是指導日本人寫漢詩的詩話。《詩學還丹》溝通和歌與漢詩，其推行和歌漢譯的目的是讓日本人能够便捷掌握及創作漢詩；而《日本考》記載的和歌漢譯，其目的是爲中國讀者瞭解日本和歌，并無指導和歌創作的目的。

關於具體的譯法，《日本考》涉及寫法、語音、語義諸方面，在譯成漢詩時，以字詞對應的方式，盡可能地切合和歌原意。而《詩學還丹》側重於從形式和表現方式上模仿漢詩，并不注重字義的完全對應。如"嵐吹く 三室の山の もみぢ葉は 龍田の川の 錦なりけり"這首和歌，其中并没有"愁"字，但作者根據文本的意境翻譯成了"秋寒玉露染紅愁"，强調了歌人面對秋日紅葉所含有的物哀之感。還比如"秋風ぞ吹く 白河の關"一句，作者將"白河の關"譯成"白河關外"，則是强調了中國詩歌傳統中"關外"邊塞意象的蒼涼，替代了和歌原作中描述的秋風動感。

總的來説，相對於《日本考》追求原文與譯文對應，《詩學還丹》以和歌爲切入點幫助日本讀者入門漢詩創作，其最終目的是要從本國語言出發，創作出符合漢詩範式的漢詩，因此更强調漢詩與和歌兩者的差别，繼而突出漢詩特有的風格。可以説，川合春川探究譯歌入詩之途徑，開啓了日本人學習漢詩的方便之門。更重要的是，從和歌漢譯創作實踐中可以看到一種新的可能：不同於以往從中國詩歌、詩學文本出發建立起本土的詩學話語，日本漢詩人也可以直接從本民族語言文學傳統入手，逆向構建跨語言跨文化的詩學對話。

四、結　　論

通過對日本漢詩人闡釋中國詩歌、詩學文本方式的考察，可以看到在同一性與差異性并存的雙語環境下，日本漢詩及本民族詩學理念的生成，皆有賴於對中國詩歌經典、詩學論述的傳承解讀。這種生成機制既説明了日本漢詩傳統的構建受到中國詩學影響的客觀現實，同時也凸顯出日本漢詩人闡釋主體的作用，進而確認日本漢詩在日本文學傳統中的重要位置。

日本漢詩的雙語性特徵對日本漢詩乃至東亞漢詩的研究來説是重要的，從日本漢詩的雙語性特徵切入，我們可以觀照日本漢詩創作語言及詩體的兩重路徑，進而探究日本漢詩乃至東亞漢詩創作過程中的雙主體特點。

首先，漢詩雙語性特徵的形成，是以漢字文化圈爲基礎的，因此日本漢詩創作受到漢文經典傳承的長期影響。日本漢詩被納入隋唐以來的東亞文化共同體中，共用了漢字漢籍及漢文化的豐厚知識體系。特別是中國古典詩歌的創作範式，直接開啓和深刻影響了日本漢詩的發展。日本漢詩發展的每個階段，都可以清晰地看到日本漢詩與中國詩歌創作、詩學觀念發展的對應關係脉絡。

其次，漢詩雙語性特徵的另外一面，是日本漢詩人在接受漢詩文的時候，采用訓讀、互譯的方式。其中受到本民族語言文化的影響，必然反映在日本漢詩的創作與詩學觀念評論中。積澱久之，就會出現兼取和歌寫法，擺脱中國詩歌經典範式的一面。漢詩雙語性特徵的生成，有賴於日本漢詩人創作過程中的跨文化對話機制。在巴赫金的對話理論視域下，兩種異質文化的交流，本質上是對話雙方携帶自身話語體系特徵在意義層面上進行的接觸。具體來説，巴赫金的對話理論在跨文化文藝創作中的實踐可分爲獨白、協商與爭論三種模式。① 其中，協商被視作跨文化對話中實現創造性轉化的核心力量，體現了求同存異的詩學立場。從這一角度看，日本漢詩是日本漢詩人進入漢字文化場域，化用中國古典詩歌創作範式，并融入本民族語言、情感之後生成的。

日本漢詩人對中國古典詩歌經典常懷恭敬之心，往往以接近中國詩學的論述爲正途。中國古典詩歌在漢字文化圈中保持着共同規範的崇高地位，漢詩經典隨着漢籍在東亞流轉，被各國漢詩人長期閲讀和接受。在這一受容過程中，中國古典詩歌創作範式與東亞各國漢詩人之間的關係，并非征服與順從，而是相互激發而别出心裁。中國詩歌範式的影響，不僅關涉日本漢詩創作，也關乎東亞各國本土文學樣式的變化發展。比如和歌的意象、主題、歌體乃至歌論，皆充滿中國古典詩學影響的痕迹。漢字文化圈和本國語言文字雙向作用下形成的漢詩雙語環境，使得江户漢詩人趨向於兼顧本土文學文化的實况習慣，對舶來的漢詩經典範式進行改造。這種受容和改造，發揮出了日本漢詩人的主體能動性。如上文提到的對人名、地名的改造，就體現了日本漢詩人在漢詩創作中的能動性。而在這種發揮能動性的背後，則是對大和民族文化主體意識的彰顯。

在巴赫金對話理論的基礎上，朱莉亞·克利斯蒂娃（Julia Kristeva）提出了"互文性"理論。在互文視域下，每個文本都是同時存在於文本網絡中，其構建有賴於對現存文本的來源回溯。② 就日本漢詩而言，存在於以中國古典詩歌爲中心的東亞漢詩文本群中，其發展自新是歷代日本漢詩人與中國詩歌經典對話的結果。特別是日本漢詩人對漢詩聲律的討論，在促進日本漢詩聲律範型成熟的同時，也引入了域外視角的多元理解，以日本詩學實踐方式豐富了東亞漢詩學中以聲論詩的理論。

---

① 馮偉《獨白、協商、爭論：當代跨文化戲曲的中外"對話"模式研究》，《中國比較文學》，2020 年第 4 期，頁 15—27。
② 李明《文本間的對話與互涉——淺談互文性與翻譯之關係》，《廣東外語外貿大學學報》，2003 年第 2 期，頁 5—9。

日本漢詩作爲其本土文學的一部分，意味着日本漢詩也處在日本歷代文學文本的網絡之中，并與和文文學創作産生互文的關係。早在《和漢朗詠集》等早期漢詩和歌選集中，就可看到漢詩與和歌唱和、競賽的現場。從日本漢詩文本的雙語特徵，到日本漢詩創作的雙主體性質，使得漢詩與和歌的互文關係在激發兩者審美觀照的同時，也促進和提升了和歌的經典化歷程。漢詩進入到日本本土文學的互文性網絡中，也加强了這一網絡中主要文學文本的雙語性特徵。雙語性是考察日本漢詩基本特徵的重要途徑，也成爲日本漢詩發展動力的重要來源。在世界文學史上，這種以雙語性特質爲切入口，觀照異質文化互動對文學發展影響的例子并不少見，下試舉兩例加以對比。

　　第一個對比事例是後殖民視域下的非母語寫作研究。非母語寫作這一概念通常被用於分析少數民族文學、離散（流散）文學（diasporic writing）等主題。"diaspora"這個詞來自希臘語，意思是"分散和播種"，最初是指巴比倫流亡後巴勒斯坦境外猶太人的分散和定居，後來被廣泛用於形容猶太人流亡各地的災難性歷史。流散想像的關鍵部分，是尋求回歸巴勒斯坦和建立猶太國家的猶太復國主義（Zionism）。全球化現象中人口流動帶來的"邊緣——中心"關係的重組，使得流散現象及對流散現象的理論分析成爲了文化文學研究的重要方面。① 應該注意的是，"流散"作爲一種文化現象，在人類歷史上由來已久。但作爲後殖民批評話語的"流散"文學的出現，則是基於全球化的特殊語境，這與東亞漢詩發展過程中長期存在的異質文化互動而出現的雙語性特徵有着本質的區别。

　　第二個對比事例是拉丁語文學與歐洲各民族語言文學之間的互動關係。古羅馬帝國的擴張及長期影響，使得拉丁語成爲歐洲各國的通用語言。拉丁語在中世紀廣泛運用在歐洲的宗教、教育等活動中，其對歐洲文化乃至文學創作的各個方面都產生了深遠的影響。瑞士歷史學家雅各布·布克哈特（Jacob Burckhardt）在《歷史的反思》中將其概括爲"國家權力、教會權力和文化權力"②。以文化權力爲例，在《歐洲文學與拉丁中世紀》（*Europäische Literatur und Lateinisches Mittelalter*）一書中，德國語文學家庫爾提烏斯（Ernst Robert Curtius，1886—1956）就指出，德意志民族對拉丁語文化的接受，使得拉丁語成爲該民族文化的定錨點，其影響一直持續到 18 世紀，才被盎格魯撒克遜文化的競爭所壓制。③而歐洲近代各國的民族語言中，也有直接源自拉丁語的。例如，西班牙語的母音發音、詞性變化、時態、句法等内容，都與拉丁語有着緊密的事實聯繫，被認爲是拉丁語的變種。④ 拉丁語同歐洲各國方言也有着長期互動。比如從高盧地區挖掘出來的陶器上

---

① 王寧《流散文學與文化身份認同》，《社會科學》，2006 年第 11 期，頁 170—176。
② 唐曉琳《語言的權力——拉丁語對歐洲統一的影響與作用》，《社會科學家》，2011 年第 11 期，頁 148—150。
③ Ernst Robert Curtius and Colin Burrow，*European Literature and the Latin Middle Ages*，Princeton University Press，2013，p. 26.
④ 盧春迎《西班牙語誕生於拉丁語與西班牙帝國的崛起》，《外國語文》，2020 年第 3 期，頁 14—19。

的文字是拉丁字母,但其實是高盧語言,使用了拉丁語的框架來排列,并且用了拉丁文的數字。這説明兩種文字之間的混淆或許受到出口貿易等因素的原因,其文字書寫形式就可能有差異。①此外,拉丁語和歐洲各地方言的使用語境也有區别,繼而造成了事實上的雙語現象。例如,在男性占主導的教育、軍隊、法律、行政和公共生活等領域,使用拉丁語就多一些;相對而言,女性書寫往往貼近日常生活口語,使用本地方言較多。這些差異的分布,與東亞漢字文化圈中普遍出現的雙語現象,也是同中有異,值得在更大的歷史文化範疇中進行深入具體的比較分析。

作爲歐洲通用語的拉丁語與歐洲各地方言的互動,以及後殖民文學中的非母語寫作,這兩種研究對象的産生都誕生於西方文化的話語體系中。那麽對以日本(包括朝鮮、琉球、越南)漢詩爲代表的東亞漢文學雙語性特徵的研究,則是立足於探討東亞漢文化的傳播與接受路徑,乃至融匯本土語言及文學因素,并形成一種以雙語特質爲重要基面的比較文學研究方法,其理論價值及實踐意義都极其重要,本課題將對此繼續進行探索辨析。

---

① James Clackson, *The Blackwell History of the Latin Language*, Wiley—Blackwell, 2010, p. 232.

《禮記》校勘與版本錯訛溯源舉隅

王 鍔

（南京師範大學文學院）

摘 要：阮元刻本《禮記注疏》存在一些文字錯訛。如《曲禮上》鄭玄注"安定其床衽也定安"，"定安"倒作"安定"；《檀弓上》鄭玄注衍"牆之障柩猶垣牆障家"九字。經比勘溯源，皆源自宋本，非阮刻本始誤。阮刻本《禮記注疏》錯誤源於宋本者不少，它書也有類似情況，所以整理《十三經注疏》，當校勘現存可見之宋本，追本溯源，校正補缺，不能妄改，探尋源流，十分重要。

關鍵詞：阮元刻本《禮記注疏》；校勘；文字錯訛；版本溯源

　　唐代《五經正義》的編纂，《禮記》正式代替《儀禮》，成爲《五經》之一。宋代《四書》之《大學》《中庸》，分別是《禮記》第四十二篇、第三十一篇。《四書》《五經》是構建中華優秀傳統文化的核心經典，也是從事中華傳統文化者必讀之書。《禮記》自宋代以來，主要以刻本形式流傳，其版本可分白文本、經注本、單疏本和注疏本。經注本有蜀大字本、撫州本、婺州本、余仁仲本、紹熙本、岳本（殿本注）、嘉靖本。注疏本有八行本、元十行本、閩本、監本、毛本、殿本注疏、《四庫全書》本、和珅本、阮刻本等。經注本、注疏本皆有附釋文與不附釋文之別。經注本中，蜀大字本、婺州本、嘉靖本不附釋文，撫州本、余仁仲本、紹熙本、岳本（殿本注）附釋文。注疏本中，八行本不附釋文，元十行本、閩本、監本、毛本、殿本注疏、《四庫全書》本、和珅本、阮刻本皆附釋文。經注本之紹熙本、岳本、嘉靖本源自余仁仲本，十行本以下附釋文注疏本之經注釋文，亦祖余仁仲本。經過比勘衆本，經注本之中，蜀大字本最佳，其次是撫州本、余仁仲本；注疏本之中，八行本最早，和珅本精善，阮刻本是集大成之版本。然阮刻本文字錯誤，有源

---

* 本文係國家社科基金重大項目"《詩經》與禮制研究"（16ZDA172）階段性成果。
** 作者簡介：王鍔，男，南京師範大學文學院教授、博士生導師，中國歷史文獻研究會秘書長，山東大學儒學高等研究院兼職教授，上海大學兼職教授，江蘇文脈整理與研究工程"文獻編"經部主編。研究方向：中國經學，禮學和文獻學。

自宋本者,今以中華書局《十三經注疏》本《附釋音禮記注疏》六十三卷爲底本,舉二例説明。

一

《禮記·曲禮上》曰:"凡爲人子之禮,冬温而下清,昏定而晨省。"鄭玄《注》曰:"安定其床衽也。省,問其安否何如。"①

鍔按:"昏定而晨省"者,謂孝子傍晚爲父母鋪設卧席,早上問候請安。衽是卧席。

《撫本禮記鄭注考異》曰:"嘉靖本、岳本'安定'皆作'定安',山井鼎所據宋板注疏亦然,讀'定'字逗,'安'字下屬。"②顧廣圻據嘉靖本、岳本和足利本發現"安定"誤倒。

阮元《校勘記》曰:"閩、監、毛本作'衽',此本'衽'誤'在'。岳本'安定'作'定安',嘉靖本同,《考文》引宋板同,《通典》六十八同。按:以'安其床衽'訓'定'字,與以'問其安否何如'訓'省'字,文法同。岳本爲是。《正義》亦云'定安'也。"③

"安定其床衽也",撫州本、余仁仲本、八行本、和珅本、閩本、監本、毛本、殿本注疏、《四庫全書》本、阮刻本同;蜀大字本、婺州本、岳本、嘉靖本、足利本作"定安",是;十行本"衽"作"在",非。阮元亦指出"安定"誤倒,然其倒文當始於余仁仲本。

孔穎達《禮記正義》曰:"'昏定而晨省'者,上云'冬温夏清',是四時之法,今説一日之法。定,安也。晨,旦也。應卧,當齊整床衽,使親體安定之後退。至明旦,既隔夜,早來視親之安否何如。先昏後晨,兼示經宿之禮。"孔説甚是,也證明"安其床衽"訓"定",與"問其安否何如"訓"省"文法一致(參看圖1至8)。

---

① (清)阮元校刻《十三經注疏》附《校勘記》,北京,中華書局,1980年,上册,頁1233上欄。
② (清)張敦仁(顧廣圻代撰)《撫本禮記鄭注考異》,《顧校叢刊》之《禮記》,福州,福建人民出版社,2020年,下册,頁1137—1138。
③ (清)阮元校刻《十三經注疏》附《校勘記》,上册,頁1236下欄。

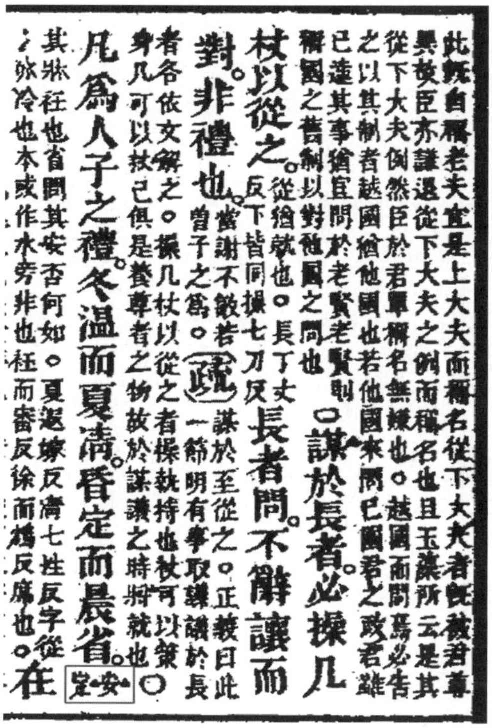
此既自稱老夫宜是上大夫而稱名從下大夫者既被君尊
異故臣亦謙退從下大夫之例而稱名也且玉藻所云是其
從下大夫例然臣於君單稱名無嫌也○越國而問焉必告
之以其制者越國猶他國也若他國來問己國君之政君雖
已達其事猶宜問於老賢老賢則
稱國之舊制以對他國之問也
○謀於長者。必操几
杖以從之。從猶就也○長丁丈反下皆同操七刀反 長者問。不辭讓而
對。非禮也。當謝不敏若曾子之爲○【疏】謀於至從之○正義曰此一節明有事取謀議於長
者各依文解之○操几杖以從之者操執持也杖可以策□
身几可以扶己俱是養尊者之物故於謀議之時將就也○
凡爲人子之禮。冬溫而夏凊。昏定而晨省。宜安
其牀衽也省問其安否何如○夏遐嫁反凊七性反字從
冫冰冷也本或作水旁非也衽而審反徐而鴆反席也○在

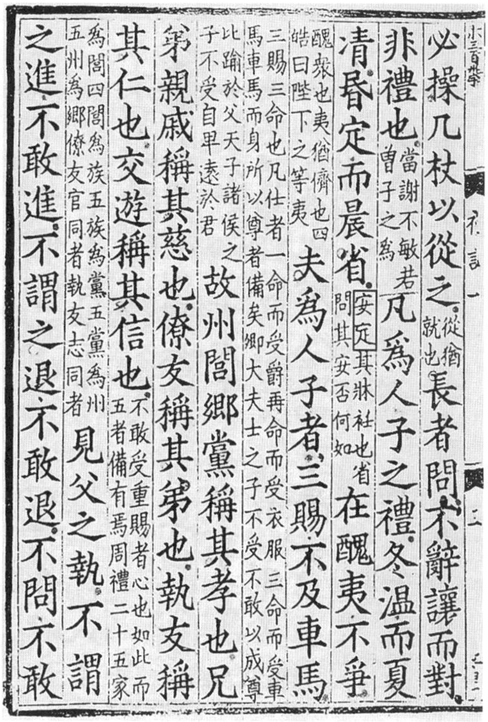
必操几杖以從之。從猶就也長者問不辭讓而對。
非禮也。當謝不敏若曾子之爲凡爲人子之禮。冬溫而夏
凊。昏定而晨省。安定其牀衽也省問其安否何如在醜夷不爭
醜衆也夷猶儕也四皓曰陛下之等夷夫爲人子者。三賜不及車馬
三賜三命也凡仕者一命而受爵再命而受衣服三命而受車馬車馬而身所以尊者備矣卿大夫士之子不受不敢以成尊比踰於父天子諸侯之子不受自卑遠於君故州閭鄉黨稱其孝也。兄
弟親戚稱其慈也。僚友稱其弟也。執友稱
其仁也。交遊稱其信也。不敢受重賜者心也如此而五者備有焉周禮二十五家爲閭四閭爲族五族爲黨五黨爲州五州爲鄉僚友官同者執友志同者見父之執。不謂
之進。不敢進。不謂之退。不敢退。不問不敢

圖 1　阮刻本《禮記注疏》卷一和撫州本《禮記注》卷一

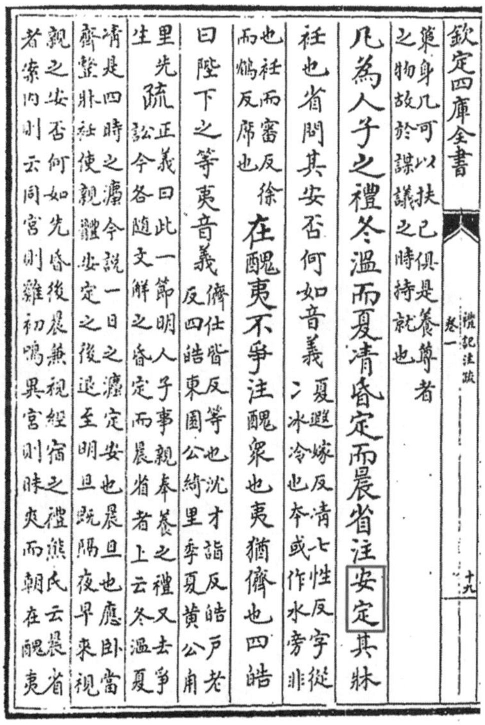
欽定四庫全書
策身几可以扶己俱是養尊者之物故於謀議之時持就也
凡爲人子之禮冬溫而夏凊昏定而晨省注安定其牀
衽也省問其安否何如音義夏遐嫁反凊七性反字從冫冰冷也本或作水旁非
也衽而審反徐而鴆反席也在醜夷不爭注醜衆也夷猶儕也四皓
曰陛下之等夷音義儕仕皆反等也沈才詣反皓戶老反四皓東園公綺里季夏黃公甪
里先生疏正義曰此一節明人子事親奉養之禮又去爭訟今各隨文解之昏定而晨省者上云冬溫夏
凊是四時之灋今說一日之灋定安也晨旦也應卧當齊整牀衽使親體安定之後退至明旦既隔夜早來視
親之安否何如先昏後晨兼視經宿之禮熊氏云晨省者案內則云同宮則雞初鳴異宮則昧爽而朝在醜夷
禮記注疏　卷一　十九

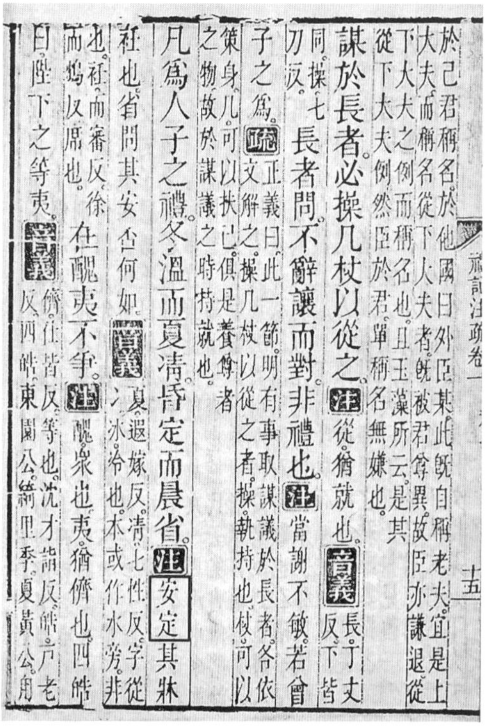
於己君稱名於他國曰外臣某此既自稱老夫宜是上大夫而稱名從下大夫者既被君尊異故臣亦謙退從
下大夫之例而稱名也且玉藻所云是其從下大夫例然臣於君單稱名無嫌也。
謀於長者。必操几杖以從之。注從猶就也。音義長丁丈反下皆
同操七刀反。長者問。不辭讓而對。非禮也。注當謝不敏若曾
子之爲。疏正義曰此一節明有事取謀議於長者各依文解之。操几杖以從之者操執持也杖可以
策身几可以扶己俱是養尊者之物故於謀議之時持就也。
凡爲人子之禮。冬溫而夏凊。昏定而晨省。注安定其牀
衽也省問其安否何如。音義夏遐嫁反凊七性反字從冫冰冷也本或作水旁非
也。衽而審反徐而鴆反席也。在醜夷不爭。注醜衆也夷猶儕也四皓
曰陛下之等夷。音義儕仕皆反等也沈才詣反皓戶老反四皓東園公綺里季夏黃公甪
禮記注疏卷一

圖 2　文淵閣《四庫全書》本和殿本《禮記注疏》卷一

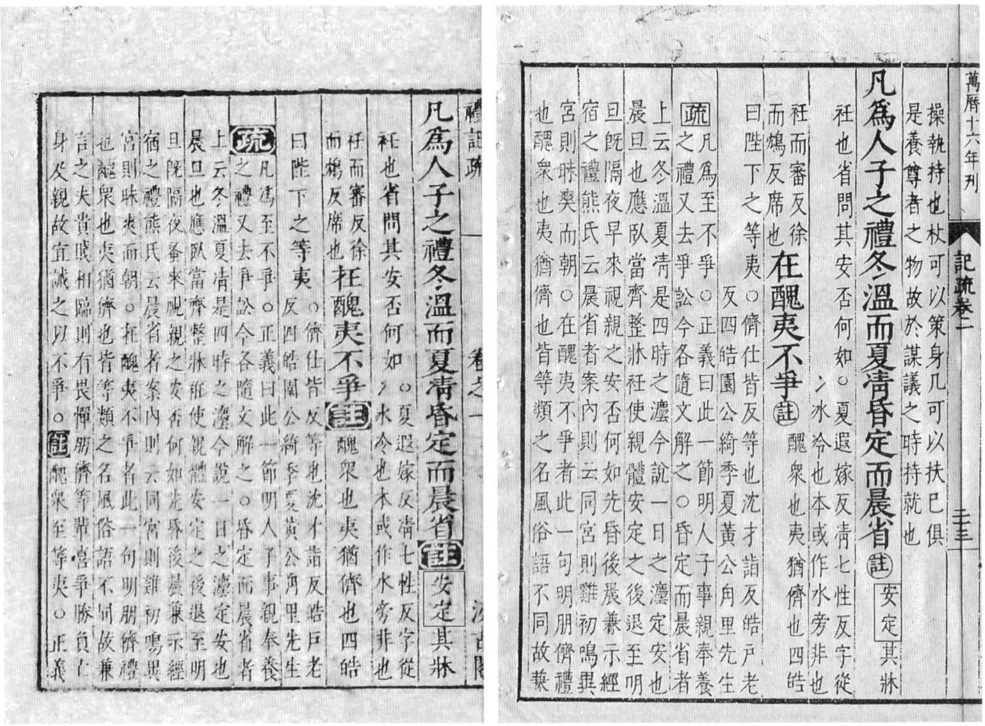

圖3　毛本和監本《禮記注疏》卷一

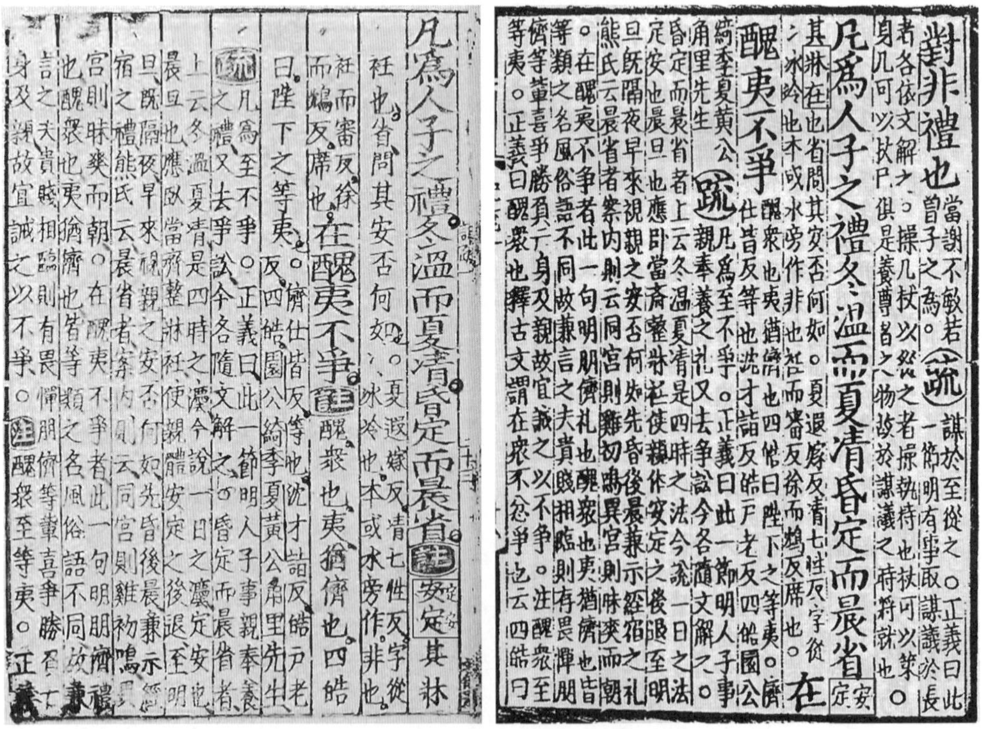

圖4　閩本和元十行本《禮記注疏》卷一

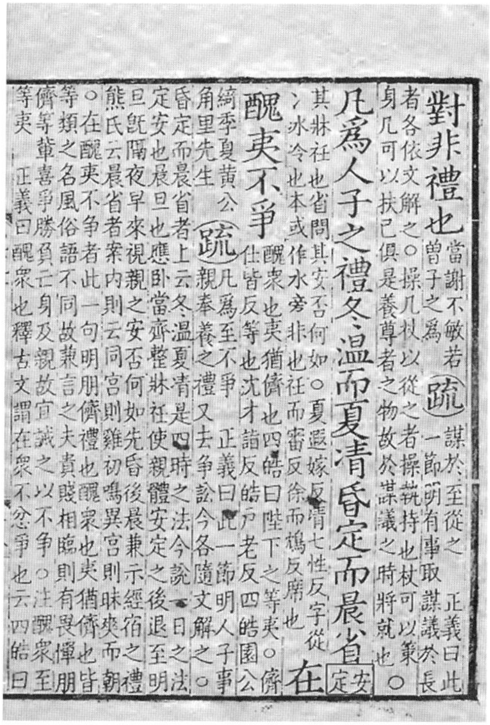

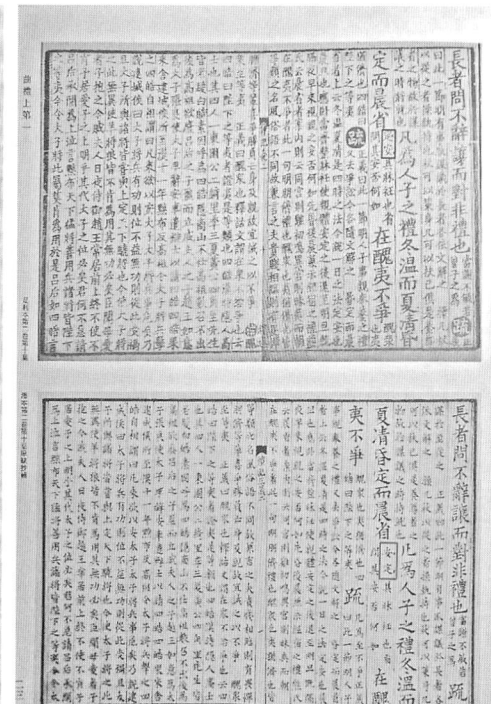

圖5 和珅本《禮記注疏》卷一與足利本、八行本《禮記正義》卷二

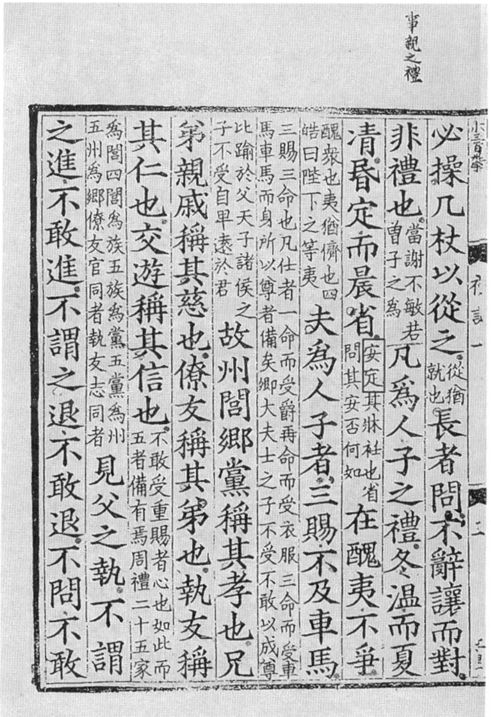

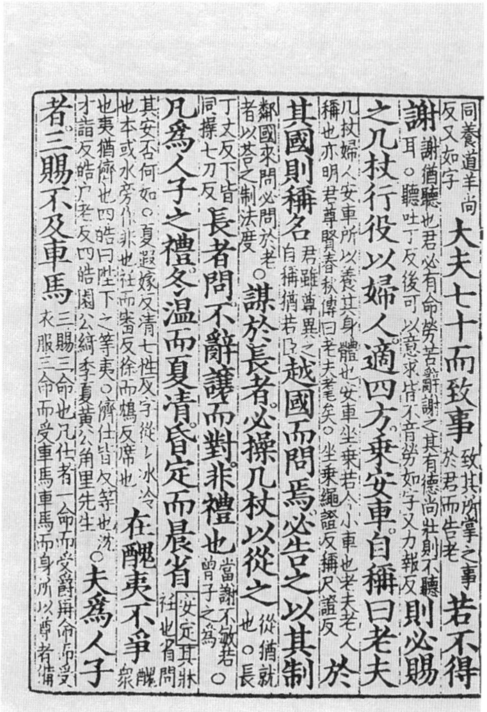

圖6 撫州本和余仁仲本《禮記注》卷一

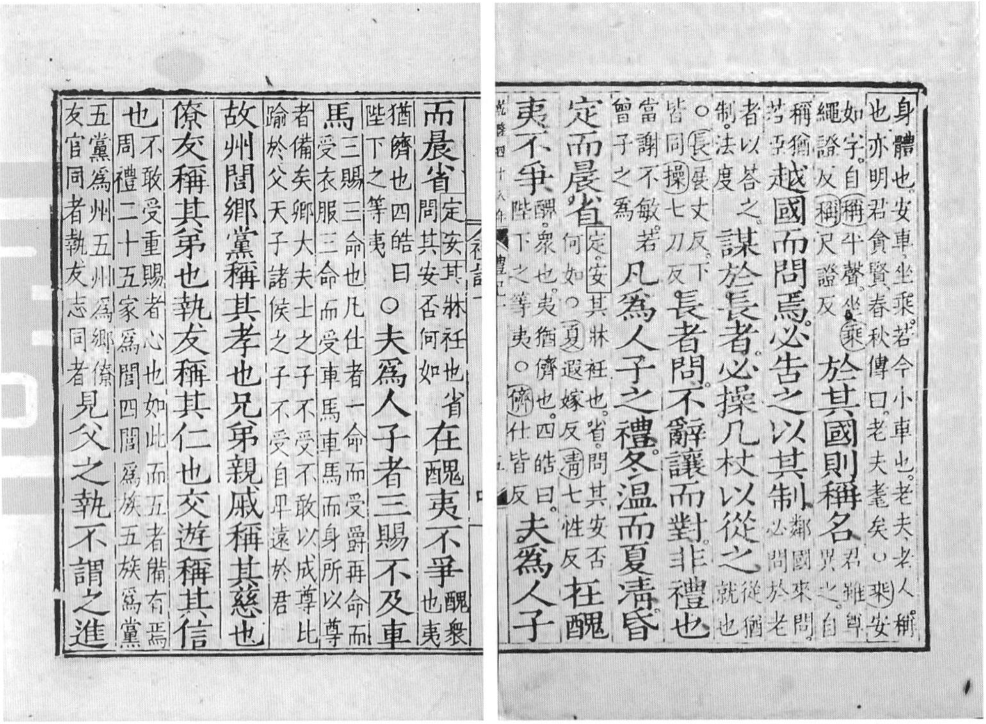

圖 7　嘉靖本和岳本（武英殿翻刻）《禮記注》卷一

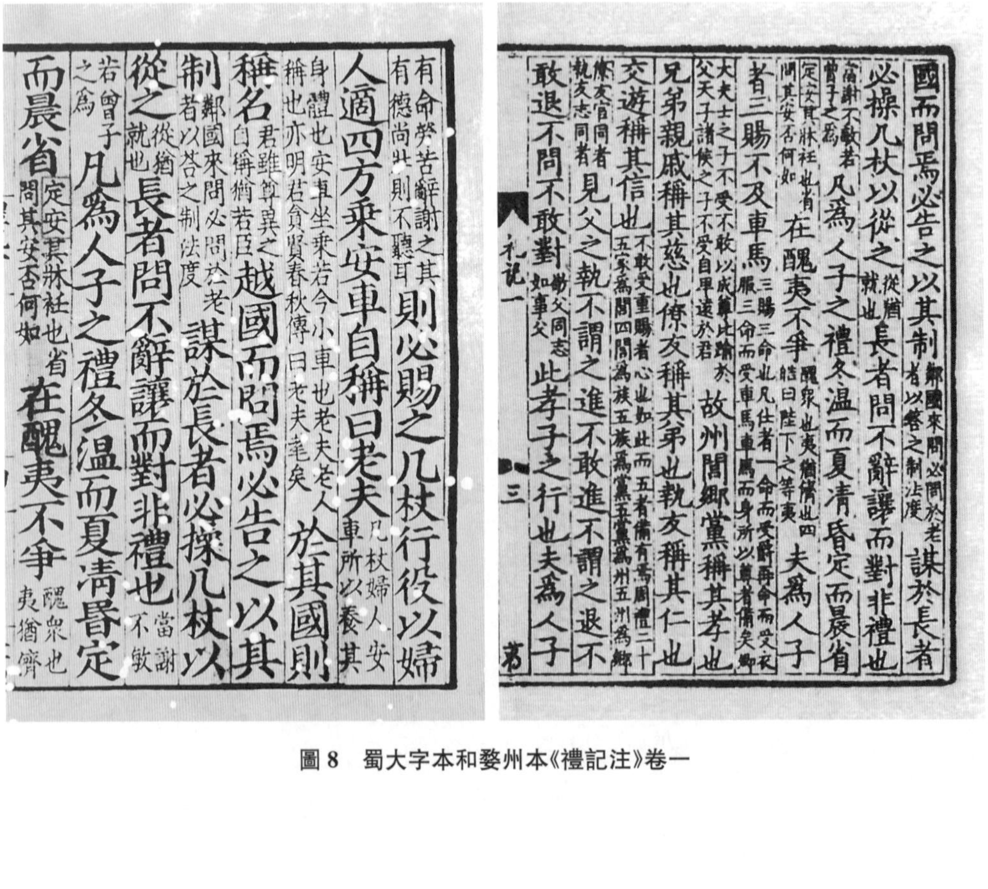

圖 8　蜀大字本和婺州本《禮記注》卷一

二

《禮記·檀弓上》："孔子之喪,公西赤爲志焉。飾棺,牆置翣,設披,周也;設崇,殷也;綢練設旐,夏也。"

鄭玄《注》曰："公西赤,孔子弟子,字子華。志,謂章識。牆之障柩,猶垣牆障家。牆,柳衣。翣,以布衣木,如攝與!夫子雖殷人,兼用三王之禮,尊之。披,柩行夾引棺者。崇,牙旌,旗飾也。綢練,以練綢旌之杠。此旌葬乘車所建也。旌之旐,緇布廣充幅,長尋曰旐。《爾雅》説旌旗曰:'素錦綢杠。'"

孔穎達《禮記正義》曰："孔子之喪,公西赤以飾棺榮夫子,故爲盛禮,備三王之法,以章明志識焉。於是以素爲褚,褚外加牆,車邊置翣,恐柩車傾虧,而以繩左右維持之,此皆周之法也。其送葬乘車所建旌旗,刻繒爲崇牙之飾,此則殷法。又韜盛旌旗之竿以素錦,於杠首設長尋之旐,此則夏禮也。既尊崇夫子,故兼用三代之飾也。"

"牆之障柩,猶垣牆障家,故謂障柩之物爲牆。障柩之物即柳也,外旁帷荒,中央材木,總而言之,皆謂之爲柳也。《縫人》注云:'柳,聚也,諸飾所聚。'前文注云'牆,柳'者,以經直云'周人牆置翣',文無所對,故注直云'牆,柳也'。其實牆則柳也。《雜記》喪從外來,雖非葬節,以裳帷障棺,亦與垣牆相似,故鄭注'不毀牆'之下云:'牆,裳帷也。'皆望經爲義,故三注不同。"①

鍔按:志者,章明志識,猶操辦。牆,又名柳,是覆蓋包裹靈柩的帷幔。翣,遮擋靈柩的扇形裝飾物,猶如漢代的扇子,即攝。披是帛製作的帶子,一端繫靈柩,一端由送喪者牽持,防止靈柩傾斜。崇即崇牙,送喪車上之旌旗邊緣製作成齒邊,猶如郵票邊。綢(tāo),韜也,用素錦纏繞旗杆。旐是寬二尺二寸、長八尺的黑布幡,即魂幡。這段經文的意思是:孔子的喪事是弟子公西赤操辦的,棺木靈柩外設置帷幔即柳,柳牆上有翣,靈柩外繫絲帶,這是周代喪葬禮制;魂車上插有崇牙狀旌旗,這是殷商禮制;用素錦纏繞旗杆,旗杆上有一塊寬二尺二寸、長八尺的黑布幡,這是夏代禮制。公西赤爲尊榮夫子,特爲盛禮,使用三代禮制下葬老師。

《七經孟子考文補遺》曰："'牆之障柩猶垣牆障家',無此九字,謹按,下注云'牆柳衣',此注衍文,古本近是。"山井鼎依據古本指出"牆之障柩猶垣牆障家"是衍文。

《撫本禮記鄭注考異》云："各本'牆'下有注云'牆之障柩猶垣牆障家',凡九字。蓋他本取《正義》語附載之,遂誤入鄭注也。撫本初刻并無此九字,最是。脩板時誤於他本,剜擠入之,故其添補痕迹,今猶宛然。山井鼎云'古本無此九字。謹按"下注云'牆柳

---

① (清)阮元校刻《十三經注疏》附《校勘記》,上册,頁1284中欄、下欄。

衣',此注衍文"'云云,與此初刻爲同矣。"①顧廣圻謂撫州本挖補"牆之障柩猶垣牆障家",不對。

阮元《校勘記》曰:"'牆之障柩猶垣牆障家':閩、監、毛本同,岳本、嘉靖本同,衛氏《集説》亦有,《考文》古本無此九字。盧文弨云:'牆下注九字,古本無,乃疏中語也。'山井鼎云:'下注牆柳衣,此注爲衍文。'明矣。"②阮元指出衍文由來已久。

"牆之障柩猶垣牆障家",撫州本、余仁仲本、岳本、嘉靖本、八行本、和本、十行本、閩本、監本、毛本、殿本注疏、《四庫全書》本、阮刻本同;蜀大字本、婺州本無此九字,是。《禮記正義》有"牆之障柩猶垣牆障家"九字,可證山井鼎、顧廣圻、阮元所言甚是,蜀大字本、婺州本恰無此九字(參看圖9至20)。

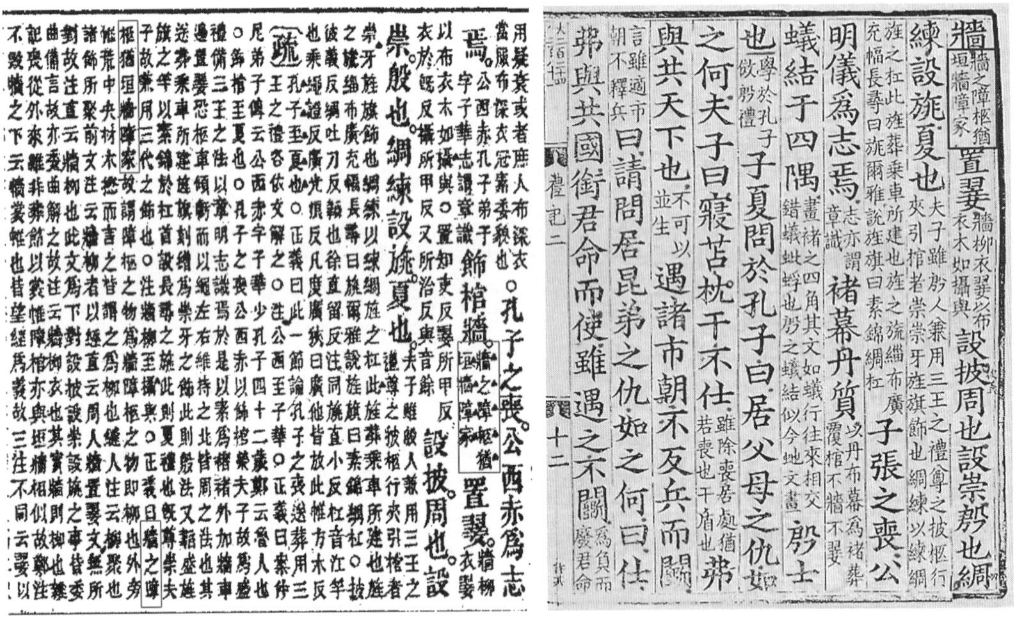

圖9　阮刻本《禮記注疏》卷七和撫州本《禮記注》卷二

---

① (清)張敦仁(顧廣圻代撰)《撫本禮記鄭注考異》,《顧校叢刊》之《禮記》,下册,頁1144。
② (清)阮元校刻《十三經注疏》附《校勘記》,上册,頁1287下欄。

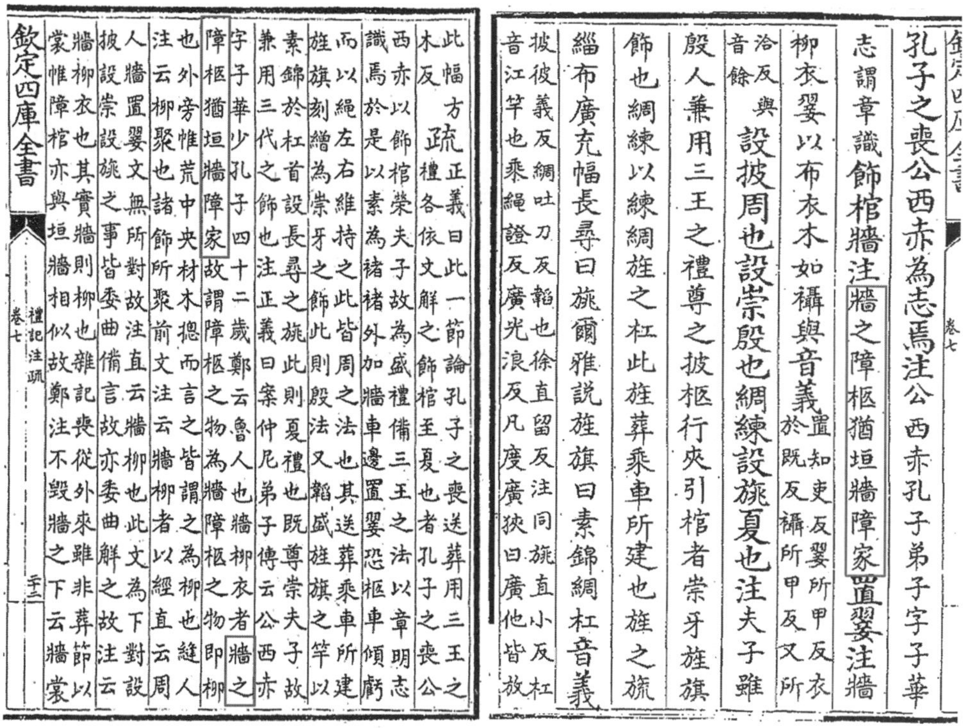
欽定四庫全書 卷七

孔子之喪公西赤為志焉注公西赤孔子弟子字子華

志謂章識飾棺牆注牆之障柩猶垣牆障家置翣注牆

柳衣翣以布衣木如襵與音義置知吏反翣所甲反衣於既反襵所甲反又所

洽反與音餘設披周也設崇殷也綢練設旐夏也注夫子雖

殷人兼用三王之禮尊之披柩行夾引棺者崇牙旌旗

飾也綢練以練綢旌之杠此旌葬乘車所建也旌之旒

緇布廣充幅長尋曰旐爾雅說旌旗曰素錦綢杠音義

披彼義反綢吐刀反韜也徐直留反注同旐直小反杠音江竿也乘繩證反廣光浪反凡度廣狹曰廣他皆放

此幅方木反疏正義曰此一節論孔子之喪送葬用三王之禮各依文解之飾棺至夏也者孔子之喪公

西赤以飾棺榮夫子故為盛禮備三王之法以章明志

識焉於是以素為褚褚外加牆車邊置翣恐柩車傾虧

而以繩左右維持之此皆周之法也其送葬乘車所建

旌旗刻繒為崇牙之飾此則殷法又韜盛旌旗之竿以

素錦於杠首設長尋之旐此則夏禮也既尊崇夫子故

兼用三代之飾也注正義曰案仲尼弟子傳云公西赤

字子華少孔子四十二歲鄭云魯人也牆柳衣者牆之

障柩猶垣牆障家故謂障柩之物為牆障柩之物即柳

也外旁帷荒中央材木總而言之皆謂之為柳也縫人

注云柳聚也諸飾所聚前文注云牆柳者以經直云周

人牆置翣文無所對故注直云牆柳也此文為下對設

披設崇設旐之事皆委曲備言故亦委曲解之故注云

牆柳衣也其實牆則柳也雜記喪從外來雖非葬節以

裳帷障棺亦與垣牆相似故鄭注不毀牆之下云牆裳

欽定四庫全書 禮記注疏 卷七

圖 10 文淵閣《四庫全書》本《禮記注疏》卷七

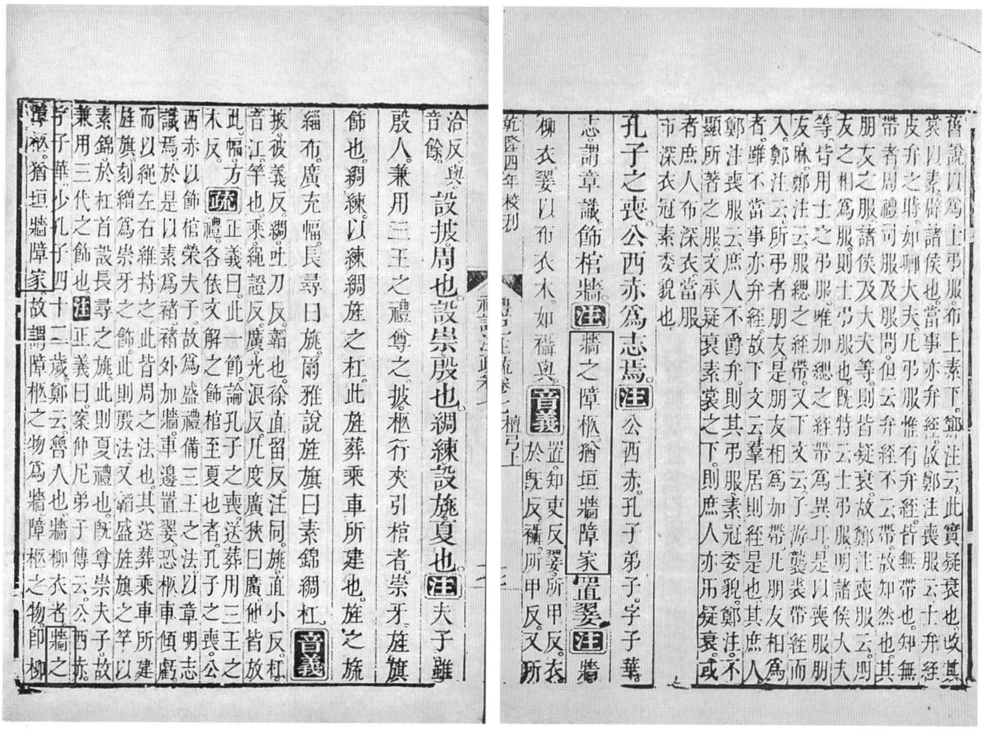
舊說以爲士弔服布上素下鄭注云此實疑衰也改其

裳以素辟諸侯也當事亦弁絰故鄭注喪服云士弁絰

皮弁之時如卿大夫凡弔服皆有弁絰皆無帶也知無

帶者周禮司服及服問但云弁絰不云帶故知然也其

朋友之服諸侯及大夫等則皆疑衰故鄭注喪服云朋

友之相爲服則士弔服也既特云士弔服明諸侯大夫

等皆用士之弔服唯加緦之絰帶爲異耳是以喪服朋

友麻鄭注云服緦之絰帶又下文云子游襲裘帶絰而

入鄭注云所弔者朋友是朋友相爲加帶凡朋友相爲

者雖不當事亦弁絰故下文云羣居則絰是也其庶人

鄭注喪服云庶人不爵弁則其弔服素冠委貌鄭注不

顯所著之服文承疑衰素裳之下則庶人亦弔疑衰或

者庶人布深衣當服弔深衣冠素委貌也

孔子之喪公西赤爲志焉注公西赤孔子弟子字子華

志謂章識飾棺牆注牆之障柩猶垣牆障家置翣注牆

柳衣翣以布衣木如襵與音義置知吏反翣所甲反衣於既反襵所甲反又所

乾隆四年校刊 禮記注疏卷七檀弓上

洽反與音餘設披周也設崇殷也綢練設旐夏也注夫子雖

殷人兼用三王之禮尊之披柩行夾引棺者崇牙旌旗

飾也綢練以練綢旌之杠此旌葬乘車所建也旌之旒

緇布廣充幅長尋曰旐爾雅說旌旗曰素錦綢杠音義

披彼義反綢吐刀反韜也徐直留反注同旐直小反杠音江竿也乘繩證反廣光浪反凡度廣狹曰廣他皆放

此幅方木反疏正義曰此一節論孔子之喪送葬用三王之禮各依文解之飾棺至夏也者孔子之喪公

西赤以飾棺榮夫子故爲盛禮備三王之法以章明志

識焉於是以素爲褚褚外加牆車邊置翣恐柩車傾虧

而以繩左右維持之此皆周之法也其送葬乘車所建

旌旗刻繒爲崇牙之飾此則殷法又韜盛旌旗之竿以

素錦於杠首設長尋之旐此則夏禮也既尊崇夫子故

兼用三代之飾也注正義曰案仲尼弟子傳云公西赤

字子華少孔子四十二歲鄭云魯人也牆柳衣者牆之

障柩猶垣牆障家故謂障柩之物爲牆障柩之物即柳

圖 11 武英殿本《禮記注疏》卷七

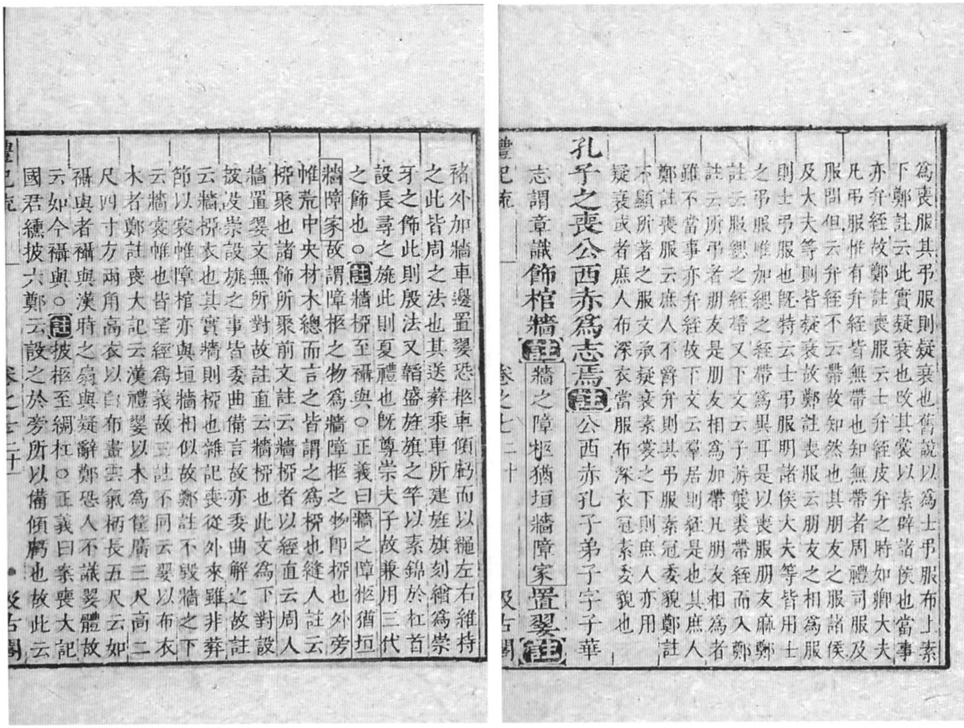

圖 12　毛本《禮記注疏》卷七

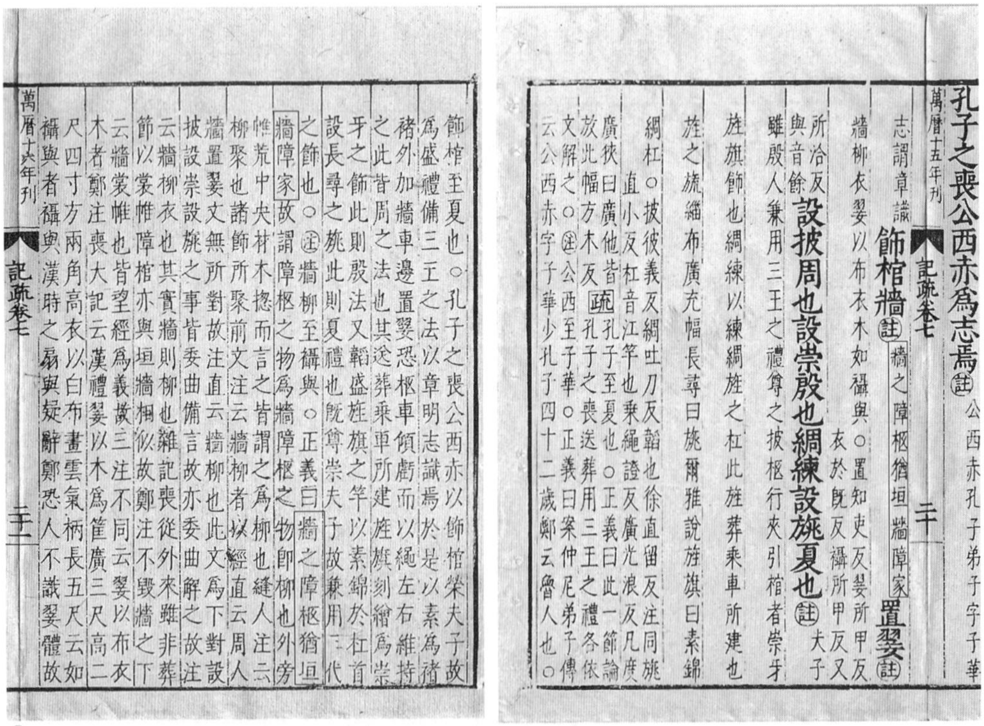

圖 13　監本《禮記注疏》卷七

《禮記》校勘與版本錯訛溯源舉隅

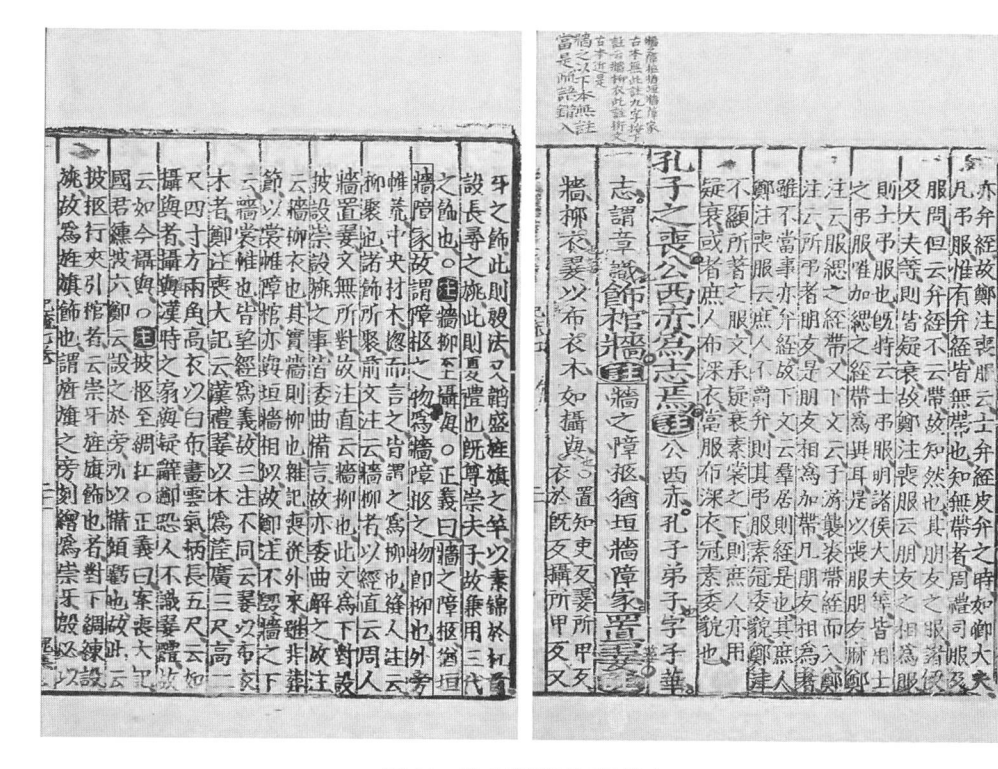

圖14 閩本《禮記注疏》卷七

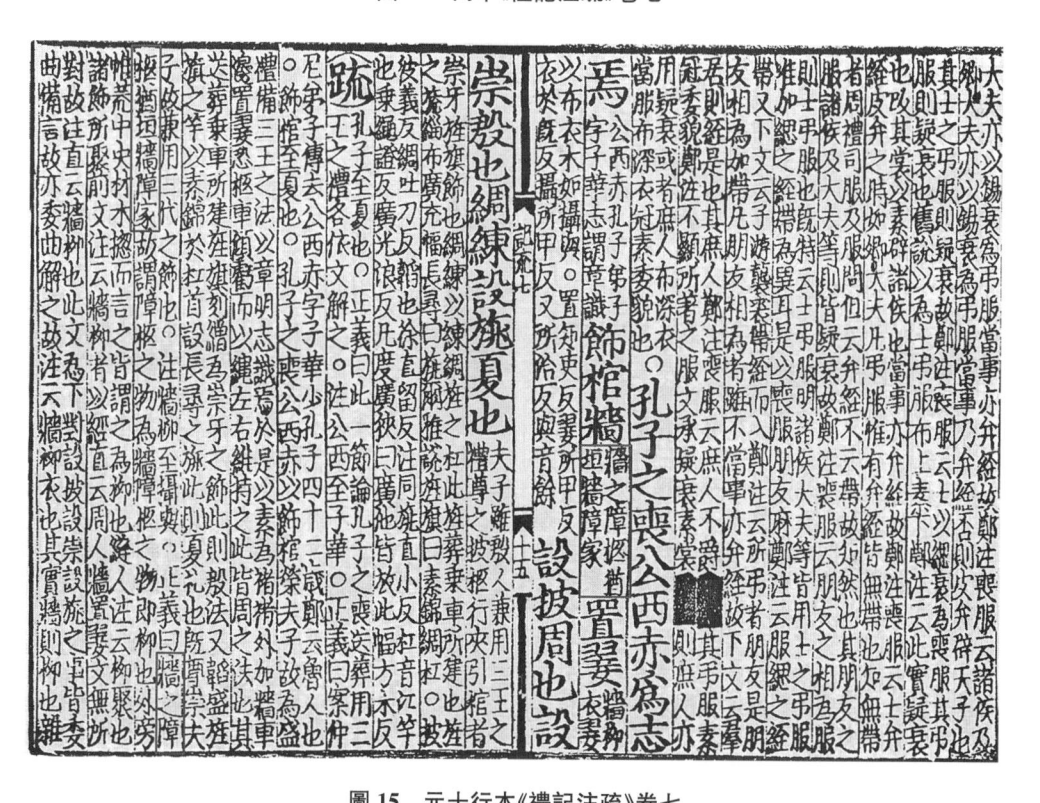

圖15 元十行本《禮記注疏》卷七

圖 16　和珅本《禮記注疏》卷七

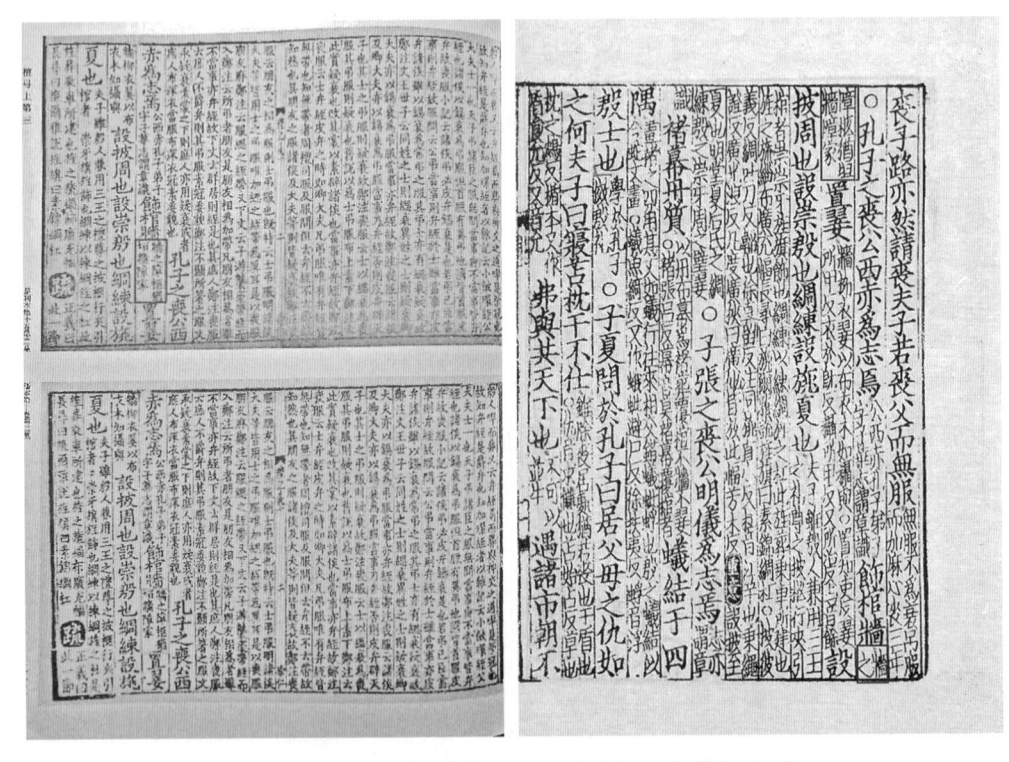

圖 17　足利本、八行本《禮記正義》卷十與紹熙本《禮記注》卷二

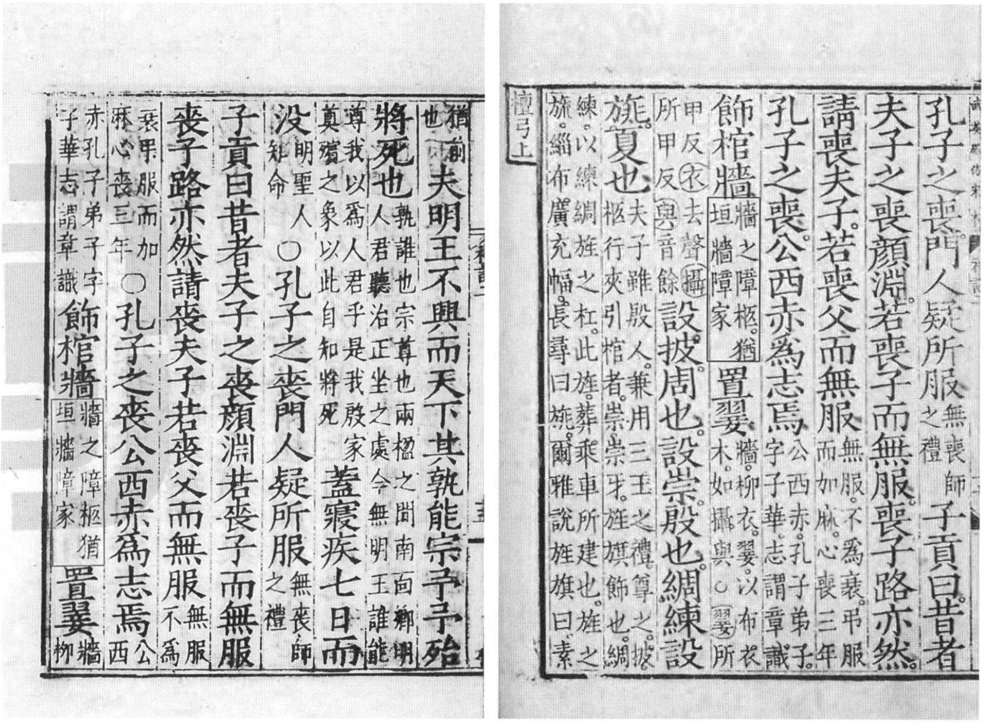

圖 18　嘉靖本和岳本（武英殿翻刻）《禮記注》卷二

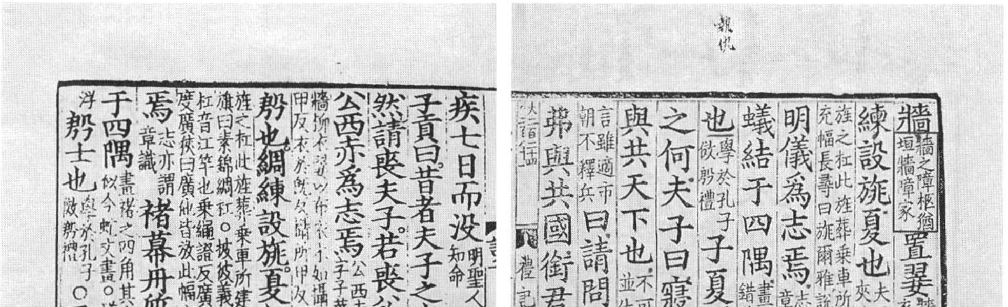

圖 19　余仁仲本和撫州本《禮記注》卷二

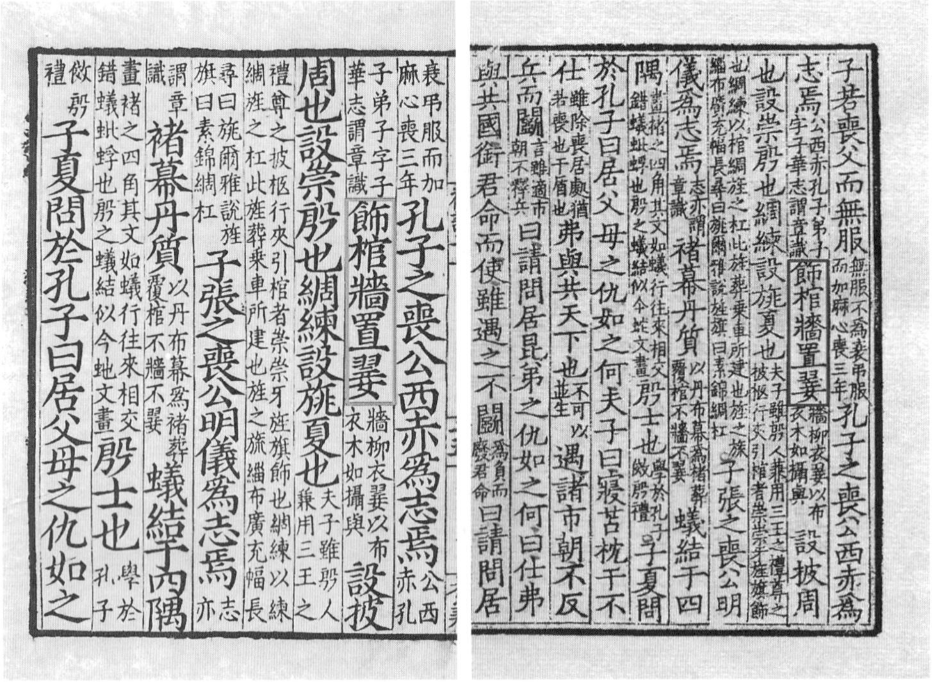

圖 20　蜀大字本和婺州本《禮記注》卷一

結　語

　　顧廣圻、阮元和日本人山井鼎等學者校勘《禮記》，成就卓著。阮刻本"定安"倒作"安定"，撫州本、余仁仲本、八行本、十行本、閩本、監本、毛本、殿本注疏、《四庫全書》本、和珅本同，八行本此頁爲補配，說明阮刻本經注文祖本之余仁仲本已倒，幸有蜀大字本、婺州本、岳本、嘉靖本、足利本作"定安"，可得乙正。阮刻本之倒文源自元十行本，閩本、監本、毛本、殿本注疏、《四庫全書》本沿襲，依據宋劉叔剛本覆刻之和珅本一致，劉叔剛本經注釋文源自余仁仲本，余仁仲本亦倒，撫州本同，說明"定安"倒爲"安定"，源自宋本，岳本、嘉靖本刊刻時改正，有蜀大字本、婺州本、足利本等得以證明，非阮刻本及其祖本十行本始誤。阮刻本衍"牆之障柩猶垣牆障家"九字，撫州本、余仁仲本、岳本、嘉靖本、八行本、十行本、閩本、監本、毛本、殿本注疏、《四庫全書》本、和珅本同，惟蜀大字本、婺州本無，山井鼎、顧廣圻、阮元所言正確。阮刻本九字衍文乃疏文羼入鄭注，當來源於經注疏合刻本，八行本、十行本是注疏本，八行本早於十行本，今存足利本、八行本、元十行本、和珅本皆衍，則九字衍文當始於八行本《禮記正義》，余仁仲本從之，撫州本據以挖補，實沿八行本之誤。此衍文亦源自宋本，非阮刻本始誤。阮刻本《禮記注疏》錯誤源於宋本者不少，它書也有類似情況，所以整理《十三經注疏》，當校勘現存可見之宋本，追本溯源，校正補缺，不能妄改，不可妄言，探尋源流，十分重要。

《東林書院志》載録吴桂森著述補正*

王　帥**

（上海大學文學院）

摘　要：清雍正十一年刻本《東林書院志》載録的東林書院第三任主盟吴桂森的著述存在以下疏誤：《曲禮説》《注釋春秋大全》應爲《曲禮注釋》《春秋大全纂》之訛；《東林或問》非吴桂森所作，係誤入；此外，吴桂森著述尚可補入《禪門直指》《修真要訣》二種。

關鍵詞：《東林書院志》；吴桂森；著述；補正

一

（清）高陛、高柱修，許獻等纂《東林書院志》（下文簡稱《高志》）卷二十《著述》載録："吴桂森先生著：《周易像象述》《像象金針》《易説》《談易隨問》《書經説》《曲禮説》《注釋春秋大全》《真儒一脉》《皇明開泰録》《息齋筆記》《一班録》《東林或問》。"①筆者以爲，《曲禮説》《注釋春秋大全》兩書書名著録有誤。

《高志》刊刻於雍正十一年（1733），在此之前，有嚴毅《東林書院志》（下文簡稱《嚴志》），刊刻於康熙八年（1669）。《嚴志》卷上《吴覲華先生傳》云："所著有像象述像象金針易説談易隨問真儒一脉一班録書經説曲禮説注釋春秋大全皇明開泰録息齋筆記。"②《春秋大全》乃明初《五經大全》之一，科舉取士之書，明代士人斷不會以《春秋大全》名書，故而揣摩作傳者之意，句讀應爲"《曲禮説》《注釋春秋大全》"。《吴覲華先生傳》著録的吴桂森書目即《像象述》《像象金針》《易説》《談易隨問》《真儒一脉》《一班録》《書經説》《曲禮説》《注釋春秋大全》《皇明開泰録》《息齋筆記》，共 11 部。而《高志》著録 12 部，多出的一部，

---

* 本文係國家社科基金重大項目"東林學派文獻整理與文獻研究"（19ZDA258）階段性成果。
** 作者簡介：王帥，男，上海大學中國古代文學碩士。研究方向：明清文學。
① （清）高陛、高柱修，許獻等纂《東林書院志》卷二十，《續修四庫全書》影印本，上海古籍出版社，1995 年，第 721 册，頁 301 上。
② （清）嚴毅《東林書院志》卷上，《中國書院志》，北京，全國圖書館文獻縮微複製中心，2005 年，第 10 册，頁 162。

正是附在《嚴志》之後的《東林或問》,兩志之間的繼承關係清晰可見。

只是《嚴志》中《吳覲華先生傳》雖然文末署名"邑後學高世泰撰",然而傳中前半段多有"顧憲成、高攀龍輩""攀龍出山""攀龍殉節"等字眼,後半段則稱"先忠憲",稱謂雜亂無章。按,高世泰係高攀龍之姪,依據古代的避諱制度,斷無直呼"高攀龍""攀龍"之理。高世泰於《東林書院志》中所作傳記,提及高攀龍亦必尊稱"先忠憲"或"先忠憲公"。可知《嚴志》中《吳覲華先生傳》絕非高世泰所作,多半出於嚴毅之手,只是後半段因爲錯簡原因混入了高世泰所作的《宿仁寰先生傳》。①

相較之下,鄒期楨所作《(吳桂森)墓誌銘》時間上距吳桂森生活時代更近,可信度自然更高。《高志》卷九有鄒期楨所作《(吳桂森)墓誌銘》(下文簡稱《鄒銘》)一篇,鄒期楨乃吳桂森知交好友,二人合稱"兩素衣先生"。《鄒銘》云:"所著有像象述像象金針易説談易隨問其大旨得之啟新先生而復引申觸類闡其未悉之奧他著述不下百種如真儒一脉一斑録書經説曲禮注釋春秋大全纂四書講義皇明開泰録息齋筆記存笥草四名家二妙集不可殫述。"②按,《曲禮》乃《禮記》中一篇,吳桂森著述不可能直接以《曲禮》名書,故而應與"注釋"二字相連,即《曲禮注釋》。另外,古人注釋類書名,一般都是所注釋原書在前,"注釋"二字在後,如《爾雅注釋》《文心雕龍注釋》等,因此如果句讀作《注釋春秋大全》,則不通。"大全纂"則爲書名所常用,如《澹生堂書目》載録《中庸大全纂》《大學大全纂》《論語大全纂》《孟子大全纂》③,《傳是樓書目》載録《四書大全纂》④,與吳桂森同爲東林人士的華允誠則有《四書大全纂補》⑤。因此,《鄒銘》句讀應爲:"所著有《像象述》《像象金針》《易説》《談易隨問》,其大旨得之啟新先生,而復引申觸類,闡其未悉之奧。他著述不下百種,如《真儒一脉》《一斑録》《書經説》《曲禮注釋》《春秋大全纂》《四書講義》《皇明開泰録》《息齋筆記》《存笥草》《四名家二妙集》,不可殫述。"⑥共載録吳桂森著作 14 部⑦。

---

① 出現這種稱謂前後矛盾現象的原因,經查核,其實是嚴毅《東林書院志》刊刻時,《宿仁寰先生傳》《吳覲華先生傳》兩篇書頁出現了錯簡,致使兩傳記的内容夾雜在一起。
② (清)高陛、高崟修,許獻等纂《東林書院志》卷九,《續修四庫全書》影印本,第 721 册,頁 140 上。
③ (明)祁承爜《澹生堂藏書目》,清宋氏漫堂鈔本。
④ (清)徐乾學《傳是樓書目》,清道光八年味經書屋鈔本。
⑤ (清)黄虞稷《千頃堂書目》卷三,清文淵閣四庫全書本。
⑥ (清)高陛、高崟修,許獻等纂《東林書院志》卷九,《續修四庫全書》影印本,第 721 册,頁 140 上。
⑦ 陳開林《〈經義考〉卷六二著録易類典籍辨證》云:"《吳桂森墓誌銘》稱'所著有《像象述》《像象金針》《易説》《譚易隨問》。他著述不下百種,如《真儒一脉一斑録》《書經説》《曲禮注釋》《春秋大全纂》《四書講義》《皇明開泰録》《息齋筆記》《存笥草》《四名家》《二妙集》,不可殫述',有關經學諸書,均可補《經義考》之闕。"(《重慶第二師範學院學報》2021 年第 3 期)同樣斷句爲《曲禮注釋》和《春秋大全纂》。而《真儒一脉一斑録》則有誤,據華貞元《吳覲華先生傳》:"乃叙明興以來七先生語録合爲一編,復剖其異而表其同,曰《真儒一脉》。戊辰著《一斑録》。"可見《真儒一脉》《一斑録》乃吳氏兩部不同的著述。《真儒一脉》見於《四庫全書存目叢書》子部第十五册,據無錫市圖書館藏明天啟刻本影印。"斑""班"二字互通,《一班録》即《一斑録》。此外,"二妙"意指同時以才藝著稱的兩人,或者自己引重的兩人,以"二妙"名集自然并無不妥,但《四名家》作書名就難以説通。筆者以爲"四名家"與"二妙"當爲并列結構,意指吳桂森推重的六人,故書名應作《四名家二妙集》。

《千頃堂書目》《明史稿藝文志》載錄吴桂森《曲禮説注釋》一書，相較《鄒銘》，多一"説"字，二者含義却完全不同。《曲禮注釋》即是對《曲禮》一篇的注釋，而《曲禮説注釋》即先有對《曲禮》的講論、推衍文字《曲禮説》，再對其進行注釋。筆者以爲，"説"字乃後世誤衍，原因有四。

其一，黄虞稷《千頃堂書目》共載錄吴桂森著述 4 部，"吴桂森《周易像象述》五卷（無錫人，述錢一本之學）"①，"吴桂森《息齋筆記》二卷（字叔英②，無錫人，從錢一本學，自號東林素衣）"③，都提及了吴氏著述的具體卷數。而著錄的《書説》《曲禮説注釋》兩書，都未提及卷數。《千頃堂書目》并不僅僅局限於黄氏自家藏書，而是參取諸家書目所作，故黄氏很大可能并未經眼《書説》《曲禮説注釋》。《明史稿藝文志》與《千頃堂書目》一脉相承，雖然著錄《曲禮説注釋》，但《明史稿》卷三八五《儒林傳》中則云："（吴桂森）所著有《周易像象述》《書經説》《曲禮説》《息齋筆記》諸書。"書名前後不一，更難以令人信服。

其二，清初朱彝尊《經義考》卷一四八著錄"吴氏桂森《曲禮注釋》一卷，未見"④，與《鄒銘》一致。

其三，陳鼎《東林列傳》云："（吴桂森）所著《像象述》外，有《金針》《易説》《談易隨問》《真儒一脉》《尚書説》《春秋大全纂》《禮記訓釋》等書行於世。"⑤其中《春秋大全纂》一書的著錄準確無誤，而《尚書説》與《禮記訓釋》二書的表述則與其他書目所稱不同，可知陳鼎并非是隨人口吻。《東林列傳序》中也提及陳鼎爲撰書"囊筆奔走海内，舟車所通，足迹皆至，計二十餘年"⑥。《禮記訓釋》一書是針對《禮記》或《禮記》中的篇章進行注釋，應當是可以肯定的。《禮記訓釋》當即《曲禮注釋》，《曲禮》是《禮記》中一篇。《尚書説》即《書經説》。

其四，考明清諸書目，除吴桂森之外，不見著錄他人有《曲禮説》一書，東林諸人亦無此作。如果《曲禮説》爲前人名家所作，爲何不見諸書目？如果《曲禮説》非名家所作，吴桂森又何必要去注釋？即便吴桂森希望通過《曲禮》來闡發自己的觀點，參照其《書經説》，吴氏作《曲禮説》或《曲禮注釋》是可能的，但作《曲禮説注釋》無疑説不通。

綜上，故而筆者以爲，"《曲禮説注釋》"之名很可能是後人結合"《曲禮説》"與"《曲禮注釋》"而成。"注釋"與"説"含義相近，以《曲禮説》代替《曲禮注釋》似乎可行。然而具體到各書對《曲禮説》的載錄，則無一不是斷句之誤。如《嚴志》、《高志》，張夏《雒閩源流錄》、鄒鍾泉《道南淵源錄》等，都著錄了《曲禮説》，《曲禮説》之後也都著錄了《注釋春秋大全》，可見并非是因爲"説"與"注釋"含義相近而替代，而是由於斷句之誤，將《鄒銘》中"曲禮注釋

---

① （清）黄虞稷《千頃堂書目》卷一，清文淵閣四庫全書本。
② 此處"叔英"當爲"叔美"之訛。
③ （清）黄虞稷《千頃堂書目》卷十一。
④ （清）朱彝尊著，張廣慶等點校《點校補正〈經義考〉》，臺北，"中央研究院"中國文哲研究所，1997 年，第 5 册，頁 80。
⑤ （清）陳鼎《東林列傳》卷二十二，揚州，江蘇廣陵古籍刻印社，1983 年。
⑥ （清）陳鼎《東林列傳》自序，《東林列傳》卷首。

春秋大全"斷爲"《曲禮》《注釋春秋大全》",又覺《曲禮》作書名不妥,而《書》《禮》同列六經,故參照吳桂森《書經説》衍一"説"字,是爲"《曲禮説》"。除衍"説"字外,後人另有誤衍之例。如趙宏恩《(乾隆)江南通志》卷一九〇著録吳桂森《曲禮註》一書,似乎可以理解爲《曲禮注釋》的别名,然而又同時著録《注釋春秋大全》一書,很明顯乃是讀了《鄒銘》後,認爲《曲禮》作書名不妥,故參照《注釋春秋大全》,衍一"註"字。

二

關於《東林或問》,《高志》卷二十《著述》將其歸入吳桂森名下,而卷十七《文翰三》又將其歸入嚴毂名下,鄒鍾泉《道南淵源録》卷十一《典守·著述》亦作吳桂森。考《東林或問》最初附於《嚴志》之後,以第一人稱答學者問,其中所問多由吳桂森的觀點生發,所答也多引述吳桂森之説。比如:

> 或問:"諸先輩之在東林講座者多矣,乃吳素衣《真儒一脉序》獨推涇陽顧公、景逸高公、啟新錢公,何也?"
> 曰:"涇陽、景逸爲開宗明教之首,而啟新則素衣之師也,推三公,志所本也。"①

文中稱吳桂森爲"吳素衣""素衣",稱東林諸人爲"諸君子",語意中頗爲尊敬,不似吳桂森本人口吻。且其答語有:"觀林公平華《道南祠記》及余序謂東林有三大功,則非無用明已,而今且申言之。"②檢核嚴毂《東林書院志序》,提及東林"其功有三",可知《東林或問》中答者正是嚴毂,作者也正是嚴毂,而非《高志》卷二十中所稱的吳桂森。

三

《高志》卷九華貞元《吳覲華先生傳》載:"戊辰著《一班録》。至如《禪門直指》《修真要訣》,則就心與氣之同而揭其端頭之異,未見道即是博雜,即見道無非窮理也。"③《高志》中的華貞元《吳覲華先生傳》實據《息齋筆記》卷首華貞元《吳覲華先生進道之序》删節而成。《吳覲華先生進道之序》云:"戊辰年乃著《一班録》,道體固自全見者,多囿一偏,君子之道鮮矣。先生著是録也,蓋謂前此之見,以我見道是一斑,後此之見,以道見我,一斑而全體矣(其傳在是)。其他所著不可殫述,至如《禪門直指》《修真要訣》,則就心與氣之同而揭其

---

① (清)嚴毂《東林書院志》卷上,《中國書院志》(十),頁361。
② 同上書,頁372。
③ (清)高隆、高烓修,許獻等纂《東林書院志》卷九,《續修四庫全書》影印本,第721册,頁136下。

端頭之異,未見道即是博雜,即見道無非窮理也。"①《禪門直指》《修真要訣》都是華貞元所云"其他所著",自然應被歸爲吴桂森的著述。吴桂森學問廣博,《鄒銘》言其"天文地理醫卜星曆之類無所不通"②。吴氏對佛學很有研究③,與道教人士也有往來④,故吴桂森撰《禪門直指》《修真要訣》二書,并不意外。兩書不見於後世,或因爲語涉二氏,於吴氏理學醇儒形象有礙,而華貞元作爲吴桂森的同窗好友,自然得知。

綜上所述,《東林書院志》中吴桂森著述應爲:《周易像象述》《像象金針》《易說》《談易隨問》《真儒一脉》《一班録》《書經説》《曲禮注釋》《春秋大全纂》《四書講義》《存笥詩草》《皇明開泰録》《四名家二妙集》《禪門直指》《修真要訣》,共15部。

---

① (明) 吴桂森《息齋筆記》卷首,明崇禎刻本。
② (清) 高㙔、高柱修,許獻等纂《東林書院志》卷九,《續修四庫全書》影印本,第 721 册,頁 140 上。
③ 比如《息齋筆記》卷上吴桂森嘗云:"不翻《貝葉》《南華》,不知儒書之大。不參禪機、丹訣,不識聖學之精。"可見他對佛老經典頗有研究。
④ 吴桂森《贈陳心水東歸》詩云:"鶴鬢方瞳雲水身,廿年交臂氣如新。藏胸劍術談猶壯,系肘丹方訣自真。拄杖遍看吴嶺色,笈囊歸卧故鄉春。叮嚀話我桃源路,乘興扁舟好問津。"(《存笥詩草》,明崇禎吴陞之刻本)可見其與道教人士的交往。

王鏊集外詩文輯補*

張媛穎**

（上海大學文學院）

摘　要：王鏊是明中期著名的文學家，一生著述頗豐。吴建華先生點校的《王鏊集》是目前所見輯録王鏊作品最完備的集子，然因王鏊交游廣泛，題贈唱答之作頗多，仍有不少作品未收入全集。今新輯王鏊佚詩15首，佚文3篇。這些作品對了解王鏊的生平交游、詩文創作、思想情感皆有所裨益。

關鍵詞：王鏊；集外詩文；輯補

王鏊（1450—1524），字濟之，號守溪，晚號拙守，學者稱震澤先生，南直蘇州府吴縣（今江蘇蘇州）人。其爲人峭直端正，可稱一代賢相。王鏊博學多識，詩文兼善。王守仁曰："王公深造，世未能盡也。"①《明史》稱其："博學有識鑒，文章爾雅，議論明暢。"②四庫館臣評："以制義名一代，雖鄉塾童稚才能誦讀八比，即無不知有王守溪者。然其古文亦湛深經術，典雅遒潔，有唐宋遺風。"③其詩歌創作功力精深，亦導風格之先。楊循吉稱其："素博洽多聞，文詞古奥，尤邃於詩。"④錢謙益《列朝詩集小傳》丙集説王鏊："詩不專法唐，於北宋似梅聖俞，於南宋似范致能，峭直疏放，於先正格律之外，自成一家。"⑤

王鏊生平著述繁多。吴建華先生整理的《王鏊集》是迄今爲止收録王鏊詩文最爲完備的集子，該書包括王鏊詩文集《震澤先生集》，筆記《震澤長語》《震澤紀聞》，并從《（宣統）太

---

* 本文係國家社科基金重大項目"明清唱和詩詞集整理與研究"（17ZDA258）階段性成果。
** 作者簡介：張媛穎，女，上海大學中國古代文學專業博士研究生。研究方向：元明清文學。
① （清）張廷玉《明史》卷一八一，北京，中華書局，1974年，頁4827。
② 同上。
③ （清）永瑢《四庫全書總目》卷一七一，北京，中華書局，1983年，頁1493。
④ （明）蘇祐、楊循吉纂修《嘉靖吴縣志》卷十，《四庫全書存目叢書》影印本，濟南，齊魯書社，1996年，史部第181册，頁348。
⑤ （明）錢謙益《列朝詩集小傳》丙集，上海古籍出版社，2008年，頁267。

原家譜》《(民國)莫厘王氏家譜》《包山葛氏世譜》《葛氏家譜》《屠康僖公文集》《夜航文稿》《東江家藏集》《震澤先生文譚》等八種家譜、別集、筆記中輯得王鏊詩歌 8 首,文 52 篇,作爲"補遺",附於《震澤先生集》卷三十六後。

然而王鏊一生交游廣泛,贈答酬唱之作甚多,仍有不少作品未收入王鏊別集。筆者近來又從《古直存稿》《金山集》《夢草集》等明人文獻中輯得王鏊詩歌 15 首、尺牘 3 通,這些作品均未被《王鏊集》及已有王鏊輯佚之作收録。兹抄録標點,以饗學界。

一、詩

喜詩老王古直南還復至,次吴寬韻

不知名姓不知年,記得相逢飯顆前。到處爲家非有屋,醉來騎馬却如船。游從朝貴聊嬉耳,詩著山人亦偶然。袖刺漫來無可贈,謝公老眼况懸懸。

按,此詩據(明)王佐《古直存稿》[《明別集叢刊》第一輯第五十九册影印明弘治十五年(1502)刻本]卷四輯録。王佐(1432—1501),字仁輔,又字仁甫,號古直,以號行,浙江台州府黄岩人,成化、弘治間布衣。存世著述有《古直存稿》四卷、《王古直集》一卷。生平見李東陽《王古直傳》、謝鐸《書王古直傳後》。

詩題爲筆者所擬,原題作《王守溪次韻》,詩題下且有小傳:"守溪名鏊,蘇人,今爲吏部侍郎。"吴寬原倡詩題爲《詩老王古直南還,無幾或傳其復至者,天寒歲暮,冲冒風雪,真一奇事也,喜而作此。弘治改元冬拾壹月長洲吴寬識》。

題 金 山 寺

落日放船下,風帆瞬息間。江濤銀汹涌,山勢玉屏顔。海噴魚龍氣,天留虎豹關。古來形勝地,吟眺不知還。

按,此詩據(明)釋圓濟《金山集》(《天津圖書館孤本秘笈叢書》第七册影印明刻本)卷下輯録,前有小傳:"王鏊,字濟之,吴郡人,武英大學士。"原詩無題,詩題爲筆者所擬。釋圓濟,生平不詳,字月齋,號净溪,明嘉靖間鎮江金山寺僧。

偶 成 二 首
其 一
不到東山久,臨行且復留。明朝湖上別,南北思悠悠。
其 二
科名不爲三年滯,安得文章共一家。吉夢春來如有應,不妨同看上林華。

按,以上二首據(明)王銓《夢草集》(復旦大學圖書館藏清抄本)卷二輯録。王銓(1459—1522),字秉之,號中隱,南直蘇州府吴縣(今江蘇蘇州)人,王鏊胞弟。王鏊自閣歸故里,兄弟二人日徜徉山水間,每逢佳山勝地,花朝月夕,有會必從,有唱必和。

登吴城望

九十春光撚指過,試登城上望長河。三吴人物今何庶,四海升平日已多。繞户垂楊迷曉霧,平田翠麥起春波。傍華隨柳人多少,憂事誰如我老坡。

按,此詩據(明)王銓《夢草集》卷二輯録。

林屋洞次傅水部韻

神龍已去洞猶存,柳毅無煩更扣門。流水桃華無定處,金庭玉柱有遺痕。澄湖襟帶封疆闊,怪石嵚崟地勢坤。聖代車書方一統,豈容吴粤互相吞。

按,此詩據(明)王銓《夢草集》卷二輯録。

和秉之春雪四首

其 一

半月春來總未知,閉門覓句却相宜。樓頭三日風和雪,瘦損紅梅有幾枝。

其 二

石湖船動水流澌,春上眉梢未透時。曉雪霏霏還入夜,東皇亦似太無爲。

其 三

春淺頑陰且自强,饑烏無語鵲僵僵。畫檐日午真成雪,冰柱垂垂一尺長。

其 四

尺薪如桂米如銀,誰道吴儂未是貧。安得傅岩調鼎手,陰崖窮谷徧皇仁。

按,此詩據(明)王銓《夢草集》卷二輯録,爲王鏊唱和王銓《春雪四首,雖非郢人之志,願啓詩思於霸橋之上,繼故事於謝庭之間》詩,標題係筆者所擬。

文淵閣獨坐有懷秉之

闕下雖叨供奉班,歸心長逐雁飛還。裁書不盡千重意,退食曾無半日閑。老景逢春多踢跋,宦情因病轉闌珊。何時詔許歸田里,弟勸兄酬一解顏。

按,此詩據(明)王銓《夢草集》卷二輯録。

戊寅正月十二日，爲秉之耳順之初度後三日，余往賀之。正值觀燈之夕，設筵於傳盛樓上。嘉賓雲集，燃九華之燈，美天魔之舞。歌舞交作，亦一時之盛也。酒酣，援筆賦此，以記其事，且期年年爲此會云

上元初度秩初筵，樓上華燈徹夜燃。光射東西星亂點，魄當三五月初圓。魚龍漫衍陳歌舞，鸞鳳參差拂管弦。吳下繁華今若是，願同此樂過年年。

按，此詩據（明）王銓《夢草集》卷四輯録。

和秉之藥枕詩二首

前製藥枕，幾爲長物。忽加藤室，始獲相親，且有子母相權、陰陽配合之美。他年長生久視，吾知端有賴乎是矣。奉次來韻，一笑。

其 一

服藥求仙總未真，枕中有記授偏親。如今子母更相待，不是蛾眉不讓人。

其 二

木斬端陽按丙丁，方傳漢武最通靈。王家新製陰陽合，玉室金堂夜不扃。

按，此二詩據（明）王銓《夢草集》卷四輯録，詩題爲筆者所擬。

十二月二十日與秉之同至義興，途中得詩十首

其 一

楓橋夜泊

烏啼霜月五更天，楓葉蘆花攪客眠。依舊姑蘇城外寺，夜深燈火隔江船。

按，此詩據（明）王銓《夢草集》卷四輯録，題下有小注："時送郢氏女葬。"共十首，王鏊、王銓各作五首。王鏊另外四首題爲《用杜工部客夜韻》《夜泊方橋》《曉發》《宿昆陵》《贈巾》，皆見於《震澤先生集》卷七。

二、文

尺牘

與蘧菴柱史書

今日必得意，不知何題，且已有好音矣。希兄及在，乃馳賀，不罪不罪。

蘧菴柱史大人執事。

鏊再拜。

按，據《明代名人尺牘選粹》第十一册影印（民國）潘承厚輯《明清藏書家尺牘》輯録，題爲筆者所擬。潘承厚（1904—1943），又名厚，字温甫，一字博山，號少卿、蘧盦，吳縣（今江蘇蘇州）人。近代藏書家，畫家。

與蘧盦侍御書

欲加少禮於毛氏，以月老尊重，不敢屬勞，然亦不敢不告，惟亮之。

蘧盦侍御大人執事。

鰲再拜。

按，據（民國）潘承厚輯《明清藏書家尺牘》輯録，題爲筆者所擬。

與　某　書

昨見李序班，其房直止欲四十兩之數，或稍減亦可。但恐大溢，且須略收拾。然不知其中如何？明日還，便一觀之。

鰲再拜。

按，據《錢鏡塘藏明代名人尺牘》第二册輯録，題爲筆者所擬。錢鏡塘（1908—1983），原名錢德鑫，字鏡塘，後以字行，晚號菊隱老人，浙江海寧硤石人。中國書畫收藏大家。

詹安泰集外詩文輯存

劉慧寬

（上海大學詩禮文化研究院）

摘　要：《詹安泰全集》由上海古籍出版社於二〇一一年十月出版。隨著近年詞學研究的深入，加上地方文化研究的興盛和各類電子數據庫建設的成熟，大量與詹安泰相關文獻資料得以發見。現將新發見的詹氏詩詞作品與文章凡十二篇并錄於此。各篇不僅均爲《全集》所未收，其内容亦未再次公開刊印。計有：詹氏在廣東大學求學期間所撰詩四首；贈溫丹銘、潘伯鷹等詩二首、曲一首；詹氏所撰文言書序三篇與代友人李芳柏所作募啟一篇，學術論文一篇。并附輯友人羅倬漢等人的題贈酬答之作七首。所錄詩文不僅有助於考察詹氏詩風演變、學術觀念和交遊、學緣，亦可見其在古典文學創作領域的深厚造詣。

關鍵詞：詹安泰；集外詩文；輯佚

　　詹安泰（1902—1967），字祝南，號无盦，廣東饒平人。畢業於廣東大學（中山大學前身），後任教於韓山師範學院、中山大學，兼任中山大學中文系主任、古典文學教研室主任等職。詹安泰集詩人、詞人、學者、書家於一身，是民國時期廣東詞壇和古典文學學界的代表人物。其生前著有詩詞集《无盦詞》《滇南掛瓢集》《鷦鷯巢詩》，詩詞註本《離騷箋疏》《李璟李煜詞校註》《花外集箋註》，以及《中國文學史》《宋詞研究》《詞學研究》等多部學術專著。施議對於《當代詞綜》中將詹安泰列爲"當代十大詞人"，選詞數量與唐圭璋先生并居第三，而後又在《真傳與門徑：民國四大詞人》中評其爲"中國詞學文化學的奠基人"。饒宗頤稱其詞"別開詞境"，并有"嶺南詞宗"之譽。

　　《詹安泰全集》由上海古籍出版社於二〇一一年十月出版，該編凡六册，其中包括詹氏所撰文學史、詩詞箋註、詩詞集、學術論文、信札以及新編年譜、親友回憶文章等多類文獻，是目前收錄最廣的作品集。然而隨著近年詞學研究的深入，加上地方文化研究的興盛和

---

* 本文係國家社科基金青年項目"文化變革視野下的中國現代文言散文研究"（22CZW043）階段性成果。

** 作者簡介：劉慧寬，男，上海大學詩禮文化研究院講師。研究方向：詩詞學；近現代文言散文。

各類電子數據庫建設的成熟,大量與之相關文獻資料得以發見。如黄坤堯《詹安泰詞輯佚八首析讀》、馬晴《新發現詹安泰著述考釋》、羅克辛《詹安泰詩詞補遺十八首》以及黄曉丹《〈詹安泰全集〉集外文輯考》、謝佳華《學者、書家詹安泰》等。① 筆者在二〇一二至二〇一五年撰寫《无盦詞研究》期間,對詹氏的詞體創作進行了系統研究,特别是對詞作的數量、異文和散佚情况作了考辨,并撰有《无盦詞編年校註》。此後,筆者將文獻考察範圍擴大到詩文、學術、書法等方面,所獲頗多。現將新發現的詹氏詩詞作品與文章凡十二篇并録於此。各篇不僅均爲《全集》所未收,其内容亦未再次公開刊印。并附輯友人羅倬漢等人的題贈酬答之作七首。所録詩文不僅有助於考察其詩風演變、學術觀念和交遊、學緣,亦可見其在古典文學創作領域的深厚造詣。今年適逢詹安泰誕辰一百二十週年,兹刊其遺作,用饗學界的同時,也是對詹先生的鄭重紀念。

過 香 泉 寺

馳逐俗所謀,邀遊平生志。凌晨朝氣清,杖策尋古寺。羊腸何迴迂,零露落蒼翠。桂蕊紛以繁,松香時撲鼻。人静鳥空呼,林深迷端始。小憩石磴間,忽聞雲犬吠。招提知匪遥,摳衣鼓餘氣。金烏迫林梢,寺門猶深閉。俳徊階坪外,驚湍激石齒。龍潭暎澄清,桂山相對峙。瞻矚周八方,悠然蕩神智。即此已忘憂,何須更隱避。

辭家篇(自註: 得家書感賦)

辭家未爲久,節序幾推遷。弱質怯寒風,日高枕經眠。通者持書來,開緘讀素箋。字字苦叮嚀,語語含酸辛。伊人已嬰疾,歲穀復歉登。内外失憑依,言念心如煎。顧彼豪華兒,風度何翩翩。擁抱異常情,一擲或萬錢。豈天獨厚渠,失勢溝壑填。慎莫多煩憂,窮獨道弭敦。

悲 從 弟 夢 齡

夢齡從弟,生十有五年,以庚申中秋夜殤於家。時予客鳳城,開耗馳歸,已弗及見矣。今冬旋里,經過其墓,觸緒增悲,祭之以詩。

言過登康崗,倏至夢齡墓。墓草萎以黄,迴飇激陳土。松柏森前丘,白楊鬱道下。四野顧蕭條,幽魂將焉坿。觸目動寒心,悲思引遥緒。憶汝辭世時,吾正羈旅寓。夜月無光輝,棲鴉啼不住。疇知家運戹,方嘆客途乖。三日耗噩來,驚號失常□②。馳

---

① 四者中以黄曉丹《〈詹安泰全集〉集外文輯考》(載《潮學集刊》第 4 輯,北京,社會科學文獻出版社,2015 年版,又見《汕頭社科》2020 年第 1 期)所輯篇目最多,但是僅列目録,未收全文,且部分篇目已見於《全集》,筆者所録《鬥鵪鶉》《黄任初先生文鈔序》亦未在内。

② 疑缺一字。

歸惜已違，滿庭空愁雨。逼迫復奔波，經年今重遇。白骨亮久灰，信知負汝多。積恫向誰訴，夙昔猶指顧。奉命近就傅，高堂念汝殷。汝生未七齡，呼我好將護。夜誦徹三更，聞雞時起舞。愛好若同生，八年無嫌悟。所望凌風雲，高舉天衢步。何當未冠年，竟棄我而去。天道誠難窮，人生譬朝露。歺窀且自安，歸休日就暮。

憶祖母

乍聞噩耗黯寒天，痛哭秋風又一年。切記來春寒食後，紙灰和淚灑墳前。

（以上據《國立廣東大學潮州學生會年刊》一九二五年第一期輯錄）

病耳久治弗愈，而銘老猶屢屢來索鬥魚，報之以詩
（題注："鬥魚者，阮亭《詩話》所謂旂颬魚也。"）

我耳不須聰，君魚頗善鬥。君眼倘難明，鬥魚亦何妬。相期絕聰明，乾坤寬雙袖。坐室量濁清，隨人道肥瘦。有時笑口開，在物貴能宥。有時短膝搖，在俗貴能守。寧論富貴權，齊向死前溜。所願良不惡，惜哉瞠乎後。腰骨要人扶，樓風吹面皺。還要老婆心，作我三日佑。（自注："王晉卿耳疾，東坡貽詩限三日疾去，後果驗。晉卿報詩有'老婆心急頻相勸，令嚴只作三日限'云云。"）

（以上據《韓師週刊》一九三五年第二卷第二十一期輯錄）

和答潘鳧公都門見寄并簡李禿翁

幾見緇衣一破顏，摩挲胸膈鬱叢萱。際天瘴海埋芳杜，朗夜隋珠抵玉山。千里築魚憐夢遠，十年為客□生還。（自注："余旅居十年始一還家。"）歸雲猶帶塞愁入，幕府文書那可攀。（自注："來詩有'幕府文書苗野菅'句。"）

絕徼孤城久抗顏，何來神草出茅菅。才腸天縱蹤歐范（自注："鳧公詩近六一、石湖。"），僻澀人爭枉谷山（自注："山谷、後山。"）。漫以風埃嗟鬢髮，直須鼎鼐挽春還。一觴會合長留願，萬里逍遙（自注："潘閩。"）許倘攀。

（以上據《韓師週刊》一九三七年第三卷第二十三期輯錄）

鬥鵪鶉·小曲一支乙穆檢察兄與顏女士結褵紀念

瀟灑玲瓏，身閒意動。你看呵，這佳塿嬌娘，敢是情根早種。一霎時，綠鬢輕磨，香魂亂擁。只為那，珠簾乍捲，翠嶺偶逢。便做了妬煞人的一世歡娛，百年好夢。

（以上據《饒平青年》一九四七年第三期輯錄）

纓溪集序

诗必真,必贞,必正,而毗刚毗柔,则随其性之所近,故曰"修辞立其诚",曰"思无邪",曰"有赤子之心"。盖未有中无所立,虚与委蛇,涂傅拾掇,而可以称诗者。余於岭东诗人,独意嘉应宋沚湾、黄公度及揭阳曾刚父。以为若宋诗之雄浑、黄诗之瀏亮、曾诗之深婉,皆中所有,自闢门户,足以骋骅骝於千里,成一代之名作,不徒光泽吾岭东已也。顷者,余友郭君瘦真集其先人维潮铜君诸先生之遗诗为《纓溪集》,将梓行,属余为之序。余受而读之,然後知曩之所见有未尽。若铜君先生之所作,殆又足与宋、黄、曾诸前辈并峙於岭东而永垂不朽者也。先生之诗,大氐宗尚自然,不为巉刻詼诡之言,而清超迈俗,具悠悠之思,醰醰之味。其五言律,格韵尤胜。高者步王、孟,下亦敬业、佘山之流亚。昔施愚山序潮安陈园公诗,谓世言岭南多石而少人,读园公诗而知其不然。愚山以五律驰名当时,力之所会,与先生如出一辙,使其及见先生《纓溪集》,不尤击节惊叹哉!尝怪胜清诗学,自程春澥、祁春圃、曾涤生诸公提倡风气,承学之士几无不以杜、韩、苏、黄为宗,以气势骨律相尚。先生生丁其际,一无濡染,转与尊神韵、重性灵之王渔阳、袁简斋为近,斯固由名位未震於方域,故不受同道之引,而卒以此高自命而尚友古人,超绝尘埃之外,以成其为铜君之诗,则信乎士之不有以自立,而势位富厚之未足以昌吾诗也。瘦真专地政治学而好为诗,为之且有年矣,其亦以余言为有合乎?丁亥秋饶平後学詹安泰敬序。

(以上据《文学》一九四七年第二期辑录)

秀萍室诗稿序

李子锡祯将刊行其所作《秀萍室诗稿》,邮书乞序於余。余讲学南雍,锡祯从游盖四年,知其勤劬好学异侪辈而已,固未尝见其专力於诗也。今观所为诗,缘情绮靡,不求与古人合而自无不合,则沧浪"别材""别趣"之说,信而有徵矣。抑锡祯别余厘五年,所就已如此,继今以往,专力以为,他日者,以此彰其身而又後世之名焉,讵非吾党一大快事哉?学诗之道,贵端趋向,趋向正而後有所立,毋望其速成,毋囿於小慧,斯自锡祯之所知,而为余所恒言者。锡祯其勉之。丙戌二月饶平詹安泰序於国立中山大学。

(以上据一九四七年铅印本李锡祯《秀萍室诗稿》辑录)

黄任初先生文钞序

大道未丧,斯文在兹。脩名已立,芳风不坠。是以龙门载笔,将以之藏之名山;魏祖论文,谓为经国大业。胎息既深,寝馈弥重;雅郑迭奏,藻饰鸿开。自南朝之雅士,暨北地之胜流,靡不穷气尽性,握椠怀铅。希踪绣虎之奇,莫惮雕虫之诮。况乎负隽上之才，究天人之學，言行有盛德之風，藝業備述作之茂，有若澄海黃任初先生者，其可不永廣其傳，昭示來學哉？於是則有張君子春，南州英彥，天算名家，稱孔門之高第，任馬帳之傳經，爲輯錄遺文，將付剞氏，以余與先生同州郡，諗先生之爲人，屬綴片言，以當喤引。余以先生歊歷中外，掌教上庠。目如耀星，舌如電光。邊孝先之腹笥，崔季珪之朗暢。抗座論乎徐陵，妙清言於樂廣。固已青土蜚聲，河洛鷹揚，群士臻嚮，東南物望者矣。自名高於天下，寧假士安之序太沖；倘希聲於驥尾，竊附升之譽文憲。夫核雕象刻，遞有專家，故不失其精；泰岱華嵩，不捐土壤，故能成其大。先生束髮受書，英年躐履。萬卷能通，三冬足用。小學雅馴，尤所孃研。得許、鄭之心傳，知戴、段之未逮。斐然有作，卓爾不群。顧神明在抱，故步難封。理廣照而彌周，氣深函而愈厲。凡倭國晳氏之屬，曆算天文之術，旁推交通，兼究并習。俯鈎重淵之深，仰探九乾之遠。譬觀滄海，莫機其瀾；如入天都，誰窺其閌。斯則茂先博物，未足方其閎通；彥淵書廚，猶尚遜其偏洽也。若乃振采摛藻，雲蔚霞蒸，極貌窮形，吹塵鏤影，或上鮑家之封事，或爲甘蔗之彈文，或遊金谷之名園，或過王勛之別業，并皆覿物興情，隨時擄抱。張儀檄楚，以古鬱稱奇；孝山頌師，以壯勁標勝。陸士衡之激揚，鮑明遠之跌宕。獨有千載，時復一遭。猶復遠本班、蔡，法其典則；近承汪、洪，運以神思。用能兼賅衆長，獨樹一幟。深窮黃泉，高出蒼天；大含元氣，纖入無閒也。屬天方薦瘥，人驚喪亂。黍離麥秀，時或興嗟；窮谷空桑，寧能無感。中情結轖，放爲鄒、宋之大言；孤憤慨慷，隱於莊、韓之寓語。即交親還往，聯語哀章，亦百煉千錘，驚心動魄。凡玆璞碎，散見日鈔，片羽吉光，舉堪傳世。昔求闕、越縵，別有專鈔；常熟、湘潭，不無分輯。玆編有錄，略仿厥例，各存面目，廳見綱紀。至夫天算之式，象棋之譜，字用佉盧，圖列梅花，別俟影行，此不具載云爾。民國三十八年夏饒平後學詹安泰敬序。

（以上據國立中山大學出版組一九四九年八月出版黃際遇《黃任初先生文鈔》輯錄）

募集林安祐先生賻金啟

前同事林安祐先生既歿之明年，其家人即備嘗艱苦。頃聞其弟某竟至發狂行乞，狀極可憐。念往傷今，肝腸俱裂。因檢此文，付登校刊，以永余思，且廣其傳云爾。

先生姓林氏，諱安祐，字篤之，世爲潮安人。其尊翁冠三公商於星洲，慷慨好施與，黨國聞人蔡鶴卿實器重之，與結生死交。時先生猶未冠，已嶄然露頭角。鶴卿趣赴德，泥於親友，不果行，則折節讀書，入星洲來福斯書院。既卒所業，以專貨財消長、子母鉤稽之學，任職星洲范打銀行，知類通變，精思獨運，行長賴焉。歷有年所，值宗邦颶風爲災，哀厲之聲傳海南，以切懷桑梓，決然棄職歸。觸擊災黎，時至流涕破面。親友有急，立解囊資助無靳色，蓋天性然也。家居未逾月，而薦書交至，授徒汕頭商業學校及黃岡瑞光中學凡三年,均卓著能聲。顧終以不獲定省晨昏、躬承色笑爲憾。時今陽春縣長方君啓東長韓師,訪得其情,具禮聘。先生亦欣然承受,爲擘劃校事,籌建黌舍,赴南洋群島捐得鉅款歸。韓師之蒸蒸日上者,先生實與□力也。廿二年秋因事解職去,去後猶時時以校事爲念。先生少依父業,不事家人生産,習於海南風,喜技擊,嫺球術,豪爽好賓客。又善飲酒,雖或不給於他費,尊中常不空。

平生以不諳國文,深自悔抑。顧性情和藹,誨誘不倦,煦煦如婦人,且能用所長,多引方外珍聞以相取譬,以故四方承學之士交口稱道先生之爲人,歷十餘年不少衰。而先生卒坐是不得脱,積勞成疾,遂以不起。死時,年才三十有七耳。嗚呼痛哉!方芳柏等之始交於先生也,觀其體魄康强、精神英爽逾恒人,每以獲享大年相期許。乃先生家門不運,疊遭變故。兩親既先後棄養,昆弟子息又多年幼難自立。經濟負擔,萃於一身,舊業就空,老催交迫。蓋既瀕於求生之難能,遂不覺其死期之日逼矣!嗚呼!天之報施善人,其何如耶?曩昔讀書,嘗深致慨於龔君賓、杜子美、司空表聖、陳無己之流,負遇人之才識,卒不免於愁餓以死。然之數子者,或能垂空文以自見,或曾享大名於當時,高者幾八十歲,少亦四十五十歲。以視先生之所遭,殆猶未得謂爲慘酷也。若先生之勤於人而損乎身,至死猶難得一棺之覆。名不動於卿相,文未足以自傳,而寡妻弱息之待給養者,又不聞有人焉出而匡扶之、憐恤之。此眞仁人志士之所爲痛心,而芳柏等不能不爲奔走呼號以告哀於天下者也!夫撫孤嫁女,救厄恤窮,仁者之事也。老子曰:"常善救人,故無棄人。"儒者亦言:"見義勇爲,當仁不讓。"人之好善,誰不如我。世有憐元瑜之妻,憫君游之子者乎?芳柏等雖能鮮德薄,猶常敬爲故人頂拜也。謹啟。

(以上據《韓師週刊》一九三五年第二卷第十三期輯録)

曾剛甫先生及其《蟄庵詩存》

曾剛甫(習經)先生的詩,有其卓越的成就[①],獨特的作風,在近代詩中是很超出的,不但是廣東詩人罕與倫比而已。然而近人所編的近代文學史從未有提及《蟄庵詩存》者,這真是學界一件絶大的憾事!所以我不憚詞費,特地把曾先生的生平及其詩介紹出來。當然,曾先生纔死去十九年,現存的老輩和他交遊過的還不少(像葉譽虎先生就是曾先生的好朋友),像我這根本就不曾拜識過曾先生的人怎配得上去介紹他?可是我是曾先生的同鄉,聽過不少老輩關於他的爲人的述説,又看過他的詩詞集和有關於他的幾篇文字,我總覺得可以介紹他,而且有把他介紹出來的必要。

曾先生名習經,字剛甫,號蟄庵居士,揭陽棉湖人。兄弟四人,他和長兄述經俱有

---

① 此句據《時論月刊》增入。

文名。他曾以高材生肄業廣雅書院,梁星海(鼎芬)深器重之。星海工詩,融合唐宋,卓然大家。他本嗜詩,這時益自刻勵,每有所作,芳馨悱惻,醰醰醉人。光緒十五年己丑(一八八九)和述經同中舉人,康有爲公車上書,他兄弟亦列名其中。第二年他就中庚寅科進士,分發在戶部服務,差不多二十年始補主事,累遷至度支部右丞。(自注:"梁任公《曾剛父詩集序》作'左丞',當係一時筆誤。曾先生體王右丞詩自注'予官右丞時'云云,又梁氏作先生像贊亦稱'右丞'。")他不但工詩詞,并長於理財。官右丞時,批覆各省關於財政的奏摺,多出其手。對於改鑄銀幣、創辦稅務學堂等等,亦多是他擘劃的。清亡,他年四十四,就不出仕,買田楊漕,自行耕種。不足自給時,出賣書畫骨董以易米。雖極困窮,不涉政途。他於民國十四年丙寅九月十八日卒於北平潮州會館,年六十歲。夫人陳氏,生一自,早死,以兄子靖聖爲嗣;女振綺,嫁吳文獻,遺稿存吳家。(自注:"詳見姚梓芳、林清揚《曾右丞傳》。")

先生雖有幹世才,作過不少事,而人格高雅,不肯寅緣攀附,下隨流俗。① 平生經歷所瘁,實在於詩,積四十年,未嘗間斷。但"不苟作,作必備極錘鍊。鍊辭之功什二三,鍊意之功什八九,洗伐糟魄,至於無復可以洗伐而猶若未饜。"(自注:"梁任公《曾剛父詩序》語。")所以,他六十歲生日時,把手薰交與他的好友梁任公,統共不過三百五十八首——七絕最多,一百六十五首;其次,七律九十四首;其次,五律六十四首;其次,五古二十五首;七古和五絕最少,七古七首,五絕三首而已。這還是連他女兒所補錄的合計在內。他死後一年,梁任公替他詩集作序,還題作"曾剛父詩集序"。葉譽虎影印起來,始署作"蟄庵詩存",這可見集名并不是先生自定的。

曾先生的詩詞均足名家,詞集名"蟄庵詞",見《彊村遺書》裏《滄海遺音》中,價值如何,讓讀者自行欣賞。我現在所要討論的是先生的詩——《蟄庵詩存》。

在我未提出意見以前,且先看梁、葉兩先生的評論。梁任公先生說:

> 剛甫詩凡三變:蚤年近體宗玉谿,古體宗大謝,峻潔遒麗,芳馨悱惻,時作幽咽淒斷之聲詩,讀者醰醰如醉;中年以降,取經宛陵,摩壘後山,斲雕爲樸,能皺,能折,能瘦,能澀,然而腴思中含,勁氣潛注,異乎貌襲江西,以獰態向人者矣;及其晚歲,直湊淵微,妙契自然,神與境會,所得往往入陶、柳聖處。(《曾剛父詩集序》)

葉譽虎先生說:

> 其爲詩,回曲隱軫,芬芳雅逸,蓋自詩騷、曹陸、陶謝、李杜、王韋、韓孟、溫李,以迄宋明歐、梅、蘇、黃、楊、姜、何、李、鍾、譚之徒,暨夫釋家偈句、儒宗語錄,悉歸融洗,而一出以溫厚清遠。(《〈蟄庵詩存〉序》)

---

① "而人格"以下據《時論月刊》增入。

梁氏叙其詩境之變遷，葉氏叙其取材之廣博，説雖各異，而稱贊其工力之深，成就之大，則若合符節。陳石遺先生於其詩話中録曾先生壬子八九月所讀書題詞，亦極稱先生之詩工與詩學。我讀《蟄庵詩存》後，覺得以上三位的評論，陳説局於一方，葉説過於龐雜，惟梁説尚較切實，能見其大。例如《昔夢》詩：

無聊還有恨，惜別後傷春。欲織紅鴛錦，親鏤緑玉塵。叩雲通一語，燒燭掩孤蛩。虚負瑤華夢，年年芳意新。

憂患浮生事，還來讀道書。銀燈消昔夢，華屋及春居。寂歷舊情謝，蕭條清夜徂。行郎空柘彈，歸馬欲躊躇。

蜨粉輕難觸，龍香瘦自持。他時會病酒，安坐且調絲。子夜沉沉去，年芳故故遲。瓊瑰化清淚，不惜併酬伊。

白馬從騧駒，垂垂倒玉魚。後門花月散，初日鳳凰雛。濁水清塵感，悽馨艷怨圖。未愁芳物盡，待寄陸郎書。

又如《無題》詩：

嬰武簾櫳翡翠衾，依依凉月漏初沉。秋情細擘春蠶繭，殘粉慵銷瘦蝶金。緑篆有痕蘭炷薄，紅紗摇影桂屏深。女牀合是棲鸞鳥，容易春叢不可尋。

停辛佇苦不辭難，尚有穠華補墜歡。夜月樓臺風力軟，秋星簾箔露華寒。故拈羅帶揺環珮，自浣春衫近井闌。不種桃花種修竹，鵁鶄時啄碧琅玕。

選聲設色，用字綴句，及其芳艷婉曲之情味，均由義山來，不過氣體很清，加之悽怨，不像普通學義山者一味癡肥罷了。至若《平谷雜詩》之"宛宛人家意，悽悽故園歡""銅駝無近信，金雁有哀詞""國殤何處酹，鄉淚暗中消""杜陵原野老，流淚滿江沱""十年憂國意，拭淚到滄桑"，《平谷秋興》之"未成報國慙儒術，宛是還鄉聽鼓聲"，《春心》之"十日層樓九風雨，三年故國百思量""自信飄零文字海，年年清淚照金尊"等，哀音激楚，盪氣迴腸，去國懷鄉之感，溢於言表，則殊非義山之所有。其學大謝者，如《花朝江亭讌集》詩之類，雖不及謝客之厚重，而清秀之氣自不可掩。但這已是過了中年的作品了。

他中年以後詩，面目漸趨平淡，用筆力求沉著。説他學宛陵，或者爲的宛陵主平淡；説他學後山，或者爲的後山主沉著。然而他的詩畢竟和梅、陳不同：梅詩於平淡中見蒼古，他的詩則於平淡中見清深；陳詩於沉著中寓雄直，他的詩則於沉著中寓宛曲；梅詩多力破餘地，他則較爲斂抑；陳詩多力求拙澀，看去甚覺費力，他則只求自然，雖甚錘鍊，看去亦和易近人。例如《補衣》詩：

昨日補襗衽，近日補襠裾。婢僕或竊笑，而我非真愚。念此吴綢衫，十載供曳揄。短裁適至骭，柔滑誠宜膚。衣故煩擱難，每浣輒一吁。捉襟可歌商，蒙袂或濫竽。去留稍吝情，於道微枝梧。處貧未爲慣，和愛猶區區。床頭百衲琴，旁亦置一壺。

真神似宛陵了。又如《輓張文襄師》詩：

國卹方淹歲，凋零及老城。艱難看世事，枯瘦見平生。東閣遂虛位，西州空復情。士夫同一慟，天地正商聲。

文字三千牘，聲名五十年。訏謨終定命，憂樂過前賢。人物今衰眇，膏蘭久灼煎。蔡公真菀篤，短氣獲麟編。

太息吾焉放，天乎不憗遺。他時曾侍坐，斯道要安之。直接挐經室，應崇嶺學祠。向來香一瓣，寧止爲恩私。

及《送秦晦鳴守曲靖》詩：

十年虛帘媧皇石，萬里遙過黑水祠。吾道聖賢妄相許，夢中歌泣復誰知？還休暫動誠何意，悵望蕭條併一時。此去共傳邊郡美，使君獨有鬢如絲。

一類送生吊死之作，則又神似後山了。可是他集中像這些似梅似陳的詩究竟不多，他總有他自己的面目。

他集中絕詩最多，他平聲致力最深成就最大的似亦屬這一體。絢爛之極，歸於自然，千錘百鍊，不露雕鏤痕迹，而色香、情味種種足以動人心目者，都達到了飽和的境界，使人低徊悵惘，愛不忍釋。這境界不但今人所未有，就追溯到千幾百年去也不易見得到。隨舉數例，像《春心》：

十日層樓九風雨，三年故國百思量。逢人只信春憔悴，不道聞歡覺小傷。

別夢依依過謝橋，心中風雨暗瀟瀟。自從拾得楊花片，不見章營見柳條。

像《秋齋》：

一枕春愁似影煙，撩人秋色又今年。中庭已少閒花草，每到斜陽獨惘然。

小苑秋深草樹荒，一年芳物費評量。墻陰盡日無人到，嫋嫋斜風吹海棠。

於鬆秀中見明靚，平淡中寓沉鬱，安雅中出淒清，非性情極厚、人格極高、工力極深者不易臻此，殆所謂"驚心動魄，一字千金"者。雖貌合唐風，實自詩騷得來，非唐風所能盡。（自注："如果以明人舉似，傅青主有些作品可相彷彿。葉氏舉何、李、鍾、譚，殆不然也。"）又像《田間雜詩》：

夜起微茫月墜宵，青廬風動響蕭蕭。平生久慣江湖味，卻又關心早夜潮。

天山粉本奪徐熙，百草千花日弄姿。第一撩人秋色現，湘痕半沒水紅枝。

（十四首録二）

這類閑雅之作，亦具有遠神雋味，殆自宛陵、荆公、石湖、誠齋、白石中來。就面目説，已漸由唐風而入宋調，不過不像一般人專取生拗罷了。

他古詩雖植基二謝，亦有近宋的。像《潘若海約極樂寺看海棠，阻風未預，晚飯西安樓》詩：

千憂謀一嬉，强引終不近。兹遊固何預，一失數日悶。荒了國花堂，海棠稱老本。潘侯有宿約，結束宵待勸。今年春重陰，遊事頗遲鈍。豈知稍晴霽，陡覺風力奮。崩騰挾萬馬，顛頓雜塵坌。積陰風易作，始信後山論。年光殊可憐，尺箠日取寸。黄塵三月尾，高卧類酒困。發歌騰《五噫》，著説比《孤憤》。人生妄意必，一笑有定分。眼看春尚在，未致愁茵溷。遊乎可再來，且辨西安飯。

瘦折跌宕，煞像宋人格調，只是色澤情味，仍存他的本色而已。至若《盆蘭盛開，自初花至花盡，在蘭花香中過一月，惜無佳章發此馨逸》詩：

香草目以蘭，南來攜兩盆。蘭蘭勤請客，客亦殊殷勤。問客何爲爾，中有忠愛魂。年來吾甚閑，種花事朝昏。左右高下花，惟蘭爲獨尊。去年茁三支，今歲花特繁。花花次第開，露白秋既分。所欣窮巷居，略無車馬喧。坐我一月中，故故與温存。我特務平淡，稍涉宛陵藩。報紙實太嚚，憝負徒云云。

這和上舉的《補衣》詩是先生晚年高古之作，貌淡中腴，含思淒婉。梁任公認爲"晚歲直湊淵微，妙契自然，神與境會，所得往往入陶、柳聖處"者，也許就是指這類作品。但在我看來，這依然是先生自己的面目。一定要説有所取資的話，還是從宛陵來。先生學詩的過程，似乎是順下的，而不是逆溯——早年學六朝兼晚唐，中年以後學宋，學宋而止於宛陵。所謂"我詩務平淡，稍涉宛陵藩"，雖略謙遜，亦是自道甘苦語，正不必説定是陶、柳。不過，宛陵五古氣韻高渾處也自陶公來，柳州是學陶公而能"以故爲新，以俗爲雅"的（自注："東坡評語。"），學梅、學柳、學陶，不無可通之道罷了。

以上是就梁任公評語及曾先生的獨擅處略爲疏論，以下且説我個人對曾詩的意見。

我一向認爲曾先生的詩，是以北宋的骨格潤以晚唐的面貌的，其小詩亦時時於南宋博取韻趣。顧其所以能大過人而獨成一格者，則在風度之高雅與情味之温厚淒清。而這種特徵則關乎他的人格與身世，不可學而能的。他的人格與身世，除上述事略可以考見外，還有數點得在這兒一説的。當民國初元，"神奸張毅以弄一世才智之士，彼因鳳知剛父，則百計思所以縻之。剛父不惡而嚴，巽詞自免，而凜然示之以不可辱"（自注："見梁序。"），這可見其品格之高。後來任公長財政部時，力挽先生，亦婉辭謝絶，這可見其律己之嚴。丁叔雅窮病交迫時，曾先生雖處貧苦，猶百計張羅，多所周全。叔雅死後，又爲經紀其喪事。葉譽虎卧病順德會館時，先生"每日斜下值則至館中，冠四品冠，衣袍掛，躞蹀廚下，爲譽虎烹藥"（自注："見葉序。"）。對於其他師友若翁松禪、張香濤、梁節庵、羅瘿公等，均掬誠相與，於其詩中屢見不鮮。這可見其情誼之篤。聽說先生居北平時，詩流多佩其眼識，每以詩請定，他毫不假借。羅瘿公詩經其訂定，删削尤多，一點兒不徇私好。這可見其處事之謹。他這幾種特徵，都不是普通士人做得到的，一旦在詩中表現出來，自然亦具有一種獨特的風格。第一就是格局，第二就是情深，第三就是味厚。於是他無論學那一家的詩，都不同套襲，其中總有"我"在了。

他初期學晚唐，實不限於義山一家，對杜牧、温庭筠、吴融、韓偓、羅隱各家，都曾致力過。他那風華的韻致，不少自牧之來；穠麗的字面，不少自飛卿來；淒清的情味，不少自子華、致堯來；婉諷的意味，不少自昭諫來；不過大致上多與玉溪近罷了。也許他自己的作風，配合上義山的作風，不覺就成了這幾家的融合品。他學唐的精力必費去不少，所以他雖到晚年，寫起近體詩來仍脱不了唐人的色調。然而他中年以後，或許因眼識的轉移，或許因師友的影響，致力於北宋諸大家及南宋的楊、范、姜，却是事實。學宋而多致力於宛陵、後山，也是事實。（自注："當時京中主宛陵、主後山兩派頗盛，互有爭執，《石遺室詩話》曾有記載。曾先生則不挾主奴之見，而兼收并蓄耳。"）但他不惟無時流學宋專主生硬奥衍的習氣，并拙澀或疏獷的習氣亦没有，純乎其爲清雅粹美之音，是真能冶唐宋於一鑪者。他詩的修辭，如果零星地看，都是很熟見的，很平易的，平易到甚至用古句不易一字。（自注："他初刻意爲晚唐一部分除外。"）然而字與字連綴成句，句與句連綴成章，就覺得很清新，很婉曲，有無窮的意味，非幾經錘鍊不能到此境界。這就是所謂"自然從追琢中來"，所謂"工夫深處却平夷"，純在意境情味上講求，真正雍容大雅之作，非雕聲飾句沾沾一得者所能望其項背了。

依據曾先生集中的次序來看，早年多五律，中年多七律，晚年則七絶最富。這些近體詩都寫得很好，能自樹一幟。雖間或有過事婉美，轉嫌靡弱，略近小詞者，但不以一眚掩大德。五言古詩，亦甚見工力，尚非其最上乘之作。至七言和五絶，那就是非其用力所在，偶然著筆而已。可惜限於篇幅，不得多舉例證。而他的集子，又只有《退庵叢書》影印本①，没有别種集自流傳人間。他的女兒振綺，隨侍最久，亦最見鍾愛，他生平稿件均交給振綺，而振綺的丈夫吴文獻君是軍旅軍人，甚望能早日將他的全集付印問世。②

---

① 《時論月刊》作"葉譽虎影印本"。
② 《時論月刊》無"他的女兒"以下文字。

和曾先生同時的詩家,若范肯堂、陳散原、鄭海藏、黄晦聞等,均各自成家,繼起有人。這幾家的作風,大抵氣象發皇,筆勢健舉。獨曾先生拔幟於各家之外,深自斂抑,絕不騁才使氣,一若不用力,而用力者轉不能到。因此,遂無傳其衣缽者。在先生固滿不在乎,也不像世俗一般詩人欲以詩相號召者。然而因其不自標榜,不求人標榜,連并時編寫文學史的人也把他丢在腦後,那就未免是詩史上一大損失了。我這小文字不算什麼,希望與先生交好或認識先生的人,能作更詳盡的介紹。

(以上據《時事新報(重慶)》一九四四年七月一日第四版輯録,又見《時論月刊》一九四七年創刊號)

附輯

答詹祝南

羅倬漢

錦江涵萬影,花城莽今古。忽奉五言詩,不與草木伍。擲地金石聲,旋空一飛舞。念昔澂江居,共子訴甘苦。爨鼎耐寒風,留云作詩譜。我行越千里,君歸樂故土。一年不可説,逝日從勁弩。何幸裁天章,其氣猶虎虎。所願春光生,明月照海浦。

海浦寄書來,乳源入清洞。臭穢不可居,雞坶蟄鸞鳳。軒昂畏打頭,不免發嘲弄。陰風颯然至,大地一昏霧。豈伊渡嶺北,歡情歲月送?吁嗟今成都,日日警動衆。傾城走四郊,歧途同一慟。而我凭書案,漸覺生如夢。長夜渺深思,迴環天宇空。

迴環欲何之,塵沙捲地吹。天籟衆竅出,方知物等夷。死生各有分,一一付天倪。孟軻亦有言,行其所無爲。儒道本通學(自注:"余有儒道通學之作。"),吾生復何疑。青山入北牖,花放水流時。竹林養清風,江上動茶思(自注:"近常往錦江竹林飲茶。")。塵寰任擾攘,且用昌吾詩。

吾詩本繁感,所病在不學。十年湖海悲,長松鬱孤鶴。嚓唉獨往還,天地何寥闊。去歲春風生,大聲振林壑。君謂吾可教,縱之出落漠。遠念聖門寬,四科備博約。遊藝亦依仁,興詩足成樂。隨園衆所棄,人生見猶卓。東塾吾私淑,通識益犖犖(自注:"袁、陳均闡發四科義。")。持用以答君,啟予恃先覺。

(以上據《文史雜誌》一九四一年第一卷第十期輯録)

二子篇寄詹祝南、吴辛旨

高二适

二子粤南秀,同出斠玄門。就我論六義,兩載書飛翻。復函常不繼,我慚形穢昏。去年祝南去,書來告還轅。今春辛旨札,投案久見存。緣何迫世務,歸舌不可捫。廢吟亦吾願,免教老石根。而來詢我事,情長比弟昆。料無妻供爨,奚僮爲驅奔。言涉窮通否，此事不足論。平生輕世意，君莫訴煩冤。窮鄉親二子，惟爾足可尊。江海風雲壯，倘能明此言。有爲得道者，世溺定可援。況君教大庠，取士意皆欣。相期彼息壤，慎莫抉蹄蹯。祝南情尤急，辛旨意毋怨。吳雖疏應接，立語尚軒軒。將情寄二子，山花撩客魂。

（以上據《文史雜誌》一九四四年第三卷第十一、十二期合訂本輯錄）

以紙求祝南書法，即書其詩見貽
胡守仁

詹侯胸中萬甲兵，作詩作字皆崢嶸。十年嶺南收重名，我來初有雷霆驚。感此伐木勝丁丁，數面成親如故情。遺我墨妙掉蛟鯨，句與梅翁抗顏行。此贈爲重千金輕，何以報之心長傾。

次韻祝南見和
胡守仁

生世如何策完全，名場縮手莫爲先。亦憐坐此交遊少，忽漫逢君金石堅。玉樹蒹葭誠可感，文章書法盡能傳。和詩未覺風騷遠，喚取豪情到酒邊。

（以上據《文學》一九四七年第一期輯錄）

立足文學本位，邁向深度整理
——論《明清唱和詩詞集叢刊》的創新與示範意義

夏 勇　段亞男[*]

（杭州電子科技大學漢語國際教育系）

摘　要：在改革開放以來明清詩文影印叢書編纂出版的大背景下，觀照新近問世的《明清唱和詩詞集叢刊》，可知其具備兩方面的突出意義。一是選題方式的創新意義。該書在前人基礎上，優化出編纂文學本位專題叢書的發展新路徑。二是編纂方式的示範意義。包括文獻發掘的關注珍稀，選目擇取的力避重複，著者題署的編撰分流，編纂體例的匹配提要，編排方式的以唱和活動先後爲序等，均體現了編者深度整理文獻的匠心。

關鍵詞：《明清唱和詩詞集叢刊》;明清詩文;編纂模式;文學本位;深度整理

　　回想世紀之交，很多學科都矚目於回顧與反思過往歷程，展望并規劃未來發展，古代文學學科也不例外。1999年7月，《文學遺產》刊發了吳承學、曹虹、蔣寅的"明清詩文研究三人談"，三位先生有感於當時明清詩文研究的冷落，稱之爲"一個期待關注的學術領域"[①]。二十餘年彈指一揮間，正如三位先生期待的那樣，如今明清詩文研究已"走出了原來冷落寂寞的境地"[②]，成爲21世紀古代文學學科的新興熱門領域與重要學術增長點。促成這一盛景的重要原動力之一，在於基礎資料建設尤其是相關大中型影印叢書編纂出版的跨越式進步。其中，國家圖書館出版社2023年1月推出的姚蓉教授主編的《明清唱和詩詞集叢刊》，堪稱此類叢書的後出轉精之作，在選題與編纂方式等方面均實現了顯著創新，擁有相當突出的學術示範價值。

---

[*] 作者簡介：夏勇，男，杭州電子科技大學副教授，文學博士。研究方向：明清文學與地域文學；段亞男，女，杭州電子科技大學碩士研究生，研究方向：明清文學與語文教育。
[①] 吳承學、曹虹、蔣寅《一個期待關注的學術領域——明清詩文研究三人談》，《文學遺產》，1999年第4期，頁1。
[②] 周明初《走出冷落的明清詩文研究》，《文學遺產》，2011年第6期，頁147。

一、現有明清詩文影印叢書的常態模式

關於《明清唱和詩詞集叢刊》的創新意義與示範價值，須將其置於改革開放以來關涉明清詩文之影印叢書的發展歷程中來考察。

綜觀四十餘年來明清詩文研究領域主要使用的影印叢書，大致走過了一個從綜合性叢書向專門性叢書演化的歷程。世紀之交及之前，研究者比較方便獲得的明清詩文集，主要有賴於"四庫"系列與"叢書集成"系列等綜合性叢書，包括《景印文淵閣四庫全書》《四庫全書存目叢書》《四庫禁燬書叢刊》《四庫未收書輯刊》《續修四庫全書》，以及《叢書集成初編》《叢書集成續編》《叢書集成三編》《叢書集成新編》等。此外，《四部叢刊》《四部備要》等舊叢書也爲研究者所通用。至於主打某圖書館、某類版本、某一地區等概念的專門性叢書，爲數尚不算多，主要有《北京圖書館古籍珍本叢刊》《天津圖書館孤本秘笈叢書》《中國西北文獻叢書》等。除《北京圖書館古籍珍本叢刊》外，其他叢書的應用範圍并不廣泛。

進入 21 世紀後，雖然關涉明清詩文的綜合性叢書繼續絡繹出版，湧現出《稀見清代四部輯刊》《晚清四部叢刊》等，但選題模式已悄然變化，各類型專門性叢書逐步佔據主導地位。就其選題模式而論，一方面延續上一時期主打某圖書館、某類版本、某一地區等概念的做法，并且往往綜合運用兩個甚至兩個以上的概念，《中國人民大學圖書館藏古籍珍本叢刊》即爲顯例。更多的事例則是綜合兩個甚至兩個以上概念的地方叢書，如《巴蜀珍稀文學文獻彙刊》《日本藏巴蜀珍稀文獻彙刊》等。可以说，主打珍稀版本與地區概念的影印叢書，乃是近二十年來的一大主流。前者可以《清代稿鈔本》系列爲典型代表，後者的編纂風氣更是雲興霞蔚。其中既有跨陝西、甘肅、寧夏、青海、新疆諸省區的《中國西北文獻叢書續編》，與面向某一省區的《山東文獻集成》系列、《浙學未刊稿叢編》系列、《雲南叢書》等，又有面向廣東珠三角地區的《廣州大典》，以及面向某一地級市的《無錫文庫》《揚州文庫》《泰州文獻》《重修金華叢書》《衢州文獻集成》等，甚至還出現了《常熟文庫》《寧海叢書》《浦江文獻集成》等面向某一縣域的影印叢書，可以说已然形成一個比較完善的區域層級結構。

另一方面，基於傳統目錄學的某個典籍概念而編纂的影印叢書，也在這一時期顯著興起。尤以專收明清詩文別集的叢書最爲研究者所熟知并常用，代表有《明別集叢刊》《明代詩文集珍本叢刊》《美國哈佛大學哈佛燕京圖書館藏明代善本別集叢刊》《清代詩文集彙編》《清代詩文集珍本叢刊》《美國哈佛大學哈佛燕京圖書館藏清代善本別集叢刊》等。專收明清詩文總集的叢書亦不在少數，主要有《清詩總集叢刊》《美國哈佛大學哈佛燕京圖書館藏明清善本總集叢刊》《日本所藏清人詩歌總集善本叢刊》系列等。此外又有專門面向傳統目錄學中詩文評類與詞曲類典籍的叢書，以《中國詩話珍本叢書》《清代詩話珍本叢

刊》與《清詞珍本叢刊》《清詞文獻叢刊》等爲代表。更加值得一提的是，近十年内出版的《歷代地方詩文總集彙編》《清代家集叢刊》及《續編》等，又進一步深入下去，面向總集大類下的兩個小類型而纂成叢書，代表了明清詩文影印叢書朝深化、細化方向發展的趨勢。《明清唱和詩詞集叢刊》正是在這個演化方向上，實現了更進一步的開拓創新。

二、聚焦唱和：編纂文學本位專題叢書的創新意義

如前所述，21世紀以來明清詩文影印叢書的常態模式爲面向某圖書館、某類版本、某一地區、某類典籍等的專門性叢書。其中，主打圖書館與版本概念者顯然屬於文獻學本位的産物，主打地區概念者可以視爲綜合性叢書的地方變種。至於主打典籍概念者，則往往基於傳統目録學的别集、總集、詩文評、詞曲等類型概念，可謂文學本位與文獻學本位的聯姻。《明清唱和詩詞集叢刊》打破了文學與文獻學天平的平衡狀態，塑造出一部較純粹的文學本位專題叢書。

首先，該叢書的選題宗旨與核心理念并非某種典籍類型，而是一種文學現象與文人生活方式——唱和。對此，姚教授在全書前言中即開宗明義指出，唱和"既是中國文學中重要的文學創作現象，也是中國文人間常見的文學交往方式"①。至於爲何以"唱和詩詞集"爲名，緣于古代文人應和贈答的行爲載體"以詩詞居多"②，從而清晰揭櫫了選題考量中的文學本位取向。

其次，該叢書的具體選目方式并未拘泥於典籍類型概念，而是實現了總集與别集兩類典籍的整合。不錯，"唱和"確實是傳統目録學"集部・總集類"下的一個小類型。姚教授也在前言中特意提出："按理説，唱和集是文人與文人之間你來我往賦詩唱和的結集，應屬總集類文獻。"③相信不少讀者與研究者同樣會因爲"唱和"二字，先入爲主地視之爲一部總集叢書。然而如果站在文學本位的立場，將唱和理解爲一種廣義的文學行爲，則唱和之作的結集絶不止於總集的範疇。一則唱和行爲不見得是相同或相近時空内的此唱彼和，而是存在追和與個人自和等特殊現象，這就給别集形態的唱和集提供了孕育空間。《明清唱和詩詞集叢刊》所收明戴冠《和朱淑真斷腸詞》、清茹敦和《和茶煙閣體物詞》、蔣敦復《山中和白雲》、趙福雲《小石尋生和姜詞》以及恒謙《不繫舟唱和稿》等，即爲追和、自和行爲的典型産物。再者，若干唱和集"雖因唱和而産生，但祇收了其中某一位作者的作品"④，從而呈現出有唱無和或有和無唱的别集形態。如明薛岡《奉和陸郡公落花詩三十首》，以及

---

① 姚蓉主編《明清唱和詩詞集叢刊・前言》，北京，國家圖書館出版社，2023年，第1册，頁1。
② 同上。
③ 姚蓉主編《明清唱和詩詞集叢刊・前言》，第1册，頁4。
④ 同上。

清李元鼎《文江酬唱》、曹仁虎《炙硯集》、俞樾《吳中唱和詩》等。可以説,《明清唱和詩詞集叢刊》統合總集與別集的選目方式,正是文學本位思維驅動下的産物。

當然,必須指出的是,基於一種文學現象而搜採文獻,纂爲叢書,并非首見於《明清唱和詩詞集叢刊》。早在 2013 年國家圖書館出版社推出的《清末民國舊體詩詞結社文獻彙編》與 2015 年推出的《續編》那裏,即聚焦清末與民國文人結社現象而收録相應的社集、社刊,由此開啓了此類叢書的先河。此後問世的《歷代地方詩文總集彙編》《清代家集叢刊》及《續編》等,一定程度上也是對明清時期興盛的地方文學與宗族文學的反映。不過,《清末民國舊體詩詞結社文獻彙編》而下諸種均爲廣義上的總集叢書。其中,後三者明確面向"集部·總集類"下的"地方"(或稱"郡邑"等)與"宗族"(或稱"家族"等)兩個類型,自是無需納入總集之外的其他類型典籍;至於《清末民國舊體詩詞結社文獻彙編》及《續編》,其實不妨放寬視界,進一步發掘若干別集形態的文獻。就清代而論,收録結社之作的別集應不稀見。筆者檢閱南京師範大學古文獻整理研究所編纂的《江蘇藝文志》,即有《蘇州卷》著録的周准《迂村社稿》、蔣尚義《包山社稿》等,《無錫卷》著録的徐遵湯《楓社集》、華鴻模《懷芬社稿》等,《南京卷》著録的孫國敉《梅社集》、沈啓明《鼎社集》等,《南通卷》著録的張琴《漁灣社稿》等。若相關單位嗣後繼續有意出版結社文獻,不妨著力搜集總集而外的其他類型文獻。

要之,《明清唱和詩詞集叢刊》一方面延續了數十年來明清詩文影印叢書從以綜合性叢書爲主到以專門性叢書爲主,繼而從面向別集、總集、詩文評等大類典籍概念的專門性叢書演進出面向地方總集、家集等小類典籍概念的專門性叢書的發展軌迹,是此類叢書朝深化、細化方向發展的産物;另一方面,更堪稱在《清末民國舊體詩詞結社文獻彙編》等前人基礎上,進一步優化出一條編纂此類叢書的新路徑,即跳出典籍概念的藩籬,專門聚焦某一具有典型意義的文學現象,由此搜集聚合與之相關的各類型典籍,從而形成一部文學本位專題叢書。此即《叢刊》一大創新意義之所在,其思路值得今後的明清詩文影印叢書編者借鑒。

三、深度整理：編纂大型影印叢書的優選路徑

近年來,隨著古代文學研究整體上日益走向深化,文學古籍出版也日益重視深度整理,湧現出一系列後出轉精的精校精注或匯校匯注匯評本。當然,相關成果更多是以標點整理的形式呈現。反觀往往被視爲相對簡單的影印工作,應如何有效實現深度整理,目前雖有部分學者積極探索,但尚無確切定論。筆者認爲,《明清唱和詩詞集叢刊》在文獻搜集與編排方式上的若干突出特徵,可以爲此後編纂明清詩文影印叢書時實施深度整理,提供了一條可行的優選路徑。

(一) 文獻發掘，關注珍稀

矚目於珍稀文獻，既是文學古籍整理的習慣做法，又是近年來不斷得到强化的熱門領域。《明清唱和詩詞集叢刊》同樣如此。例如陳元贇、釋元政撰《元元唱和集》，此前筆者僅通過况周頤《眉廬叢話》等的間接記載，得知浙江杭州人陳元贇曾於明清鼎革之際遁走日本，清順治十六年(1659)"於名古屋城中，與僧元政始相識，契分尤厚。其平生所唱酬者，匯爲《元元唱和集》行於世"①。今得《明清唱和詩詞集叢刊》第 7、第 8 兩册據日本寬文三年(1663)書林村上勘兵衛刻本影印此集，乃得一睹其真容。又如岳良等撰《潼關倡和詩草》，筆者此前亦僅見恩華《八旗藝文編目》著録其書名，但未見其他有效信息；而王凱泰輯《三山同聲集》，則《中國古籍總目·集部》《清人别集總目》以及《福建地方文獻及閩人著述綜録》等均僅著録其包括《正編》四卷與《續編》一卷。檢閲《明清唱和詩詞集叢刊》，方知前者有國家圖書館藏清刻本，後者又有《三編》一卷存世。

(二) 選目擇取，力避重複

當前古籍出版的弊端之一，是已然相當嚴重的重複出版。爲規避這一弊端，《明清唱和詩詞集叢刊》在選目方面做了精心設計。據姚教授前言介紹，全書"百分之九十以上的唱和集未被其他叢書收録過"②。以臺灣新文豐出版公司的《叢書集成續編》爲例，據筆者統計，該叢書凡收各類明清唱和詩詞集至少 21 種，而又見於《明清唱和詩詞集叢刊》者僅 3 種，分别爲明張瀚輯《武林怡老會詩集》與清嚴長明輯《官閣消寒集》、阮亨輯《皋亭倡和集》。因此，若讀者與研究者使用《明清唱和詩詞集叢刊》時，未能看到部分知名度頗高、流傳度也較廣的唱和集，如明周履靖《五柳賡歌》《青蓮觴詠》《香山酒頌》《毛公壇倡和詩》，以及清錢謙益等撰《東山酬和集》、馬曰琯等撰《林屋唱酬録》、黄丕烈輯《同人唱和詩集》、王鵬運輯《庚子秋詞》等，無需驚訝，這是姚教授及其團隊刻意地將有限的出版資源留給那些養在深閨人未識的珍稀文獻。

(三) 著者題署，編撰分流

深度整理的一個基本要求，便是"整理工作要和研究工作相結合"③。對於影印叢書來説，其中的一個關鍵環節就是：提供精準而充分的著作者信息。然而就明清詩文影印叢書的現狀來看，却每每存在信息簡陋、訛誤，甚至體例不一的問題。比較而言，《明清唱和詩詞集叢刊》堪稱個中典範。一方面，《明清唱和詩詞集叢刊》採取了編、撰分流的方式。具體來説，别集標以某某"撰"字樣；總集則凡可考索的編纂者，標以某某"輯"字樣。這就

---

① 况周頤《眉廬叢話》，《民國筆記小説大觀》，太原，山西古籍出版社，1991 年，第 3 册，頁 374。
② 姚蓉主編《明清唱和詩詞集叢刊·前言》，第 1 册，頁 6。
③ 程毅中《古籍整理淺談》，北京，北京燕山出版社，1982 年，頁 207。

避免了若干叢書以及書目常有的"撰"與"輯"不分,以至於體例混淆的現象。如《明清唱和詩詞集叢刊》第 48 册所收清沈濤輯《洺州唱和詞》,實爲詞總集,而《清史稿藝文志拾遺》却署其著者信息爲"沈濤撰"①,誤入於詞別集的範疇。兩相比照,《明清唱和詩詞集叢刊》的信息題署既精準,又能起到正本清源的功效。另一方面,《明清唱和詩詞集叢刊》在總集編者之外,又進一步提供了總集所收作品的部分撰者的信息。具體如《凡例》所述:"總集撰者四人以内(含四人)全部列出,四人以上僅列前兩人,後加'等'。"②以第 50 册所收《鄧林唱和詩詞合刻》爲例,全書總目録顯示著者信息爲:"(清)鄧廷楨、(清)林則徐撰,(清)陳潛輯。"③而《中國古籍總目·集部》僅提供"陳潛輯"④三字。顯然,《明清唱和詩詞集叢刊》的題署方式更清晰準確,信息也更充分有效。

(四)提要鈎玄,辨章學術

文獻整理的一個至高目標,即"辨章學術,考鏡源流"⑤。具體就影印叢書來説,實現該目標的一條可行路徑乃是:爲所收典籍撰寫提要,以揭示其客觀面貌,敘述其基本信息,從而爲讀者提供導引。《明清唱和詩詞集叢刊》著眼於此,在 80 册唱和集原文之外,又包含 1 册《明清唱和詩詞集叢刊提要》,既與《明清唱和詩詞集叢刊》匹配,又可單獨購置。應該説,影印叢書而包含提要,此前并不罕見,不過却往往失之簡約。反觀《明清唱和詩詞集叢刊提要》,則普遍趨於詳贍。主要表現在:一、輯者與重要撰者的信息,主要包括生卒年、字號、籍貫、仕履、學術撰述等,并且大都注明文獻出處。二、相關唱和集的版本信息,包括行款、書口、邊欄、魚尾等。三、唱和集的基本情況,包括序跋、重要鈐印、得名由來、唱和活動概況,以及唱和作品題材、體裁、數量、内容,甚至還往往能對唱和作品與作者加以評價。四、標明該影印版本的館藏信息。四重内容合而爲一,充分體現了編者辨章學術的意圖。

(五)以時爲序,考鏡源流

編纂影印叢書的另一關鍵環節,即以何種方式編排諸多典籍,從而使之呈現出較顯豁的學術脈絡。其中一個較可行的處理方式,便是按時間先後排序。不過,考察典籍的時間先後,其切入維度絶非單一。較常見的一種處理方式,即簡單地按照相關典籍的版本年代來排列。然而由於不少典籍的存世版本同其實際産生年代懸隔較遠,所以時不時會出現

---

① 王紹曾主編《清史稿藝文志拾遺》,北京,中華書局,2000 年,頁 2194。
② 姚蓉主編《明清唱和詩詞集叢刊》凡例第五款,第 1 册,頁 2。
③ 姚蓉主編《明清唱和詩詞集叢刊·總目録》,第 1 册,頁 24。
④ 中國古籍總目編纂委員會編《中國古籍總目·集部》,北京,中華書局,上海,上海古籍出版社,2012 年,頁 2880。
⑤ (清)章學誠著,王重民通解《校讎通義通解》,上海世紀出版集團,2009 年,頁 1。

諸如清中葉典籍被歸入清末,甚至明代典籍被歸入清代之類的弊端。有鑑於此,《明清唱和詩詞集叢刊》并未採用省時省力的以版本年代爲序的辦法,而是"以所涉唱和活動發生先後爲序"①,意在按順序展示明清詩詞唱和活動的演化歷程。其中又有若干較特殊的情形,包括"唱和活動持續經年者,以首次唱和發生時間爲序。唱和活動時間無可考者,以其集寫作或編纂年份爲序。唱和時間或撰作年份無考者,以作者生活年代爲序。若以上皆不可考者,以大致刊行年代爲序"②。此外,若"唱和集有初編、續編或前集、後集等系列關係者,即使所涉唱和活動時間相隔較遠,編輯時亦放在一處,以明關聯"③。以這種方式來編排全書,意味著編者將不得不耐心費心地一一梳理318種唱和集的實際唱和時間,并且需處理一系列紛繁複雜的糾葛,其工作量與難度較之按版本先後排列,可謂指數級增長。這種偏向虎山行的工作方式,體現了"文獻資料的整理本身就是一種研究工作"④的學術理念,所謂深度整理也正因此而得以實現。

總之,在改革開放以來明清詩文影印叢書編纂出版歷程的大背景下來觀照《明清唱和詩詞集叢刊》,可知其具備兩方面的突出意義。一方面,《明清唱和詩詞集叢刊》在前人基礎上,優化出編纂文學本位專題叢書這樣一條專門性叢書的新路徑,是爲選題方式的創新。另一方面,《明清唱和詩詞集叢刊》的編纂方式同樣頗具示範意義。不論文獻發掘的關注珍稀、選目擇取的力避重複,還是著者題署的編撰分流,以及匹配提要、以唱和活動先後爲序,著意實現辨章學術、考鏡源流,均可視爲編者朝文學文獻深度整理之目標而做出的努力,堪爲日後相關領域影印叢書編纂出版的表率。

---

① 姚蓉主編《明清唱和詩詞集叢刊》凡例第三款,第1册,頁1。
② 同上。
③ 姚蓉主編《明清唱和詩詞集叢刊》凡例第四款,第1册,頁1。
④ 程毅中《古籍整理淺談》,頁207。

"第三届詩詞與詩禮文化研究國際論壇"會議綜述

王 春*

(上海大學詩禮文化研究院)

  2021年10月23日,第三届詩詞與詩禮文化研究國際論壇在上海隆重召開。本論壇由上海大學文學院、上海大學美術學院主辦,上海大學詩禮文化研究院、上海大學教育部中華古詩詞吟誦和創作基地承辦。來自海内外的八十餘位學者通過綫上綫下相結合的方式,就詩詞與詩禮文化進行了深入探討,在堅持古今貫通的學術視野、中西融合的學術特色基礎之上,使該領域的相關研究又有所推進,呈現出學術性、創新性與國際性并舉的特點。

  論壇的開幕式由上海大學科研管理部副部長、文科處處長曾軍教授主持,上海大學黨委常委、文科專委會副主任苟燕楠教授、上海大學文學院終身教授董乃斌先生、復旦大學中文系教授蔣凡先生、上海交通大學人文學院資深教授楊慶存先生、馬來西亞拉曼大學教授林良娥女士分别致辭。苟燕楠教授首先代表上海大學向出席本届論壇的各位學者表示熱烈的歡迎和誠摯的謝意,强調在中華民族綜合國力日益强盛的時代背景下,詩詞與詩禮文化的創新研究是貫徹新發展理念的重要一環,本届大會對詩禮文化作全方位、多角度的探討,關注其在當代的傳承、保護和發展,順應了國家提倡傳統文化的要求。董乃斌先生介紹了詩禮文化研究院的發展,從綜合性、開放性、前沿性三個維度闡述了其研究特色,强調其在文史哲不分家的基礎上,將詩禮研究與現實的中國特色文化建設緊密結合,争取推出一系列創新性、品牌化的成果,爲祖國、時代做出更多的工作。蔣凡先生則從上海大學重視吟誦的傳統出發,談及詩詞吟唱與詩禮文化研究的關係問題,認爲首先要培養對於古文吟誦、吟唱的一種自覺的意識,其次則要認識到學習詩詞吟唱有一定的方法步驟,再次則要不斷開拓,使吟誦吟唱實現專業化發展,并對詩詞吟誦作了生動活潑的演示。楊慶存先生主要談了三點:首先祝賀論壇勝利召開;其次,感謝上海大學搭建論壇平臺,推進中國文化在世界的傳播;第三是祝願中國詩禮文化精神成爲新世紀人類和平發展的思想源

---

* 作者简介:王春,男,上海大學文學院博士後。研究方向:詩禮文化,明清文學。

泉。林良娥女士則介紹了馬來西亞的詩禮文化情況，很多的華人仍然堅持舊體詩和古文創作，但目前大馬學界對詩詞學以及詩禮文化的研究仍相對單薄，存在很多有待挖掘的空間，希望上海大學能夠給予更多的指導，使詩詞吟唱的傳統也能在海外開花結果。

本屆論壇的主題報告緊緊圍繞詩詞學與詩禮文化兩個方向展開，福建師範大學郭丹教授、耶魯大學蘇煒教授、清華大學馬銀琴教授、南京師範大學王鍔教授、西華師範大學伏俊璉教授、貴州師範大學易聞曉教授、華中科技大學路成文教授、新加坡國立大學蘇瑞隆副教授、山西大學郭萬金教授、西北師範大學董芬芬教授分別作了精彩發言。

研討會分詩禮文化、詩詞文化和碩博士生專場三組，議題多元豐富，既有對《詩經》内蘊的深刻闡發，也有對禮制變遷的精細考察，既有從宏觀層面對詩詞思潮、風氣的建構，也有基於微觀個案的分析，同時還囊括了跨學科的研究方法和異域視角。老中青三代學者交流，多種觀點碰撞，促使相關研究向縱深拓展。

論壇閉幕式由上海大學尹楚兵教授主持。汕頭大學宋健副教授、上海大學博士後李昇、南京大學博士生葉瑋松分別對各組的學術討論進行了總結發言，充分肯定了論文的視角多樣、考證扎實、具有思辨精神、闡釋深刻等特點。上海大學詩禮文化研究院執行院長姚蓉教授致閉幕詞，對遠道而來參與現場會議和在綫上給予支持的所有參會代表、對上海大學各級領導的殷切關懷和上海大學美術學院的大力支持，致以衷心的感謝，指出這些高水平論文在開放、包容、精英雲集的氛圍中得到了充分探討和交流，爲中華傳統詩詞與詩禮文化研究再添碩果。最後，姚教授以詩禮文化研究團隊的口號與諸位代表共勉："莫使青春空歲月，願崇詩禮倍光華。"

《詩禮文化研究》稿約

"詩禮文化"指以詩歌、詩學、禮學爲基本元素,以禮義、禮儀、禮制爲核心所形成的一種文化生態系統。作爲構成中華傳統文化與當代精神的核心要素,它既是一種禮樂文明形態,也是一種制度文明形態。

當前,正值中華優秀傳統文化傳承與創新的關鍵時期,爲增強詩禮文化學術交流,繁榮當代文化事業,上海大學詩禮文化研究院創辦《詩禮文化研究》學術叢刊,旨在爲海内外詩禮文化研究同仁搭建學術交流平臺。

本叢刊辦刊的基本宗旨是:恪守以經驗實證爲基礎、以理性思辨爲歸宿的方法論原則,以詩禮文化爲研究根基,突出古今貫通的學術視野,凸顯中西融合的學術特色,勾勒同質文化生成、流變脉絡,描述異質文化傳播、交融綫索,發掘詩禮文化核心價值體系,構建詩禮文化當代傳承模式;堅持辦刊的學術性、創新性與國際性,宣導學術自由和百家争鳴方針。

本叢刊由復旦大學蔣凡教授題寫刊名。

本叢刊聘請復旦大學蔣凡教授、上海大學董乃斌教授、湖南大學陳戍國教授、上海大學謝維揚教授及臺灣中正大學莊雅州教授、日本宫城學院女子大學・尚絅學院大學田中和夫教授擔任學術顧問。

本叢刊編輯委員會由下列 23 人組成(以姓氏筆畫爲序):

國内委員(19 人):

王　鍔　　南京師範大學文學院教授、上海大學校聘兼職教授

王秀臣　　中國社科院文學研究所研究員

王卓華　　上海大學詩禮文化研究院教授

尹楚兵　　上海大學詩禮文化研究院教授

朱　承　　華東師範大學哲學系教授

李笑野　　上海財經大學人文學院教授、上海大學校聘兼職教授

邵炳軍　　上海大學詩禮文化研究院教授

林素英　　臺灣師範大學國文學系所教授

姚　蓉　　上海大學詩禮文化研究院教授
馬銀琴　　清華大學人文學院教授、上海大學詩禮文化研究院兼職研究員
徐志嘯　　復旦大學中文系教授、上海大學校聘兼職教授
徐正英　　中國人民大學文學院教授、上海大學校聘兼職教授
曹辛華　　上海大學詩禮文化研究院教授
張懋鎔　　西北大學文化遺產學院教授
寧鎮疆　　上海大學詩禮文化研究院教授
蔡錦芳　　上海大學文學院教授
鄧聲國　　井岡山大學文學院教授
劉景亮　　河南省文化藝術研究院研究員
羅家湘　　鄭州大學文學院教授

海外委員（4人）：
方秀潔　　加拿大麥基爾大學東亞學系教授
周啓榮　　美國伊利諾伊州立大學歷史系、東亞語言文化系教授
勞悦强　　新加坡國立大學中文系教授
潘碧華　　馬來西亞馬來亞大學中文系教授

主編：尹楚兵

　　本叢刊具體研究内容涉"中國詩歌文獻整理研究""中國詩學文獻整理研究""中國禮學文獻整理研究""詩禮文化古代變遷研究""詩禮文化當代傳承研究"五個研究領域，實行欄目主持人組稿初審制。具體欄目根據每輯文章内容設立，欄目主持人由主編聘請相關領域著名學者擔任。

　　本叢刊論文題目自選，既可是專門的文獻整理，也可是專題性的理論論述，也可爲田野考察爲主的研究報告，宣導多學科研究和學科整合，歡迎從事中國古代文學、中國古典文獻學、漢語言文字學、中國古代史、中國近現代史、中國歷史文獻學、考古學及博物館學、歷史地理學、專門史、中國哲學、倫理學、民俗學（含中國民間文學）、法律史等多維視角進行論述。尤其鼓勵對現實問題有針對性的分析、論爭等方面的最新研究成果，也歡迎其他文化研究方面思想新穎、學風謹嚴的文章。

　　本叢刊擬每年出版一輯，每輯30萬字，由中西書局出版。敬請惠賜佳作。

　　爲了便於編輯，來稿請嚴格按照本叢刊來稿體例處理：

　　1. 稿件題目、作者姓名、單位名稱、内容摘要、正文、注釋等，一律採用繁體横排板式。

　　2. 稿件應是未刊稿，一般寄word檔電子版即可。有特殊文字和圖表等容易出錯的稿件，請同時發送PDF格式或寄送文字稿。來稿含注釋應在8 000—30 000字左右爲宜，特別優秀的稿件，字數不限。

3. 翻譯稿須加附原文，并提供原作者同意翻譯出版的授權證明。

4. 所有注釋均採用脚注，每頁注釋重新編號。注釋應本着必要、精煉的原則，避免繁冗和喧賓奪主。

5. 引文注釋應包括：作（譯）者、書名或篇名、出版社或刊物名稱、出版年份或發表時間、頁碼、刊期。所引爲古籍，注明該書刊刻的年份（或版本）和卷數。

6. 來稿請注明作者真實姓名、單位、職稱、通訊地址、郵政編碼、電子郵箱，以便聯繫。屬於基金項目階段性成果的文章，請獨立標注項目名稱與編號。不同意編輯修改文稿者，請説明。

7. 一般審稿期爲 45 天，特殊稿件除外。

來稿請寄：上海市寶山區南陳路 333 號上海大學東區 5 號樓 503 室上海大學詩禮文化研究院（請注明投稿）

郵編：200444

電話：021-66133930（辦）

投稿郵箱：slwhyj@126.com

來稿體例及文獻徵引格式

一、來稿請使用標準繁體字，可以保留必需的異體字與俗字。打印稿請用國標擴展字字庫（GBK 字字庫），避免簡繁體字簡單轉換而引發的舛誤。

二、來稿請使用新式標點符號，除破折號、省略號占兩格外，其他均占一格。書刊名、詩文題目等用書名號《　》標識，徵引文獻用引號，即"　"標識。

三、所有徵引中西文文獻資料皆須謹慎核對，務使準確無誤。如原文有誤植、錯簡，或原譯有不夠精確處，一般從原書而錄，不作改動。對有礙於正確理解的錯處，可出注説明。徵引尚無中文譯本的西文資料，尤請全面理解文意，慎重翻譯。無論中西文文獻，皆宜選擇最好的、信實的版本。

四、來稿注釋請採用當頁脚注，注碼當頁連續編號，下頁另起，均用阿拉伯數字加圓圈號表示（即①、②……）。注碼一律置於被注文句標點符號之後的右上角。當頁或次頁徵引同一文獻，注釋可用"同上書，頁幾"的形式，但不采用合併注號的方式。

五、關於引著格式：

所指格式主要針對注釋徵引文獻。正文中引著不作硬性格式規定，視行文需要由作者自定。但正文與注釋應注意信息的互爲補充，如正文出書名與卷數，則注釋可出書名與子目。總的原則是應爲讀者覆核所引資料提供準確、便捷的信息。以下分中西文兩類，概述注釋的引著格式。

（一）中文資料

凡首次徵引古籍（含出土文獻）及相關論著時，標識項目與順序如下：① 作者（含編譯者）；② 書名；③ 篇名、子目或卷次；④ 版本（含出版地點，即城市、出版機構、出版年份）；⑤ 頁碼（影印本出新編頁碼，綫裝書或影印無新編頁碼者出原書葉面）。再次徵引同一文獻，僅出書名、篇名（或卷次）、頁碼即可。如：

《周易·繫辭下》，《十三經注疏》本，北京，中華書局影印，1980 年，頁 85 上。

《漢書·王莽傳中》，北京，中華書局，1962 年，頁 4121。

《太平御覽》卷九六〇引魚豢《三國典略》，北京，中華書局影印，1960 年，頁 4259 上。

王通《中説·周公》，《四部叢刊》縮印本，第 26 册，頁 14 下。

王國維《今本竹書紀年疏證》,載《王國維遺書》(12),上海古籍書店影印,1983年,頁3B。

《孔子詩論·第一簡》釋文考釋,《上海博物館藏戰國楚竹書》(1),上海古籍出版社,2001年,頁123—126。

陳去病《鑑湖女俠秋瑾傳》,載《中國近代史資料叢刊·辛亥革命》(3),上海人民出版社,1957年,頁184。

〔日〕谷川道雄著,李濟滄譯《隋唐帝國形成史論》,上海古籍出版社,2004年,頁178—179。

仁心《告日本佛教大衆》,《海潮音》(36),1937年第8期,上海古籍出版社影印,2003年,頁124。

(二) 西文資料

徵引西文資料,一般遵循該文種通行的徵引標注格式(以下以英文文獻爲例説明)。

1. 徵引專著(含編著、譯著),標注項目與順序如下:① 作者;② 書名(斜體);③ 版本(城市、出版機構、出版年份);④ 頁碼。如:

N. Sims-Williams and J. Hamilton, *Documents turco-sogdiens duIXe-Xe siecle de Touen-houang*, London, 1990, 51-52.

2. 徵引論文,標注項目與順序如下:① 作者;② 論文題目(正體,用引號標示);③ 刊出期刊或文集名(斜體);④ 期刊的卷期號;⑤ 刊出機構與時間;⑥ 頁碼。如:

Ch'ien Chung-shu, "China in the English literature of the seventeenth century", in *Quarterly Bulletin of Chinese Bibliography*, vol. I, no. 4(Peiping, 1940), p. 368.

六、關於正文中夾注問題。論文中首次涉及古代中國、日本、朝鮮等帝王年號,應括注公元年份。如:漢元狩二年(前121),宋景定四年(1263),日本昭和三年(1928)。首次涉及重要的外國人名,須括注外文原名,有的視内容需要,還可標出其生卒年。如:拉魯貝爾(La Loubere),李嘉圖(David Ricardo,1772—1823)。

七、關於數位的使用。

(一) 凡與公制有關的概念用阿拉伯數字表述。如:

1. 公元年月日: 1917年11月7日。

人物生卒年: 孔光(前65—後5),提比略(前42—後37)。

2. 世紀年代: 5世紀初,17世紀,40—50年代。

3. 另,中國古籍中有關户口、田畝、税糧等統計,因基數較大,漢字轉述不僅不便,印象亦不夠清晰,可酌用阿拉伯數字表達。如:

唐天寶年間,僅江南道即有1 824 004户。

明萬曆四十五年(1617),湖廣官員只承認每年繳銀3 659兩。

凡用阿拉伯數字，起迄中用"—"，不用"～"及漢字"至"、"到"。

（二）用漢字紀數者，主要指：

1. 舊曆紀年及夏曆月日：貞觀四年（630）七月一日。

2. 中國古籍册、卷等，基數詞用繁式，序數詞用簡式表示。如：《文獻通考》三百四十八卷，《太平御覽》卷一〇，《全唐詩》卷八七九。

3. 一般叙述中的數字。如：第一季度，三月份，南朝四個朝代，六十年一甲子，設八總管，出土竹簡一千餘枚。

4. 一般分數，如三分之一，千分之五，二十萬分之一等。

凡用漢字數字，起迄中間用"至"，不用"—"或"～"。如：六至八次。

《詩禮文化研究》編輯部

2018 年 10 月